Samantha Downing vit à La Nouvelle-Orléans. Fascinée par les histoires depuis sa plus tendre enfance, elle rêvait d'écrire des romans si captivants que ses lecteurs ne pourraient pas lâcher ses livres, y compris en pleine rue, au risque d'entrer en collision avec un mur. Elle n'a jamais pris de cours d'écriture. Après avoir commis une dizaine de romans qu'elle jugeait elle-même mauvais, elle envoie finalement aux éditeurs *Pas de secrets entre nous*. Cette histoire-là, se dit-elle, est peut-être le texte renversant qu'elle voulait écrire depuis longtemps. La réaction ne se fait pas attendre, et le succès est tel que son premier roman est traduit dans le monde entier. *Ça t'apprendra* est son troisième roman.

De la même autrice :

Pas de secrets entre nous
(Prix des Lectrices 2021)
On te retrouvera
Ça t'apprendra

CE LIVRE EST ÉGALEMENT DISPONIBLE
AU FORMAT NUMÉRIQUE

www.editions-hauteville.fr

Samantha Downing

Ça t'apprendra

Traduit de l'anglais (États-Unis) par Élodie Coello

Hauteville

Hauteville est un label des éditions Bragelonne

Titre original : *For Your Own Good*
Initialement publié aux États-Unis en 2021 par Berkley,
une marque de Penguin Random House.

ISBN : 978-2-38122-455-8

Bragelonne – Hauteville
60-62, rue d'Hauteville – 75010 Paris

E-mail : info@editions-hauteville.fr
Site Internet : www.editions-hauteville.fr

Première partie

I

Les privilèges ont une puanteur caractéristique. Une odeur âcre, amère. Presque brutale.

Teddy la sent qui approche.

Elle fait irruption dans la pièce avec James Ward. Ça émane par tous ses pores, ça infeste son costume, ses chaussures cirées et ses dents si blanches que c'en est ridicule.

— Pardonnez-moi pour le retard, s'excuse James en tendant la main.

— Ce n'est rien. La ponctualité n'est pas à la portée de tous.

Le sourire de James s'efface.

— Parfois, ce n'est pas notre faute.

— Bien sûr.

James s'installe derrière un pupitre d'élève. En général, Teddy s'assied juste à côté des parents d'élèves, mais cette fois il reste à son bureau, face à la classe. Sa chaise est tournée de sorte à offrir une vue imprenable sur la récompense accrochée au mur. Sa plaque « professeur de l'année » a été livrée la semaine dernière. Teddy amorce la conversation.

— Vous vouliez me parler de Zach.

— Oui, j'aimerais discuter de son devoir de fin de premier trimestre.

Le devoir en question est posé sur le bureau du professeur – « Daisy Buchanan, dans *Gatsby le Magnifique* : en valait-elle vraiment la peine ? » – accompagné du tableau de notation. Teddy lève les yeux vers James, dont l'expression demeure impassible.

— Un thème intéressant.

— Vous l'avez noté B+.

— C'est exact.

Le sourire à peine esquissé du père en dit long, il poursuit :

— Teddy… (Pas « monsieur Crutcher », ainsi que tout le monde l'appelle ici, ni même Theodore. Juste Teddy, comme de vieux camarades.) Vous savez à quel point les notes de cette année sont déterminantes pour les dossiers d'entrée à la fac.

— Oui.

— D'habitude, Zach n'obtient que des A.

— Je comprends.

— J'ai lu son devoir, insiste James en s'adossant à sa chaise, prêt à engager le débat. Je l'ai trouvé bien écrit, et il me semble y déceler une créativité non négligeable. Zach a travaillé très dur pour étoffer un sujet encore inédit. Il tenait à porter un regard neuf sur un roman considéré par la littérature comme un parangon.

« Parangon ». Le mot reste un instant suspendu, oscillant comme un pendule.

— Vous avez raison.

— Pourtant, vous lui avez attribué un B+.

— Zach a rendu un bon devoir. Les bons devoirs sont notés B. Les devoirs exceptionnels, eux, obtiennent un A. (Il lui tend le tableau de notation.) Vous trouverez le détail de mes remarques ici. Grammaire, structure, articulation du propos, tout y est.

Le père doit se lever pour s'emparer du papier, détail jouissif pour le professeur qui l'observe, les mains croisées.

James parcourt le document quand son téléphone se met à vibrer. Il le sort de sa poche, fait signe qu'il n'en a pas pour longtemps, et quitte la salle pour prendre l'appel.

Seul, Teddy pense à son temps. Qu'il est en train de perdre.

James a réclamé cet entretien en précisant qu'il devrait avoir lieu le soir. Voilà le genre de caprices de parents avec lesquels il faut composer, et Teddy compose, tel le parangon des professeurs.

Il consulte son téléphone et regarde les minutes qui s'égrènent, curieux de savoir comment réagirait James s'il se levait, passait devant lui et s'en allait sans un mot.

Si seulement il pouvait se le permettre... Quelle frustration.

Si Teddy se comportait ainsi, James s'en plaindrait au proviseur qui convoquerait Teddy pour lui rappeler que les parents paient une fortune pour inscrire leurs enfants dans cette institution, et que c'est grâce à eux qu'il touche son salaire. Belmont n'est pas un lycée public.

On ne le ficherait pas à la porte pour si peu. Après tout, n'a-t-il pas été élu professeur de l'année il y a six mois ? En revanche, il aurait droit à une leçon de morale, et c'est bien la dernière chose dont il a besoin. Surtout en ce moment.

Alors il reste assis à son bureau et patiente en regardant autour de lui.

La salle est rangée. Épurée. Il n'y a rien d'autre sur le bureau de Teddy que le devoir de Zach, un stylo et un ordinateur portable. Pas d'affiches inspirantes sur les murs ni même de calendrier. Seulement la récompense récemment obtenue.

Le lycée Belmont est un vieil établissement aux murs lambrissés, aux portes massives, avec au sol un parquet d'origine. Le seul ajout moderne se limite aux casiers près de l'entrée. C'est là que les élèves doivent laisser leurs téléphones avant le début des cours, une initiative ardemment défendue par Teddy et approuvée par le conseil. Aujourd'hui, les autres professeurs l'en remercient.

Avant l'installation des casiers, les gamins passaient leur temps à pianoter sur leur portable pendant les cours. Un jour, il y a de cela quelques années, Teddy a cassé le téléphone d'un élève, lui apprenant à ses dépens que cela ne se faisait pas.

James est dans le couloir depuis cinq minutes. Teddy commence à arracher ses cuticules, une manie qui remonte à l'époque où il était lui-même lycéen. Il avait toutefois réussi à s'en défaire avec les années. L'été dernier, ça l'a repris. Il déteste ça, mais c'est plus fort que lui.

Le temps continue de s'écouler.

Si Teddy gagnait un dollar par minute perdue à attendre James ou tout autre parent, il arrêterait le professorat. En fait, il arrêterait tout.

Onze minutes ont passé quand James reparaît dans la salle.

— Désolé. C'était un appel important.

— Je vous en prie. Certaines personnes n'arrivent pas à se déconnecter.

— Parfois, on n'a pas vraiment le choix.

— Bien sûr.

James retrouve sa place au pupitre d'élève et dit :

— Bon, je ne vais pas y aller par quatre chemins. Que peut-on faire pour le devoir de Zach ?

— Qu'entendez-vous par « faire », monsieur Ward ? Êtes-vous en train d'insinuer qu'il faudrait changer sa note ?

— Eh bien, je pense que ce devoir mérite un A. Peut-être un A-, mais un A malgré tout.

— Je comprends. Je conçois votre inquiétude pour Zach et pour son avenir. Toutefois, imaginez les conséquences si j'acceptais de modifier sa note. Ne serait-ce pas injuste ? Pas seulement pour les autres élèves, mais pour le lycée lui-même. Si l'on commence à attribuer les notes en fonction de ce que *pensent* les parents, et non les enseignants, la réputation de l'établissement en pâtira. Nous serions alors incapables de savoir si nos élèves ont appris les cours et font des progrès. Or, Belmont s'inscrit dans une tradition d'excellence, monsieur Ward. (Teddy marque une pause pour savourer la consternation qui se lit dans le regard de James. Déjà moins arrogant.) Alors non, je ne changerai pas la note de votre fils.

Le silence pesant n'est rythmé que par la trotteuse de l'horloge. L'aiguille des minutes se décale d'un cran avec un clic sonore.

James se racle la gorge.

— Pardonnez-moi. Loin de moi cette idée…

— Excuses acceptées.

Mais James n'a pas dit son dernier mot. Ces parents sont tous les mêmes.

— Zach pourrait peut-être rédiger une dissertation sur un autre roman pour avoir une note de rattrapage ?

Absorbé par la contemplation de ses mains, Teddy pèse la suggestion. Les cuticules de son index sont déjà mises à mal, et le premier trimestre n'est même pas terminé.

— Peut-être, répond-il enfin. Je vais y réfléchir.

— Je n'en demande pas plus. Je vous remercie, et Zach également.

Ce Zach est un petit crétin prétentieux qui ne pense qu'à sa gueule. Voilà pourquoi il n'a pas décroché son A.

Son devoir était bon. Sacrément bon, même. Si Zach était moins arrogant, il aurait été mieux noté.

2

La vieille Saab de Teddy est la seule voiture encore garée sur le parking. Tout le monde est parti, y compris les autres professeurs et ceux qui restent au lycée pour les activités sportives. Ce soir, il ferme la boutique. Il tourne la clé dans la serrure de la portière – les gadgets électroniques, très peu pour lui – et pose sa mallette sur la banquette arrière.

— Monsieur Crutcher ?

Il sursaute. Le parking était désert encore un instant plus tôt, et voilà qu'une femme s'approche derrière lui.

— Excusez-moi, je ne voulais pas vous faire peur.

Elle est grande et pulpeuse, ses cheveux bruns sont coupés au carré, et ses lèvres couleur prune. Elle porte une robe bleue classique, des talons hauts et un sac à main de luxe. Il en a croisé assez pour le savoir.

— Oui ?

— Je suis Pamela Ward, la maman de Zach.

— Oh, bonsoir, la salue Teddy en se redressant. Je ne crois pas avoir eu l'occasion de vous rencontrer.

— Non, en effet.

Elle fait un pas de plus, offrant sa main, et un soupçon de son parfum aux notes de gardénia lui chatouille les narines.

— Je crains que vous n'ayez manqué votre mari, dit-il en lui serrant la main. Il est parti il y a vingt minutes.

— Je sais, il me l'a dit.

— Oui, nous…

— Je suis désolée d'avoir raté le rendez-vous. Je tenais tout de même à m'assurer que le problème avait été réglé.

Son regard est droit, pas le moindre signe de crainte, ni de lui, ni d'être seule sur un parking en pleine nuit.

— Réglé ?

— Vous ferez au mieux pour Zach.

Ce n'est pas une question.

— Absolument. Je fais toujours au mieux pour mes élèves.

— Je vous en remercie sincèrement. Passez une bonne soirée.

— Vous de même.

Sur un hochement de tête, elle tourne les talons.

Tiens, sa voiture est de l'autre côté du parking, il ne l'avait pas vue tout à l'heure. Un imposant 4x4 noir qui se fond dans la nuit, comme sa propriétaire.

Teddy monte dans sa voiture et la regarde sortir du parking dans le rétroviseur.

Avant ce soir, il n'avait jamais rencontré James et Pamela Ward. Surprenant pour les parents d'un élève de première. Teddy met un point d'honneur à assister à toutes les réunions : orientation, parents d'élèves, collecte de fonds et même les événements sportifs, ou en tout cas les matchs importants. Teddy Crutcher est connu, tout comme l'était sa femme, Allison.

Il a été surpris en trouvant le message de James dans sa boîte mail pour solliciter un entretien. Quelques recherches en ligne lui ont permis de savoir qu'il travaillait dans la finance. Rien d'anormal, la moitié des parents d'élèves de Belmont font carrière dans ce secteur. Ce qui rend James un brin moins fascinant et plus convenu. Plus prévisible.

Et, ce soir, il en a appris un peu plus sur James et son épouse. Non pas que ça l'intéresse. À moins de pouvoir utiliser ces informations à son avantage, bien sûr.

Depuis la rue, la maison de Teddy aurait presque l'air abandonnée. Certaines planches de la palissade sont brisées, la pelouse n'est pas tondue, et le porche s'affaisse. Avec sa femme, ils avaient l'ambition de la retaper, à commencer par l'électricité, la plomberie et la toiture. Tout a coûté plus cher et pris plus de temps que prévu. Il ne sait pas ce dont ils ont manqué en premier, d'argent ou d'envie, toujours est-il qu'ils ont arrêté les frais il y a quelques années.

L'intérieur a un peu meilleure mine. Les pièces ont été repeintes et les sols refaits avant l'emménagement.

Il a presque envie de lancer « Allison ? » en entrant, mais se retient.

À quoi bon ?

L'intérêt d'une si grande demeure, c'était que chacun puisse disposer de son bureau. Celui de sa femme donnait sur l'arrière de la propriété. En théorie, elle aurait dû avoir vue sur un potager et une mare, mais ils n'ont jamais fait les travaux d'aménagement du jardin.

Celui de Teddy surplombe la rue, dans le coin de la maison. Il fantasmait de pouvoir contempler sa pelouse et sa clôture fraîchement repeinte. Au lieu de cela, il ferme toujours les rideaux.

Sa boîte mail déborde de messages d'élèves l'interrogeant au sujet de leurs devoirs. Ils demandent plus de délai, de clarification, de précision dans les consignes. Ça ne va jamais. Aujourd'hui, les jeunes sont incapables de s'en tenir aux instructions sans discuter. Ils exigent toujours plus. Le travail de Teddy consiste désormais à se répéter une fois, deux fois, parfois trois.

Ce soir, il fait abstraction des mails et se sert un grand verre de lait. Il en boit rarement, étant intolérant au lactose, mais le goût lui plaît. Ce soir, il se fait plaisir. Et cherche l'inspiration pour savoir quoi décider au sujet de Zach.

3

Dans sa chambre à l'étage, Zach Ward travaille sur son devoir d'histoire tout en discutant sur un forum en ligne.

Tu descends, s'il te plaît ?

Il n'a pas entendu la voiture arriver, ni son père entrer dans la maison. Il prévient son ami Lucas sur le tchat.

Je te laisse. On me réclame en bas.

Lucas répond par l'émoji d'une bombe qui explose.

Zach baisse la tête. Surtout, quoi qu'il advienne, ne pas s'opposer à son père. Sauf en cas d'absolue nécessité. Quoi que ses parents aient fait, c'est déjà trop tard. Inutile d'en reparler.

— Par ici, appelle son père en lui faisant signe depuis le salon.

Il est encore en tenue de travail, la veste de costume en moins. Maman est exactement comme il l'a quittée ce matin, sans les chaussures.

Physiquement, Zach est un mélange parfait entre ses deux parents. Les cheveux épais, la mâchoire carrée et les fossettes de son père, les yeux aux longs cils de sa mère. Il a hérité de leurs atouts. Un jackpot génétique dont il est parfaitement conscient.

— Assieds-toi, l'invite son père.

Zach s'installe sur le canapé tandis que papa et maman optent pour les fauteuils disposés de chaque côté. Il se sent un peu coincé.

— Je me suis entretenu avec ton professeur de littérature, ce soir. Ta mère a été retenue au travail.

— Mais je l'ai croisé après le rendez-vous, précise-t-elle avec un regard entendu à l'intention de son mari. Nous lui avons parlé tous les deux.

— M. Crutcher est un homme intéressant.

Il ne répond pas à son père. Ne saisit pas cette perche.

— Nous avons bien discuté au sujet de ton devoir. Il m'a montré son tableau de notation, et j'ai évoqué certains points qu'il a pu omettre. Il a trouvé presque toutes mes remarques pertinentes.

Il marque une pause, passe le relais à son épouse.

— Nous n'avons pas parlé très longtemps, dit-elle, mais je pense qu'il a compris que les enseignants aussi sont parfois faillibles.

Crutcher aurait reconnu ses torts ? Difficile à croire. Mais il n'est pas surpris que ses parents aient mordu à l'hameçon.

— Bref, nous avons peut-être trouvé un terrain d'entente, reprend papa. Il n'a pas voulu changer ta note, mais il est prêt à te donner un devoir de rattrapage. Une seconde chance, en somme. Ainsi, tu pourras rehausser ton B+ vers un A- sans éveiller la colère de tes camarades.

En d'autres termes, Crutcher a refusé. Zach n'est pas étonné, connaissant la haine que son professeur de littérature lui voue. Ce qui est vraiment étrange, lui qui s'est toujours attiré les faveurs du corps enseignant. Avant Crutcher, il n'a jamais eu ce genre de problème.

Et il n'a jamais eu de B non plus, ni B+ ni autre.

— Nous estimons que c'est la meilleure solution, conclut maman. De cette façon, ta moyenne n'en pâtira pas, et nous ne créerons aucun remous.

Zach opine en réprimant un sourire à la façon dont elle le formule. Ils auraient adoré pouvoir convaincre Crutcher de modifier la note. Ils ont échoué, mais refusent de l'admettre.

Comme le dit souvent papa : l'échec n'est parfois qu'une illusion.

L'une de ses nombreuses phrases fétiches qu'il aime appeler des « wardismes ». Zach en entend depuis l'enfance. La plupart sont ridicules.

Sous le regard de ses deux parents, il prend conscience qu'ils attendent sa réponse.

— Merci, marmonne-t-il.

— Avec plaisir, dit maman. Tu sais qu'on ferait tout pour toi.

Évidemment. Ils feraient tout pour le garder en lice pour l'Ivy League. Sauf que, cette fois, Zach ne veut pas de leur aide. Il ne veut pas qu'ils s'entretiennent avec Crutcher, qu'ils lui réclament de changer sa note. Le B+ n'est pas sa moyenne trimestrielle, ce n'est qu'une dissert, il n'y a pas mort d'homme.

« Si, ont-ils insisté. On doit arranger ça. »

Résultat, leur solution magique lui donne du travail supplémentaire. À lui, pas à eux. Et Crutcher va sans doute le détester encore plus qu'avant.

Génial.

— M. Crutcher vous a dit en quoi consistera le devoir de rattrapage ?

— Non, il va y réfléchir, répond papa. Je suppose qu'il t'en parlera directement.

Zach hoche la tête. Pas de doute là-dessus.

— Nous lirons ta copie avant que tu la lui remettes, précise papa.

Nouveau hochement de tête.

Ben voyons.

Le téléphone de papa vibre. Il l'extrait de sa poche, fait un signe du menton à maman et quitte le salon.

— Tu as mangé ?

Il est 20 heures, bien sûr que Zach a dîné. Tout seul, comme d'habitude.

— Oui, répond-il.

— Bien, approuve-t-elle avec un sourire en lui tapotant le genou. Nous avons fait le tour de la question. Tiens-nous au courant pour M. Crutcher.

— D'accord.

Zach sort du salon pour traverser le couloir en passant devant son père qui reproche à son interlocuteur des choses dont Zach se fiche royalement. Il n'écoute même plus aux portes. Les conversations paternelles n'ont plus le moindre intérêt à ses yeux depuis longtemps.

De retour à l'étage, il regarde si Lucas est encore là. Non, il s'est déconnecté. Il cherche d'autres copains, mais personne n'est en ligne, alors il retourne à son devoir d'histoire. Difficile de se concentrer quand ses pensées dérivent autour de son devoir de rattrapage et du délai que lui accordera Crutcher pour s'acquitter de la tâche.

Il est encore tôt, mais la fatigue s'annonce déjà. Entre Crutcher et ses parents, Zach a l'impression d'être la balle qu'ils se renvoient dans un match hostile.

Il s'empare de son téléphone pour écrire à son amie Courtney :

Mes parents foutent tout en l'air.

La réponse arrive à peine une minute plus tard :

C'est pas nouveau.

J'aurais préféré qu'ils se mêlent de leurs affaires.

Ta colère adolescente ne te rend pas unique, tu n'es qu'un flocon dans une tempête de neige.

Courtney doit encore regarder un vieil épisode de Dawson. Elle aime revoir cette série quand elle a fumé.

Zach ne lui répond pas. S'il alimente cette conversation, Courtney finira par évoquer James et Pamela Ward sous le terme « autorité parentale », et Zach aura envie de jeter son téléphone par la fenêtre.

Il s'allonge sur son lit et lève les yeux vers le lustre asymétrique que maman a choisi pour sa chambre. Un lustre qu'il déteste. Tout comme il déteste les meubles, le tapis et les murs, de diverses nuances de gris. Chaque fois qu'il entre dans la pièce, c'est comme s'il était englouti par un nuage sinistre.

Plus que deux ans à tenir. Vingt-deux mois pour être exact, avant de quitter Belmont, de fuir cette maison et de rejoindre la fac. Quelle fac ? Il s'en fiche pas mal.

Ferme-la et souris.

Cet adage n'est pas de son père. C'est la devise de tous les élèves de Belmont. Leur seul moyen de survivre.

4

Jusqu'à présent, Teddy considérait Zach comme un petit con qui se plaignait – à grand bruit – de devoir renoncer à son téléphone pendant les cours. Il choisit toujours le bureau au centre de la classe avec son sourire satisfait, et saisit la moindre occasion pour faire une plaisanterie, un commentaire sarcastique, et attirer l'attention sur lui.

Mais depuis hier, depuis que Teddy a rencontré ses parents, l'image qu'il se fait de Zach s'est dégradée. Ce gosse doit penser que papa sera toujours là pour le protéger.

— Aujourd'hui, changement de programme, déclare-t-il à sa classe qui l'écoute avec intérêt. J'ai décidé de vous laisser choisir le prochain roman que nous étudierons.

Le geste ronflant, il abaisse le panneau déroulant devant le tableau noir, deux outils auxquels il tient. Contrairement à la majorité du corps enseignant, Teddy refuse de passer au tableau interactif.

Sur le panneau, deux titres sont inscrits. Il laisse aux lycéens le temps de lire. Certains les prennent en note, d'autres se contentent de regarder. Troublés, peut-être, de se voir offrir le choix.

— Des remarques à chaud ? demande-t-il. (Trois élèves lèvent la main. Toujours les mêmes. Il pointe du doigt le moins agressif.) Connor, lequel préfères-tu ?

— *Moby Dick*.

Certains sourient. Même privés de leur portable, ils soupçonnent Moby Dick d'être plus court et plus facile à lire que le second.

Et ils ont raison.

Deux élèves ont toujours la main levée, mais il ne leur prête aucune attention et balaie la salle du regard pour s'arrêter sur le dernier rang. Les invisibles. C'est ainsi qu'il nomme les élèves qui essaient de se fondre dans le décor.

— Katherine ?

Elle redresse la tête à contrecœur.

— Si tu nous faisais part de ton avis ? insiste Teddy.

Elle contemple le tableau, sans doute pour la première fois depuis le début de l'heure. Katherine est un petit bout de femme frêle aux cheveux blonds et au teint si diaphane qu'elle pourrait disparaître.

— Hum, bredouille-t-elle.

— Hum ?

— Pardon. Je veux dire, non. Je n'ai pas d'avis sur la question.

Comme d'habitude. Le regard du professeur est si pénétrant qu'elle détourne le sien.

Finalement, il reporte son attention sur Zach, qui observe une jeune fille assise en diagonale devant lui. Ses jambes, plus précisément.

— Zach, dit Teddy. Que penses-tu de ces romans ?

Il lève la tête, pas surpris pour un sou, et sourit tout en parlant.

— J'imagine qu'ils sont tous les deux très intéressants.

Quelque part dans la classe, une fille se met à glousser.

— Mais si je devais en choisir un, reprend-il, *Moby Dick* serait tout indiqué. C'est le plus pertinent au regard de l'importance de la question environnementale. En particulier des océans.

Quelques camarades osent un applaudissement. D'autres lèvent les yeux au ciel.

La plupart n'ont aucune envie de lire *La Maison d'Âpre-Vent* de Charles Dickens, et à raison. Il contient cent cinquante mille mots de plus que *Moby Dick*.

— Merci, Zach. D'autres remarques ?

Personne ne lève la main.

Parfait. Tout se passe comme prévu.

La salle des professeurs est située au premier étage, à l'écart de la majorité des salles de classe, et se révèle être bien plus confortable que celles d'autres établissements. Des fauteuils rembourrés, de vrais couverts, des tasses en porcelaine, quelques sucreries en libre accès et beaucoup de café. Teddy s'y rend pendant les récréations, mais jamais pour chercher de la compagnie. Cette salle est le seul endroit où se trouve son café préféré : Corsé Prestige.

Pendant la pause de l'après-midi, la pièce est comble. Une petite file se forme devant la machine à café. Il faudrait une deuxième machine, un sujet de conversation récurrent.

Teddy esquisse un salut à Frank, ancien joueur de football à l'université, devenu professeur de mathématiques. Il est très jeune et passionné par son travail, son café et sa religion. On lui a déjà demandé de ne pas faire de prosélytisme en classe.

— Je les ai tous essayés, dit-il en montrant l'étagère des capsules. Chaque fois, je reviens à l'Arôme Éthiopien. Ni trop fort, ni trop léger. Tu vois ce que je veux dire ?

— Je vois, oui, lui répond Teddy.

— Et puis, il faut soutenir l'Éthiopie. Toujours aider les plus démunis.

Une voix sonore se détache du murmure ambiant.

— Ne me dites pas qu'on est à court de Saveur Intense !

C'est la voix d'une professeure de sciences, Mindy, la quarantaine, toujours survoltée, avec ou sans caféine dans le sang.

— J'ai du mal à croire qu'on soit déjà venus à bout du stock, geint-elle en ouvrant tous les placards.

Un autre enseignant vient lui prêter main-forte.

Teddy s'approche de la machine pour se servir un Corsé Prestige.

— Quand je suis passée ce matin, il restait encore la moitié d'un paquet, fait remarquer Mindy entre deux claquements de portes de placard.

— Il est peut-être victime de son succès, suggère quelqu'un.

— Non, c'est impossible.

Mindy soupçonne désormais quelqu'un d'avoir fait main basse sur le stock de Saveur Intense.

— On entre dans cette salle comme dans un moulin, argumente-t-elle. Tout le monde le sait.

Elle n'a pas tort. Les vols se sont multipliés ces dernières années, certains ont été résolus, d'autres non. Mais personne n'avait encore volé de capsules de café.

Sauf Teddy. Enfin, « voler » est un bien grand mot… Il lui est arrivé de glisser quelques capsules dans sa poche pour les savourer plus tard. Toujours dans la salle des professeurs, bien sûr. Du moins, presque toujours.

Mais ce n'est pas là que Mindy veut en venir. Elle insinue qu'un voleur dérobe les capsules par paquets entiers. Après avoir fouillé les placards à deux reprises, elle quitte la pièce en grommelant.

Teddy sourit dans sa tasse. Rien de tel qu'un peu d'agitation pour égayer sa journée.

— Je me demande ce qui lui est arrivé en classe aujourd'hui, dit Frank en faisant couler son Arôme Éthiopien. Encore un gamin qui a dû faire des siennes…

Avant de pouvoir répliquer, Teddy voit entrer Sonia Benjamin. Elle prend une capsule de Moka Velours et sourit à tout le monde.

— Comment ça va, tous les deux ? lance-t-elle à l'intention de Teddy et Frank.

— Bien, répond Frank.

— Très bien, renchérit Teddy.

— Parfait. C'est une belle journée, non ?

Le sourire de Sonia est aussi artificiel que la sucrette qu'elle glisse dans son café. Tandis qu'elle remue, sa cuillère tinte contre la tasse. À répétition.

— En effet, il fait beau, acquiesce le professeur de maths.

Sonia lui adresse un autre sourire.

— Très beau.

Sur ce, elle quitte la pièce. Aujourd'hui, elle a opté pour une robe d'un jaune ignoble, mais Teddy n'y pense déjà plus. Ce qui l'interpelle en revanche, c'est son air perpétuellement satisfait.

— Eh bien, soupire Frank en secouant la tête. Quelqu'un a dû mettre un truc dans son café ce matin.

— Possible…

Frank se trompe. Personne n'a rien mis dans son café. En tout cas, pas aujourd'hui.

Mais, d'autres jours, Teddy ne s'en est pas privé.

5

Teddy réfléchit un long moment au meilleur moyen d'organiser le scrutin. Sa première idée consiste à demander aux lycéens de lever la main. Cette option le séduit, car les élèves pourraient ainsi voir qui vote pour quel livre.

L'inconvénient, c'est que le résultat serait biaisé. La plupart des adolescents sont des suiveurs, ils sont capables de changer d'avis à la dernière minute en fonction du choix du camarade qu'ils admirent ou de celui qu'ils détestent. Le risque n'est pas énorme, mais il existe.

Ce sera donc un vote anonyme. Pas d'autre solution.

Il passe la soirée à préparer les bulletins tout en sirotant un thé. Ce soir, ce n'est pas le soir pour boire du lait. Le lactose est réservé aux grandes occasions. S'il en consomme trop, il restera des heures sur la cuvette des toilettes.

Pas ce soir, donc. Assis dans le bureau de son immense maison vide, il s'efforce de ne pas penser à sa femme.

Non, on a dit. Stop.

Il ne pensera pas à elle. Mieux vaut consulter ses mails que de penser à Allison. Luttant contre l'envie d'arracher ses cuticules, il ouvre sa boîte de réception. Les messages sont d'un ennui mortel, terriblement prévisibles et faciles à traiter. Tout le contraire de son épouse.

De temps en temps, un mail capte son intérêt. Ce soir, il décroche le pompon.

Le message lui vient d'une ancienne élève, une jeune fille horrible qui ne méritait pas sa place à Belmont. Elle n'écoutait rien, ne participait jamais en cours, et chaque fois qu'elle ouvrait la bouche, c'était une démonstration d'arrogance. Fallon Knight était encore pire que Zach Ward. Mais, bon sang, elle rendait les meilleures copies que Teddy ait jamais corrigées. Elle a validé ses années lycée haut la main. Teddy n'avait pas d'autre choix que de lui accorder un A pour chacun de ses devoirs, mais il prenait un malin plaisir à lui mettre un A-.

Seulement, le karma trouve toujours le moyen de corriger les torts. Pour Fallon, c'est arrivé lorsqu'elle a demandé à Teddy une lettre de recommandation.

Qu'il s'est fait un plaisir de rédiger.

Il n'a omis aucun détail, a longuement décrit l'attitude de Fallon, son comportement en classe et les convictions élitistes qu'elle nourrissait sur sa propre personne.

Il a également mentionné – peut-être avec insistance – ses soupçons de tricherie à l'encontre de la jeune fille. Elle était sélectionnée à tout ce à quoi elle postulait. Déléguée des élèves auprès du conseil ? Fallon Knight. Déléguée auprès de l'association des parents d'élèves ? Fallon Knight. Nominée pour le séminaire de l'été ? Là encore, Fallon Knight.

Il y avait anguille sous roche. Faisait-elle appel à ses parents pour influencer les votes ? Aux yeux de Teddy, c'était comme tricher. C'est donc ce qu'il a écrit dans son courrier.

La plupart des professeurs remettent la lettre de recommandation à l'élève. Pas Teddy. Il l'adresse directement au destinataire et, dans le cas de Fallon, il s'agissait de l'ensemble des universités auxquelles elle avait postulé.

Aucune fac ne l'avait retenue, comme prévu.

Avec la triche, on ne plaisante pas ; dans le milieu, elle est rédhibitoire. Aussi friqué soit l'élève, il ne mérite pas que l'école salisse sa réputation.

Une année entière s'était écoulée avant que Fallon ne comprenne la cause de ces refus, et il était déjà trop tard.

La fortune de ses parents n'y pourrait rien changer. À présent, elle fait ses études dans une université publique de seconde zone.

Fallon reproche encore aujourd'hui à Teddy l'intégralité de ses problèmes.

> C'est encore moi. Je tenais à vous rappeler à quel point vous êtes un sac à merde. Vous vous souvenez sans doute de ma dissertation sur *Les Raisins de la colère*. Vous l'aviez notée A-. J'ai rendu le même devoir en cours de littérature à l'université et j'ai décroché un A. Quel plaisir de constater qu'il existe encore quelques professeurs honnêtes en ce bas monde.

Teddy relit le mail une seconde fois. Fallon le fait toujours autant rire.

Le vendredi, les élèves sont toujours à cran. Ils réclament leur téléphone – impatients de planifier leur week-end entre copains – et préféreraient être n'importe où ailleurs qu'en classe.

Pas de chance. Pendant une heure, ils sont encore entre les mains de Teddy.

Aujourd'hui, il a sorti le grand jeu : son plus beau blazer sur une chemise neuve, et le pli de son pantalon est si saillant qu'il couperait du verre. Mais il ne s'est pas rasé. La barbe de trois jours fait partie de son personnage.

— J'espère que vous avez tous pris le temps de réfléchir au roman que vous aimeriez étudier, dit-il en montrant le tableau. Quelqu'un a-t-il une dernière remarque à faire avant que nous passions au vote ?

Il balaie la salle du regard. Personne ne lève la main.

— Dans ce cas, allons-y. Vous trouverez un bulletin sur votre bureau. Je vais vous demander d'entourer le titre du livre choisi. Une fois que vous aurez terminé, repliez le papier, et je passerai dans les rangs pour les ramasser.

Teddy a apporté un saladier pour l'occasion. La poterie tournée à la main est d'un bleu profond avec un bord doré, un cadeau de mariage offert treize ans plus tôt. L'un des préférés d'Allison. Teddy s'en empare comme d'un vulgaire Tupperware.

Il déambule dans la salle, tend le plat à chaque élève. Certains ont plié le scrutin en deux. D'autres en trois, quatre, parfois cinq. Tout le monde vote, y compris les invisibles.

Sa collecte terminée, l'enseignant regagne son bureau, mélange les papiers d'un coup de poignet et repose le saladier.

— Procédons au dépouillement en direct, propose-t-il, tout sourire.

Les élèves ont l'air surpris. Parfois, l'imprévisibilité a du bon.

— Le premier vote, annonce-t-il en dépliant le billet, est pour *Moby Dick*.

Il dévoile les scrutins un par un en notant les suffrages sur le tableau pour que tout le monde suive. Plus le vote est serré, plus les élèves sont attentifs. Il le voit dans leurs yeux ni vitreux ni même ensommeillés. Ils sont alertes, intéressés, et alors que l'opération se poursuit, la tension devient latente.

La révélation des résultats en direct est une idée brillante dont Teddy n'est pas peu fier.

— Plus que trois, dit-il, l'œil pétillant tandis qu'il déplie le papier. *La Maison d'Âpre-Vent*.

Légers grognements.

Teddy ajoute un bâton à côté du titre au tableau et s'empare du bulletin suivant.

— Et le pénultième est pour… *La Maison d'Âpre-Vent*.

Si certains avaient décroché il y a une minute, ils sont à présent captivés.

— Passons au dernier.

Il prend son temps pour le déplier. Les lycéens sont surpris que le vote soit aussi serré. Et à raison.

Puisque c'est une mascarade.

En réalité, la classe a très majoritairement voté pour *Moby Dick*. Un résultat prévisible, mais loin d'être amusant. Rien de tel qu'un peu de théâtralité pour impliquer une classe. Teddy assume parfaitement le fait d'avoir truqué les résultats pour pimenter la situation.

Contrairement aux élèves assis devant lui, il n'a pas reçu une éducation élitiste. D'ailleurs, c'est à peine si l'on peut appeler cela une éducation. Personne ne l'a prévenu que le bien et le mal n'étaient pas toujours là où on les attendait. Il a dû l'apprendre par lui-même. Il a également appris seul que le mensonge n'était pas optionnel, mais bien nécessaire.

Il s'approche du tableau et, non sans un geste théâtral, il trace le dernier bâton. En face de *Moby Dick*.

Soupir de soulagement collectif.

— Vous avez fait votre choix. Passez un bon week-end.

Pendant qu'ils s'affairent à récupérer leurs téléphones, Teddy ajoute :

— Zach, je peux te voir une minute en privé ?

Celui-ci opine et regarde son portable en attendant que la classe vide les lieux. Teddy ne reprend la parole qu'une fois la salle déserte.

— J'ai réfléchi à ton dernier devoir.

Zach ne dit rien. Il faut lui reconnaître le tact de lui épargner son sourire arrogant habituel.

— J'ai décidé de t'accorder une seconde chance pour rattraper ta note.

— Merci beaucoup.

— Il s'agira pour toi de lire le livre que tes camarades n'ont pas choisi et d'y consacrer une dissertation.

Adossé à son siège, Teddy croise ses mains derrière sa tête.

— Vous voulez que je lise *La Maison d'Âpre-Vent* ?

— C'est précisément mon souhait. Et je veux le devoir sur mon bureau dans exactement une semaine.

Zach en reste pantois. L'espace d'un instant, on croirait qu'il va chercher à discuter. Mais il se ravise avec sagesse.

— Hum, d'accord. Je peux faire ça.

— Je n'en doute pas.

En sortant, le garçon paraît sonné. Il fera ce que Teddy exige, car il n'a pas d'autre solution.

Cette petite leçon lui apprendra à demander à ses parents de régler ses problèmes.

6

En remontant le couloir, Sonia Benjamin salue gaiement tous les élèves qu'elle croise. Ceux qui n'ont pas le nez rivé sur leur portable lui rendent son sourire ou la gratifient d'un signe de la main.

— Bonjour, Mme B. !

Tous les gamins l'appellent Mme B.

— Bonjour, dit-elle, le sourire sincère et chaleureux. Comment vas-tu, Connor ?

— Super bien, répond-il avec légèreté.

Après Connor suivent Celeste, Noah, Patrick, Leigh, Simone... Elle connaît les prénoms de tous les élèves du lycée.

Dix ans. Cela fait dix ans qu'elle enseigne à Belmont. En fait, ça fait neuf ans, onze mois et dix-huit jours. Dans moins de deux semaines, elle fêtera son dixième anniversaire dans l'établissement.

Ses collègues lui réservent une surprise, elle le sait. Pour rien au monde on ne manquerait ces anniversaires-là. Ce sera un gala. Elle aime beaucoup ce mot. Il roule sur la langue. Cela fait un mois que Sonia fait un régime en espérant rentrer dans sa robe rouge, celle qu'elle ne peut plus mettre depuis des années. C'est le prix à payer pour travailler à Belmont ; la cuisine n'est pas bonne, elle est succulente. Le proviseur en personne déjeune à la cafétéria et sans obligation aucune. Il le fait par choix.

Plus que onze jours. Elle peut bien tenir encore onze jours à manger des carottes et de la salade.

Aujourd'hui, c'est lundi, et le lycée est en effervescence. Les week-ends ont un drôle d'effet sur les gamins. La moitié a hâte de rentrer à la maison, l'autre préfère encore rester au lycée. Sonia est à l'affût, prête à intervenir si l'un d'eux venait à craquer.

La sonnerie retentit, annonçant aux élèves les quatre dernières minutes avant de devoir rejoindre leur classe. Une réunion spéciale a été organisée pour définir le délai optimal de cette sonnerie, la conclusion a été : quatre minutes. Sonia ne faisait pas partie de cette assemblée et n'avait donc pas son mot à dire, mais elle trouvait tout ce tintouin ridicule. Jusqu'à présent, les cinq minutes fonctionnaient très bien.

— Mme B. !

Elle se retourne, Zach Ward trottine pour la rattraper.

— Tiens, bonjour, Zach.

— Je suis content de vous croiser, j'allais justement venir vous voir aujourd'hui.

— Vraiment ? À quel sujet ?

— C'est à propos de l'article.

— Tu dois le rendre vendredi, rappelle-t-elle.

— Je sais. Et c'est bien le problème.

Le sourire de Sonia s'efface.

Le Clairon de Belmont sort en ligne le deuxième mercredi du mois. En tant que directrice du club du journal du lycée, Sonia veille à respecter la date de publication, et ce, tous les mois. Sans exception. Depuis qu'elle occupe ce poste, il n'y a jamais eu le moindre écart.

— Zach, si tu ne livres pas vendredi, nous n'aurons pas assez de temps pour la relecture et la mise en page.

— Je sais.

Elle attend.

— Le souci, c'est que je n'aurai jamais le temps de le finir.

Sonia secoue doucement la tête comme si elle n'avait rien entendu.

— Je suis vraiment désolé, insiste Zach, mais M. Crutcher m'a donné un devoir à rendre vendredi, et je ne pourrai pas faire les deux.

— Ça ne te ressemble pas, observe-t-elle avec une moue. Toi qui gères toujours très bien ton emploi du temps.

— Je n'y peux rien, il me l'a donné il y a trois jours. C'est un… un devoir de rattrapage. Pour remonter ma note.

Ce n'est pas l'envie qui manque à Sonia de faire quelque remarque sur Teddy Crutcher et ses méthodes, mais elle s'abstient et se contente de regarder sa montre. Zach flirte dangereusement avec le retard à son prochain cours, et elle aussi d'ailleurs.

— Passe me voir tout à l'heure, on en rediscutera.

Zach acquiesce et file au pas de course. En chemin, il salue la moitié des gamins qu'il croise, et tous lui rendent son geste. Comment ne pas aimer Zach ? C'est typiquement le genre d'élève qu'on a envie d'aider.

Elle entre dans sa classe, tout le monde est assis et l'attend. L'ultime sonnerie retentit à l'instant où elle ferme la porte. Sans téléphone à tripoter, les élèves ont l'air aussi perdus qu'une portée de chiots ne sachant pas vraiment ce qu'on attend d'eux.

Tant mieux, Sonia est là pour les guider.

À la première occasion, Sonia écrit un message à la rédactrice en chef du *Clairon* pour lui faire savoir que le texte de Zach ne sera pas prêt à temps et qu'il faudra peut-être se rabattre sur un autre article.

Fidèle à son habitude, la jeune Courtney est en panique.

Un autre article ? Mais on n'a plus le temps !

Sonia répond aussitôt :

Ne t'inquiète pas, on trouvera une solution. On en trouve toujours.

!!
!!!!!!!!!

Les points d'exclamation de Courtney occupent tout le message. Elle est en première, une classe charnière que tout le monde appelle « l'année de la dernière chance ». L'ultime occasion de faire remonter sa moyenne et de multiplier les activités extrascolaires dont les universités sont friandes. L'année de première, c'est une cocotte-minute pour tout ce qui touche à la fac, et pas seulement à cause des élèves. Les parents sont les principaux coupables.

Ils dépensent une fortune pour envoyer leurs enfants à Belmont et, en échange, ils exigent des résultats. Non pas une bonne fac, mais la meilleure. Ils visent tous l'Ivy League, ou les prestigieux campus de la côte Ouest – Berkeley, Stanford ou l'université de Californie. Une institution dotée d'un grand nom où l'on se tisse le meilleur réseau de contacts. Une école qui garantit l'avenir de leur progéniture.

C'est épuisant. Et depuis le scandale des admissions en fac, c'est encore pire. Pour toutes ces raisons, Sonia est agacée d'apprendre que Teddy a donné du travail supplémentaire à un élève en cette période tendue.

D'habitude, elle met un point d'honneur à ne pas se mêler de ce qui se passe dans les classes de ses collègues enseignants. Chacun sa méthode, telle est sa devise. Mais, dans le cas de Zach, elle ne peut pas rester là sans rien dire, même s'il s'agit de Teddy. C'est son devoir de soulager les élèves de ce stress écrasant.

Chaque année, Sonia ouvre l'œil pour repérer tout lycéen prêt à craquer. Ça arrive assez souvent. Parfois, ce sont les enseignants.

Un jour, ça a même concerné le proviseur.

7

Sonia porte la salle de classe de Teddy en horreur. Tous ces murs vides la rendent folle. Et puis, n'est-ce pas ridicule de refuser le tableau interactif? C'est grotesque. S'il y a une chose qu'elle déteste, c'est bien les gens qui s'obstinent à vivre comme au siècle dernier.

Mais nombreux sont ceux qui le trouvent bon professeur. Excellent, même.

À la pause-déjeuner, elle le trouve à son bureau, occupé à manger un sandwich emballé dans un film plastique et une pomme en dessert. C'est fou comme il fait plus que son âge. Si elle sait que Teddy a quarante ans, c'est uniquement parce que l'école a organisé une fête grandiose en son honneur. Il ne méritait pas tant d'égards.

— Sonia, la salue-t-il en se levant. Bonjour.

— Bonjour, Teddy. Comment vas-tu ?

— Ça va, et toi ?

— Très bien.

Les yeux de Sonia se posent pour la première fois sur la plaque. Après des années d'enseignement à Belmont, Teddy s'est enfin décidé à accrocher quelque chose au mur. Comme s'il avait attendu de pouvoir exhiber son prix du professeur de l'année.

Quand on pense que le conseil d'administration l'a élu lui au lieu d'elle.

— Que puis-je faire pour toi ?

— J'ai cru entendre que tu avais donné un devoir de rattrapage à Zach Ward.

Il la regarde sans un mot. Sans explication.

— Le problème, reprend-elle, c'est que Zach doit rendre un article vendredi pour *Le Clairon*. C'est l'un de nos meilleurs journalistes, je suppose que tu es au courant.

Bref hochement de tête.

— Je lis régulièrement *Le Clairon*, dit-il.

Évidemment, au cas où son nom apparaîtrait dans un article.

— Zach me fait savoir qu'il sera dans l'incapacité de finir à la fois son article et ton devoir pour vendredi.

— Quel dommage.

— N'y aurait-il pas une solution pour lui permettre de faire les deux ?

Il incline la tête, curieux.

— Je ne suis pas sûr de comprendre.

Sonia réprime son agacement en prenant une profonde inspiration. Teddy a parfaitement saisi où elle voulait en venir, il veut seulement l'entendre de sa bouche.

— Zach ne peut-il pas te rendre ce devoir plus tard ?

— Non.

La sécheresse de sa réponse la prend par surprise.

— Je ne comprends pas, balbutie-t-elle.

— Aux dernières nouvelles, nous ne sommes pas censés nous concerter pour échelonner les devoirs que l'on donne aux élèves.

— Non, inutile d'aller jusque-là. Je te demande juste une faveur pour que nous puissions obtenir tous les deux ce que nous voulons.

Si elle savait à quel point il ne partage pas cet avis.

Elle ne manque pas d'air !

Comment cette femme ose-t-elle débarquer dans la classe de Teddy pour lui réclamer de modifier la date de remise d'un devoir ? Quel culot ! Et de la part d'une collègue, qui plus est. Il est plus qu'outré ; il est écœuré.

Sonia est toujours plantée là devant son bureau, raide comme une statue. Comme si elle était parfaitement dans son droit.

La première fois qu'il l'a rencontrée, il y a dix ans, elle avait l'air d'un oisillon tombé du nid, bien trop jeune pour l'enseignement. Depuis, elle a pris du poids, ses cheveux sont roux et non plus châtains, elle se maquille davantage, porte plus de bijoux, et son haleine sent le café.

Mais elle est toujours aussi irritante. Pour ça, elle n'a pas changé.

— Non, dit-il. Je ne peux pas.

— Et s'il rendait ton devoir lundi ? Qu'en penses-tu ?

— Écoute, je lui fais déjà une fleur en lui donnant une chance de rectifier le tir. Je ne vais pas lui faire un autre cadeau en repoussant le délai.

— Mais pourquoi Zach aurait-il besoin d'une fleur ? Il collectionne les A.

— Les bons élèves ne sont pas toujours infaillibles.

— Je sais, dit-elle d'un air pincé.

— Et toi, pourquoi tu ne repousses pas l'article à lundi ?

— Merci de m'avoir accordé de ton temps, Teddy, tranche-t-elle d'une voix sèche.

Elle pivote et quitte la salle sans un mot de plus.

Au fond, il s'en veut un peu pour Courtney, la rédactrice en chef, qui va devoir gérer cette crise, mais il ne culpabilise pas assez pour céder à la demande de Sonia. La gentillesse a des limites.

Il ferme la porte à clé. Avec un peu de chance, il pourra terminer son déjeuner sans qu'on vienne encore lui réclamer quelque chose.

8

Sonia retourne directement dans sa salle de classe et sort sa balle antistress du tiroir. Un cadeau de son mari pour Noël il y a quelques années, pour l'aider à calmer ses nerfs.

« Arrête de te mettre la rate au court-bouillon. »

Une expression qu'il ressort chaque fois.

Ce cadeau est parti d'une plaisanterie que Sonia n'a pas trouvée très amusante. Elle déteste la formule que son mari lui répète d'un air malicieux, à tout bout de champ. Au moins, cette foutue balle avec son grand sourire niais a-t-elle une utilité.

Elle la serre à deux mains et laisse libre cours à ses envies de meurtre.

Si elle a les nerfs en pelote, c'est à cause de Teddy. Il n'est pas le seul à provoquer son exaspération, mais aujourd'hui c'est sa faute. Tout ce qu'elle veut, c'est faire au mieux pour Zach. Tandis que Teddy n'agit que dans son intérêt. En a-t-il seulement conscience ?

Elle malmène la balle, la malaxe sans ménagement. Peut-on casser ce genre d'objet ? De quelle matière est-elle remplie ? Sûrement une pâte visqueuse. Quand elle aura évacué tout son stress, elle se renseignera sur Internet. Pour l'instant, elle pétrit férocement.

Quand Zach entre dans son bureau, le dernier cours de la journée vient de se terminer, et Sonia est déjà plus détendue.

Et tant mieux, car Zach n'y peut rien si son professeur de littérature est un tyran.

— Assieds-toi, je t'en prie, dit-elle en montrant les bureaux d'élèves tandis qu'elle vient occuper le bureau voisin.

— Je suis vraiment désolé, la commémoration approche, soupire-t-il en posant son sac par terre. Mais j'ai pris beaucoup de notes pour l'article, ne pensez-vous pas qu'un autre lycéen pourrait…

— Je t'arrête tout de suite, l'interrompt-elle en levant la main. Je crois avoir trouvé une solution.

Son regard s'éclaire. C'est un gamin charmant, le genre de charisme auquel il est difficile de résister. C'est en partie ce qui le rend si populaire.

— Vraiment ? s'étonne-t-il.

— Penses-tu pouvoir terminer l'article pour lundi ?

Il y réfléchit à peine une seconde.

— Ouais. Enfin oui, je devrais pouvoir y arriver. Mais la relecture…

Sonia pointe son pouce vers elle.

— Je m'en chargerai.

— Vous ? Mais je ne peux pas vous demander de…

— Je t'assure, ça ne me dérange pas. Je préfère cela plutôt que de publier *Le Clairon* sans ton texte sur la commémoration annuelle. Tu sais combien cet événement est important.

Comme il opine, une mèche brune glisse devant son œil.

— Oui, je sais.

Tout le monde le sait.

— Bon, alors c'est réglé, déclare-t-elle.

— Merci. Merci infiniment, Mme B.

— Avec plaisir.

Il sourit.

Sonia envoie un message à Courtney pour lui dire que tout va s'arranger.

J'ai parlé à Zach. Nous aurons son article.

Vous êtes magique !

Le sourire aux lèvres, Sonia range la balle antistress dans le tiroir du haut. Elle n'en a plus besoin maintenant que le problème est résolu.

Grâce à elle.

9

Zach s'éloigne de Mme B. le pas plus léger. En d'autres circonstances, il n'aurait jamais demandé un report de délai, pas même pour une activité extrascolaire comme Le Clairon, mais il n'a pas eu le choix. Il n'aurait jamais pu terminer l'article et la dissertation d'ici vendredi.

Crutcher mériterait qu'il écrive un texte sur lui. On pourrait consacrer des dizaines de tomes à ce salopard, et Zach ne serait pas le seul à tenir la plume. Il connaissait Crutcher de réputation avant même d'avoir mis les pieds dans sa classe. Tout ce qu'on disait de lui était vrai, et bien plus encore.

Zach sort de l'école et respire l'air frais avant de monter dans sa voiture. Une marque allemande, luxueuse et ignoble. La voiture incontournable quand on fréquente Belmont, d'après son père.

« Ne jamais sous-estimer le pouvoir d'une première impression. »

Encore un wardisme.

Zach accélère en quittant le parking pour rentrer tout droit chez lui. S'il a de la chance, la maison sera déserte, et il pourra avancer dans sa lecture. Sinon, il poursuivra son chemin. C'est quand même fou de ne pas réussir à être tranquille dans une baraque aussi grande, mais c'est pourtant la réalité. À croire que ses parents anticipent le moindre de ses faits et gestes.

Sur la route, Courtney l'appelle. Elle parle avant même qu'il n'ait le temps de dire « Allô ».

— Salut, gros naze. Tu peux m'expliquer pourquoi tu rends ton papier en retard ?

— Les nouvelles vont vite.

— Je suis rédactrice en chef, je te signale. J'ai piqué ma crise par texto à Mme B. à cause de cette histoire.

Zach pousse un soupir.

— Pourquoi tu lui fais subir ça ?

— Pour qu'elle constate à quel point je suis impliquée. Alors, quelle est ton excuse ?

— Crutcher. Un devoir de rattrapage.

— Ça craint.

— Ouais, comme tu dis.

— Tu t'es planté sur le dernier devoir, pas vrai ?

— Non, je ne me suis pas planté. J'ai eu un B+ parce que c'est un salaud.

— Un B+ ? Aïe.

— Dis-moi ta moyenne, je te dirai qui tu es.

Encore un wardisme.

— Je croirais entendre ma mère, siffle Courtney.

— Touché, grommelle Zach.

— Bien fait pour toi, tu n'avais qu'à livrer ton article à l'heure, gros naze.

Elle raccroche.

Il ne lui en veut pas qu'elle lui raccroche au nez, ni même qu'elle l'appelle « gros naze ». Ce surnom lui colle à la peau depuis toujours, c'est une plaisanterie entre eux depuis le CM1. Zach n'est pas un gros naze, et c'est grâce à Courtney.

À l'époque, son père venait d'avoir une promotion, et toute la famille avait quitté le Rhode Island pour s'installer ici. Zach était le petit nouveau de l'école, entouré d'élèves qui se connaissaient depuis la naissance. Le premier jour de rentrée, tout le monde l'a ignoré. Le deuxième jour, ils l'ont remarqué. En particulier ce petit crétin de Bennett. Lui et ses copains sont venus s'asseoir à sa table de cantine et l'ont bombardé de questions : qui était-il, d'où venait-il, le tout en dévorant presque tout le contenu de son plateau. Pétrifié, il avait gardé le silence.

Courtney a volé à sa rescousse. Elle est venue droit sur Bennett. C'était une demi-portion avec ses cheveux déjà attachés en queue de cheval et son uniforme impeccable, mais elle avait déjà la langue bien pendue et un sacré sens de la repartie.

— Du balai, Bennett ! a-t-elle dit. Apparemment, tu ne sais pas qui est son père.

Elle ne le savait pas non plus, mais ce n'était pas Zach qui allait le lui faire remarquer. De toute évidence, cette fille savait se faire prendre au sérieux, car Bennett avait flanché.

— On s'amuse, c'est tout, s'est-il défendu.

— Alors allez vous amuser ailleurs.

Ce qu'ils ont fait. Bennett et ses copains ont quitté la table sans protester.

Une fois le groupe parti, Courtney s'est assise à côté de Zach et s'est présentée.

— Ces abrutis trouvent le bizutage amusant. (Une grimace.) Non mais, quels débiles.

On n'avait encore jamais sauvé Zach, il n'en avait jamais eu besoin, et il n'avait jamais rencontré de fille aussi courageuse que Courtney.

— Mon père bosse dans la finance, c'est tout.

— Peut-être, mais ils n'en savent rien, avait-elle répondu en souriant.

Il lui avait rendu son sourire.

— Merci. J'ai failli croire que j'étais un gros naze.

— Ce n'est pas grave. Je suis bien une geek, moi.

Et, en effet, Courtney était l'une des « geeks » les plus populaires de l'école. Les surnoms ont traversé les années jusqu'à aujourd'hui. Et leur amitié aussi.

Zach s'engage dans l'allée et s'arrête, le moteur tourne toujours. L'idée de monter dans cette chambre grisâtre pour lire *La Maison d'Âpre-Vent* le déprime, tous les ingrédients sont réunis pour une tentative de suicide ou un mauvais scénario de film.

Non, pas aujourd'hui. La bibliothèque du quartier sera bien plus accueillante.

Il reprend donc la route en s'imaginant la scène. De grands fauteuils confortables, l'endroit idéal pour se détendre et lire sérieusement. Sans interruption. Le seul inconvénient, c'est que la nourriture et les boissons y sont interdites. Une sucrerie, et ç'aurait été parfait. Mais la perfection existe-t-elle vraiment ?

Son esprit turbine, comme s'il allait se convaincre de passer l'après-midi à plancher sur le devoir de rattrapage de Crutcher. L'illusion ne dure qu'un temps.

Devant un feu rouge, il envoie un message à Lucas.

T'es où ?

Chez moi. Pourquoi ?

T'as de l'herbe ?

C'est une vraie question ?

J'arrive.

Il aura tout le temps de bouquiner ce soir. Ce n'est pas comme si ses parents lui autorisaient une vie sociale, en tout cas pas en semaine. Couvre-feu à 21 heures du dimanche au jeudi sans exception, sauf requête expresse du lycée. Il aura beau discuter, son père ne voudra rien entendre. Et sa mère non plus, d'ailleurs. Elle est même pire.

Mais pas au point de la mère de Courtney. C'est déjà ça.

10

Lundi soir, quand Teddy est seul chez lui, il passe des heures sur les réseaux sociaux. Son pseudo est Natasha, une élève de dix-sept ans avec l'image d'une Suédoise pour photo de profil. En ligne, Natasha est amie avec Zach et bien d'autres élèves de Belmont.

Qui refuserait l'invitation d'une jolie jeune fille ? Personne, ni filles ni garçons. Et encore moins les vieux pervers, que Teddy a dû bloquer par dizaines au cours des années. Il a créé plusieurs profils dont Larissa, Molly, Yasmine et Kellie. Le problème, lorsqu'on fait semblant d'être une adolescente, c'est que tôt ou tard il faut vieillir. Et chaque fois, il faut se réinventer.

La première fois que l'idée lui est venue de créer un faux compte, il éprouvait une certaine appréhension. Un homme mature se faisant passer pour une lycéenne, si l'info fuitait dans la presse, ça suffirait à le faire plonger.

Il avait résisté pendant longtemps en se persuadant que c'était stupide, risqué et destructeur, et qu'il valait mieux que ça.

Pourtant, un jour, la curiosité l'a emporté, et il a sauté le pas.

Sa première tentative fut un fiasco. Il n'y connaissait rien à la création d'un profil, par quels mots se décrire, quelle musique mettre en avant, quels groupes il était supposé écouter, quels films susciteraient l'enthousiasme d'une adolescente de dix-sept ans.

Le deuxième profil présentait quelques améliorations, mais c'est avec le troisième qu'il a trouvé sa vitesse de croisière.

Teddy fait défiler les messages du jour, dont la plupart ont été envoyés pendant les cours, et tente de suivre les conversations.

Non pas qu'il y prenne du plaisir. Il se fiche éperdument des jeux vidéo, du sport, des plans pour ce week-end, de la marijuana, de l'alcool et des amourettes. Mais les réseaux sociaux sont le seul moyen d'espionner ce que font les élèves.

Certes, on sait qui sort avec qui, quel gamin a des vues sur quelle gamine et qui déteste qui. Ce n'est pas très intéressant, mais ça peut se révéler utile.

Il ne lit pas pour les potins. Enfin, pas vraiment. Ce qu'il cherche, ce sont des réactions à son devoir. Il est peut-être trop tôt, ils ont encore plusieurs semaines pour lire *Moby Dick*, mais il finira par en entendre parler sur la toile, il est prêt à le parier. Il commence à les connaître.

Occupé à faire dérouler son fil d'actualité, il voit soudain apparaître la notification d'un nouveau mail.

Cher Monsieur Crutcher,

Je tenais à vous remercier d'avoir confié à Zach un devoir de rattrapage pour lui permettre de remonter sa note. J'apprécie le temps et l'attention que vous avez bien voulu nous consacrer, et Zach vous en est également très reconnaissant.

Bien à vous,
Pamela Ward

Les tournures sont avenantes. Presque gentilles. Mais au vu de l'identité de l'expéditrice, ce message lui fait l'effet d'une menace.

Sonia se trouve face au comité de la commémoration et s'efforce de sourire avec optimisme et compassion.

Le comité officiel est composé de parents d'élèves, de membres du personnel et de lycéens. Ils se sont réunis au moins une fois par mois au cours des six derniers mois. Maintenant que l'échéance approche, les réunions deviennent hebdomadaires.

— Comme vous le savez tous, dit Sonia, la cérémonie doit jongler entre l'acceptation de ce qui s'est passé et l'ambition de garder foi en l'avenir.

— Pas comme l'an dernier, avance quelqu'un.

Le silence retombe sur la salle. Tout le monde se souvient de l'an passé, quand tous les papillons blancs auraient dû s'envoler avec majesté. Ils étaient restés trop longtemps dans le carton. Les rares survivants s'étaient péniblement élevés dans les airs, tandis que les autres avaient péri au fond de la boîte.

Mais Sonia n'était pas aux manettes l'année précédente.

— Pas d'insectes cette année, déclare-t-elle. Ni de colombes. Aucun être vivant en dehors de notre assemblée au grand complet.

— Presque au complet.

Le commentaire vient de l'un des membres les plus influents du comité. Ingrid Ross est présidente du collaboratif, nom donné à l'association de parents d'élèves de Belmont. Et c'est également la mère de Courtney.

— Oui, merci, acquiesce Sonia avant de se tourner vers l'administrateur du groupe. Qu'en est-il du buffet ?

— Il sera servi à midi pile. On l'installera dans la cour, ou dans la cafétéria si le temps se gâte. Du café, du thé et de l'eau seront en libre-service toute la journée.

— Pas de petit déjeuner ? demande Sonia.

Ingrid répond au nom du groupe :

— Non.

— Très bien. Où en sont les intervenants ?

— J'ai la liste, reprend Ingrid en se levant, puis elle s'éclaircit la voix. (Grande et svelte, elle paraît toujours sortir d'un cours de gym. Ses cheveux blonds et raides sont noués en une queue de cheval soignée.) Tout d'abord, le proviseur ouvrira la cérémonie, suivi par un pasteur, puis un rabbin et un philosophe oriental, et tous s'uniront pour une minute de silence.

— Je croyais que nous invitions un moine bouddhiste, objecte quelqu'un.

Ingrid fait la moue.

— Le sous-comité a voté contre.

— Ah.

— Ensuite, après la minute de silence, certains parents prendront la parole, moi y compris.

Sonia se fait violence pour ne pas lever les yeux au ciel.

— Dans l'après-midi, poursuit Ingrid, nous nous scinderons en petits groupes, avec conseillers et thérapeutes, puis nous nous réunirons pour la cérémonie des cierges. Quelques enseignants prendront la parole, puis le proviseur clôturera la journée avec quelques paroles positives pour l'avenir.

— Des enseignants vont s'exprimer ? s'étonne Sonia. Lesquels ?

— Ça n'a pas encore été décidé.

— Qui est pressenti ?

Avec un soupir, Ingrid parcourt sa tablette.

— Daniels, Jawicki, Parker, Jackson et Timberg. Et, bien sûr, Crutcher interviendra en sa qualité de professeur de l'année.

En effet. L'un des grands honneurs de ce prix, c'est que l'élu est sollicité pour chaque événement organisé par le lycée, Sonia devra l'écouter parler jusqu'à écœurement.

Génial.

— Passons à la décoration, enchaîne la mère de Courtney. Un aspect toujours délicat pour une commémoration. Il ne faut pas donner l'impression d'être à un enterrement, ni opter pour une atmosphère trop festive.

La porte-parole du sous-comité consacré au sujet dresse la liste de toutes les possibilités envisagées, depuis le livre d'or en forme de long papyrus aux nappes à l'effigie du lynx, la mascotte du lycée. Pour les centres de table, ils aimeraient un animal amusant et coloré, vêtu d'un costard.

— Je vote contre, s'oppose Ingrid. Si nous prenons des lynx, il faut qu'ils portent l'uniforme de l'école, ou du moins ses couleurs.

Pour une fois, Sonia est d'accord avec elle :

— Ce n'est pas un événement formel. Je ne pense pas que le costume soit de bon ton.

— Pas de costard, opine la porte-parole en rayant l'option de sa liste d'un geste dramatique. D'autres volontés ?

— Restez subtils, suggère Ingrid. Évitons de nous ridiculiser.

— Nous ou l'école, précise Sonia.

— Oui, bien sûr.

La réunion s'achève sans enthousiasme, comme chaque semaine. Sonia rejoint directement sa salle de classe et s'empare de sa balle antistress. Elle savait que la responsabilité de cet événement serait lourde à porter. Ces dernières années, la commémoration annuelle a pris de l'ampleur, et sa collecte de charité aussi.

Personne ne s'y attendait. La première cérémonie a été organisée à la suite du suicide du précédent proviseur.

Il a été retrouvé en pleine nuit par le gardien. Sonia est prise de frissons chaque fois qu'elle pense au pauvre Joe, qui ne faisait que son travail lorsqu'il a découvert le proviseur pendu au ventilateur de son bureau.

II

Le discours de Teddy pour la commémoration est prêt depuis des mois. Il l'a rédigé cet été, juste après avoir obtenu le prix du professeur de l'année. Depuis, il le relit tous les matins pour le peaufiner. Le texte a déjà été intégralement réécrit trois fois.

L'année dernière, ce titre a été décerné à Gabriel Stein, et son exposé était épouvantable. Trop long, trop triste, trop tout. Il a même pleuré, pour l'amour du ciel !

Teddy ne reproduira certainement pas cette erreur.

Ce matin, il trouve son discours plutôt correct. Éloquent sans être trop verbeux. Compatissant, mais pas déprimant. Et surtout, il faut que ça ait l'air solennel. Après tout, il a une responsabilité envers les élèves et l'établissement. Ses mots ont un poids. Ils ont un sens. Il ne les emploie pas à la légère.

Il sort un instant pour respirer l'air frais. Un temps d'automne parfait : ensoleillé avec une légère brise. Lorsqu'il démarre sa voiture, la voix de son présentateur préféré envahit l'habitacle.

La journée s'annonce bonne.

Et ça va en s'améliorant dès son deuxième cours de la journée. Sa classe préférée.

— Bien, dit-il en invitant tout le monde à s'asseoir. Nous allons commencer l'étude d'un nouveau roman.

— On peut voter ? demande un élève.

— On lève la main, siffle Teddy.

Le garçon s'exécute. Le professeur lui fait un signe de tête.

— On peut voter ?

— Non.

— Mais ceux qui ont littérature l'après-midi ont pu voter ! geint-il.

— C'est vrai. Mais vous, vous avez cours le matin, rétorque Teddy.

Il n'a strictement aucune obligation de faire le même cours pour toutes les premières, tant que leur niveau reste équivalent en fin d'année. Aucune classe de Teddy n'étudie le même livre en même temps. En partie pour éviter les tricheries.

Mais aussi parce qu'il déteste donner à ses élèves la possibilité d'anticiper ce qui les attend.

— Toutefois, reprend-il, je suis ouvert à la discussion. Qu'aimeriez-vous lire ?

Cinq mains se lèvent, dont les deux auxquelles il s'attendait. Il les ignore et désigne une fille au deuxième rang.

— Ambre ?

— *Sa Majesté des mouches*, propose-t-elle.

Il acquiesce puis interroge un autre gamin en disant :

— Noah ?

— *Abattoir 5*.

— Madeline ?

— *Je sais pourquoi chante l'oiseau en cage*.

D'autres mains se lèvent, ils prennent le rythme. C'est fou ce qui se passe quand on leur donne le choix.

Il demande l'avis de chacun des élèves, y compris les deux trop zélés.

— *L'Attrape-cœurs*.

— *Le Journal d'Anne Frank*.

— *La Jungle*.

Tous de grands classiques, courts et faciles à lire. Rien de lourd, aucune plume complexe, et certainement pas de traductions russes. Des ouvrages qu'ils ont certainement déjà lus.

Teddy lance un coup d'œil à Courtney Ross pour tenter de jauger sa réaction. Il s'en veut toujours un peu d'avoir bousculé la sortie du prochain numéro. Elle ne devrait pas avoir à pâtir des bêtises de Zach Ward. Contrairement à lui, ce n'est pas une élève arrogante ni difficile. Elle ne demande jamais à reporter les dates de rendu – elle n'en a pas besoin – et décroche des A pour tous ses devoirs. Même avec les professeurs les plus exigeants.

Pour ce prochain livre, elle mérite de souffler un peu. Pourquoi pas un roman amusant ? Ça lui ferait du bien, à Courtney.

— Que pensez-vous de *Outsiders* ?

Silence. Les gamins ont l'air sceptiques, comme s'ils flairaient un piège.

— Vous êtes sérieux ? dit quelqu'un.

Teddy sourit. *Outsiders* est le saint Graal du livre à étudier au lycée. Facile à lire, intéressant et fourmillant de messages importants sur l'économie sociale et les conséquences des stéréotypes et autres jugements de valeur. Et puis, il existe une adaptation cinématographique portée par une belle brochette de célébrités.

— Très sérieux, répond-il.

Les élèves applaudissent, une entorse au protocole, mais Teddy les laisse faire. Sa classe a conscience qu'il leur fait un cadeau.

Ce qu'ils ignorent, c'est que ce cadeau est destiné à Courtney.

Pour elle, il veut bien leur faire une fleur, or il n'en fait pas souvent.

Et, pour être honnête, ce n'est pas uniquement à cause de l'article de Zach. C'est aussi pour Ingrid, la mère de Courtney.

En tant que présidente du collaboratif, elle siège au sein du conseil d'administration de l'académie de Belmont.

Ce même conseil qui élit le professeur de l'année.

Zach sent quelque chose sur son bras. Non, ça *appuie* sur son bras.

Puis un murmure à son oreille.

— Réveille-toi, gros naze.

Il ouvre les yeux. Courtney est penchée au-dessus de lui, tout sourire.

Il est dans la bibliothèque, les cours sont terminés, et il s'est endormi sur *La Maison d'Âpre-Vent*. Hier soir, il a veillé très tard pour avancer dans sa lecture et il est loin d'avoir terminé.

— Salut, la geek, marmonne-t-il en relevant la tête. Je me suis assoupi.

— Je vois ça.

Elle s'assied, et son sac s'échoue par terre dans un bruit sourd. Autour d'eux, les tables sont désertes. Zach consulte son téléphone. Presque 17 heures.

— Qu'est-ce que tu fiches là ?

— Je retarde le moment de rentrer à la maison, répond Courtney.

Il saisit le sous-entendu et dit avec un hochement du menton :

— À cause de ta mère ?

— Toujours.

— Qu'est-ce qu'elle a encore fait ? demande-t-il en se frottant les yeux.

— Elle se monte le bourrichon pour les préinscriptions en fac. Je te jure, elle trouve chaque jour un nouveau moyen de me torturer, soupire-t-elle en secouant la tête tout en regardant son portable. Elle m'a envoyé sept textos depuis la fin des cours. Trois d'entre eux mentionnent « Yale ».

La mère de Courtney n'a que ce mot à la bouche depuis des années : Yale. Comme si sa vie entière dépendait de l'admission de sa fille dans cette université.

— Qu'est-ce que vous manigancez, tous les deux ?

M. Maxwell, leur prof de maths, s'approche de leur table en souriant. Il a plus l'allure d'un coach sportif que d'un enseignant, avec sa manie de toujours bander ses muscles. Comme il le fait maintenant, d'ailleurs.

Zach montre son livre.

— Rien, on révise.

— Oui, on travaille, renchérit Courtney.

M. Maxwell hoche la tête sans cesser de sourire. Comme le silence s'installe, il finit par s'en aller.

— C'était bizarre, chuchote Zach.

— Il est chelou, parfois. Pas dans le sens pervers, mais il croit toujours qu'on mijote un sale coup.

— Bonjour le jugement.

— C'est clair, marmonne Courtney. Il devait être rebelle à notre âge, je parie qu'il nous soupçonne de prendre le même chemin.

Zach soupire en étirant ses bras.

— Quelles casseroles il doit traîner… Les profs n'ont pas idée du boulot que ça représente de les supporter.

— Carrément.

12

Zach est en retard. Il aurait dû arriver à 19 heures pour la réunion du sous-comité de la commémoration, mais il a été retenu par son père qui ne voulait pas le laisser sortir ce soir.

Oui, il s'absente pour le lycée.

Si, promis, juré, craché, c'est un impératif scolaire. Zach est l'un des porte-parole des élèves pour le comité de la commémoration, son père l'aurait-il oublié ?

Oui, il sera rentré pour le couvre-feu. Si tout va bien. À moins que la séance ne s'éternise ou qu'il décide de fuguer au Canada.

Papa finit par le laisser partir. Quand Zach arrive à la réunion, tout le monde est déjà là.

— Désolé, souffle-t-il en s'empressant de s'asseoir.

Son entrée est remarquée, mais personne ne lui lance de regard noir, c'est déjà ça. Certains parents sont très tatillons sur la ponctualité.

La réunion se tient dans l'une des salles de classe de Belmont. Ingrid Ross est face à l'assemblée, à côté du tableau interactif – « madame Ross », comme l'appelle Zach. Il la connaît depuis aussi longtemps que Courtney.

— Comme je le disais, nous avons consacré beaucoup de temps à organiser cette cérémonie. La statue mémorial fait débat depuis des années, mais je pense que nous avons enfin trouvé ce que nous cherchions. (Une pause pour balayer l'assistance d'un sourire.) Après de nombreux essais, de versions envisagées puis abandonnées, j'ai le plaisir de vous dévoiler l'œuvre que nous avons sélectionnée. En tout cas, en photo.

Mme Ross tapote l'écran.

Un rocher de bronze apparaît.

C'est ça, leur choix final : un gros caillou. De multiples idées ont été écartées, jugées macabres ou inappropriées. Les anges n'étaient pas assez inclusifs. Le buste du proviseur risquait de passer pour une ode au suicide. Le simple mur était trop quelconque. La liste s'étendait ainsi jusqu'au jour où quelqu'un a finalement proposé un grand rocher de bronze (plaqué).

Un symbole de force et de postérité. Un symbole pour Belmont.

Au pied de la sculpture, une petite plaque porte l'inscription : BELMONT, À TOUT JAMAIS. Et sous cette phrase, le nom du proviseur qui s'est ôté la vie, ainsi que l'année de sa mort.

— C'est très beau, approuve quelqu'un.

Zach opine. Il a peur d'ouvrir la bouche, il risquerait d'avoir un fou rire. Belmont a mis des années à se décider, tout ça pour un caillou.

Mme Ross attend d'autres commentaires. En vain.

— La sculpture sera inaugurée par le proviseur en fin de cérémonie, puis suivront les photos officielles. (Elle sourit à l'assemblée, toutes dents dehors.) Il semblerait que nous y soyons enfin arrivés. Merci à tous d'avoir travaillé si dur sur ce projet. Je sais que la route a été longue.

Un tonnerre d'applaudissements secoue la salle.

On aborde ensuite le sujet du piédestal, à peine moins controversé que le rocher lui-même. Le rendu est très sobre, personne ne devrait avoir quoi que ce soit à y redire. En tout cas, pas Zach.

La réunion terminée, il rêve de pouvoir s'échapper avant que quiconque ne lui mette le grappin dessus. Évidemment, c'est raté. Il ne quitte jamais un lieu sans avoir dit au revoir à tout le monde. Ça fait partie du protocole.

D'ailleurs, Ingrid Ross vient l'accoster.

— Bonsoir, madame Ross, la salue-t-il.

— Bonsoir, Zach. Tu n'étais pas à la dernière réunion, me semble-t-il.

— En effet, je suis désolé. J'avais un devoir à terminer.

Il se tait, au cas où elle voudrait objecter. Comme elle se tait, il reprend :

— Ce sera un bel événement. Je suis fier d'y participer.

Ses pattes-d'oie se creusent au coin de ses yeux quand elle sourit.

— Et c'est une ligne de plus dans ton dossier de candidature pour la fac.

À l'entendre, on croirait un reproche. Il acquiesce sans savoir quoi répondre.

— Toujours motivé pour Princeton ? demande-t-elle.

— J'espère. C'est mon premier vœu.

— Courtney postulera aux candidatures anticipées pour Yale. Tu sais qu'elle rêve d'y aller depuis toujours.

C'est totalement faux. Courtney rêve de partir à l'Ouest, loin de sa mère. Elle se fiche d'être acceptée à Stanford, Berkeley ou même Santa Cruz, tant qu'elle met les voiles en direction de la côte opposée.

— Elle m'en a parlé, répond Zach.

— Je n'en doute pas.

— J'étais ravi de vous voir, madame Ross. La prochaine réunion sera dans une semaine ?

— Sans faute.

Zach sourit et s'éloigne, se forçant à adresser un hochement de tête poli à tout le monde. Quand il quitte enfin la pièce, il est au bord de l'implosion. Quel calvaire de faire des courbettes à des gens qu'on déteste. Enfin, il ne les « déteste » pas. Mais presque.

Quand il arrive chez lui, il remarque le texto de Courtney.

Ma mère dit qu'elle t'a parlé. Princeton ???

Pourquoi pas ? Ça reste une fac de l'Ivy League.

La dernière fois, tu disais viser Cornell.

L'une ou l'autre, on s'en fiche. Quelle différence ?

Elle a reparlé de Yale ?

Oh, oui. C'est la fac de tes rêves…

Elle va me rendre folle, je te jure !

C'est le boulot des parents. Ça doit figurer dans le manuel.

Il existe un manuel ?

Forcément. Je ne vois pas d'autre explication.

13

Le vendredi matin à l'aube, avant même de partir pour le lycée, Sonia commence à recevoir des messages de Courtney. Le jour de réception de tous les articles du *Clairon* est toujours synonyme de stress, surtout pour la rédactrice en chef.

Le texte sur le nouveau rayon de la bibliothèque est cent fois TROP LONG !

Je m'inquiète pour le rassemblement des sports, ils ne nous donneront rien avant la fin du week-end.

Je crois qu'il faut revoir la mise en page.

Sonia ne répond qu'au dernier :

Non, on ne change rien du tout. Il suffit d'adapter les articles à la mise en page existante.

La dernière ligne droite met toujours Courtney à cran, mais cette fois elle atteint des sommets. Il faut dire qu'elle compte sur le numéro de la commémoration pour étoffer son dossier de candidature en fac l'année prochaine. Si l'angoisse de Courtney est à dix, le stress de Sonia grimpe à cinquante-sept. Sans compter le flot de mails réceptionnés la veille, à la suite des résultats du lycée. L'établissement a fait très fort l'année précédente, alors il faut faire encore mieux cette fois.

— Tout va bien ? demande le mari de Sonia en pénétrant dans la cuisine, en sueur après s'être dépensé sur le tapis de course.

Mark est un homme doux et charmant avec qui elle partage sa vie depuis le lycée, et elle ne s'imagine vivre avec personne d'autre. Même s'il lui reproche de se mettre la rate au court-bouillon.

— Oui, ça va. Pourquoi ?

— Parce que si tu continues de serrer ton téléphone comme ça, il va finir par casser.

Effectivement. Sonia débarrasse sa tasse de café dans l'évier et pousse un long soupir.

— C'est le jour de réception des articles.

— Ah, et tu vas rentrer tard ?

— Absolument.

Mark se penche pour l'embrasser sur le front.

— Ton dîner t'attendra dans le frigo.

Il file prendre une douche pendant qu'elle se dirige vers le garage. Son téléphone émet plusieurs notifications sur la route jusqu'à Belmont. Arrivée sur le parking, elle ferme les yeux et se répète son mantra quotidien.

Ce sera une bonne journée.

Ce sera une bonne journée.

Ce sera une bonne journée.

Dix fois. Puis elle rouvre les yeux, affiche un sourire et sort de la voiture. Trois pas plus loin, Courtney apparaît. Impeccable, comme d'habitude. Des vêtements repassés, des chaussures cirées, les cheveux noués en une queue de cheval soignée. Comme sa mère.

Mais dans ses yeux, c'est la panique.

— Le texte sur la bibliothèque est vraiment trop long.

— Ce n'est pas grave, la rassure Sonia en lui tapotant le bras.

— Mais il fait deux kilomètres !

— Allons voir ce qu'on peut couper, d'accord ?

Toutes les deux prennent quelques minutes pour relire l'article avant le début des cours. À la sonnerie, Sonia n'est pas mécontente de pouvoir échapper à la présence de la jeune rédactrice, et elle en a un peu honte.

Un aspect central de ce métier sur lequel personne ne l'avait mise en garde. La culpabilité. Un professeur culpabilise en permanence.

Sonia s'en veut pour ce qu'elle a fait, pour ce qu'elle n'a pas fait, pour ceux qu'elle a aidés et ceux qu'elle n'a pas aidés. Elle se tracasse pour les heures passées à travailler et pour celles qu'elle ne consacre pas au lycée. Elle a mauvaise conscience lorsque ses élèves n'atteignent pas leurs objectifs ou ne sont pas acceptés dans la fac de leur choix.

Le genre de culpabilité qui vous pousserait à picoler. Pas Sonia, elle ne touche pas à l'alcool. Mais elle connaît de nombreux professeurs qui ont un faible pour la bouteille. Et des parents également.

Et puis, il y a ceux qui feraient mieux de boire de temps en temps. La mère de Courtney, par exemple. Si quelqu'un a besoin de lâcher prise, c'est bien Ingrid Ross.

Non pas que cela regarde Sonia, sauf si Courtney en est affectée. Avec toute cette pression, il est presque étonnant que la jeune fille n'ait pas encore craqué.

Pendant la récréation du matin, Sonia va boire son café en salle des professeurs – avec une sucrette, jamais de sucre – et parcourt les derniers messages de Courtney. Elle en a reçu d'autres après les cours, dès que la jeune rédactrice a retrouvé son téléphone. Sonia prend son temps pour répondre à chacun d'entre eux. Elle est patiente. Et gentille. Aujourd'hui, ce sera une bonne journée.

Et, en effet, celle-ci a bien commencé. Quand soudain la nausée la saisit, environ une heure plus tard.

Pitié, pas aujourd'hui.

N'importe quel jour, mais pas celui du bouclage. Sonia se fait violence. Ça va aller. C'est sans doute le stress dû à la parution du journal.

Entre deux cours, elle se rend au distributeur de boissons pour acheter un Sprite Zéro dans l'espoir de faciliter sa digestion. Elle n'a pas envie d'un café. La seule idée de l'amertume suffit à lui retourner l'estomac.

Elle boit quelques gorgées de Sprite avant d'entamer le cours suivant. Mais sans succès.

Pendant le cours, sa nausée la reprend de plus belle. Elle se sent soudain fiévreuse, comme si elle souffrait de la grippe. Ou d'une intoxication alimentaire.

Ça va aller, se répète-t-elle. *Tout va s'arranger*.

Elle demande aux élèves de se plonger dans la lecture de *Fahrenheit 451*. Ils en discuteront ensuite jusqu'à la fin du cours.

Elle boit encore un peu de Sprite et respire profondément en s'appuyant contre son bureau. Du dos de la main, elle essuie son front en espérant que les élèves ne remarqueront pas la sueur qui perle à ses tempes.

S'il y a bien une chose à laquelle elle se refuse, c'est de s'absenter en plein cours, quel que soit son état. D'autres professeurs le font, mais pas elle. Elle est là pour faire son travail et elle a bien l'intention de s'acquitter de sa tâche le mieux possible. Quelques minutes plus tard, c'est plus fort qu'elle. Sonia s'élance vers la poubelle, mais c'est trop tard. Elle a vomi sur son bureau.

14

En sortant de son dernier cours de la matinée, Zach découvre une avalanche de messages sur son téléphone au sujet de Mme B. Certains s'inquiètent, et d'autres s'épanchent en descriptions crues d'un jet de vomi aspergeant toute la classe. Quelqu'un poste même une photo.

Lucas : C'est peut-être la covid. Ou alors, elle est enceinte.

Zach : Imbécile, c'est sûrement une gastro, rien de méchant.

Il lui écrira un mot pour lui souhaiter un bon rétablissement. L'une des raisons pour lesquelles les professeurs l'adorent, c'est qu'il pense toujours à leur anniversaire, leur offre à tous des cadeaux de Noël, et quand ils sont malades, il leur envoie une carte. Ça ne coûte pas cher et ça rapporte gros.

Enfin, sauf avec Crutcher. Zach lui a transmis sa dissertation sur *La Maison d'Âpre-Vent* par mail à la première heure ce matin, plus tôt que prévu. Il n'a reçu aucun retour. Encore moins un « merci ». Ce serait trop demander.

Crutcher l'a pris en grippe dès le premier jour, allez savoir pourquoi. Il n'a rien fait de mal, c'est comme ça. Tout ce qu'il a fait, c'est entrer dans la classe, ranger son téléphone dans l'étagère et s'asseoir. C'est tout.

— Excuse-moi, l'a interpellé M. Crutcher. Comment t'appelles-tu ?

— Zach Ward, monsieur.

— Eh bien, Zach, avant de prendre tes aises, peut-être devrais-tu prendre connaissance du plan de classe. Les exemplaires sont à l'entrée de la salle. Il semblerait que ça t'ait échappé, puisque tu es assis à la place d'une certaine Siobhan Drexler.

En regardant dans la direction indiquée, Zach a alors aperçu une pile de papiers posés sur une chaise.

— Désolé, s'est-il excusé en se relevant.

En fait, ce plan n'était valable que pour la première semaine de cours, le temps pour Crutcher d'apprendre les noms des élèves. Après quoi, ils avaient pu s'asseoir où ils voulaient. Zach avait donc repris sa place initiale, au milieu de la classe.

Depuis, Crutcher l'avait dans le nez. Bon, peut-être qu'après ça il aurait été plus malin de s'asseoir ailleurs, mais Zach aimait bien être au centre de la pièce. Ni trop près ni trop loin, une vue par la fenêtre et sur la porte. C'est l'endroit idéal, alors il s'y met. Crutcher n'a pas besoin de le punir pour si peu.

« Ne jamais sous-estimer l'impact de la première impression. »

Peut-être que ce wardisme se vérifie, finalement. Peut-être que Zach a tout gâché le premier jour.

Teddy doit attendre la pause-déjeuner avant d'apprendre ce qui est arrivé à Sonia. Si le sujet a animé ses élèves à la fin de son cours, il n'y a prêté aucune attention, trop impatient de corriger la dissertation de Zach. Il l'a reçue tôt ce matin.

Pour anticiper cette lecture, il a regardé l'intégrale de la série adaptée de *La Maison d'Âpre-Vent*. Deux épisodes par soir, tous les jours depuis une semaine. Au cas où Zach se serait inspiré de la série au lieu du livre. Il existe bien plus de personnages dans le roman que dans son adaptation, il sera intéressant de voir si le garçon en évoque un qui n'a pas franchi la barrière des scénaristes.

Avec toutes ces questions en tête, il ne comprend pas l'agitation qui règne dans la salle des professeurs à l'heure du déjeuner. Le brouhaha est soutenu et intense, on entend les mots « gerbe » et « dégueulis » aux quatre coins de la pièce, comme si l'on pouvait évoquer banalement ces sujets pendant que d'autres mangent.

Finalement, c'est Frank qui vient lui raconter l'incident depuis le début, à commencer par la salle de classe de Sonia pour finir dans les toilettes des dames au rez-de-chaussée.

— Et non, contrairement aux rumeurs, elle n'a pas la COVID, ajoute-t-il.

— La COVID ? Mon Dieu ! souffle Teddy.

Frank fait la moue, mais a l'intelligence de ne pas lui reprocher son blasphème.

— Et ne va pas croire les histoires d'ambulance. C'est son mari qui est venu la chercher, précise le professeur de maths.

S'il y avait eu un véhicule d'urgence, Teddy aurait entendu les sirènes.

— Alors elle est tombée malade en classe d'un coup ?

— Oui. Elle a tapissé son bureau.

— C'est affreux.

— Surtout pour Joe, rappelle Frank. C'est lui qui va devoir nettoyer.

Teddy opine, mais ce n'est pas au gardien qu'il pense. Il songe à Sonia et à sa nausée subite.

— Se pourrait-il qu'elle souffre d'une intoxication alimentaire ?

— Ça, ou une grippe intestinale.

Teddy ne prend pas de café. Il descend directement voir la salle de Sonia. La porte étant close, il regarde par la vitre. Tout a été nettoyé, la fenêtre opposée est ouverte, et il flotte une odeur de javel.

Il retourne dans sa propre classe pour y manger son casse-croûte habituel : sandwich au saucisson italien dans du pain de mie et une pomme en dessert. Tout en mastiquant, il revient sur le devoir de Zach. Il a choisi de parler du système judiciaire, sans grande surprise – sa mère Pamela est avocate, Teddy l'a appris en faisant des recherches sur Internet.

Son élève ne s'est pas contenté d'envoyer le devoir, il a également écrit une longue lettre de remerciement pour lui avoir accordé une chance de rehausser sa note. N'importe quel autre professeur aurait mordu à l'hameçon.

Pas lui. Le cirage de bottes est réservé aux désespérés, il n'a aucun respect pour les gamins qui s'y adonnent.

Il poursuit sa lecture de la dissertation jusqu'à la fin de la pause-déjeuner. Sonia et les événements de la matinée sont loin derrière lui. Il n'y pensait déjà plus avant que Frank ne passe la tête par l'embrasure de la porte à la fin de la journée.

— Le mari de Sonia a appelé, l'informe-t-il. Apparemment, elle a simplement attrapé un méchant virus. Sans doute une grippe intestinale.

— C'est bon à savoir.

Le soir, seul chez lui, Teddy descend à la cave. Trois tubes à essai sont posés sur son établi, chacun à moitié plein et refermé par un bouchon. Il s'empare du premier qui porte l'étiquette « S ». Comme Sonia.

La substance qu'il a versée dans le café de sa collègue est une nouvelle formule sur laquelle il travaille depuis quelque temps. Ne l'ayant jamais testée, il n'était pas sûr du dosage ni du résultat à attendre, mais il fallait bien se lancer. Avec un stylo vert, il marque le tube d'un « + ».

Puis il remonte à l'étage se servir un verre de lait bien frais.

15

Enveloppée dans ses couvertures, la tête enfouie dans l'oreiller, Sonia a envie de mourir. Et quand elle n'a pas envie de mourir, elle est en pétard.

La maladie est une chose, rester clouée au lit en est une autre. Et au pire moment possible.

Elle a la nausée au moindre mouvement. Envie de vomir dès qu'elle lit les textes de Courtney. Dès qu'elle regarde son ordinateur ou la télévision. Tout ce qu'elle peut faire, c'est rester allongée avec les rideaux fermés et boire une petite gorgée d'eau à chaque heure. Tard le vendredi soir, elle finit par s'endormir en maudissant son corps, cette journée et sa vie tout entière.

À son réveil, elle est en nage, le drap enroulé autour de ses jambes et les couvertures rejetées au pied du lit. Il fait jour dehors, elle a donc survécu à cette nuit. Après encore quelques minutes d'immobilité, elle s'empare de son téléphone. Et son estomac se noue de plus belle lorsqu'elle voit les vingt-quatre messages de Courtney.

En se recroquevillant sous son drap, Sonia perçoit soudain un avantage à être souffrante.

Il y a un bon côté à tout, il suffit de le trouver.

C'est ce que disait toujours sa mère. Et visiblement, elle avait raison. Une fois de plus.

Encore un jour ou deux à ne rien pouvoir avaler, et Sonia pourra à nouveau rentrer dans sa robe rouge. Juste à temps pour fêter ses dix ans d'enseignement à Belmont.

Teddy a lu le devoir de Zach trois fois. D'abord pour le ton général. Ensuite pour vérifier les personnages et les détails de la narration. Et enfin pour la grammaire.

C'est un excellent travail.

Il est presque trop brillant. A-t-il vraiment lu le bouquin et écrit ce papier – avec un petit coup de pouce de maman – ou a-t-il payé quelqu'un pour le faire ?

Étant donné l'échéance d'une semaine, Teddy penche pour la seconde option.

Il passe une grande partie de son week-end en ligne, à surveiller les moindres remarques et agissements de Zach sur la toile.

Il apprend qu'une soirée vidéo se profile. Plusieurs élèves de son cours prévoient de regarder *Moby Dick* ensemble. Ce n'est pas étonnant. Pas plus que de constater l'absence de Zach parmi les noms des participants. S'il veut visionner ce film, il le fera dans sa propre salle de cinéma à domicile.

Teddy a cherché la maison des Ward sur Google : une demeure aussi imposante dispose forcément d'une salle de projection privée.

Le dimanche soir, le voilà convaincu que son élève a payé un écrivain public pour sa dissertation. Les commentaires de Zach en ligne ne laissent aucune place au doute : il a été trop actif, trop sollicité par toutes sortes d'activités pour avoir eu le temps de lire un livre aussi long et de rédiger son devoir en une semaine. Il ne reste plus qu'à le prouver.

Si sa femme était là, il en parlerait avec elle. Allison est l'une des personnes les plus morales qu'il ait jamais connues. Elle comprendrait le dégoût que lui inspire le jeune Zach.

Mais elle n'est pas là, alors il descend à la cave.

Il fut un temps où Allison prévoyait de rénover le sous-sol pour en faire une salle de jeux pour les enfants. Des enfants qui ne sont jamais arrivés.

À présent, la cave sert de dépotoir, à l'exception d'un coin où il a installé son établi qui a tout l'air d'un laboratoire. Un bécher, des tubes à essai, et même un bec Bunsen sont alignés sur la table. Derrière, les étagères sont remplies de capsules de café.

La première fois que Teddy a goûté à une capsule, c'était il y a des années. Au début, il trouvait ce breuvage immonde et préférait encore celui de sa vieille cafetière à piston.

Mais, à mesure que les capsules ont gagné en popularité, il a décidé de leur donner une seconde chance. Il y avait du progrès, mais il n'était toujours pas convaincu… jusqu'au jour où il a testé le Corsé Prestige. Désormais, il n'imagine pas une journée sans ce nectar. Il a même fini par jeter sa cafetière à piston.

Ce qui n'a pas plu à sa femme.

Elle s'est empressée d'en acheter une autre pour la poser sur le comptoir de la cuisine, à côté de la machine à tasse unique qu'il venait de s'offrir. Chaque matin, la bouilloire commençait à peine à siffler alors qu'il dégustait déjà sa première tasse de la journée. Pour boire le sien, Allison devait attendre un peu. Mais il n'a jamais fait de commentaire. Après tout, elle faisait ce qu'elle voulait, c'était son corps.

Un matin, seul chez lui, Teddy est tombé sur une capsule défectueuse. Curieux de comprendre, il l'a ouverte et a cherché partout pour enfin découvrir un trou minuscule à l'endroit où le marc suintait.

L'idée lui est alors venue que si le café pouvait en sortir, on pouvait également y introduire quelque chose.

Alors il a essayé.

À l'aide d'une seringue, il a percé un petit trou juste sous le rebord. La première fois, il y a inséré une goutte d'alcool. Pour voir si sa théorie fonctionnait, s'il sentait l'alcool.

Et il le sentait.

Après cela, les possibilités étaient infinies.

Il suffisait d'être un peu observateur. Qui buvait du café dans la salle des professeurs ? Qui apportait ses propres capsules ? Quels arômes les uns et les autres préféraient-ils ?

Et il a retenté l'expérience. Au lycée, il a glissé une capsule de Saveur Intense dans sa poche, l'a emportée chez lui et y a injecté un demi-cachet de Valium dilué dans de l'eau. Le trou fait par la seringue était invisible, à moins d'examiner minutieusement la capsule avant de l'insérer dans la machine.

Mindy ne l'a pas inspectée. Elle a bu cette horreur de café Saveur Intense et, pendant quelques heures, elle était un peu à fleur de peau. Pas nécessairement folle de joie, mais elle leur épargnait enfin ses jérémiades.

Alors il a réitéré l'expérience. Encore et encore.

Il mélangeait toutes sortes de produits – Valium, somnifère et autres médicaments sans ordonnance. Ses expérimentations leur réussissaient : les gens qui passaient leur temps à renifler avaient un traitement contre le rhume, ceux qui ne dormaient pas assez étaient un peu plus vifs.

Et les nerveux se détendaient. Il le faut bien, sans quoi ils risqueraient la crise cardiaque. Comme le proviseur, qui a malencontreusement succombé à une attaque l'année dernière.

Teddy veut seulement les aider. Il agit dans leur intérêt.

Enfin, sauf pour Sonia.

16

Le lundi matin, Sonia se sent beaucoup mieux. Hier, ses maux de ventre se sont dissipés, elle a pu parcourir le travail abattu par Courtney pour *Le Clairon*. Pourquoi cette fille se met-elle dans des états pareils ? Elle a accompli un excellent boulot en l'absence de Sonia, la plupart des articles sont corrigés, et la mise en page est bien avancée. Après plusieurs relectures, elle se rend à l'évidence.

Je devrais avoir plus confiance en moi.

Sonia a toujours été un bon professeur. Elle n'exerce peut-être pas en fac comme son mari, mais elle est compétente. Si Courtney a su exactement quoi faire, c'est parce qu'elle lui a montré comment procéder.

C'est le deuxième point positif de sa grippe intestinale. Cela lui a rappelé qu'elle était douée pour son métier.

Elle se rend à l'école, le sourire aux lèvres, et rejoint directement le bureau du *Clairon*. Courtney est déjà derrière l'ordinateur, l'air presque aussi paniquée que vendredi dernier.

— Mme B. ! Comment allez-vous ? s'exclame-t-elle en se levant de sa chaise. Vous vous sentez mieux ?

— Oui, beaucoup mieux. Ce n'était rien de grave, je m'en remets.

La jeune fille sourit.

— Je m'en réjouis.

— Bon, voyons voir, dit Sonia en faisant le tour du bureau pour venir se pencher devant l'écran – de retour dans son élément. Courtney, ce numéro est encore plus réussi qu'hier soir.

— Vraiment ?

— Je t'assure. Tu as fait un excellent travail.

Le sourire de la jeune rédactrice est éclatant.

— Merci, Mme B.

— Je te préviens dès que je reçois l'article de Zach.

Il est encore tôt, Sonia a le temps de se rendre à l'autre bout de l'établissement. La permanence du gardien se situe tout au fond de l'aile sud, à l'écart des salles de classe. Joe est employé dans ce lycée depuis bien plus longtemps qu'elle. Au moins vingt ans.

C'est certainement lui qui a nettoyé après elle vendredi, et ça n'a pas dû être une partie de plaisir.

La loge étant fermée, elle frappe trois coups. Pas de réponse. Sans vraiment se l'admettre, Sonia est un peu soulagée. Elle s'accommode volontiers d'un petit mot de remerciement à glisser sous sa porte.

Prochain arrêt : la salle des professeurs. La pièce est comble, tout le monde boit son café avant le premier cours et s'enquiert de son état de santé.

— Oh, tout va bien, sourit-elle. Je n'ai pas encore passé l'arme à gauche.

— Bon, tant mieux, lui disent-ils tous. On est contents que ça aille mieux.

— Moi aussi.

Elle boit son café et repart, saisie par l'étrange sentiment qu'ils parlaient d'elle avant son arrivée. Ils ne discutent tout de même pas encore de l'incident de vendredi ! C'est déjà de l'histoire ancienne, non ? Aucune rumeur ne dure plus d'un jour entre ces murs.

Alors peut-être parlaient-ils de la fête qu'ils lui réservent pour ses dix ans d'enseignement à Belmont ? Après tout, c'est dans quatre jours.

L'une des raisons pour lesquelles Teddy déteste donner des devoirs de rattrapage aux élèves, c'est qu'il n'a aucun recours. Dès le départ, la règle est tacite : si tu fais ce travail, je remonte ta note. À moins que le devoir de rattrapage ne soit une catastrophe, le marché est conclu. Ce qui signifie que Teddy est forcé de rehausser la note de Zach et de lui attribuer un A.

A-.

Pour la gêne occasionnée.

Zach connaît la règle, lui aussi. En cours, il sourit, détendu. Plaisante avec ses copains, flirte avec une fille comme s'il avait toute la vie devant lui.

Dommage que les élèves ne boivent pas le café de la salle des professeurs.

Autant de bonnes raisons de mettre Teddy de mauvaise humeur, et ça ne va pas en s'améliorant lorsqu'il voit Sonia. Elle est de retour au travail et est au centre de l'attention depuis qu'elle a dramatiquement rendu tripes et boyaux vendredi dernier. Il s'y attendait. Mais il ne pensait pas qu'elle prendrait un air encore plus ampoulé qu'à son habitude.

Ils se croisent devant la salle des professeurs avant le début des cours. Aujourd'hui, sa robe est verte. Vert vomi.

— Quel plaisir de te revoir, dit-il. Nous étions inquiets pour toi.

— C'est gentil. Je suis très touchée, tout le monde a été adorable. Mais je vais mieux maintenant, beaucoup mieux.

— Me voilà rassuré.

— Par ailleurs, *Le Clairon* sortira mercredi comme prévu, avec l'article de Zach.

Teddy est un peu surpris par cette nouvelle, mais n'en laisse rien paraître.

— Formidable, lâche-t-il.

— Oui, je trouve aussi.

Sur un dernier sourire satisfait, elle entre dans la salle des professeurs. Mais pas lui. Il préfère reprendre l'escalier. En chemin, il passe devant le panthéon. C'est ainsi qu'ils appellent ce couloir où trônent les portraits du fondateur de Belmont, de tous les proviseurs et des membres du conseil d'administration.

Ensuite sont exposés les portraits des professeurs et du personnel. Mais pas tous.

Ceux qui ont leur place en ces lieux sont ceux qui ne se contentent pas de travailler à Belmont ; ils y ont également été élèves. Les anciens lycéens revenus enseigner dans l'établissement sont perçus différemment. Ils sont au-dessus des autres. Belmont est un peu leur deuxième maison, disent-ils.

Teddy n'en fait pas partie.

Sonia, oui.

17

En s'éloignant de la distraction nommée « Sonia », Teddy peut revenir à sa mission originelle : enseigner.

Sa classe de première du matin doit lire *Outsiders* depuis seulement une semaine, et les élèves l'ont déjà bien entamé. Il l'a appris par les réseaux sociaux. Nombre d'entre eux l'avaient déjà lu, ce à quoi il s'attendait. Mais pour d'autres, c'est inédit.

— J'aimerais avoir vos premières impressions sur ce roman.

Danielle est la plus prompte à lever la main. Comme toujours.

— Oui ? l'invite Teddy.

— Globalement, le livre évoque les disparités socio-économiques entre les Greasers et les Socs, et la différence de traitement à laquelle ils sont confrontés. Les Greasers ont la réputation d'être des criminels, tout ça parce qu'ils sont pauvres.

— C'est toujours un peu le cas aujourd'hui, fait remarquer Alex, un autre camarade.

Alex n'est pas boursier, au contraire, ses parents sont très riches, mais il ne manque jamais une occasion de souligner le fait qu'il est « engagé ».

— Si je vous disais que dans le monde d'*Outsiders* vous seriez pour la plupart considérés comme des Socs, seriez-vous d'accord avec moi ? sonde Teddy.

— Oui.

— Oui.

— Oui.

— Je suppose que oui, concède Danielle. Mais, à l'époque, on n'avait pas Internet. La société a évolué depuis.

— Pas tant que ça, nuance Alex.

— Si, c'est complètement différent, insiste-t-elle.

Le professeur, lui, observe Courtney qui garde les yeux baissés sur son bureau. Elle ne lève pas la main, ne participe pas. Ce n'est pas son genre. Elle doit être préoccupée par la charge de travail imposée par le bouclage du *Clairon*. Son silence n'a probablement aucun rapport avec Outsiders.

— Je sais que certains d'entre vous l'ont déjà lu. Alors, sans trop en révéler, pourriez-vous me dire ce qui vous a marqué dans ce livre ?

— Les surnoms, répond un élève. Ponyboy, Sodapop, Two-Bits. C'est bizarre.

— Tu trouves ? Personne n'a de surnom, dans cette classe ?

Quelques-uns hochent la tête.

— Les surnoms eux-mêmes sont peut-être étranges, mais pas le concept en lui-même, résume le professeur. D'autres remarques ?

— La scission est très marquée, et dès les premiers chapitres, reprend Danielle. Il y a les Socs d'un côté et les Greasers de l'autre. On dirait que la classe moyenne n'existe pas pour Ponyboy.

— C'est normal, puisqu'elle n'existe pas.

Courtney.

Il était temps.

— Que veux-tu dire par là ? l'encourage Teddy.

— La classe moyenne ne s'en prend pas aux Greasers, alors que les Socs leur mettent une raclée. Voilà pourquoi c'est si important.

— Excellent. Et qu'est-ce qui te fait dire que les Socs mettent une raclée aux Greasers ?

— Ils se croient supérieurs, intervient Alex. Parce qu'ils sont riches.

— Mais on ne se comporte plus comme avant. Ce n'est pas comme si l'un d'entre nous allait harceler des jeunes défavorisés, fait remarquer Danielle.

La plupart de ses camarades opinent, y compris Courtney.

Certes, les élèves de Belmont ne sont pas violents, les bagarres sont rares dans cet établissement. Pourtant, Teddy veut leur faire prendre conscience de l'hypocrisie avec laquelle ils évoquent les moins nantis. Leur attitude envers les boursiers, par exemple. Ils les traitent comme des parias.

D'ailleurs, il y en a une dans cette classe. Katherine, l'une des invisibles, toujours assise au fond. Elle n'intervient pas dans cette discussion. Teddy aimerait l'interroger, mais il ne veut pas la mettre mal à l'aise devant les autres, la pauvre.

Il se souvient de ce que cela fait. D'être celui qu'on prend de haut. Cela ne change pas vraiment lorsqu'on devient adulte ; Teddy n'a pas sa photo sur le mur du couloir, puisqu'il n'avait pas les moyens financiers d'étudier à Belmont.

Toujours marginalisé. Comme dans le roman.

Précisément celui que lisait Allison quand il l'a rencontrée.

Elle était assise devant une épicerie. Teddy passait devant elle pour entrer dans la boutique. Il y avait toujours des collectes installées là pour des œuvres de charité, les stands étaient généralement tenus par des enfants et leurs parents. Il ne s'arrêtait jamais.

Sauf pour Allison.

Elle était derrière sa table de camping, un livre à la main, et enroulait une mèche de cheveux bruns autour de son doigt. Devant elle, un message peint à la main sur un panneau indiquait :

Collecte pour l'hôpital général
Le service pédiatrique a besoin de jouets
Aidez-nous à rendre le sourire aux enfants!

Le carton était décoré de petits personnages avec de grands sourires radieux. Teddy les a contemplés un peu trop longtemps.

—Vous n'aimez pas mon dessin? a-t-elle demandé.

—Si, bien sûr, c'est très joli. Vous êtes artiste?

Elle a souri. Un sourire franc, pas comme ceux qu'il lui connaîtrait plus tard, quand elle serait en colère.

—Très drôle… Je suis infirmière.

—Je ne savais pas que les infirmières organisaient des collectes.

—Moi non plus. C'est ma première année, apparemment tout le monde doit passer par là. Ce n'est pas obligatoire, mais disons que c'est recommandé.

—Un peu comme s'inscrire à un club au lycée.

—Oui, voilà.

—Je suis professeur.

—Et moi, c'est Allison.

Il a ri. Teddy riait rarement, et encore moins au travail, mais il a fallu à peine une minute à cette femme pour briser ce mur.

—Mais ça ne me dérange pas, a-t-elle poursuivi. Les enfants ont vraiment besoin de nouveaux jouets. Ceux qu'ils ont sont terriblement tristes.

Il a ouvert son portefeuille pour en sortir le peu de monnaie qu'il avait.

—Vingt dollars. Ça suffit pour acheter un jouet?

Elle lui a pris le billet des mains.

—Bien sûr. Je vous prépare la facture pour la déduction d'impôts. Ça vous fera économiser au moins vingt-cinq centimes.

Ça l'a fait glousser, une fois de plus. Sans doute plus fort que si elle avait été moins jolie. Serait-elle celle dont il avait besoin ? Une femme qui le faisait rire ? Il ne savait plus à quand remontait sa dernière petite amie capable d'un tel exploit.

Du menton, il a désigné son roman.

— Je fais étudier ce livre à mes élèves.

— Ah bon ? C'est la première fois que je le lis.

— Qu'en pensez-vous ?

Haussement d'épaules. Elle a déchiré une facture de son bloc et lancé en lui tendant le papier :

— Pas mal. Mais les Socs sont vraiment une bande de cons.

C'est là qu'il a compris. Elle était celle dont il avait besoin.

18

La sonnerie vient à peine de retentir, et Teddy quitte déjà le lycée pour rentrer chez lui. C'est rare. D'habitude, il a toujours une réunion ou un rendez-vous, mais pas aujourd'hui. Une liberté qu'il célèbre en partant dès la fin de son dernier cours.

Quand il arrive à destination, la maison n'a pas changé. Un jardin en friche envahi par les mauvaises herbes, un porche qui s'affaisse, la peinture défraîchie. Rien d'inhabituel.

Jusqu'à ce qu'il pénètre à l'intérieur.

L'odeur. La fraîcheur du propre, comme du linge à peine sorti de la machine à laver. Un parfum si familier, si merveilleux.

— Allison ? appelle-t-il.

Pas de réponse.

— Allison, tu es là ?

Comme le silence persiste, il monte l'escalier au pas de course et entre dans la chambre.

Personne. Le lit est défait comme il l'a laissé ce matin, son pyjama toujours jeté sur une chaise. Sur la table de chevet, une pile de livres, plusieurs verres vides, un réveil qui clignote depuis la dernière panne de courant.

L'odeur est encore plus forte ici.

— Chérie ?

Aucune réaction, aucun mouvement. Nul autre bruit que ceux qu'il fait.

Mais elle était là.

Il se dirige vers le placard – celui d'Allison. C'est une vieille demeure avec peu de rangements d'origine. Ils n'ont jamais pris le temps d'installer un vrai dressing et se sont contentés de deux minuscules placards dans la chambre, chacun le sien, et le reste des affaires est stocké dans les autres pièces. À chaque saison, ils effectuent une rotation.

La porte du placard d'Allison est fermée, comme ce matin. Il hésite, puis l'ouvre à la volée.

Vide.

Des cintres sans vêtements, une étagère sans chaussures. Même là-haut, à l'endroit où elle rangeait ses pulls et ses sacs à main, il n'y a plus rien.

Hier encore, le placard était à moitié plein, si ce n'est un peu plus. Quand elle est partie, elle n'a pas tout emporté.

Quatre mois plus tôt, au plein cœur de l'été, Teddy et Allison se sont couchés à peu près à la même heure que d'habitude. Ils ont lu chacun de son côté avant d'éteindre les lumières, même si le sommeil allait tarder à venir. Ils avaient l'air conditionné, mais ça n'était pas suffisant. La chaleur s'engouffrait dans la chambre par les fentes des vieilles menuiseries, et même par le sol. Elle détestait ça.

Quand il s'est réveillé, elle était partie. Avec des vêtements, des affaires de toilette et son ordinateur.

Après treize ans de mariage, elle est partie sur un coup de tête. La seule chose qu'elle ait laissée, c'est une facture. Là, posée sur la table de la cuisine. Pas un mot. Pas même un Post-it. Juste cette facture qui lui avait été adressée par erreur, alors qu'elle était destinée à Teddy.

C'est le jour où il s'est remis à arracher ses cuticules. Chaque fois qu'il envisage de la contacter, il préfère se triturer les ongles.

Plus qu'un jour avant la parution en ligne du *Clairon*, Courtney commence enfin à relâcher la pression.

— Tu vois ? lui dit Sonia en lui montrant l'ordinateur. Le résultat est magnifique.

Courtney opine d'un air absent. Quand elle ne regarde pas l'écran, elle répond aux textos de sa mère. Mais lorsque son téléphone clignote à nouveau, elle le retourne.

— Tout va bien à la maison ? demande Sonia.

— La routine.

Sonia n'insiste pas, mais elle imagine ce que doit vivre sa jeune élève. Quand Ingrid n'incite pas le comité ou le collaboratif à agir, elle pousse sa fille à l'excellence. Or, Courtney n'a pas besoin de ça. Ce n'est pas une ado difficile, loin de là.

Elle revient à la première page du journal et le parcourt depuis le début. Pour la énième fois.

— Il m'a l'air plutôt bien, insiste Sonia.

— Ce numéro va figurer dans mon dossier de candidature. Il doit être parfait.

— Bon, d'accord. (La professeure marque une pause pour apaiser la tension.) Et si tu allais te chercher à manger ? Je vais le relire tranquillement. À ton retour, tu auras plus de recul.

Courtney s'apprête à discuter, mais se ravise.

— Ouais, du recul, bonne idée…

— Va prendre l'air et reviens dans une heure. Ça me laissera le temps de vérifier.

— Je m'absente trente minutes.

La jeune rédactrice partie, Sonia relit *Le Clairon*, comme promis, mais en commençant par l'article qui lui est dédié. Elle fait défiler les pages sur l'écran pour revenir à la troisième. Il est situé après le texte de Zach et l'éditorial consacré au match de crosse, mais avant l'article sur le nouveau rayon de la bibliothèque. Bref, plutôt bien placé.

Mme Benjamin : une décennie à Belmont

Notre professeure de littérature Sonia Benjamin fêtera sa dixième année dans l'établissement ce vendredi. Elle a été élève à l'académie de Belmont (promo 2001) avant de poursuivre ses études à l'université Brown. Après un master à la fac de Saint John, elle est partie faire du bénévolat à l'étranger avec Enseignants sans frontières. À son retour aux États-Unis, elle est revenue à Belmont, qu'elle considère comme sa deuxième maison.
Depuis le début de sa carrière ici, elle s'implique dans la vie de l'établissement, participe à de nombreux comités au fil des années. Actuellement, elle est porte-parole du lycée auprès du collaboratif et préside le club du *Clairon de Belmont*.
Ce vendredi, le lycée organise une fête en son honneur toute la journée dans la salle Stafford, à côté du réfectoire. À midi, nous entamerons la cérémonie, ouverte à tous.

Dans l'ensemble, Sonia est satisfaite par cet article, bien qu'elle eût préféré une introduction du type « Notre *très chère* professeure de littérature Sonia Benjamin », cela lui aurait paru plus juste.

19

Le mercredi en début de soirée, Teddy fait le tour de sa maison. Le crépuscule s'annonce et jette un voile gris sur son jardin. Il ne saurait dire si ça l'embellit ou si ça accentue sa laideur.

Avec son téléphone, il prend des photos de chaque plante, de chaque herbe, arbre et buisson. De retour dans son bureau, il identifie sur Internet tous ces végétaux et vérifie les informations dans un livre de botanique. Il sait mieux que quiconque combien le Net peut être trompeur.

Finalement, il a bien fait de ne jamais entretenir ce jardin : il est rempli de trésors.

À trop scruter des photos et lire des noms taxinomiques, il en a la migraine. La douleur point juste au-dessus de ses yeux, sous ses sourcils, et lui donne l'impression que ses nerfs optiques vont exploser.

Il ferme les paupières et s'adosse à son fauteuil. Ou plutôt, celui d'Allison. Il s'est installé récemment dans le bureau de sa femme pour travailler, quand il a pris conscience qu'elle était mieux placée. Et mieux assise. Ce fauteuil est à lui, désormais.

Mais ses pensées ne s'attardent pas sur Allison. Elles reviennent sur *Le Clairon*.

Le numéro est paru aujourd'hui à midi, comme d'habitude, pour que tout le monde le lise à la pause-déjeuner. Y compris Teddy. Il s'est enfermé dans sa salle de classe et a entamé sa lecture avec le texte de Zach sur la commémoration.

Il l'a lu trois fois pour le comparer aux dissertations qu'il lui a rendues.

S'il était parfaitement honnête, Teddy reconnaîtrait effectivement une similitude dans le style d'écriture. Heureusement qu'il n'est pas sous serment ; il n'a aucune obligation d'être honnête envers quiconque. Pas même envers lui-même.

Dans l'article, Zach cite son nom, puisqu'il s'exprimera lors de la cérémonie.

Encore à lui cirer les bottes.

Une pratique à laquelle ce garçon excelle, c'est son secret pour toujours s'en sortir malgré son arrogance. Comme sa manie de faire des cadeaux de Noël aux professeurs. Teddy n'en a pas encore reçu, puisque c'est son premier trimestre avec Zach, mais il ne doute pas qu'il en recevra un en décembre. L'année dernière, le garçon a offert à chacun de ses enseignants un stylo Montblanc gravé à leur nom.

Il les a vus dans la salle des professeurs. Il se rappelle surtout de Sonia évoquant ce cadeau comme le plus gentil et le plus attentionné qu'elle ait jamais reçu de la part d'un élève. Et ce n'est pas peu dire. Les lycéens de Belmont sont du genre généreux.

Contrairement à sa collègue, Teddy n'est pas touché par ce genre d'attentions. Quoi que Zach lui offre cette année, rien ne le fera changer d'avis à son sujet.

Dans *Le Clairon*, il y a également un article consacré à Sonia. L'organisation de la fête en l'honneur de ses dix années d'enseignement à Belmont a pris une telle ampleur qu'un comité a été créé pour l'occasion.

Paupières closes, Teddy ricane.

Il n'y a pas si longtemps, il célébrait lui aussi ses dix ans à Belmont. L'événement a été marqué par une banderole bon marché portant sobrement l'inscription FÉLICITATIONS dans la salle des professeurs, et une boîte en plastique remplie de cupcakes achetée au supermarché. Quant à la fameuse broche, ils l'ont glissée dans la boîte aux lettres de son département.

Pour Sonia, c'est différent. En tant qu'ancienne élève de Belmont, elle fait partie de la famille.

Et puis, elle est riche. Elle n'a pas besoin de travailler et elle le fait quand même, ce qui est encore pire.

Teddy rouvre les yeux pour se masser les tempes et chasser la douleur. Il retourne aux photos de plantes de son jardin à identifier. Plus tôt dans la semaine, il a utilisé la sève d'un genévrier rampant, ce qui a rendu Sonia malade.

Mais les possibilités sont infinies.

Elle rentre dans sa robe.

Sonia a attendu vendredi pour l'essayer, au cas où le dernier jour ferait une différence. Mais lorsqu'elle l'enfile au saut du lit le matin, la robe tombe sur elle presque comme au jour de son achat. Certes, elle est un peu serrée à la taille et remonte au-dessus de ses genoux, mais elle peut la fermer.

— Tu es ravissante.

Mark sort à l'instant de la salle de bains, torse nu avec son pantalon de pyjama qu'il porte bas sur les hanches à cause de son petit ventre. Elle n'est pas la seule à avoir pris du poids ces dernières années.

— Merci, dit-elle en chaussant une paire d'escarpins qu'elle n'aurait jamais portés à l'école un jour ordinaire.

Mais ce n'est pas un jour ordinaire.

— Parée pour la fête ? lance-t-il.

— Absolument.

— Tu es sûre que tu ne veux pas que je vienne ?

Non. Certainement pas. Ce jour lui appartient, à elle et personne d'autre. Surtout pas à Dr Mark Benjamin, diplômé d'un doctorat et professeur à l'université de Stanhope. Ce même docteur qui publie un article académique par an.

Bien sûr, elle l'aime et est fière de lui, mais dans une pièce remplie d'enseignants, il lui vole toujours la vedette.

Eh bien, pas aujourd'hui.

— Les conjoints ne viennent jamais à ce genre d'événement, dit-elle. C'est en interne.

— D'accord.

Il se penche pour l'embrasser, mais elle s'écarte, ne voulant pas faire couler son rouge à lèvres. Alors il dépose un baiser sur son front.

— Félicitations, reprend-il. Après tout ce que tu as fait, ils te doivent au moins cette petite fête.

Pas faux.

Elle descend l'escalier en prenant son temps pour ne pas risquer de se tordre la cheville avec ses talons hauts, puis se dirige tout droit vers sa voiture. Pas de petit déjeuner ce matin, elle aura bien assez à manger à la fête. Ou plutôt, au *gala*.

En route pour le lycée, elle sourit à ce mot. Certes, c'est une réception de jour, pas une soirée, mais ça n'en est pas moins un gala, dont elle sera l'invitée d'honneur.

Elle se gare et sort aussitôt de sa voiture, sans prendre la peine de se répéter son mantra quotidien.

Ce sera forcément une bonne journée.

20

Sonia arrive environ trente minutes plus tôt qu'à son habitude. Frank, le professeur de maths, se dirige vers l'entrée. Il est toujours là avant tout le monde, car la salle des profs est encore calme, et il peut avancer dans son travail. Depuis qu'il a un enfant en bas âge chez lui, elle ne peut que le comprendre.

Le rutilant 4x4 d'Ingrid Ross est garé près de l'entrée latérale, le coffre est resté ouvert. Elle sort du bâtiment dans son pantalon de yoga habituel. Sonia est piquée par une pointe de jalousie. Ingrid a accouché d'une fille et reste plus mince que Sonia ne l'a jamais été.

Elle prend une profonde inspiration. Après tout, Ingrid s'affaire à lui organiser sa fête.

Elle envisage de se rendre directement dans sa salle de classe. La remise officielle de la broche n'aura pas lieu avant midi. Elle remonte le couloir et marque une courte pause en passant devant le réfectoire. La salle Stafford est de l'autre côté.

Non. Elle n'ira pas voir où ils en sont. Ce n'est pas à elle de s'en préoccuper.

Elle va jusqu'à sa classe, pose ses affaires, et se rend en salle des professeurs pour boire son café.

Finalement, ses pas l'ont menée devant l'entrée du réfectoire. Rien qu'un petit coup d'œil. Il est encore tôt, elle a le temps.

À peine pénètre-t-elle dans la salle Stafford qu'elle est repérée par Ingrid.

— Sonia ! Félicitations, c'est le grand jour ! lui lance celle-ci en la serrant brièvement dans ses bras, leurs corps s'effleurant à peine. Nous sommes encore en pleins préparatifs.

Elle répond par un hochement de tête en examinant la pièce. Une longue table est recouverte d'une nappe en lin et égayée de minuscules roses dans des saladiers en verre. Deux mères d'élèves suspendent une grande banderole FÉLICITATIONS au plafond. Bien que la décoration ne soit qu'en partie terminée, elle est déjà splendide. Il fallait s'en douter, Ingrid ne fait jamais les choses à moitié.

— C'est magnifique. Merci, ça me touche beaucoup.

— Oh, je vous en prie. Ça nous fait plaisir.

— Je voulais juste passer vous saluer. Bon, je vous laisse tranquilles, je vais me préparer pour mon cours.

— Bien sûr, on se voit plus tard.

Sonia balaie la salle d'un dernier regard avant de se diriger vers la sortie. Derrière la porte, elle surprend une femme aux bras chargés, qui s'écrie aussitôt :

— Sonia ! Félicitations !

Reconnaissant la mère de Connor, elle lui tient la porte pour la laisser entrer :

— Merci beaucoup. On se voit tout à l'heure.

La mère porte une machine à café dans une main et, dans l'autre, une boîte remplie de capsules de café.

Zach lambine après le dernier cours de la matinée. Il range ses affaires tranquillement, récupère son téléphone et s'arrête dans le couloir pour parcourir ses messages. Pendant que tout le monde se rend au réfectoire pour déjeuner, il reste en retrait.

Un jour ordinaire, les enseignants seraient encore dans les salles pour achever de préparer leurs cours ou prendraient le chemin de la salle des professeurs. Aujourd'hui, ils vont tous à la fête des dix ans de Mme B. Tout ce qu'il a à faire, c'est attendre que les couloirs se vident.

Le moment venu, il se dirige tout droit vers la classe de Crutcher.

Le bureau a été débarrassé, son ordinateur n'est plus là. Zach s'en doutait, Crutcher est le genre de type à le mettre sous clé. Comme si quelqu'un allait vouloir voler cette antiquité.

Ce qui l'intéresse, c'est le contenu de son bureau.

Entre sa dissertation sur *La Maison d'Âpre-Vent* et la lettre qui l'accompagnait, Crutcher devrait le rayer de sa liste noire, n'importe quel autre professeur le ferait en tout cas. Mais pas lui. Zach n'a même pas reçu de mail accusant bonne réception du devoir. Rien.

Ce qui n'a pas plu à Zach. S'il ne peut pas gagner les faveurs du professeur en travaillant dur, il trouvera un autre moyen.

Quitte à fourrer son nez dans ses affaires. Certains appelleraient ça une violation de la vie privée. Mais pas son père.

« Connais ton ennemi mieux que tu ne te connais toi-même. »

Zach ferme la porte de la classe et s'assied au bureau de Crutcher pour ouvrir le tiroir central. Sa première impression : beaucoup moins bien rangé que ce à quoi il s'attendait. Un mélange de stylos, de Post-it et de bouts de papier. Il a toute une collection de gommes étranges allant du papillon rose à l'abeille, sans doute oubliées par des élèves. Zach poursuit ses fouilles et déniche deux calculatrices, trois taille-crayons et des surligneurs de toutes les couleurs. Rien de bien intéressant.

Il passe au tiroir de droite. Celui-ci est rempli de bouquins : *Moby Dick*, *Outsiders*, La Lettre écarlate. Zach les feuillette en quête de notes, mais n'en trouve aucune. Sous les livres, des exemplaires de programmes scolaires pour chaque niveau. Toujours rien.

Il ne cherche rien de spécial, simplement un indice pour s'attirer les bonnes grâces de Crutcher.

Il passe au tiroir de gauche. Une pile de menus de fast-foods, la plupart asiatiques ou indiens. Et, sous ces dépliants, un autre ouvrage :

La faune et la flore locales : guide du terrain

Les plantes.

Zach n'aurait jamais imaginé que son professeur de littérature se prenne de passion pour le jardinage, mais c'est mieux que rien. C'est la première chose qu'il apprend de sa vie privée.

Une carte de visite est coincée dans le livre, peut-être en guise de marque-page. Zach lit le nom inscrit dessus :

Dr Leo Tobin
Gynécologue spécialiste de l'infertilité

Voici la deuxième chose qu'il apprend de Crutcher : sa femme et lui essaient d'avoir un enfant.

21

La salle Stafford tourne au ridicule.

Teddy n'y a pas mis les pieds de toute la matinée, déjà fatigué d'entendre partout le nom de Sonia. Mais il ne manquerait la cérémonie de midi pour rien au monde.

Il observe la pièce depuis le seuil.

Ils l'ont décorée de fond en comble, depuis la banderole FÉLICITATIONS jusqu'aux tables jonchées de roses. Sans parler des figurines de lynx. Ces bestioles sont partout.

Les professeurs sont presque tous là, ainsi qu'un certain nombre de parents du collaboratif. Ingrid Ross trône au milieu du premier rang, fidèle au poste.

Plusieurs élèves sont également présents, la plupart inscrits au club du journal, y compris Courtney. Mère et fille sont chacune d'un côté opposé de la salle.

— Sacrée teuf, lance Frank en arrivant aux côtés de Teddy.

Le professeur de mathématiques paraît à la fois nerveux et remonté comme une pendule, comme s'il venait de faire des pompes dans le couloir.

— Oui, c'est très réussi, acquiesce Teddy.

— Tu devrais goûter les petits fours. (Il en prend un.) Je crois que c'est au saumon.

— Au saumon ? Vraiment ?

— Ça en a le goût, en tout cas.

Du saumon. Teddy manque de pouffer, mais il s'abstient. À sa fête, il n'a certainement pas eu droit à du saumon.

Malgré la distance, il aperçoit l'immense gâteau à trois niveaux. On croirait une pièce montée. Il a été spécialement préparé pour Sonia et est aussi excessif que tout le reste de la décoration. Teddy a une envie terrible de voler un peu de glaçage du bout du doigt.

À l'arrivée de Mlle Marsha, un silence tombe. C'est l'assistante du proviseur, celle qui filtre les personnes qui peuvent ou non le consulter. Lorsqu'elle apparaît, c'est qu'il n'est pas loin derrière.

Même Teddy se redresse en le voyant franchir le pas de la porte. Et il n'est pas le seul. Le proviseur n'est pas très grand, mais il en impose. Tout est dans la posture. C'est un ancien militaire.

Après avoir salué Sonia, il se tourne vers l'assemblée.

— Tout d'abord, j'aimerais remercier le collaboratif pour avoir organisé ce bel événement.

Sa voix est profonde. Autoritaire. Quand il parle, on sait qui commande.

C'est du moins ce qu'il croit.

Teddy sourit. Cette journée s'annonce comme l'une des meilleures qu'il ait passées à Belmont.

— À présent, venons-en à ce qui nous réunit aujourd'hui, dit le proviseur en pivotant vers Sonia – laquelle paraît tellement excitée qu'elle pourrait décoller vers une autre galaxie. Comme vous le savez tous, Sonia Benjamin a été élève à Belmont…

Boum !

La table du buffet s'ébranle, des personnes alentour ont le réflexe de la stabiliser. Tout le monde se retourne pour comprendre ce qui s'est passé.

Ingrid.

Elle est au bout de la table et affiche un air gêné. Elle a le visage rougi et les yeux écarquillés. Elle se penche pour ramasser une bouteille en plastique remplie d'une boisson verte. Sans doute du thé. Toutes les amatrices de yoga boivent du thé.

— Désolée, murmure-t-elle. Elle m'a échappé.

À l'autre bout de la pièce, Courtney est morte de honte.

Teddy ne saurait dire s'il a plus pitié de la mère ou de la fille, mais il n'en a certainement pas pour Sonia qui semble en colère.

Le proviseur reprend.

— Comme je le disais, Sonia Benjamin a été élève à l'académie de Belmont avant de partir…

De sa voix monocorde, il récite le curriculum vitae complet de l'enseignante. Teddy n'écoute déjà plus, préférant guetter chez Sonia les signes de sa dernière expérience. Jusqu'à présent, elle paraît heureuse et en forme, pas malade du tout.

Décevant. Très décevant. Ce n'était peut-être pas le meilleur jour pour essayer une nouvelle formule. Et si elle mettait trop de temps à faire effet ? À moins qu'il ne l'ait pas assez dosée.

Sur un soupir, il lance un regard à Ingrid dont les joues sont toujours rosies par la honte, ce qui le fait sourire. Il baisse les yeux sur ses mains, qu'elle garde appuyées sur la table.

La table…

Ce n'est qu'à cet instant qu'il remarque la tasse de café. Non, les tasses de café.

Il y en a partout.

L'une est juste devant Ingrid. Presque vide.

Les autres sont dispersées un peu partout : sur la table, dans les mains des gens et sur le comptoir. Juste à côté d'une machine à tasse unique. Auprès d'un paquet rempli de capsules.

Il s'agit forcément d'un nouveau paquet. Les mères n'ont tout de même pas récupéré les capsules à l'étage. Elles ont les moyens d'en acheter.

Il reporte son attention sur le proviseur, qui débite toujours son discours.

— Et suite à l'obtention de son diplôme de master, elle est partie travailler…

C'est plus fort que lui, il se retourne vers le comptoir. Ce paquet de capsules l'interpelle, il y a quelque chose qui cloche. D'habitude, les capsules y sont rangées de façon ergonomique, bien serrées pour en mettre un maximum. Ce paquet-ci est différent.

Les capsules y ont été jetées grossièrement, sens dessus dessous, comme si quelqu'un les avait entassées là après les avoir récupérées ailleurs.

Non. Non, c'est impossible. Il secoue la tête, se convainc que c'est ridicule. Il se monte un film à cause du discours barbant du proviseur, voilà tout.

Pourtant, il n'arrive pas à chasser le nœud dans son ventre, et ça ne vient pas du café.

— Et je suis très honoré de pouvoir féliciter personnellement Sonia à l'occasion de ce dixième anniversaire chez Belmont. C'est une grande réussite.

Le proviseur se tourne vers Mlle Marsha qui lui tend un écrin de velours. La broche. Le clou de la cérémonie.

Teddy porte la sienne.

Pendant que le proviseur ouvre le coffret, révélant le bijou, il consulte sa montre.

Ça prend vraiment trop de…

Un cri interrompt sa pensée.

Il vient de sa droite, à l'endroit où se tient Ingrid. Ou plutôt, où elle se tenait.

Elle s'est écroulée par terre.

22

Teddy est tétanisé. Le chaos règne autour de lui, mais il reste figé. Comme s'il regardait un thriller grandeur nature.

Ingrid, inconsciente, un mince filet de sang sur le front à cause de sa chute. Des gens tout autour ne sachant pas quoi faire.

Mlle Marsha qui appelle les secours.

Sonia, dans sa robe trop serrée, visiblement sous le choc.

Tout cela, c'est à cause de Teddy. Ignorant s'il doit rire ou pleurer, il ne fait rien, se contente d'assister à la scène, les bras ballants.

— Une ambulance arrive, déclare Mlle Marsha avant de faire signe aux membres du collaboratif de débarrasser la nourriture de la table. C'est peut-être contaminé.

Ça ne l'est pas, Teddy en est certain. Mais elle vient de lui donner une bonne raison de se mettre en branle, car il doit se débarrasser de ce café.

Il approche d'Ingrid. Tout le monde s'agite autour d'elle. Personne ne le regarde prendre la tasse qu'elle utilisait et d'autres à côté, puis se faufiler vers l'évier.

L'une des mères s'y trouve déjà et lui prend les récipients des mains.

— Je m'en occupe, dit-elle.

N'ayant pas d'autre choix, il se laisse faire sans quitter des yeux la tasse d'Ingrid. La femme la pose sur le comptoir.

Dehors, un camion de pompiers se gare, escorté par une voiture de police. Dans cette petite ville au taux de criminalité peu élevé, il n'aurait pas été étonné de voir débarquer toute la cavalerie.

Les secours détournent l'attention de la mère qui a récupéré la tasse de café d'Ingrid. Teddy en profite pour accéder au comptoir et la jeter lui-même.

On n'est jamais trop prudent.

— Que se passe-t-il ?

Zach a les yeux écarquillés. Il vient juste d'arriver.

— Mme Ross a eu un malaise, l'informe Teddy.

— Oh, mon Dieu.

Le garçon s'élance dans la foule vers le cœur de l'agitation.

En s'éloignant, Teddy manque de bousculer Sonia, toujours pétrifiée.

— Je ne comprends pas, bredouille-t-elle.

— Personne ne comprend.

Elle secoue la tête. Il recule.

— Teddy, écartez-vous.

C'est Mlle Marsha qui tente doucement de se frayer un passage pour évacuer Ingrid. Elle est allongée sur un brancard, le visage couvert par un masque à oxygène, les pompiers la portent d'un pas pressé et sortent de la salle, emboîtant le pas à Mlle Marsha.

Teddy les suit, mais pas pour se rendre à l'hôpital. Il traverse le réfectoire et monte l'escalier pour rejoindre la salle des professeurs.

Peut-être qu'il n'était pas nécessaire de vider la tasse d'Ingrid. Quelqu'un a pu apporter du café de chez lui, il ne venait pas forcément d'ici. Il se fait sans doute des idées pour rien.

Oui, ce doit être ça. Bon sang, ce que les cas de conscience peuvent être désagréables. Les probabilités pour qu'Ingrid ait bu le poison destiné à Sonia sont à peine de…

Cent pour cent.

Teddy n'aperçoit qu'une seule machine à café dans la salle, ce qui signifie que l'autre a été descendue pour la cérémonie. Ainsi que les capsules.

Oups.

Le temps qu'il revienne en salle Stafford, presque tout le monde est parti. Deux policiers sont encore là et discutent avec quelques mères d'élèves.

Il examine la pièce à la recherche d'une poubelle.

La capsule. Il doit retrouver la capsule.

Une poubelle se dresse près de la table qui a été débarrassée de toute la nourriture. Seules les décorations sont toujours en place. Les roses miniatures sont en lambeaux, et plus d'un vase a été renversé.

L'autre poubelle est plus loin, près du comptoir, de la machine à café… et des policiers. Comment faire pour y accéder ? Il faut essayer, il n'a pas le choix. À l'instant où il s'avance, une paume se pose sur son bras.

— Teddy…

La main veineuse de Mlle Marsha le retient.

— Oh, mademoiselle Marsha. Des nouvelles de Mme Ross ?

— Pas encore. Mais nous devons quitter les lieux, précise-t-elle en l'accompagnant vers la sortie, à l'opposé de la poubelle. Le proviseur estime préférable d'annuler les cours de l'après-midi, les élèves sont encore sous le choc.

— Oui. C'est une bonne idée.

Mlle Marsha s'apprête à fermer la porte derrière lui. Les jeunes qui s'attardaient encore pour savoir ce qui s'est passé disparaissent en apprenant que la journée est terminée.

— Merci, dit-elle. Le proviseur vous tiendra informé s'il a des nouvelles.

Elle ferme la porte, laissant Teddy seul.

Tout est gâché. Complètement gâché.

Sonia fait les cent pas dans sa salle de classe déserte, sa balle antistress dans la main, jouet inutile. Elle la jette contre le mur. Le bruit est décevant. Pas assez sonore. Trop mou.

Bien sûr, elle s'inquiète pour Ingrid. Évidemment. Elle est terriblement désolée pour elle, même si son malaise est probablement dû à sa sous-alimentation. Cette femme est vraiment trop maigre.

Quel gâchis.

Mais Sonia a tout de même sa broche. Elle l'a accrochée sur sa robe rouge. Il a fallu qu'elle la ramasse par terre, après que le proviseur l'a fait tomber dans le chaos de la scène. Voilà à quoi sa cérémonie a été réduite. À se traîner à quatre pattes pour récupérer la broche de ses dix ans.

Ramassant sa balle antistress, elle a presque envie de la lancer une seconde fois contre le mur.

Mais elle se retient et prend une profonde inspiration. Après tout, ç'aurait pu être pire. Elle aurait pu être à la place d'Ingrid.

L'avantage, c'est qu'au moins elle aurait eu l'attention de tout le monde.

Elle jette sa balle avec humeur.

23

Une erreur. C'était une grossière erreur.

Teddy est seul dans sa salle de classe, assis à son bureau, il arrache ses cuticules. Ça l'aide à réfléchir. Il se rejoue chaque étape, les unes après les autres.

Il songe également aux différentes issues possibles.

Une femme a fait un malaise, rien de plus. Il n'y a eu ni crise d'épilepsie ni convulsions. Elle s'est simplement… évanouie.

Mais ça peut suffire à justifier des tests sur tous les produits consommables à disposition dans la salle. Par précaution, suppose-t-il. Mlle Marsha va certainement le réclamer. Après tout, Ingrid Ross n'est pas seulement membre du conseil administratif, c'est un parent d'élève qui permet de payer les factures. Le proviseur voudra tirer cette affaire au clair. Et le conseil l'exigera.

Ce qui veut dire que la police emportera des échantillons de tout, y compris des capsules de la poubelle. Mais ont-ils seulement développé des tests pour les plantes que Teddy a utilisées ? Seront-ils capables de déceler les toxines cardiogéniques recueillies dans ses *Actaea pachypoda* ?

Probablement, s'ils poussent un peu leurs analyses. Ils découvriront sans doute qu'une capsule a été trafiquée. Mais Ingrid n'a pas été empoisonnée, nom d'un chien ! Teddy n'a jamais voulu empoisonner quiconque. Il a seulement… bidouillé une capsule. Trois fois rien.

Sauront-ils remonter jusqu'à lui ? Peut-être. Il n'est pas impossible qu'il ait laissé ses empreintes.

Il arrache un petit bout de peau si fort qu'il commence à saigner.

C'est ridicule. Tout bonnement ridicule, puisque Ingrid s'en remettra. Elle va se réveiller, tout le monde pensera qu'elle a fait un malaise, et l'incident sera clos. La police ne va pas perdre son temps à tester tous les aliments présents à la fête, et ils ne vont pas examiner à la loupe toutes les capsules de café jetées à la poubelle. C'est absurde.

Et ce n'était pas volontaire. Il ne voulait faire de mal à personne. Certainement pas à Ingrid Ross, qu'il apprécie sincèrement. Elle est membre du conseil, tout de même.

Il voulait juste… Il voulait faire fermer son clapet à Sonia. Qu'elle arrête de lui dire quoi faire, de le reprendre sur ses méthodes d'enseignement. Peut-être même voulait-il gâcher sa cérémonie. Juste un peu.

Finalement, c'était ça son but. La faire tomber de son piédestal en lui provoquant un malaise pendant sa fête. C'est tout ce qu'il voulait.

Totalement inoffensif.

Et puis, tout s'est précipité, la police et les secours sont arrivés, et la situation est devenue… incompréhensible, vraiment.

Cela dit, son objectif aura été atteint. Il n'avait encore jamais utilisé cette plante, mais elle a fait son office. Pas trop mal pour un non-scientifique. Il n'est que le professeur de l'année.

Et puis, ce n'est pas sa faute si ce café n'a pas été bu par la personne à qui il était destiné. Si ces mères n'avaient pas descendu les capsules de la salle des professeurs, son plan aurait fonctionné à la perfection.

Alors, d'une certaine façon, il a réussi.

Il regarde par la fenêtre. La dernière voiture de police quitte le parking. C'est ce qu'il attendait. Il sort de sa classe, mallette à la main. Si on le croise, on pensera qu'il rentre chez lui. Surtout, afficher un air normal.

Le réfectoire est désert. Les employés sont partis, eux aussi. La porte de la salle Stafford est fermée, mais pas verrouillée. Il y pénètre comme s'il était dans son bon droit.

Mince, la pièce n'est pas déserte.

Frank, le professeur de maths, est là à quatre pattes. Il farfouille sous la table.

— Seigneur ! s'exclame-t-il en se relevant, frottant ses paumes sur son pantalon beige. Tu m'as fait peur. Je croyais que tout le monde était parti.

— Moi aussi.

— Oui, j'ai perdu mon stylo tout à l'heure. Mon préféré. (Frank regarde autour de lui en ouvrant les bras.) Impossible de le retrouver.

— C'est dommage.

— Qui sait. Un gamin a pu me le piquer. Et toi ? Qu'est-ce que tu fais là ?

Teddy s'efforce de ne pas se tourner vers le comptoir, où se dresse la poubelle. Malheureusement, on dirait que la salle a été nettoyée. Les décorations ont toutes été retirées, plus une seule miette du buffet en vue, et la machine à café a été emportée.

— Je venais voir s'il y avait quelqu'un. Au cas où on aurait des nouvelles.

Frank hausse les épaules, faisant tressaillir les muscles de ses bras.

— Pas encore.

Son collègue prenant la direction de la sortie, Teddy se trouve contraint de le suivre, car il n'a plus d'excuse valable pour rester. Ils traversent ensemble le réfectoire, et Frank soupire :

— Drôle de journée.

— Tu l'as dit…

— Ils feront sans doute venir une équipe de psychologues lundi.

— Possible.

— On devrait faire venir un membre du clergé aussi. Au cas où quelqu'un en aurait besoin.

À cela, Teddy ne répond pas.

Dehors, il reste très peu de voitures. Personne n'a envie de s'attarder à Belmont après ce qui s'est passé. À l'instant où il se tourne vers son collègue pour lui dire au revoir, une notification fait tinter le téléphone de Frank. Il le sort de sa housse clippée à sa ceinture.

Celui de Teddy vibre également. Un message du proviseur.

Chers collègues et amis,

C'est avec un profond chagrin que je vous annonce la mort prématurée de Mme Ingrid Ross. Elle est décédée à l'hôpital cet après-midi.

Toutes nos pensées et nos prières vont à sa famille.

24

Frank Maxwell n'en croit pas ses yeux. Ingrid Ross est morte.

Morte.

— Mon Dieu, dit Teddy dans un souffle.

— Incroyable.

Ils restent tous les deux un instant à regarder leurs téléphones, puis le professeur de littérature range le sien dans sa poche.

— Bon, dit-il. J'ai soudain très envie de rentrer chez moi en parler à ma femme.

— Moi aussi, renchérit Frank.

Tandis que Teddy se dirige vers sa vieille Saab ridicule, il regagne sa Jeep en s'efforçant d'afficher un air détaché, mais l'adrénaline lui donne des vertiges.

Il porte une main à sa poitrine pour attraper la croix sous sa chemise.

Chez lui. Il devrait rentrer chez lui. Retrouver son épouse, son fils.

Ils vivent dans une maison modeste, mais agréable avec une pelouse fraîchement tondue et un superbe chêne centenaire côté rue. Frank ne gagne pas beaucoup d'argent, mais sa femme a apporté sa touche de créativité à la décoration du foyer. Il a l'impression de vivre dans un catalogue, mais c'est confortable. Chez lui, il se sent bien, en sécurité.

Seulement, il n'a aucune envie d'y aller.

Alors il fait le tour du quartier en voiture. Il aime rouler sans but lorsqu'il a besoin de réfléchir. C'est ainsi depuis qu'il a eu son permis – onze longues années de réflexion au volant, sans destination. La première fois qu'il a conduit seul lui semble remonter à une éternité. Une vieille guimbarde, peut-être encore plus miteuse que celle de Teddy, mais ça lui était égal. Entre la musique à fond et la possibilité d'évasion, Frank avait goûté pour la première fois à la liberté. Et il avait adoré cette sensation.

Alors, ce soir, il roule. Mais ça n'a plus la même saveur, sans doute parce qu'il est tout sauf libre. Avec une femme, un gamin, un crédit, un boulot, il est pieds et poings liés. Il ne fait même plus les courses, son épouse a ses exigences.

Et encore, ça, c'est pour les jours ordinaires. Mais aujourd'hui n'est pas un jour comme un autre.

Frank s'éloigne du lycée pour rejoindre l'autoroute, loin de sa maison, de sa famille, de sa femme. La musique est assourdissante, les vitres sont baissées, et sa Jeep file sur l'asphalte, sans nulle part où aller.

Mais ça n'aide pas. Il se sent encore moins bien, emprisonné dans une camisole de force reliée à une chaîne qui le tire en arrière.

S'il le pouvait, il irait se défouler en salle de sport, mais il n'est pas encore remis de sa blessure à l'épaule. Frustré d'être privé de musculation, il reprend la direction de la maison.

La voiture de Missy est garée dans l'allée, à sa place. Avant d'entrer, il prend de longues inspirations, récite une brève prière et vérifie dans le rétroviseur que son expression ne laisse rien paraître.

Et voilà Missy. À peine a-t-il ouvert la porte qu'elle apparaît.

— Je viens d'apprendre ce qui s'est passé au lycée. Comment tu te sens ?

— Oh, ça va…

— J'allais justement t'appeler. Tu es sûr que tu te sens bien ?

Frank la serre dans ses bras dans l'espoir de la faire taire.

— Oui, je vais bien. J'ai à peine vu la scène.

Il la sent se détendre contre lui.

— Bon. Mon Dieu, pauvre femme. Ingrid… comment déjà ? Russ ?

En s'écartant, elle l'accompagne vers la cuisine, où flotte un fumet de poulet rôti. Ils mangent souvent de la volaille.

— Oui, quelque chose comme ça, répond-il en s'asseyant sur un tabouret, apaisé par l'odeur de la viande grillée. Où est Frankie ?

Elle désigne le salon.

— Il regarde un dessin animé.

Frank prend une douche avant de dîner. Lorsqu'il revient, son fils de deux ans est dans la cuisine. Le petit a faim mais rechigne à rester assis, alors Missy lui explique qu'on reste à table pendant les repas. La même conversation se rejoue tous les soirs, puis la mère finit immanquablement par soudoyer le fils pour qu'il accepte de se tenir tranquille.

Frank apprécie cette routine. Chez lui, tout est normal : manger, débarrasser, donner le bain à Frankie. Quand il accompagne son fils dans sa chambre pour lui lire une histoire, il a l'impression que cette journée n'était qu'un mauvais rêve. Un cauchemar éveillé.

Mais plus tard, sa femme et son fils endormis, tout lui revient en mémoire. Frank ouvre la page Internet de Belmont, la nouvelle est affichée là, pour lui rappeler que ça s'est vraiment produit. Ce n'était pas un cauchemar.

Le message que le proviseur a envoyé par texto est posté sur la première page du site. Dessous, les parents, enseignants et élèves ont exprimé leurs condoléances. Frank ajoute les siennes.

Toutes mes condoléances à la famille Ross.

Il supprime la phrase. La réécrit. La supprime à nouveau. Peut-être vaudrait-il mieux ne rien dire. Ou serait-ce encore pire ?

Ingrid.

Sois maudite, Ingrid.

La culpabilité de cette pensée le frappe de plein fouet. Il reporte sa main à sa poitrine, tout près de sa croix. Il la porte tous les jours, vingt-quatre heures sur vingt-quatre. Ne la retire jamais.

Le reste de la nuit, il garde les doigts serrés dessus. Et se demande qui viendra en premier, le mari d'Ingrid ou les policiers.

Teddy ne rentre pas chez lui. Il ne quitte même pas le parking de Belmont. Après avoir regardé Frank s'éloigner, il descend de sa voiture et retourne directement dans la salle Stafford. Il veut en avoir le cœur net.

La poubelle a été sortie. Les deux sacs sont neufs, pas une seule capsule en vue. Ni sur le comptoir ni dans les placards. La police aurait-elle emporté les déchets ? Après avoir été reconduit à la porte par Mlle Marsha, il n'a aucune idée de ce qu'il s'est passé ici.

Soupir. Il prend la direction de la porte de service donnant derrière le lycée. Vers les bennes à ordures.

25

Ce sera une bonne journée.
Ce sera une bonne journée.
Ce sera une bonne journée.

Lundi matin, Sonia répète son mantra dans sa voiture, prête à affronter ce qui l'attend. Ce week-end a été affreux, les messages inquiets ont afflué concernant la commémoration annuelle. Que fallait-il dire au sujet d'Ingrid ? Devait-on modifier l'organisation de la cérémonie ?

Et s'il s'agissait d'une intoxication alimentaire ?

L'aurait-on empoisonnée ?

D'où venaient ces petits fours ?

Et le lait du café ? Prenait-elle du café au lait, quelqu'un le savait-il seulement ?

Des questions sans fin. Et pas un seul mot pour son dixième anniversaire, pas même un bravo.

Sonia se force à se rappeler qu'une femme est morte. La concurrence est là : une morte. C'est imbattable. Elle ne va tout de même pas crier dans les couloirs : « Et moi, alors ? » en espérant s'attirer leur compassion. Ni même des félicitations.

Alors elle arbore un air soucieux mais avenant, et sort de sa voiture. Les enfants ont besoin d'elle. Quelqu'un est décédé sur le campus, nom d'un chien. Ils ont besoin de son soutien, aujourd'hui plus que jamais.

Que la journée commence.

Lorsqu'il se gare devant l'école, Frank est à cran. Il a été nerveux tout le week-end, sursautant à chaque coup frappé à la porte, à chaque sonnerie de téléphone. Comme s'il était sur le toit d'un immeuble et attendait qu'on le pousse.

Quel sentiment terrible que de savoir que sa vie va bientôt basculer…

Mais pas encore. Qui sait, ses prières ont pu porter leurs fruits ? Pourvu que ce soit le cas…

Il sort de sa voiture et marche vers l'entrée. Pas de police, pas de mari furieux, pas de fourches menaçantes. C'est de bon augure pour la journée.

À peine pénètre-t-il dans le bâtiment qu'Ingrid Ross braque sur lui son regard droit.

En sa mémoire, un grand portrait est dressé, sans doute une idée du collaboratif. Il est posé sur une table couverte de fleurs, ce qui lui fait aussitôt regretter de ne pas en avoir apporté. Cela ne lui a même pas traversé l'esprit.

Il n'avait encore jamais vu cette photo d'elle. Ses cheveux sont plus longs, et elle n'est pas maquillée. La photo est prise en extérieur devant un grand arbre, elle affiche un sourire presque heureux. Celle qu'il connaissait n'était pas heureuse. Déterminée, oui. Et opiniâtre, aussi. Mais heureuse ? Non, il ne dirait pas ça. En même temps, il ne l'est pas non plus. Pas tout à fait.

Elle le savait. Elle avait vu clair dans son jeu et n'avait pas hésité à en profiter. Comme ces… ces créatures grecques. Il a oublié leur nom. C'est un prof de maths, pas de mythologie. Mais voilà que ça lui revient.

Ces sirènes.

Non, c'était plutôt un succube. Ingrid Ross était un satané succube.

Le seul fait de penser à elle le rend furieux.

Il attrape sa croix, tâte ses contours du bout du doigt sous sa chemise. Parfois, il se dit qu'il mourra de combustion spontanée avec tout ce qui se trame dans sa tête. Après ce qu'il a fait, c'est le sort qu'il mérite.

Et bizarrement, ça n'arrive pas. On le laisse tranquille, seul avec sa culpabilité. C'est presque pire.

Il s'éloigne. Il ne faudrait pas qu'on le surprenne à contempler le portrait trop longtemps. Au fond du couloir, il tourne à droite, à l'opposé de sa classe, en direction de la salle Porter. On l'a informé ce week-end qu'une réunion aurait lieu avant le début des cours.

Il y a déjà du monde. Contrairement à la salle Stafford, celle-ci n'est pas ouverte aux élèves. Il faut un badge pour y accéder, et elle se situe à l'extrémité du couloir sud, trop loin pour éveiller la curiosité des gamins.

Mlle Marsha se tient devant l'assemblée et entame la réunion à 7 h 40 précises. Son tailleur en tweed est aussi impeccable que sa voix est cassante.

— Je serai brève pour ne pas vous mettre en retard pour vos cours, commence-t-elle un porte-bloc sous le bras.

Comme bon nombre des anciens, elle rejette toute technologie, y compris ce qui pourrait faciliter son travail.

— Vous avez tous appris la mort d'Ingrid Ross. Soyez assurés que nous sommes en contact permanent avec sa famille et la police au sujet de cette affaire. Nous attendons les résultats de l'autopsie pour confirmer la cause du décès.

À l'annonce de cet examen, Frank est loin de se sentir mieux. Bien au contraire.

— Sa famille, comme vous l'imaginez, est dévastée. Nous avons mis en place un lieu de recueillement à l'entrée de l'établissement pour que chacun puisse exprimer ses condoléances par des fleurs ou des petits mots. Toutes vos attentions seront transmises à la famille. Par ailleurs, nous avons mobilisé une cellule de crise pour les élèves et le personnel. N'hésitez pas à y envoyer quelqu'un qui en aurait besoin. Les psychologues sont là pour ça. (Une pause, elle regarde son porte-bloc.) Des questions ?

Quelqu'un demande si un élève peut manquer un cours pour consulter un psychologue. Un autre souhaite des renseignements sur l'enterrement d'Ingrid.

L'enterrement. Frank n'y avait même pas pensé.

S'il a lieu à l'église, que Dieu lui pardonne. Il n'aura pas la force d'y assister.

— Nous vous transmettrons toutes les informations à mesure que nous les recevrons. Ce sera tout pour ce matin.

Huit minutes. C'est le temps qu'aura duré cette réunion, assez pour que Frank sente monter sa tension artérielle. Il est à côté de Sonia lorsque Mlle Marsha vient la voir.

— Teddy Crutcher est absent aujourd'hui, il est malade. Nous ferons venir un remplaçant, mais pourriez-vous…

Sonia opine, et Frank s'éloigne, manquant la suite de la conversation. Il est trop préoccupé par l'autopsie.

Il n'aurait jamais dû toucher à la bouteille de thé vert d'Ingrid.

C'est cette fichue bouteille qu'il cherchait dans la salle Stafford. Pas son stylo.

26

Pour la première fois depuis de nombreuses années, Teddy se tient sur le porche donnant à l'arrière de sa maison – un porche toujours décrépit, délabré – et contemple son jardin. Débarrassé de la moindre plante, du moindre arbuste et buisson. Il ne reste que les arbres jugés trop grands pour être abattus.

Nous sommes mardi soir, entre chien et loup, et Teddy n'est pas allé travailler depuis vendredi. Il n'est pas malade et ne se souvient pas de la dernière fois qu'il l'a été. Seulement, il avait trop à faire pour aller au lycée.

Il a mis du temps à se lancer. Ce qu'il n'admettra pour rien au monde, c'est qu'il a failli abandonner. Au début, il a cédé au découragement. Le vendredi soir, après avoir fouillé les bennes à ordures du lycée sans succès, il est rentré chez lui pour se coucher. Sans manger, sans boire – et certainement pas du lait, il ne le méritait pas. Il ne méritait rien du tout. Pas après ce qu'il avait fait.

C'était horrible.

Une idée d'abord parfaitement innocente avait dégénéré au point de causer la mort de quelqu'un.

Il n'était qu'un monstre. Un homme qui se focalisait sur des différends insignifiants avec ses collègues. Un homme qui voulait les punir de l'avoir agacé. Un homme qui empoisonnait leur café.

Enfin, il ne l'avait pas *empoisonné*. Il l'avait *trafiqué*. Il avait corrompu leur café. Un tout petit peu.

Alors qu'il aurait mieux fait de se concentrer sur ses élèves. C'était son travail, son objectif, sa mission.

Il avait tout fichu en l'air.

Ce sentiment avait grandi progressivement en lui. D'abord une pointe, comme un moustique qui chatouille. Ou plutôt un asticot. Oui, un petit asticot.

Capable de se multiplier.

Plus il restait au lit, plus les asticots grouillaient. C'était affreux, comme si ses tripes avaient été remplacées par ces créatures visqueuses. Le samedi soir, il se sentait rongé de l'intérieur.

Cette sensation n'était pas nouvelle.

Teddy l'avait déjà éprouvée une fois, après le départ d'Allison. Lorsqu'elle avait laissé cette facture sur la table.

Ce sentiment était encore pire que le regret, qui n'est qu'une pensée qui vous tracasse. Le remords remplace vos boyaux par des asticots.

Rien de tout cela ne serait arrivé si elle n'était pas partie. Elle avait le don de tout arranger.

Dès qu'il était de mauvaise humeur, ils regardaient un film ensemble. Elle choisissait toujours les comédies les plus stupides. Allison détestait les drames, elle avait en horreur tout ce qui était grave ou déprimant. Au début, il trouvait ses films idiots, ils ne méritaient pas qu'il y perde son temps.

— Au contraire, ils le méritent s'ils te font rire, rétorquait-elle. Ne serait-ce qu'une fois.

Et elle avait raison. Ces films idiots le faisaient rire, parfois plus d'une fois parce qu'il était avec elle. Sa femme avait un rire terriblement communicatif, et très joli d'ailleurs. Un jour, il lui avait dit que c'était comme écouter de la poésie. Là encore, elle avait gloussé.

Depuis, il ne regarde plus ces films-là. Pas sans elle.

C'est à peine s'il sourit désormais, et c'est là que tout s'est enchaîné, quand il a cessé de rire et remarqué combien ses collègues pouvaient l'irriter. Il a commencé à trafiquer leur café parce qu'ils l'agaçaient au plus haut point.

Quand il repense à ça, et à Allison, il se sent affreusement mal.

Il est resté au lit jusqu'à ce que les asticots finissent par s'endormir, repus. La douleur s'est amenuisée à mesure qu'ils se sont retirés. Le dimanche matin, il est enfin sorti de son trou, animé par un objectif nouveau. Il retournerait auprès de ses élèves, essaierait de leur apprendre à ne pas devenir de petits salopards égoïstes et privilégiés.

Mais d'abord, il devait se laver de toutes ses fautes en vidant la cave. Il s'est débarrassé de toutes les capsules, de tous les tubes à essai et de toutes ses expériences en cours. Les médicaments, les recherches, tout. Tout ça ne faisait que le détourner de l'essentiel.

Ensuite, il devait s'attaquer au jardin, en commençant par l'*Actaea pachypoda*.

La plante avait immédiatement attiré son attention. Impossible de passer à côté de ces baies blanches au point noir. D'où leur surnom, « œil de poupée ». Ces petites baies ressemblent à des yeux miniatures remplis de toxines capables de faire chuter la tension artérielle. À l'excès, elles peuvent provoquer un infarctus, mais à petite dose elles causent seulement des vertiges.

Tout ce qu'il voulait, c'était que Sonia fasse un petit malaise, et de préférence en plein milieu de la cérémonie. Il avait pris soin d'extraire très peu de jus de cette baie avant de l'injecter dans la capsule. La mort n'était pas le but. Ni pour elle ni pour quiconque.

Armé de gants, il a commencé par arracher cette plante en ballots bien serrés. Puis il est passé aux suivantes. Peu importait qu'elles fussent toxiques ou non, il ne devait rien rester. Il a fallu deux jours de labeur éreintant. Hors de question de retourner au lycée. Pas tant que le jardin n'était pas débroussaillé.

Ensuite, il fallait s'en débarrasser. L'étape la plus complexe. Aussi tenté fût-il par la possibilité de payer quelqu'un pour tout jeter à sa place, il ne pouvait dire à personne ce qu'il faisait. Il n'avait pas d'autre choix que de tout ranger dans des sacs à emporter à la déchetterie. Cinq trajets ont été nécessaires, et dans cinq déchetteries de cinq communes différentes. Toutes visitées sous de faux noms.

À présent, sous son porche en ce mardi soir, il est perclus de courbatures. Mais, au fond de lui, il se sent beaucoup mieux, comme si on lui accordait une seconde chance. Enfin, c'est plutôt lui qui s'accorde cette seconde chance.

Et, pour terminer cette journée, un verre de lait frais. Histoire de marquer la fin de sa pénitence.

Il s'est purifié de tous ses péchés, de toutes les distractions qui l'éloignaient de sa véritable mission : ses élèves.

Le voilà prêt à repartir de zéro. Une fois de plus.

27

La matinée est glorieuse. Le soleil brille, les oiseaux chantent, et Teddy ne serait pas étonné de voir un papillon atterrir sur son épaule tandis qu'il se dirige vers son véhicule. Évidemment, ce n'est pas le cas. Il a vérifié.

Il se gare tôt devant le lycée, avant la plupart des autres membres du personnel. La seule voiture qu'il reconnaisse est celle de Frank. Ce n'est pas surprenant, il arrive toujours à l'aube. Teddy passe devant sa classe, tenté de s'arrêter pour lui dire bonjour, mais préfère finalement monter directement en salle des professeurs.

Rien n'a bougé, pas même les capsules de café. Souriant, il s'en sert une tasse.

Des capsules de café. Quelle idée idiote…

Il n'en a pas trouvé dans la benne à ordures. N'y a rien trouvé d'intéressant, si ce n'est une bonne raison de se ridiculiser. Joe, le gardien, l'a surpris alors qu'il ressortait de la benne. Les deux hommes n'ont rien dit, ce qui a rendu la situation encore plus gênante. Et puis, Joe n'est pas près de l'oublier.

Teddy se rend dans sa classe, ouvre son ordinateur et ses mails pour la première fois depuis vendredi. Il les parcourt rapidement et lit d'abord les messages signalés comme prioritaires. Ingrid est toujours morte, mais pas encore enterrée. Le mot « autopsie » le fige une seconde, puis il passe au mail suivant. Pas de temps à perdre avec les asticots de l'angoisse aujourd'hui.

Fallon attire son attention. Son ancienne élève continue de lui exprimer sa colère.

Salut salaud, c'est encore moi.

Je voulais juste vous dire que vous ne m'empêcherez pas de réussir. J'ai déjà décroché mon diplôme et je suis acceptée en master. Bientôt, je gagnerai plus d'argent que vous.

À plus !

Teddy sourit, comme chaque fois qu'il lit la prose de Fallon. Elle n'a toujours pas compris.

Il n'est pas son ennemi. Ne l'a jamais été. Son but, pour Fallon comme pour tous ses élèves, c'est de faire de ces petits crétins égoïstes des personnes meilleures.

Fallon ne le sait pas encore, mais il ne perd pas espoir. Pas encore. Il croit en eux. Il n'a pas abandonné Fallon, tout comme il n'abandonne pas Zach. Un jour, peut-être, ils comprendront.

Et s'ils comprennent, ce sera grâce à lui.

La mort. Belmont est cerné par son spectre.

Sonia remonte le couloir en songeant à la mort, omniprésente entre ces murs. L'enterrement d'Ingrid aura lieu vendredi, et quelque temps plus tard, ce sera la commémoration annuelle.

— Bonjour, bonjour, accueille-t-elle ses élèves en les regardant tous dans les yeux pour les rassurer, leur faire croire que tout va bien, même si ça n'est absolument pas le cas.

Hier, alors que l'angoisse commençait à peine à s'apaiser, un article est paru dans le journal local.

Mort à l'académie de Belmont ?

C'était le gros titre, avec le point d'interrogation. Oui, la Faucheuse rôde à Belmont.

Toutefois, puisque Sonia est bien vivante et anime toujours le club du *Clairon*, elle va devoir trouver un autre rédacteur en chef. Courtney ne reviendra pas de sitôt au lycée. On ne peut pas le lui reprocher, c'est ici que sa mère est décédée.

Encore cette mort qui vient la tourmenter quand elle s'y attend le moins.

Sonia chasse cette pensée et sonde le grand hall jusqu'à repérer celui qu'elle cherche.

— Zach ? appelle-t-elle.

Il lui sourit, comme si de rien n'était.

— Bonjour, Mme B.

— Tu as parlé à Courtney ? Comment va-t-elle ?

— Je n'ai pas de nouvelles depuis… Eh bien, depuis vendredi.

— Elle fait son deuil. Laisse-lui le temps.

— Ouais, approuve-t-il.

— Elle te téléphonera quand elle sera prête, murmure-t-elle en lui tapotant doucement la main avec un geste tendre. Je voulais te poser une question. C'est au sujet du Clairon.

— Vous voulez déjà un autre article ?

— Non, pas vraiment.

Zach la regarde longuement, si ouvert, si confiant.

— Que se passe-t-il ?

Elle lui fait signe de la suivre et l'attire dans un coin plus tranquille. C'est la récréation du matin, elle dure exactement seize minutes.

— C'est à propos du poste de rédacteur en chef.

— Ah. (Quand il comprend, il écarquille les yeux.) Ah.

— Oui, acquiesce-t-elle avec le sérieux de circonstance. Nous n'avons plus personne actuellement.

— Mais Courtney va revenir.

— Bien sûr, bien sûr… C'est temporaire, en attendant qu'elle aille mieux. Je suis sûre qu'elle a besoin de passer du temps avec sa famille.

Zach opine. Les questions doivent se bousculer dans sa tête.

— Je te laisse y réfléchir, et nous en reparlerons demain, d'accord ? Ce n'est pas une décision à prendre à la légère.

— Oui, bonne idée. Je vais y réfléchir.

— Je ne te force à rien. Que tu acceptes ou non, ta participation au Clairon sera toujours une ligne positive sur ton dossier de candidature en fac. Même en tant que simple journaliste.

Il opine toujours, tandis qu'elle s'éloigne pour le laisser avec cette pensée.

Les élèves observent Frank, mais lui ne voit qu'un vague nuage gris derrière lequel il distingue leurs yeux vitreux, leur menton dans la main, leur regard dans le vague. Il n'a pas l'habitude de les voir dans cet état. D'ordinaire, il doit les guetter, à l'affût du premier qui fera l'imbécile. Qui fera une bêtise.

Le diable et ses laquais sont partout et frappent à tout moment, cherchant la moindre occasion d'attirer les gamins du côté sombre. Frank se tient généralement prêt à les aider à résister à cet appel.

Mais ce n'est pas le jour.

Pour le dernier cours de la matinée : calcul infinitésimal. Personne n'a envie d'être là. Ni les élèves ni Frank. S'il avait le choix, il serait en salle de sport. Passerait sur les agrès toute la nervosité qui l'anime désormais à longueur de journée.

Ou à l'église, pour se délester par la prière de toute sa culpabilité. Il y est allé hier soir, ainsi qu'avant-hier, mais ça n'a pas fonctionné. Pour l'instant, personne ne vient le voir – ni la police ni le mari d'Ingrid –, et ça le rend fou.

Une main se lève au milieu de la classe.

— Oui, Stella ?

— Si *a* plus *b* est la fonction inverse de *f*, le point d'intersection n'est-il pas *a* égal à 1, divisé par a plus *b* moins 1 ?

Frank se tourne vers l'équation en réfléchissant à la suggestion. Ça lui prend plus de temps qu'il n'en faudrait.

— Oui, finit-il par dire. Oui, tu as raison.

Il balaie l'écran interactif, et le problème disparaît. Les maths sont un jeu d'enfant.

Un nouvel exercice s'affiche au tableau, il demande à la classe de le résoudre et en profite pour sortir son téléphone du tiroir de son bureau.

Un texto de sa femme. Elle lui rappelle de faire la vidange de la voiture.

D'abord le soulagement, puis très vite l'angoisse. Deux mots résument son état d'esprit : si seulement…

Si seulement il n'avait pas rencontré Ingrid à cette collecte de fonds.

Si seulement Missy l'avait accompagné au lieu de rester à la maison avec Frankie.

Si seulement il n'avait pas tant bu. Ça lui attire toujours des ennuis.

Si seulement il n'était pas reparti avec Ingrid.

28

La journée a été formidable. Tout simplement formidable. Teddy adore ce mot. Il mériterait une place dans son top dix, quoique son classement évolue en permanence. Parfois, il tombe sur un terme qu'il n'a pas croisé depuis longtemps et l'ajoute aussitôt à sa liste. Mais *formidable* reste l'un de ses adjectifs préférés.

Sa classe de première du matin a terminé *Outsiders* depuis longtemps, ils en sont à l'étape du commentaire de texte. Ceux de l'après-midi sont plus lents dans leur lecture de Moby Dick, mais il fallait s'y attendre.

Après les cours, Teddy se servira peut-être un grand verre de lait, bien qu'il en ait bu hier. Normalement, il n'en prend jamais deux soirs d'affilée, mais à quoi bon vivre si l'on ne peut pas fêter ses succès ?

Sur le chemin de la maison, il s'arrête à l'épicerie de quartier. L'un des nombreux inconvénients du métier d'enseignant, c'est qu'on ne peut pas faire ses courses dans les meilleures boutiques. Teddy en a fait son deuil depuis longtemps. Il s'est acoquiné avec Hector, le patron et caissier à plein-temps de la boutique de spiritueux de Fourth Avenue.

Ils se sont rencontrés il y a quelques années, lorsque Teddy s'est aperçu qu'Hector pratiquait des prix plus avantageux sur le lait que dans les épiceries bon marché. En outre, le vendeur accepte de prendre des commandes. C'est un bon commerçant, et il fait également traiteur. Depuis, Teddy est un client fidèle.

— On vient chercher du lait ? lui lance-t-il.

Teddy sourit en partant dans le fond du magasin avec un hochement de tête.

— Je vais devoir vous garder à l'œil, reprend le vendeur. Tout ce calcium, c'est mauvais pour la santé.

Puis il rit de sa propre plaisanterie, couvrant le son de la télévision installée au-dessus de la caisse.

Teddy sort une bouteille du réfrigérateur, la marque qu'Hector achète rien que pour lui. Il ne prend que des bouteilles en verre. Hors de question de consommer son lait dans ces emballages de carton ou de plastique.

— Dites-moi. C'est quoi cette histoire, dans votre lycée ?

Teddy met une minute à réagir.

— Ah, oui... Quelle tragédie. Pauvre femme. Personne ne sait ce qui s'est passé. Elle s'est effondrée comme ça, d'un coup.

— Vous n'êtes pas au courant ? demande Hector.

— Au courant de quoi ?

— Eh bien, je pensais que les profs seraient les premiers prévenus.

Il s'empare de sa télécommande pour changer de chaîne, remplaçant le match de foot par les informations régionales.

— J'ai vu ça tout à l'heure, ajoute-t-il en pointant l'appareil avec sa télécommande. Qu'est-ce que vous leur apprenez, à ces gosses ?

La bannière au bas de l'écran n'a aucun sens. Teddy la relit plusieurs fois sans comprendre.

UNE LYCÉENNE DE BELMONT
ACCUSÉE D'AVOIR TUÉ SA MÈRE.

Deuxième partie

29

Les premiers flocons sont toujours les plus magiques. La neige aura mis du temps à arriver cette année, nous voilà déjà en janvier. Sous son manteau de blanc, l'académie de Belmont semble tout droit sortie d'un roman de Dickens.

Si l'on fait abstraction du long grillage qui cerne le périmètre.

Deux mois et demi se sont écoulés depuis que Courtney a été arrêtée. Son procès est prévu dans quelques semaines, mais les médias campent déjà devant le lycée. Leur équipement est protégé par des tentes, les journalistes se réchauffent devant des mini-chauffages à gaz. Un food truck leur vend du café chaud, et un démarcheur vient leur distribuer des prospectus pour faire la publicité d'un restaurant du coin.

Et ce n'est que le début, pense Sonia.

Tandis que l'agent de sécurité lui fait signe de circuler, elle se retient de décocher un joli doigt d'honneur aux journalistes. Elle se gare et sort de la voiture sans prendre la peine de répéter son mantra. Elle aurait beau le marteler cent fois, elle sait que ce ne sera pas une bonne journée.

Dans le hall d'entrée, une cellule d'écoute a été mise en place. Sonia passe devant pour se rendre directement en salle des professeurs. Frank y est seul, ce qui est surprenant étant donné que le parking est déjà à moitié rempli.

— Oh, bonjour, la salue-t-il.

— Bonjour.

Il est assis dans un coin et la regarde mettre son déjeuner au réfrigérateur avant de se servir une tasse de café. Aussi incroyable que cela puisse paraître, il a encore moins bonne mine que la semaine dernière, avec son teint livide et ses poches sous les yeux. Ses muscles ont fondu.

— Tout le monde s'est réuni dans la salle Porter.

— Une autre réunion ? s'étonne Sonia. Je n'ai pas reçu de…

— Non, pas une réunion. Ils ont installé une télévision.

Elle fait la moue. Elle qui espérait trouver en ce lycée le seul havre épargné par la folie, c'est apparemment raté. Avec un soupir, elle glisse une sucrette dans son café et s'en va avec la ferme intention de retourner dans sa classe. Mais ses pieds la mènent devant la salle Porter.

La pièce est pleine à craquer d'employés administratifs et d'enseignants, le regard braqué sur un écran géant. La journaliste au micro a les cheveux blond platine et est maquillée à la truelle.

« … l'arrivée de l'assistant du bureau du procureur et de l'avocat de la défense. Courtney Ross n'est pas attendue au tribunal aujourd'hui pour la requête préalable au procès ni pour la sélection du jury. Nous ne devrions pas la voir avant le début du procès. »

À la coupure publicitaire, des voix s'élèvent dans la salle.

— Les journalistes resteront dehors ? Ils ne vont pas entrer ?

— Je croyais qu'ils avaient accès au tribunal.

— Ils y sont aussi. Ils sont partout.

— Mon Dieu.

Un soupir approuvé par Sonia. Dès la rentrée de janvier, alors que chacun reprenait son rythme pour le nouveau trimestre, l'affaire est revenue sous le feu des projecteurs. Le procès excite les médias. C'est encore pire qu'à l'époque de l'arrestation de Courtney.

Mon Dieu, en effet.

Le son est coupé au moment où les informations sont interrompues par une page de publicité pour une marque de mobilier. Mlle Marsha se dresse devant l'écran, le froissement de sa jupe en tweed résonne dans la salle.

— Votre attention, s'il vous plaît ! La période s'annonce difficile pour nos élèves. Le lycée sera dans la ligne de mire des médias tant que cette histoire ne sera pas réglée, et des hordes de journalistes chercheront à nous interviewer. Nous préférerions que vous évitiez de vous exprimer publiquement, bien que ce choix vous appartienne. (Une pause pour sonder la pièce d'un regard menaçant.) En bas, la cellule d'écoute est toujours en place pour ceux qui en ont besoin. Elle sera ouverte jusqu'à 18 heures tous les soirs de semaine et le samedi matin.

Quelqu'un tousse. Derrière Mlle Marsha, la présentatrice est de retour à l'écran, mais le son est toujours coupé.

— Une dernière remarque et non des moindres : évitez de parler du procès en classe. Les élèves seront rivés à leurs portables toute la journée et discuteront certainement de l'affaire. Gardons le temps de classe consacré à notre programme habituel.

Voyant Mlle Marsha prendre une profonde inspiration, Sonia perçoit la fatigue sur ses traits. Ces deux derniers mois, tout le monde à Belmont semble avoir vieilli de dix ans.

— Des questions ? ajoute la secrétaire.

Aucune.

La première sonnerie retentit. Au moins une chose qui n'a pas changé : Mlle Marsha est toujours d'une ponctualité impeccable.

Le premier cours de Sonia se déroule comme elle l'attendait. Certains élèves manquent à l'appel ; au moins dix pour cent de l'effectif – personne ne connaît les vrais chiffres, et le bureau des admissions se garde bien de les révéler, mais les classes paraissent clairsemées.

Obéissante, elle ne parle ni du procès ni de Courtney. Mais les lycéens, eux, ne s'en privent pas, avant et après les cours. Tout au long de la journée, elle surprend des conversations sur les dernières informations, sur les pronostics des commentateurs et sur ce qu'en pensent les élèves.

— C'est elle, j'en suis sûr.

— Carrément.

— Impossible. Courtney ne ferait jamais ça.

— On voit que tu ne connaissais pas sa mère.

À la fin de la journée, Sonia se sent lourde. Et elle l'est. Ses vêtements sont tous trop serrés, et il y en a certains qu'elle ne peut plus enfiler. La gourmandise du stress. C'est ainsi que son mari l'a nommée quand il lui a offert une autre balle antistress. Elle en a trois, maintenant : une au lycée, une à la maison et une dans la voiture.

Et ça n'aide pas vraiment.

Elle préfère manger.

En arrivant chez elle, elle n'allume pas la télévision. Elle n'a pas envie d'écouter en boucle ce qui s'est passé au tribunal aujourd'hui. Elle ne tient pas à connaître le chef d'accusation retenu contre Courtney ni la méthode qu'elle a utilisée pour tuer sa mère, qu'elle en ait eu l'intention ou pas. Des journalistes prétendent qu'elle a drogué Ingrid Ross, d'autres qu'elle l'aurait empoisonnée, et certains estiment que l'homicide est aggravé par la manipulation déployée par l'accusée.

Et tout le monde a lu les textos, du moins ceux qui ont fuité. Les plaintes répétées de Courtney affirmant que sa mère la rend folle font d'elle la coupable idéale.

Sonia n'en croit pas un mot. Pas un seul.

Pendant que le dîner cuit au four, elle se coupe un morceau de cheddar qu'elle accompagne de crackers pour patienter.

Elle s'apprête à avaler sa première bouchée quand le téléphone sonne. Elle reconnaît le numéro, mais ne décroche pas.

Avant de consulter le message sur le répondeur, elle grignote deux biscuits apéritifs avec du fromage. À présent mortifiée, elle se résigne à l'écouter.

« Madame Benjamin, j'appelle de la part de Jeffrey Brewster. M. Brewster a finalisé la liste des témoins, et votre nom y figure. Une fois le procès entamé, nous vous ferons savoir à quelle date vous devrez témoigner. Je vous recontacte bientôt pour recueillir votre témoignage. N'hésitez pas à me rappeler si vous avez des questions. »

Sonia supprime le message.

La moitié des professeurs de Belmont sont sur la liste des témoins préliminaires. C'est normal, leur a-t-on dit. La liste compte toujours plus de noms que nécessaire. Tout le monde a été entendu en entretien, au cas où. Mais, maintenant, Sonia va devoir se présenter à la barre, prêter serment et témoigner.

En faveur du procureur.

30

Frank n'a aucune envie de regarder les informations ni d'en parler, mais quand il rentre du travail, sa femme est scotchée à la télévision.

— Pauvre gamine, dit-elle.

— Ouais.

Il laisse tomber son sac et se dirige droit vers la salle de bains, dont il ferme la porte avant de faire couler l'eau du robinet. C'est le seul endroit où il peut s'épargner cette satanée vision.

Une minute plus tard, Missy frappe au battant.

— Chéri ?

— Oui ?

— On mange des spaghettis ce soir. Le dîner sera prêt dans une demi-heure.

Il sent déjà l'odeur de la sauce. Les oignons, les tomates et l'ail lui ont retourné l'estomac dès qu'il a franchi le seuil.

— Génial ! J'arrive dans une minute.

À son retour dans le salon, Frankie joue par terre avec ses petites voitures, provoquant des collisions, encore et encore. Le bruit est insupportable.

— Arrête ça, dit-il à Frankie.

Et le gamin obéit. Juste une minute.

À la télé, les informations diffusent la photo de Courtney, qui le regarde droit dans les yeux. La même photo inonde toutes les chaînes. Ils l'ont récupérée sur les réseaux sociaux, on la voit dehors avec des amis qui ont été coupés au montage pour ne garder qu'elle, posant face à l'appareil, la hanche en évidence sous sa jupe juste assez courte pour soulever quelques sourcils.

Affreux. Tout ça est affreux.

Il occupe le restant de sa soirée à errer d'une activité à l'autre. Manger des spaghettis, donner le bain à Frankie, le coucher, revenir dans le salon pour passer du temps avec Missy. Ce soir, ils regardent un épisode de la série *Harry Bosch*, puis à nouveau les informations.

— On va se coucher ? propose Missy.

— Vas-y, je te rejoins.

— D'accord.

— Tu sais quoi ? Je vais faire un petit tour en voiture.

— En voiture ? Maintenant ?

— Toutes ces histoires au lycée... (Il désigne vaguement la télévision.) J'ai besoin de prendre l'air.

Le regard triste qu'elle lui lance est à la limite du soutenable.

— D'accord. Je comprends.

Elle comprend toujours. Ça rend la situation encore plus insupportable. Il monte en voiture et prend la route. Droit vers l'église. C'est à l'église d'Unité qu'il se rend lorsqu'il a besoin de réponses. Quand il hésitait à demander Missy en mariage, il est venu prier pour trouver conseil. Quand elle est tombée enceinte, il est venu prier pour qu'elle accouche sans complications d'un enfant en bonne santé. Quand il s'est récemment blessé à l'épaule, il est venu prier pour guérir rapidement.

La prière l'a toujours aidé à se sentir mieux. Cela lui a toujours donné l'impression d'être entendu.

Sauf ce soir.

Il ne devrait pas être là, ni parler à Dieu. Il devrait parler à la police et commencer par expliquer ce que lui a fait subir Ingrid.

Ou du moins ce dont il se souvient. À savoir très peu.

Au gala de charité, Ingrid portait une robe noire élégante qui moulait sa silhouette. Leur conversation a été somme toute banale pour un professeur et un membre du conseil administratif. Puis ils sont allés au bar, ont bu un verre.

— J'aimerais beaucoup parler plus en détail du programme de mathématiques avec vous, a-t-elle dit.

Ses lèvres étaient d'un rouge profond. Une couche épaisse qui ne laissait aucune trace sur le bord du récipient.

— Avec plaisir, a-t-il répondu.

— Ce ne sont pas des paroles en l'air. Je suis très sérieuse.

— Moi aussi.

— Dans ce cas, allons-y. Tout de suite. Nous pourrions aller au Mona et en discuter autour d'un verre ?

Ce qu'ils ont fait. Car lorsque la présidente du collaboratif réclame votre compagnie, elle ne souffre aucun refus. Et lorsqu'elle commande des cocktails par dizaines, vous les buvez.

Ils ont parlé de mathématiques, de Belmont et se sont raconté quelques potins. Rien de méchant. Quoique les contours de la soirée commençaient à devenir flous. Elle a commandé deux autres verres.

Il n'a pas songé un seul instant qu'elle n'allait pas les boire, qu'elle pouvait en renverser discrètement le contenu dans le pot de fleurs derrière elle. Cette idée ne lui est venue à l'esprit que plus tard.

Il garde un vague souvenir du moment où ils se sont levés pour partir. Elle l'a pris par le bras et l'a conduit vers la sortie. Une brise fraîche l'a saisi, mais il n'a pas frissonné, car il n'avait pas froid.

C'est le dernier détail dont il se souvient.

Puis il s'est réveillé seul dans une chambre d'hôtel.

31

Le centre commercial, ou ce qu'il en reste, est un endroit lugubre. Sonia déambule devant les étals vides et se rend directement à la dernière boutique encore décente. Elle n'a rien à se mettre pour le procès. En tout cas, rien à sa taille. C'est fâcheux, car elle va passer à la télé.

Il semblerait qu'elle n'ait aucun moyen d'y échapper. Le procès en lui-même n'est pas diffusé, mais les cameramans filmeront toutes les personnes qui entreront et sortiront du tribunal. Elle fera partie des personnes nommées. Tout sera rendu public.

L'idée qu'on la force, elle, Sonia Benjamin, figure incontournable de l'académie de Belmont, à témoigner contre l'une des leurs est abominable. Elle a envie de hurler.

Au lieu de cela, elle sort un sucre d'orge de son sac et le fourre dans sa bouche.

Elle connaît d'avance les questions qu'ils poseront. Ils les ont abordées lors des entretiens préliminaires, et à nouveau cet après-midi quand une avocate du parquet a appelé. Elle semblait aussi jeune que les élèves de Sonia.

Elle répétait les mêmes questions que la dernière fois. Aussi forte soit son envie de mentir, Sonia s'en était empêchée. Elle ne pouvait pas. Mais, bon sang, ses réponses risquent d'être mal perçues devant le juge…

—*Avez-vous déjà vu Courtney Ross en compagnie de sa mère ?*

— Oui.

— Une fois ? Plus d'une fois ?

— Plusieurs fois.

— Les avez-vous vues se disputer ?

— Oui.

— Plus d'une fois ?

— Oui.

— À quel propos ?

— Je n'écoutais pas. Je me suis éloignée pour leur laisser un peu d'intimité.

— Courtney vous a-t-elle déjà parlé de sa mère ?

— Oui.

— Que disait-elle ?

— Que sa mère était très exigeante.

— Sur quels sujets sa mère était-elle exigeante ?

— Ses notes, ses activités. Elle envoyait beaucoup de textos à sa fille pour savoir où elle était et ce qu'elle faisait. Courtney disait qu'elle n'aimait pas ça. Qu'elle en avait assez d'être infantilisée.

— Disait-elle qu'elle aimait sa mère ?

— Non.

— Disait-elle qu'elle détestait sa mère ?

— Oui.

— Le disait-elle souvent ?

— Oui.

— Vous êtes enseignante depuis plus de dix ans et avez croisé de nombreux élèves avec leurs parents. D'après vous, Ingrid Ross avait-elle un comportement excessif ?

— Parfois, oui.

— Pouvez-vous nous en dire plus ?

— Elle insistait pour que Courtney postule à Yale, elle n'avait que ce mot à la bouche : Yale.

— Avez-vous déjà vu Ingrid battre sa fille ?

— La battre, non.

— L'avez-vous déjà vue lever la main sur Courtney ?
— J'ai vu Ingrid la gifler.

Ça s'est produit à l'automne, et le premier trimestre était à peine entamé. La veille de la sortie du premier numéro du Clairon, Sonia travaillait tard au lycée avec Courtney.

Ingrid est arrivée en furie. Sa fille était horrifiée de la voir débarquer.

— Pourquoi tu ne réponds pas à mes messages ? a grondé sa mère.

— Parce que je travaille.

— Depuis quand tu mets ton téléphone de côté quand tu es au lycée ?

— Je ne le mets pas de côté, mais je ne traîne pas toute la journée à ne rien faire, contrairement à d'autres.

Courtney avait du venin dans la voix.

La gifle est partie si vite que Sonia a mis un moment à comprendre. Le visage de la jeune fille a viré au rouge. L'espace d'un instant, sa professeure a cru qu'elle rendrait la baffe à sa mère. Mais non, elle s'est simplement sauvée en courant.

— Ingrid, a murmuré Sonia.

— Je suis désolée, pardon, s'est excusée celle-ci. Mais elle m'a manqué de respect.

Malgré une envie folle de rétorquer que c'était elle qui venait de manquer de respect à sa fille, Sonia n'a rien dit. Ça ne la regardait pas, même si la scène se déroulait dans l'enceinte du lycée. Elle était parfaitement consciente des lois entourant les châtiments corporels par un parent sur son enfant. La gifle paume ouverte est légale partout dans le pays. Juridiquement, il n'y avait aucun recours.

Quand elle a revu Courtney par la suite, elle a tenté d'aborder le sujet avec elle, mais la jeune fille s'est fermée comme une huître, refusant de répondre à la moindre question.

À présent, elle va devoir répéter cette histoire devant le jury, et ça n'aidera en rien sa jeune protégée. Bien au contraire. Elle sait ce que cherche à obtenir le parquet, elle devine l'histoire qu'ils vont inventer. Courtney avait une mère agressive et envahissante qui l'a poussée au point de non-retour.

C'est un mobile.

Un mobile compréhensible. Ils ne vont pas faire passer Courtney pour un diable déguisé en lycéenne, seulement pour une jeune fille qui en a eu assez. Mais ce n'était pas non plus un acte d'autodéfense. Ingrid n'est pas morte en pleine dispute, Courtney l'a empoisonnée. C'est en tout cas ce qu'ils raconteront.

Dans la cabine d'essayage de la boutique, Sonia grimace en pensant à la question finale. La pire d'entre toutes.

— *Avez-vous répété à quiconque que vous avez vu Ingrid gifler Courtney ?*

— *Non.*

Sonia n'a pas bougé le petit doigt.

N'en a parlé à personne, pas même aux autorités du lycée.

Parce que Ingrid Ross était un parent d'élève influent. Sans les parents pour payer les factures, Belmont ne serait rien.

32

Le père de Zach a si souvent raison que cela en devient agaçant. Une autre de ses phrases fétiches s'est révélée correcte.

« L'argent ouvre des portes. »

Il n'a pas tort : ça ouvre des portes. Y compris celles des cellules de prison.

Nous sommes en pleine nuit, le couvre-feu de Zach est passé depuis longtemps, mais ça lui est égal. C'est sa seule occasion de voir Courtney, il a fallu faire le mur, pas le choix.

À l'entrée de la maison d'arrêt, il envoie un message à la gardienne de nuit. La femme qui ouvre la porte a presque soixante ans, les cheveux blancs coupés court, un tic nerveux à l'œil. Elle a également un crédit qu'elle n'arrive pas à rembourser à cause d'un bon à rien d'ex-mari qui ne paie pas la pension et ne se présente à aucune convocation devant le juge.

Internet a du bon.

Zach n'a pas hésité à contacter cette gardienne – Kay de son prénom. Oui, c'est illégal. Oui, elle pourrait le dénoncer. Il le savait, mais il l'a fait quand même.

Pour Courtney. Elle a été là pour lui quand tout le monde lui tournait le dos. Elle lui a épargné de longues années de harcèlement. Alors c'est le moins qu'il puisse faire pour elle.

— Entre, entre ! lâche Kay en le tirant par la manche avant de verrouiller la porte derrière lui.

— Merci beaucoup, dit Zach en sortant une enveloppe de sa poche. Merci encore.

Elle regarde l'enveloppe avant de répliquer :

— Tu n'es jamais venu ici, compris ?

— Venu où ? répond-il en souriant.

Clin d'œil.

Elle lui rend son sourire et le conduit dans un couloir. Le bâtiment est plongé dans le noir, sol bétonné et murs vert foncé. Il n'avait jamais mis les pieds dans un endroit pareil et ne s'en portait pas plus mal. Mais Courtney y a fêté Noël.

Comme l'a dit le procureur – tambour battant et devant les caméras –, on ne laisse pas sortir une personne suspectée de meurtre avec une caution, aussi grosse soit la somme. Il faut savoir que ce procureur vise la réélection cette année.

Kay l'invite à entrer dans une petite pièce aveugle équipée d'une table en plastique et de deux chaises. Elle lui demande de poser les mains sur le plateau de la table et le fouille. La chose devient gênante quand elle inspecte son entrejambe.

Une fois son téléphone et ses clés confisqués, elle le fait sortir de la pièce pour s'enfoncer dans un autre couloir obscur. Ils passent devant deux cellules vides avant d'arriver à celle de Courtney.

La jeune fille a mauvaise mine, pire que ce à quoi il s'attendait. Pâle, fatiguée et terriblement maigre. À croire qu'elle n'a pas mangé de repas décent depuis des mois – ce qui est sans doute le cas.

Courtney retient un cri en le voyant.

— Comment…

— Cherche pas à comprendre, l'interrompt Kay en tournant la clé dans la serrure avant de faire signe à Zach d'entrer. Tu as un quart d'heure.

Il pénètre dans la cellule et prend son amie dans ses bras.

— Salut, la geek.

— Ça suffit, pas de contact physique, avertit Kay.

— Désolé.

Elle esquisse un hochement de tête et referme la porte. Le fracas du métal est terrible. Définitif.

Il attend que la gardienne s'éloigne, puis désigne la tenue de Courtney qui rappelle les blouses d'hôpital, mais en gris.

— Je suis déçu, je m'attendais à une combinaison orange.

— Moi aussi. J'avais hâte d'être en taule rien que pour ça.

Elle sourit. Il lui sourit en retour.

— Assieds-toi, l'invite-t-elle en désignant une chaise en métal scellée au sol et en s'installant sur la banquette. Je n'arrive pas à croire que tu aies trouvé le moyen de venir.

— Je sais être persuasif quand je veux.

Courtney frotte son pouce à son index pour savoir si ce genre de privilège se monnaye. Zach opine.

— J'aurais dû y penser plus tôt, dit-il.

— Ouais, t'aurais dû, gros naze.

Il sourit.

— Je peux te demander comment tu vas, ou c'est une question idiote ?

— Aussi mal que tu peux l'imaginer.

— On te traite comment, ici ?

— Pas trop mal, en fait. Parfois, les gardes viennent jouer aux cartes avec moi. À travers les barreaux, bien sûr. (Elle marque une pause, se racle la gorge.) Ce sont les seules personnes à qui je parle, exception faite de mon avocat et de mon père.

— C'est ce qui pouvait t'arriver de mieux, avance Zach sans en penser un mot.

Non, le mieux serait que tout redevienne comme avant.

— Bref, parlons d'autre chose, soupire Courtney. Et le lycée ? Raconte un peu…

Le nom qui est sur toutes les lèvres à Belmont, en ce moment, c'est le sien. Il n'y en a que pour Courtney, et de plus en plus à l'approche du procès dont le verdict déchaîne les passions. Chacun semble avoir son avis sur le sujet.

— Connor a rompu avec Siobhan, finit-il par dire.

— T'es sérieux ?

— Oui, je te jure.

— Dis-m'en plus.

Zach donne des détails, étirant l'histoire pour la rendre aussi dramatique que possible. Il s'efforce surtout de ne pas évoquer le procès ni la mère de Courtney.

— Je savais que ça ne marcherait pas entre eux. Quoi d'autre ?

Il lui raconte tous les ragots dont il se souvient, même les plus anodins. Elle sourit, elle glousse et pousse même parfois des exclamations enthousiastes, mais ça sonne faux. On dirait qu'elle se fait violence pour se réjouir de ce qui la rendait autrefois joyeuse.

Kay apparaît de l'autre côté des barreaux, jette un regard dans la pièce, puis repart.

Finalement, Courtney se risque à poser la question que Zach sentait venir.

— Ils pensent tous que c'est moi ?

— Non.

— Peut-être pas tous, mais certains.

Il hausse les épaules.

— Dis-moi la vérité.

— Ouais, certains, marmonne Zach. Les plus cons.

Elle s'agite sur son siège, se penche vers lui.

— Et à la télé, qu'est-ce qu'ils disent ?

Il hésite.

— Allez, s'il te plaît ! Personne ne veut rien me dire.

Avant de se lancer, il prend une profonde inspiration.

— Ils disent que tu as craqué sous la pression des admissions en fac.

Courtney recule sur sa banquette pour lui jeter un long regard et secoue la tête.

— Putain…

— Ouais, comme tu dis.

— Je passe pour une désespérée.

— Le bon côté des choses, reprend Zach, c'est que tu es devenue un symbole, tu as calmé quelques parents.

Elle ouvre des yeux ronds.

— Moi, un symbole ?

Kay reparaît derrière les barreaux.

— Hank va revenir de sa pause. Faites vite.

Zach acquiesce tandis que le regard de Courtney se perd dans le vague. Elle semble avoir vieilli de dix ans.

— Ça va aller, l'encourage-t-il. Tout sera bientôt terminé.

Elle se tourne vers lui.

— Je ne la détestais pas. Je sais que je disais tout le temps le contraire, mais je ne la détestais pas. C'était ma mère.

— Je sais.

— Tu le comprends toi, hein ?

— Bien sûr.

Elle soupire, les épaules tombantes, l'air terriblement abattue.

— Quand on avait dix ou onze ans, on est allés au lac avec nos familles. On a loué une maison, tu te souviens ?

— Bien sûr.

— On avait un radeau gonflable avec un carré transparent pour voir sous l'eau. On se couchait au fond du bateau et on regardait les poissons.

Le sourire aux lèvres, Zach poursuit à sa place :

— On a dérivé trop loin. Il a fallu ramer pour rentrer.

— Tu te souviens quand on a redressé la tête et qu'on a vu à quel point on s'était éloignés du quai ?

— Ouais.

— Ils étaient tous à l'intérieur, personne ne nous entendait crier.

— Je me rappelle.

— C'est pareil ici. (Elle lève vers lui des yeux éteints.) J'ai la même sensation que sur notre radeau.

33

Frank aimerait qu'ils se taisent, c'est tout ce qu'il demande. Mais non, ils parlent sans arrêt.

Avant le cours, pendant le cours, après le cours, à la récréation, à midi et le soir à la maison. Hier soir, il s'est arrêté à la pharmacie en rentrant, et un journaliste a tenté de l'aborder. Ce crétin l'avait suivi depuis Belmont et faisait la queue derrière lui pour l'interroger au sujet de Courtney.

—Sans commentaire, a répliqué Frank.

—Oui, je sais, a dit le journaliste avec son haleine de fumeur. Les autres pigistes viennent chercher une histoire croustillante pour se démarquer dans ce milieu de requins. Mais moi, je veux juste savoir la vérité.

—Sans commentaire.

—Je ne citerai pas votre nom.

—Sans commentaire.

Il a insisté trois ou quatre fois avant de baisser les bras et de s'en aller.

Ce matin, en arrivant au lycée, Frank a reconnu ce journaliste posté derrière le portail du parking. Il ne neigeait pas, mais la température était glaciale. Intérieurement, Frank lui souhaitait d'avoir bien froid.

Il s'en est aussitôt voulu.

Que dirait ce type s'il connaissait la vérité ?

S'il voyait la photo ?

Quand Frank a vu cette photo pour la première fois, c'était une semaine après avoir bu quelques verres avec Ingrid. Elle l'a appelé pour lui proposer de poursuivre leur conversation, et il a accepté. D'abord parce qu'il était gêné, et puis il ne sait pas dire non. Pas à un membre du conseil.

Le bar était isolé, calme et sombre. Ingrid était belle, comme à son habitude, mais particulièrement ce soir. Au début, ils ont parlé de tout et de rien, du travail, du lycée et de la météo. Puis elle a évoqué Courtney.

— J'ai cru comprendre qu'elle avait des problèmes dans votre matière.

Haussant les épaules, Frank n'avait pas envie de parler de la fille d'Ingrid.

— En mathématiques renforcées, elle n'est pas la seule en difficulté.

Mais Courtney ne s'en sortait pas si mal que ça, bien qu'elle collectionne les A dans toutes les autres disciplines. Dans son cours, elle avait une moyenne de B+, mais elle avait encore le temps de se rattraper d'ici la fin de l'année.

Tout ça, il ne l'a pas dit à la mère.

— Vous ne pouvez rien faire pour l'aider ? lui a-t-elle demandé.

— Des cours particuliers, vous voulez dire ? Je peux vous recommander quelques noms. Belmont a une liste d'excellents professeurs de maths.

— Non, ce n'est pas ce que je veux dire.

Frank s'est figé, son verre en suspens entre la table et sa bouche. La voix d'Ingrid venait de changer. Ce n'était plus le ton du flirt. Plus du tout.

— Je ne suis pas sûr de bien comprendre.

— Au contraire, tu m'as très bien comprise.

Il a esquissé un sourire en s'efforçant d'alléger l'atmosphère.

— Vraiment ?

— Ne fais pas l'idiot, Frank.

Elle a sorti son téléphone, a cliqué ici et là, puis l'a fait glisser vers lui sur la table.

Sur la photo prise en selfie par Ingrid, on voyait Frank. D'elle, on ne distinguait que ses cheveux recouvrant son visage. Mais lui était identifiable. Il avait les yeux fermés, ils étaient au lit, tous les deux torse nu.

Il n'en gardait aucun souvenir. Ne se rappelait pas avoir retiré sa chemise.

— Qu'est-ce que…

— Je suppose que tu n'aimerais pas que cette photo soit diffusée ?

— Non, je…

Ingrid lui a repris brusquement le téléphone des mains.

— Dans ce cas, ma fille a intérêt à avoir des A.

Le regard vide, il a mis une minute à comprendre. Soudain, il a saisi la gravité de la situation, et une douleur l'a subitement étreint.

— Mais on n'a rien fait ! Je n'aurais jamais fait une chose pareille…

Ingrid a souri.

— Va donc expliquer ça à ta femme.

Jusqu'à présent, Frank n'a jamais été revanchard. On lui a appris à tendre l'autre joue, et c'est ce qu'il a toujours fait.

Jusqu'à recroiser Ingrid le jour de la fête des dix ans de Sonia.

Il est arrivé tôt au lycée, comme à son habitude, profitant du calme pour travailler.

Et elle est apparue.

Ingrid. Sur le parking, elle s'est emparée de cartons remplis de décorations et est entrée dans le lycée. Elle portait un pantalon de yoga et sa veste du collaboratif, les cheveux soigneusement noués en chignon. Elle pouvait presque passer pour une mère comme les autres. Elle n'avait pas l'allure d'un succube.

Frank s'est garé derrière une autre voiture de sorte à rester dissimulé, mais il voyait celle d'Ingrid dans le rétroviseur latéral. Il n'a pas bougé.

Pas encore.

Le coffre de son 4x4 restait ouvert, elle allait donc revenir.

Assis dans son véhicule à l'attendre, il a repensé à cette photo. Ce qu'elle avait fait était pire que tout. C'était inadmissible.

Frank était transi de honte, et il allait devoir supporter sa présence à la fête.

Il imaginait d'avance le regard qu'elle lui lancerait, chargé d'une menace sourde.

La honte s'est envolée pour laisser place à la colère. C'est là que l'idée a germé.

La bouteille.

Elle trimballait cette satanée bouteille partout avec elle, toujours remplie de thé vert. Le soir du traquenard au bar, elle lui a avoué son faible pour cette boisson.

La voiture restait ouverte, les portières accessibles, personne en vue. Il apercevait la bouteille dans le porte-gobelet juste à côté de son siège. Tellement accessible. Ce serait si facile.

Tout ce qu'il voulait, c'était l'éloigner un moment. Qu'elle passe la moitié de la journée aux toilettes et manque la fête. Pour ne pas avoir à subir sa présence.

Elle n'était pas censée mourir. Il n'a jamais souhaité ça.

Frank garde son sac de sport dans sa voiture, toujours, même s'il ne va plus à la salle ces derniers temps. Et, dans le sac, il a une plaquette de diurétiques. Comment se peser avec précision s'il a le corps gonflé d'eau ? Quand il veut suivre sa courbe de poids et son taux de graisse, il prend un comprimé quelques heures avant. Ça ne le dérange pas d'aller uriner toutes les deux minutes.

L'occasion était trop belle, alors il a glissé quelques cachets dans le thé d'Ingrid.

Ce n'est que bien plus tard, en regardant sur Internet, qu'il a consulté les effets indésirables du médicament. Et, parmi eux, l'arrêt cardiaque.

34

À midi, Frank commet l'erreur de se rendre en salle des professeurs. Il la pensait déserte, les autres seraient certainement en salle Porter pour regarder la télévision, mais non. La pièce est bondée. Tout le monde vient récupérer son déjeuner dans le frigo ou le réchauffer au micro-ondes. Et ils parlent tous des témoins cités à la barre. Qui comparaîtra pour quel camp ?

— Je n'arrive pas à croire qu'ils m'aient appelée, soupire Sonia. Comment osent-ils nous demander de témoigner contre l'une de nos élèves ? C'est scandaleux.

Elle est habillée en noir, comme d'habitude depuis l'arrestation de Courtney. Certains affirment qu'elle porte le deuil. D'autres suggèrent qu'elle essaie de cacher ses kilos en trop.

Frank s'en fiche royalement. Il aimerait juste qu'elle se taise.

— Il paraît qu'ils appelleront aussi Nari, dit quelqu'un.

Nari est professeure d'histoire et, comme Sonia, elle représente l'établissement auprès du collaboratif.

— Je parie que de nombreux parents témoigneront également, renchérit un autre enseignant.

— Et les élèves ? s'enquiert Sonia. Il faut que des élèves témoignent en faveur de la défense.

— Et puis quoi encore ? s'indigne Louella Mason.

Elle est professeure d'arts plastiques et se revendique vieille sage. Plus d'une fois, elle a fondu en larmes en parlant de

Courtney, pleurant à gros sanglots. Voilà qu'elle recommence aujourd'hui.

Tout le monde y va de son commentaire. Ils sont même très bavards.

Seul Dieu garde le silence. Il ne s'adresse plus à Frank.

— Je retourne dans ma classe, dit ce dernier à Teddy. Je vais travailler un peu.

— Je te comprends.

De retour à son bureau, il regarde son téléphone et découvre un message de sa femme réclamant qu'il achète une râpe à fromage en rentrant du lycée. Sa demande est si futile, si ordinaire, qu'il se sent un peu mieux.

Il lit la Bible sur son portable en attendant le début de son premier cours de l'après-midi.

Si nous confessons nos péchés, Il est fidèle et juste pour nous les pardonner, et pour nous purifier de toute iniquité. (*Jean* 1,9)

Frank ne se sent pas pardonné. Il relit le passage plusieurs fois sans éprouver le moindre soulagement.

Mathématiques renforcées. La classe de Courtney, dont le pupitre reste toujours à l'abandon. Il voulait le déplacer, mais une élève lui a demandé de ne pas y toucher ; Courtney reviendrait bientôt, a-t-elle dit, il devrait le laisser. Alors il l'a fait.

Ce bureau vide le dérange. Quand Frank fait face à la classe, il le voit du coin de l'œil.

Aujourd'hui, il a cru apercevoir la silhouette de Courtney, assise à sa place.

Quand il se tourne pour la regarder en face, le bureau est désert.

Quelques minutes plus tard, toujours du coin de l'œil, la revoilà. Assise bien droite, les cheveux tirés en arrière, la chemise repassée. Quand il pivote la tête vers le bureau, elle a disparu.

L'illusion le frappe quatre fois durant le cours. Il y a même un moment où il s'apprête à lui parler avant qu'elle ne s'évanouisse dans les airs.

Quand les élèves quittent son cours, il se laisse choir sur sa chaise, épuisé. Ses yeux lui jouent des tours, voilà tout. Ce ne sont pas des hallucinations. Il refuse de leur donner ce nom.

Sonia a acheté quatorze tenues potentielles à porter au tribunal. Elle les essaie une par une, prend un selfie avec chacune et charge toutes les photos sur son ordinateur, avant de les parcourir dans l'ordre pour tenter d'élire celle qui fait sérieux mais pas sinistre, intelligente mais pas ringarde. Et mince. Du moins, plus mince qu'elle ne l'est en réalité. Dommage qu'il n'y ait pas de filtres dans la vraie vie.

— Je suis bonne pour une nouvelle session de shopping, soupire-t-elle.

— Encore ? s'étonne son mari.

Elle lève les yeux, surprise que Mark ait répondu. Surprise aussi qu'il soit à côté d'elle sur le canapé. Elle ne l'avait pas remarqué.

Il mange de la glace.

— Tu peux faire ça ailleurs ?

— Faire quoi ? dit-il. Manger ?

— Oui.

Il hausse les épaules avec un nonchalant :

— Ne t'inquiète pas, je n'en mets pas partout.

Bouche pincée, elle grince des dents.

— Je peux voir ? demande-t-il en se penchant vers l'écran.

Elle referme l'ordinateur pour ne pas lui montrer ce qu'elle a tapé dans le moteur de recherche. « Combien de kilos peut-on perdre en une semaine ? »

— Ce n'est pas important.

Elle se lève.

— Bien sûr que si. Reviens t'asseoir, discutons-en.

Sonia hésite. C'est vrai que ça lui ferait du bien.

Mark lui prend la main et l'attire contre lui sur le canapé.

— Je sais que ce témoignage te rend nerveuse. Tu peux m'en parler, tu sais.

Avec un soupir, elle finit par s'appuyer contre lui et accepte la cuillerée de glace qu'il lui tend.

— Je n'arrive pas à réaliser ce qui se passe. Il ne s'est jamais rien produit d'aussi grave à Belmont.

— C'est pire que le suicide du proviseur ?

— Oui, pire que ça. Bien pire. (Elle se redresse pour le regarder dans les yeux.) Tu savais que les élèves étaient appelés à la barre ?

— Ça ne m'étonne pas.

— Ce qui m'inquiète, ce n'est pas tant moi, mais plutôt les gamins. Tu imagines, être adolescent et devoir témoigner lors d'un procès pour meurtre ? (Elle accepte une autre cuillerée de glace avant de se lever du canapé.) J'arrête là. Je vais préparer mon repas pour demain midi.

Elle s'éloigne, fière de ne pas être restée sur le canapé pour aider son mari à terminer son énorme pot de glace. Tout en coupant les carottes et le céleri en cubes, elle se sent également fière de tout ce qu'elle ne lui a pas dit. À commencer par les bonbons qu'elle a mangés dans la cabine d'essayage. La dernière chose dont elle a besoin, c'est d'entendre Mark lui reprocher de se mettre la rate au court-bouillon.

C'est faux. Elle s'inquiète seulement pour son apparence.

Aujourd'hui, on a touché le fond. Avant cette histoire de témoignages, tout le personnel du lycée prenait soin d'éviter le sujet de Courtney, et surtout de sa culpabilité ou son innocence. Les élèves en parlaient, mais pas les professeurs. Jusqu'à aujourd'hui.

— Je ne serais pas surprise que Courtney ait tué sa mère. Ingrid pouvait être insupportable.

— Tu crois vraiment cette gamine capable de tuer quelqu'un ?

— Ce n'est pas impossible.

— Arrête, tu dis n'importe quoi…

— Rappelle-toi la pression que sa mère lui mettait. Elle ne lui laissait aucun répit.

— Comme de nombreux parents. Ça ne fait pas de Courtney une meurtrière.

— En tout cas, elle pourrait être jugée coupable. Il faut s'y préparer.

Et ça a été ainsi toute la journée. Ces discussions étaient sans fin.

Sonia aurait aimé ne plus aller en salle Porter où tout le monde se rendait pendant les récréations pour regarder la télévision, mais elle n'a pas eu le choix. Elle doit exprimer son opinion, c'est la moindre des choses : Courtney ne peut pas avoir tué sa mère. Elle l'a déclaré haut et fort.

Malgré les textos que la jeune fille envoyait à ses copains en disant regretter que sa mère soit vivante. Malgré le poison – si c'en était vraiment un – prétendument trouvé dans leur maison. Malgré la pression permanente qu'Ingrid faisait subir à Courtney.

Malgré tout cela, Sonia refuse de le croire. Et la seule idée que quiconque puisse penser le contraire suffit à la ramener sur le canapé pour reprendre une cuillerée de glace.

35

Le matin, Frank déambule péniblement dans le lycée. Il a la tête prête à exploser à cause du manque de sommeil, entre autres choses. Après avoir vu Courtney au pied de son lit, impossible de fermer l'œil de la nuit.

Il sombrait dans un demi-sommeil quand il s'est réveillé en sursaut. Elle était là, debout devant lui, dans son uniforme scolaire. Elle portait un cahier dans une main et un stylo dans l'autre, comme pour prendre des notes. Comme elle le fait en classe.

Frank s'est redressé si brusquement qu'il a réveillé Missy.

Mais Courtney avait déjà disparu.

Il savait bien qu'elle n'était pas réelle, qu'elle n'était pas chez lui, mais le sommeil l'avait complètement quitté. Il a passé le reste de la nuit à se demander s'il était possible qu'elle vienne le hanter. Être hanté par une personne vivante, cela paraît insensé. Pourtant, il commence à y croire.

Celle qui devrait le tourmenter, c'est Ingrid. Mais non, il ne voit que Courtney.

Une semaine plus tôt, il ne croyait pas aux fantômes. Ni aux maisons hantées.

Maintenant, il doute de tout.

Fuyant la salle Porter et la salle des professeurs, il reste dans sa classe même pendant les récréations. Le sommeil ne vient toujours pas, pas même lorsqu'il pose les pieds sur son bureau. Du coin de l'œil, il aperçoit Courtney qui l'observe. Prête à prendre des notes.

Il n'a plus le choix et cherche sur Internet : « hanté par une personne vivante ». Les seuls résultats concernent des harcèlements.

Si seulement c'était aussi simple…

Pendant son dernier cours de la journée, il demande à ses élèves de résoudre le problème au tableau et quitte la salle. Officiellement pour aller aux toilettes. En réalité, il essaie d'échapper à Courtney. Certaines de ses camarades commencent à lui ressembler.

Dormir. Il a désespérément besoin de dormir.

Il arpente de long en large le couloir désert, fait les cent pas. Et s'il allait voir la police ?

Ses réflexions sont interrompues par la vision de Sonia.

Elle est au bout du couloir et ne bouge pas. Il la salue en allant à sa rencontre.

Elle ne lui répond pas.

En s'approchant, Frank remarque son teint livide. Sonia s'appuie contre le mur, sur le point de perdre l'équilibre.

— Eh, ça ne va pas ? s'inquiète-t-il en pressant le pas pour la rejoindre.

Elle lève les yeux vers lui, ils sont vitreux. Elle fait signe que non.

C'est alors qu'il remarque la sueur dans son cou et sur ses joues. À l'instant où il tend la main pour la soutenir, car elle semble prête à défaillir, voilà que son corps entier est pris de tremblements. Ses bras, son torse, ses jambes ; comme si elle s'engageait dans une danse étrange.

Il essaie de la rattraper, mais un autre spasme la projette par terre.

Une convulsion. Sonia convulse. Frank met la paume sous sa tête pour qu'elle cesse de la frapper contre le sol.

Sa première pensée : *Elle est possédée.*

Ses soupçons sont appuyés par ses orbites révulsées.

Et puis, elle cesse de respirer.

36

Teddy, ce qu'il en pense, c'est qu'il existe deux catégories de gens sur cette planète. Les premiers sont ceux qui disent : « Pensez un peu aux enfants. » Ils le clament fort et souvent, le postent partout sur les réseaux sociaux.

Les seconds sont ceux qui *pensent* aux enfants et *agissent* pour les aider. Ils ne sont pas nombreux à oser prendre un risque pour la sécurité des gamins.

Lui, il ose.

Mais, assis là dans une salle remplie de personnes payées pour éduquer des enfants, il est déçu de se savoir aussi seul à prendre sa mission au sérieux.

Il est tard, la nuit est tombée depuis longtemps, et le proviseur a convoqué le personnel pour une réunion d'urgence au sujet de Sonia Benjamin.

Feu Sonia Benjamin.

— Sa mort soudaine a été un choc pour nous tous. Et pour la plupart des élèves, ajoute-t-il en secouant la tête en fin de phrase. Compte tenu de son âge, le médecin légiste peut déjà nous assurer qu'il y aura une autopsie.

Parfait. C'est le mieux à faire. Teddy s'y attendait.

Tandis que le proviseur revient sur la cellule d'écoute, Teddy laisse dériver ses pensées. Il balaie l'assistance d'un regard, compte le nombre de ses collègues en pleurs, cherche à déterminer qui verse des larmes de crocodile et qui est réellement affecté.

Ce n'est pas très difficile. Il parie que sa femme jouait souvent à ce jeu.

Son ex-femme, devrait-il dire. Si tant est qu'il daigne un jour signer les papiers.

L'avocat d'Allison les lui a envoyés le lendemain de Noël. Elle l'a fait exprès, c'est sûr, pour lui faire encore plus mal.

Elle ne réclame rien. Ni la moitié de la maison ni la moitié de sa retraite, pas même sa part sur leurs comptes communs. Tout ce qu'elle demande, c'est le divorce. Un jour, peut-être, il le lui accordera. Pour l'instant, les documents sont sur son bureau – anciennement celui d'Allison – et ils n'en bougeront pas.

Après d'autres hochements de tête chagrinés et des torrents de larmes – rarement sincères –, la réunion touche à sa fin. Quelques professeurs proposent d'aller boire un verre avant de rentrer, Teddy est convié à se joindre à eux. Un autre jour, il aurait décliné l'invitation. Mais, ce soir, il accepte.

Ils se retrouvent dans un bar sinistre à la lumière blafarde et aux tables couvertes de griffures. Teddy commande un gin tonic malgré l'amertume écœurante, simplement pour faire croire aux autres qu'il boit.

Mlle Marsha et le proviseur n'étant pas de la partie, Nari Tam endosse le rôle de chef de groupe. Elle n'est ni la plus âgée ni la plus ancienne de l'équipe dirigeante, mais elle a été élève à Belmont. Elle est de la famille. Et c'est l'une des seules à ne pas être blanche. Les visages de Belmont sont majoritairement pâles.

— À Sonia, dit-elle en se levant pour porter un toast, exhibant sa tenue de deuil et les larmes au coin de ses yeux. Sonia était notre collègue et amie, qu'elle repose en paix.

— À Sonia, répète tout le monde dans un tintement de verres.

— La première fois que je l'ai rencontrée, elle m'a fait visiter le lycée, commence quelqu'un pour entamer le chapitre des souvenirs. Ce qui m'a frappé chez elle, c'était la façon dont tout tournait autour des élèves. C'était son cheval de bataille.

— Elle aimait tellement ses élèves… Je pense que c'est pour ça qu'elle n'a jamais eu d'enfant, commente Nari. Elle était une mère pour ses élèves.

Concert d'approbation.

— Elle l'a dit un jour, reprend une autre. Qu'elle n'avait pas besoin d'avoir d'enfant, elle en avait assez comme ça.

Certains rient. D'autres pleurent.

Teddy écoute ses collègues réécrire l'histoire, comme on le fait souvent pour honorer les morts. Il apporte même sa pierre à l'édifice :

— Quand j'imagine Sonia, je la vois toujours avec sa tasse de café. Son grand mug rouge.

Quelqu'un rit.

— Ah, oui ! Sa tasse sur laquelle il était écrit : « Mon super pouvoir, c'est l'art du savoir. »

— Le cadeau d'une élève, je crois, précise Nari.

— Je n'en doute pas, renchérit Teddy sans en penser un seul mot.

Sonia était plutôt du genre à s'acheter elle-même ce genre de tasse.

Après une heure passée sur le désolant chapitre des souvenirs, le groupe commence à se diviser. Alors seulement on évoque les circonstances de sa mort. Comme s'il avait été trop impudique de débuter par ce sujet.

— C'est forcément de cause naturelle, non ? avance l'un des professeurs.

— Absolument, acquiesce Nari. On ne peut pas avoir deux meurtriers à Belmont.

Hochements de tête sans conviction dans l'assemblée.

Parfait.

En sortant du bar, Frank l'accoste sur le parking. Il a été si discret toute la soirée que Teddy en a oublié sa présence.

— Ça va ? lui demande-t-il.

Tout le monde sait que c'est Frank qui a découvert Sonia dans le couloir.

— Non, répond ce dernier en secouant vigoureusement le menton. Ça ne va pas du tout.

Teddy attend.

— Quelque chose clochait chez Sonia, dit enfin Frank. Ce n'était pas… Ça ne ressemblait pas à une attaque cardiaque. C'était bizarre, on aurait dit qu'elle convulsait. Qu'elle faisait une crise d'épilepsie.

— De l'épilepsie ? Tu en es sûr ?

— Non, je n'en sais rien. Les secours m'ont posé la même question, et je leur ai dit que je trouvais que quelque chose clochait, c'est tout. C'était bizarre, je ne sais pas comment l'expliquer autrement.

Teddy pose une main sur son épaule.

— Rentre auprès de ta famille et repose-toi. La journée a été longue.

— Ouais, t'as raison.

Sur ce, il s'éloigne, tête baissée et épaules tombantes.

Sur le trajet du retour, Teddy se sent triste pour son collègue. Le pauvre, il n'a pas eu de chance… Découvrir Sonia dans cet état alors qu'il vivait déjà très mal l'arrestation de Courtney. Mais Teddy n'y peut rien. Il fallait bien que ça tombe sur quelqu'un.

Et puis, au fond, il est désolé pour Sonia. Non pas qu'il regrette quoi que ce soit, il a fait ce qu'il fallait. Il a réparé son erreur, celle qui a mené Courtney en prison.

Maintenant, Sonia ne pourra plus témoigner contre elle.

C'était la seule solution. Après tout, il s'est tiré impuni d'un premier meurtre. Pourquoi pas un second ?

37

À table, le silence n'est rompu que par le bruit des couverts. Zach prend une bouchée de saumon pané aux amandes et fait descendre le tout avec de l'eau gazeuse.

Sa mère est assise en face, et son père à côté de lui. C'est leur premier dîner en famille depuis des mois. Ils ont commandé le repas chez *Arendale*, le traiteur préféré de maman. Personne ne sait cuisiner chez les Ward.

— J'ai pensé que ça nous ferait du bien de passer un peu de temps ensemble, étant donné ce qui s'est produit à l'école.

— Quelle tragédie, c'est insensé ! s'écrie papa. Sonia Benjamin était quelqu'un de bien.

Zach acquiesce, encore sous le choc des dernières nouvelles. C'est arrivé en fin de journée, il a entendu les sirènes. Il a d'abord cru que la police venait arrêter quelqu'un pour le meurtre d'Ingrid. Le vrai coupable.

Au lieu de ça, il y a eu une autre victime. Personne n'a compris ce qui s'était passé ni pourquoi, mais des rumeurs circulent déjà sur Internet.

— C'était une bonne prof, dit Zach.

— Oui, c'est vrai. (Papa marque une pause pour avaler une gorgée d'eau. Personne ne boit d'alcool chez les Ward, à moins qu'ils n'y soient invités en soirée. Ils ont trop de travail et pas le temps de s'amuser.) J'ai souvent eu l'occasion de discuter avec elle. C'était une femme intelligente.

Zach s'abstient de rétorquer que si Mme B. plaisait tant à son père, c'est parce qu'elle faisait tout ce qu'il lui demandait.

— Ces derniers mois ont été rudes, soupire maman. D'abord Ingrid, ensuite Courtney, et maintenant ça… (Elle tend la main, mais n'arrive pas à atteindre celle de son fils. La table est trop grande.) Zach, tu tiens le coup ? Réponds-nous franchement.

Même s'il savait quoi répondre, il ne le ferait pas. Pas face au regard inquisiteur de ses parents.

— Je ne réalise pas encore. Le deuil est un long processus.

Ils aiment bien ce genre de mots. Les processus, ça leur parle.

— Oui, il faut du temps, approuve papa.

— Si tu as besoin de te confier à quelqu'un, dis-le-moi, reprend maman. L'un des associés de mon cabinet est marié à l'une des meilleures psychologues de la région. Tu veux que je prenne rendez-vous ?

— Je ne pense pas.

— Si tu changes d'avis, n'hésite pas.

— D'accord.

Les couverts tintent de plus belle quand retombe le silence. Zach sent que quelque chose se trame, mais il ne saurait dire quoi.

Ses parents attendent qu'il ait terminé de manger. C'est plus correct. On n'aborde pas les sujets qui fâchent en début de repas, car si la discussion tourne au vinaigre, il faut se supporter jusqu'au dessert. Personne ne veut manger l'estomac noué par la contrariété. Zach a bien appris sa leçon.

— Étant donné tout ce qui s'est passé à Belmont, se lance papa, ta mère et moi nous demandons si c'est vraiment le bon endroit pour toi.

— Quoi ? Vous voulez me faire changer de lycée ? s'exclame le garçon, peinant à contenir sa colère. Maintenant ?

Ses parents échangent un regard, puis maman prend le relais.

— Nous en avons seulement discuté. Je me suis penchée sur un excellent établissement dans le Vermont.

— Le Vermont ?!

— Zach, intervient papa. La réputation de Belmont a pris du plomb dans l'aile. Ce procès prend des allures de cirque médiatique. Et voilà qu'une autre enseignante décède...

— Nous voulons ce qu'il y a de mieux pour toi.

L'adolescent baisse les yeux sur son nid d'épinards. Un mois plus tôt, voire un an, ou même deux, il aurait sauté sur l'occasion de partir en internat dans le Vermont. Pour fuir cette maison et cette chambre lugubre.

Mais pas aujourd'hui. Pas avec Courtney derrière les barreaux en attendant son procès pour meurtre. Il ne peut pas l'abandonner.

— Est-ce que j'ai mon mot à dire, au moins ?

— Eh bien, soupire papa, si tu n'avais pas eu un A- en littérature au dernier trimestre, tu l'aurais eu.

Zach monte directement dans sa chambre pour s'éloigner de ses parents. Sans quoi, il risque de prononcer des paroles qu'il regrettera. Aux yeux de son père, perdre son sang-froid est une preuve d'immaturité.

« Un homme qui n'arrive pas à se contrôler n'ira pas loin dans la vie. »

Une fois seul, il a envie de casser quelque chose. N'importe quoi. Mais il préfère hurler dans son oreiller.

Ce satané A-.

Peu importe le nombre d'heures passées sur son devoir, Crutcher n'a pas daigné lui donner mieux qu'un A-. Sachant la haine que lui porte son professeur de littérature, Zach n'a rien dit. C'était toujours mieux qu'un B+.

Et puis, il a d'autres soucis en tête depuis que Courtney est en prison. Et beaucoup à faire aussi. *Le Clairon* lui a pris énormément de temps.

Tout ça, papa s'en fiche pas mal. Il reste bloqué sur ce A-.

Il fut un temps où Zach avait encore espoir de regagner la sympathie de Crutcher. Mais il a fini par abandonner l'idée. Il n'aurait jamais cru que ce A- reviendrait sur le tapis pour l'envoyer dans le Vermont.

Fuyant toute forme de réseau social – surtout les rumeurs autour de Mme B. –, Zach se tourne vers Google.

Theodore Crutcher, académie de Belmont

En quelques minutes, il découvre les établissements qui ont ponctué la scolarité de Crutcher, depuis combien de temps il enseigne, où il vit et combien lui a coûté sa maison. Il apprend également qu'il s'est marié un 11 août et que sa femme s'appelle Allison.

Zach se souvient de la carte de visite trouvée dans le bureau de Crutcher, celle du spécialiste en infertilité. Il se demande si Allison a réussi à tomber enceinte.

Allison Crutcher

Une photo apparaît à l'écran, Zach ne s'attendait pas à ça. Il la reconnaît.

38

La seule lumière dans la pièce provient de l'écran de Teddy. Il devrait être couché depuis longtemps, et il boit du café, pas du lait. Tous les élèves sont connectés ce soir et parlent de la mort de Sonia.

Sous couvert de son profil de Natasha, Teddy se promène d'une conversation à l'autre. D'habitude, leurs discussions sont banales, voire barbantes, mais ce soir les langues se délient.

Mme B. avait pris beaucoup de poids, elle a sûrement fait une crise cardiaque.

Non, elle devait se droguer. Comme la moitié des profs, je parie.

Je l'ai vue manger un cheeseburger la semaine dernière. Elle bouffait n'importe quoi.

Je penche en faveur de l'infarctus. Cette nana ne savait pas se nourrir.

Je l'aimais bien. Je suis triste qu'elle soit morte.

OMG, c'est TROP triste ! Je n'arrive pas à le croire !!!

On se calme, des gens meurent tous les jours.

Surtout dans notre lycée.

Voilà pour les élèves qui croient à la thèse de la mort naturelle. Un autre groupe considère une hypothèse bien différente. Teddy se joint à cette conversation.

Il pourrait y avoir DEUX assassins à Belmont ?

N'empêche, et si Mme B. avait vraiment été assassinée ?

Si c'était du poison, c'était forcément de l'arsenic ou du cyanure.

Il n'y a pas que l'arsenic et le cyanure, il existe des millions d'autres poisons.

POURQUOI QUELQU'UN EN VOUDRAIT-IL À MME B. ?

C'est clair !!! Je pourrais citer au moins dix profs qui auraient mérité d'y passer avant elle.

Vraiment ? Et si c'était un meurtre ? Mes parents vont péter un câble.

On le saura bientôt.

Si c'est un meurtre, les médias vont se régaler.

Est-ce que les grandes universités vont me refuser à cause de ces histoires ?

Merde, je n'y avais même pas pensé.

Si ça compromet mes chances d'intégrer la fac de mes rêves, mes parents vont porter plainte, c'est sûr.

On ne peut pas porter plainte pour ça.

Qu'est-ce que t'en sais ?

Mon père est juge.

Si ce n'est pas toi l'assassin, ça ne compromettra rien du tout.

Les gars, calmez-vous. Attendons d'en savoir plus.

Teddy fait défiler les commentaires, ajoutant son grain de sel pour les encourager à s'exprimer. Il ne leur faut pas longtemps avant que l'un d'eux ne se rende enfin à l'évidence :

Et si on l'avait empoisonnée ? Et si c'était le même poison que celui qui a tué la mère de Courtney ?

Ça y est, la bombe est lâchée.

La première tentative de Teddy avait un défaut, elle dépendait des capsules de café. Il y a longuement réfléchi et s'est rejoué la scène plusieurs fois avant d'arriver à cette conclusion : le problème venait des capsules.

Au lycée, tout le monde a sa marque fétiche ; en temps normal, chacun aurait bu la capsule de café qui lui était destinée sans aucun souci. Mais le jour de la fête de Sonia n'était pas un jour comme les autres, c'est ce qui a tout gâché. Les capsules de café n'étaient plus personnalisées.

Lorsqu'il a commencé à concocter un plan pour sauver Courtney, il a été contraint de revoir sa méthode. Impossible de glisser quoi que ce soit dans un café après qu'il a été servi. Ce serait trop flagrant. Il ne pouvait pas non plus empoisonner les sucrettes, le sucre ni le lait, il risquait de rater sa cible.

Quel casse-tête ! Heureusement, Teddy est un amateur d'énigmes. Celles qui sont coriaces, naturellement, pas celles qui insultent son intelligence.

Il laisse cette pensée faire son chemin pendant quelques jours et écarte les options les unes après les autres ; soit trop risquées, soit pas assez précises. Aucune ne convient tout à fait.

Un matin, en préparant son sandwich habituel pour sa pause-déjeuner, une idée lui vient. La pause-déjeuner.

La solution lui paraît si limpide qu'il rit de ne pas y avoir songé plus tôt.

Les employés du lycée mettent tous leur repas dans le réfrigérateur de la salle des professeurs. Si ces dernières années certains enseignants ont parfois partagé leurs plats, c'est arrivé rarement, et la dernière fois remonte à longtemps.

Dès lors qu'il a appris que Sonia était appelée pour témoigner au procès, son plan lui est apparu comme une évidence. Elle parlait de régime pour maigrir et ne mangeait plus que des salades à midi.

C'était tellement parfait, tellement facile…

Jusqu'à ce qu'il se souvienne qu'il avait débroussaillé l'intégralité de son jardin. Il ne lui restait plus de matière première. Ni les baies ni les feuilles des fameux yeux de poupée. Et c'était l'hiver.

Il n'avait plus le temps de faire pousser quoi que ce soit, il avait fallu faire preuve de créativité. Inutile d'arpenter la région à la recherche de cette plante, alors que le sol était couvert de neige. Il avait commencé à se renseigner en pépinière sur telle fleur, tel légume. Malgré l'hiver, il prétextait auprès des vendeurs qu'il voulait anticiper pour être prêt au printemps.

— Vous avez bien raison, avait répondu un pépiniériste. La plupart des gens attendent les beaux jours et se laissent totalement prendre au dépourvu.

— Moi, je préfère être bien préparé.

Il avait flâné dans les allées, montrant des végétaux qu'il connaissait déjà pour tester les connaissances des employés. Mais c'était seulement pour s'amuser, pour s'occuper en attendant de trouver la plante qu'il cherchait.

Au milieu de ces conversations futiles, il a aperçu ce dont il avait besoin et s'est débrouillé pour couper quelques brins d'œil de poupée, qui ont aussitôt disparu dans sa poche, comme par magie.

Il a pris soin d'acheter suffisamment de graines pour ne pas éveiller les soupçons, et quelques bulbes de tulipes, la fleur préférée d'Allison. Il essaierait peut-être d'en planter. Au printemps, son jardin serait un champ de tulipes. Elle adorerait ça.

Mais d'abord, les yeux de poupée.

De retour chez lui, Teddy a rempli une seringue du jus de ces baies. En plus grande quantité que celle injectée dans le café. Dix fois plus, pour être exact. Suffisamment pour tuer. Et il en a mis de côté pour un ou deux essais supplémentaires, au cas où le premier ne fonctionnerait pas.

Jamais il n'avait déployé autant d'efforts pour quelqu'un d'autre. Il le faisait pour Courtney. Non seulement il avait tué sa mère – c'était un accident, un terrible accident –, mais Ingrid Ross était l'une des personnes qui avaient choisi de lui décerner le prix de professeur de l'année. Il lui était redevable. Et puisqu'elle était morte, sa dette se transmettait à sa fille.

Aujourd'hui, après la récréation du matin, Teddy a profité de son heure de creux pour monter en salle des professeurs. Il n'y était pas seul, mais ça n'avait pas d'importance. Il a ouvert le réfrigérateur pour faire mine de chercher son sandwich tout en discutant de la pluie et du beau temps. Une seconde lui a suffi pour planter la seringue dans l'emballage en plastique du repas de Sonia et y injecter le contenu.

Quelques heures plus tard, elle était décédée.

Dommage qu'on ne décerne pas de prix pour ces choses-là.

39

À Belmont, une grande cérémonie de commémoration est organisée sur le terrain de foot. À croire que tout le lycée est présent. Voire la ville tout entière. Par chance, c'est une belle journée pour la saison, personne ne mourra de froid.

Teddy est dans les gradins à côté de ses collègues et s'interroge : sa mort à lui aurait-elle attiré autant de monde ? Sonia n'aura pas eu le plaisir de constater cette affluence pour lui rendre hommage. Difficile d'apprécier ce genre de chose quand on est décédé.

— Comme c'est touchant, s'extasie Louella, habillée de noir de pied en cap jusqu'à son collier de perles. Je suis heureuse de nous voir si nombreux aujourd'hui pour célébrer la vie de Sonia.

Pour la professeure d'arts plastiques, tout mérite d'être célébré.

— Je croyais que nous étions là pour partager le chagrin de sa mort, objecte Teddy.

L'air pincé de Louella plisse ses lèvres colorées de bordeaux.

Frank secoue la tête sans rien dire. Depuis qu'il a assisté à l'agonie de Sonia, il a mauvaise mine, mais Teddy n'y peut rien. Frank n'a pas eu de chance, voilà tout.

En bas sur la scène, le mari de la défunte s'exprime. Teddy l'a rencontré deux ou trois fois, lors d'événements organisés par le lycée. Cet homme est doté d'un certain charisme qui n'est pas étranger à sa stature, aussi haute que large, ni à son cursus d'éminent professeur. Sonia était peut-être celle qui apportait l'argent à la maison, mais c'était sur lui que reposait le capital prestige.

Son discours larmoyant terminé, il cède la place au proviseur dont la force tranquille prévaut dans cet océan d'émotion. Il incarne parfaitement son rôle de dirigeant.

Contrairement à l'ancien proviseur, celui qui s'est suicidé.

Le seul fait de repenser à cet avorton pleurnichard lui arrache un soupir. Vraiment, c'était une demi-portion ; sans quoi, il n'aurait pas réussi à se pendre dans une pièce au plafond aussi bas.

— Tu t'ennuies ?

C'est Nari. Elle porte un petit chapeau orné d'une voilette noire, comme s'il s'agissait d'un enterrement, et ses cheveux bruns et lisses sont noués en un chignon propret sur sa nuque. La dentelle atténue son regard, mais Teddy en ressent toute la noirceur.

— Non, je ne m'ennuie pas. Seulement, toutes ces morts à Belmont finissent par me rendre nerveux.

Il prend bien soin de parler de « morts » et pas de « meurtres ». Il faudra attendre un jour ou deux avant que cette vérité éclate. C'est le délai qu'il a fallu pour Ingrid, or Sonia a ingéré une quantité de poison bien plus importante.

— C'est affreux, se lamente Frank. Tout ça est affreux...

— La mort fait partie de la vie, intervient Louella.

— Chut ! siffle Nari.

— Nous devrions prier, suggère Frank d'une voix rauque, comme si parler lui écorchait la gorge.

Personne ne lui répond.

Teddy lance un regard de l'autre côté du terrain, vers le parking bondé. Toutes ces voitures de luxe... De nombreux parents se sont rendus à la commémoration alors qu'elle a lieu un jour de semaine. À croire qu'ils n'avaient rien de mieux à faire. Tout l'argent réuni ici rien qu'en vêtements, en bijoux et en sacs à main doit atteindre plusieurs millions. Sans parler des montres. Les seuls bijoux tolérés pour un homme sont l'alliance et la montre. Teddy les repère toujours.

Dommage qu'il n'ait pas apporté de jumelles. Il doit y avoir de superbes modèles aujourd'hui.

Le proviseur présente le groupe de musiciens du lycée qui interprétera l'une des chansons préférées de Sonia. Le groupe bêle une imitation pathétique de *Lean on Me*, de Bill Withers.

Quand la foule se met à fredonner le refrain, Teddy s'éclipse pour rejoindre le snack du lycée, derrière le terrain de foot. Le comptoir rutilant est fermé aujourd'hui. Les seules personnes rassemblées ici sont les quelques parents venus passer un coup de téléphone.

Parmi eux, James Ward.

Teddy détecte son odeur à dix mètres. La puanteur caractéristique des privilèges de classe.

En pleine conversation téléphonique, James le repère et lève un doigt d'un air de lui demander d'attendre un instant. Ce que Teddy fait. Non pas parce qu'il le lui a demandé, mais parce qu'il est curieux de savoir ce qu'il lui veut.

— Teddy, dit-il enfin en lui offrant une poignée de main. Ravi de vous revoir, même si j'aurais préféré vous croiser en de meilleures circonstances.

Le professeur opine.

— C'est à peine croyable, reprend James. Deux morts en l'espace de quelques mois.

— Quelle tragédie, en effet.

Le père de Zach l'observe un instant, inclinant légèrement la tête, et demande :

— Ils ne savent toujours pas ce qui lui est arrivé, n'est-ce pas ?

— Pas à ma connaissance.

— Étrange.

À cela, Teddy ne répond pas.

— Au fait, je n'ai pas eu l'occasion de vous remercier d'avoir donné à Zach la possibilité de remonter sa moyenne.

— Je vous en prie, c'est tout naturel.

— Dommage que la note finale n'ait pas été meilleure.

Le professeur réprime un sourire. Dans son cours, Zach n'aura jamais mieux qu'un A-. Jamais.

— Oui, c'est dommage.

Ils sont interrompus par Pamela, la mère de Zach, vêtue d'un tailleur sombre, sans doute prête à repartir travailler.

— Ah, je me demandais où tu étais passé, soupire-t-elle. Je te croyais encore au téléphone. (Comme elle se tourne vers Teddy, il reconnaît le rouge à lèvres prune qu'elle portait la dernière fois qu'il l'a vue, sur le parking du lycée.) Monsieur Crutcher, ravie de vous revoir.

— Pareillement, en dépit des circonstances.

— Oui, c'est vrai. Toutes ces tragédies au lycée récemment, c'est à peine croyable, n'est-ce pas ?

— Nous en parlions justement, dit son époux en consultant son portable.

Teddy nuance :

— Au moins, ce n'était pas une fusillade, c'est déjà ça...

Un long silence gêné s'ensuit, dont il savoure chaque instant. Mme Ward finit par reprendre :

— J'espère vous revoir dans un contexte plus favorable.

Là-dessus, les Ward s'éloignent d'un pas synchrone, les talons de Pamela la rehaussant presque à la même taille que James. Ils forment un très beau couple. Dommage qu'ils soient pourris jusqu'à la moelle.

Alors qu'il s'apprête à partir, son regard balaie une silhouette, une fille qui passe par là.

Pas une fille, plutôt une femme. Les cheveux bruns, le nez mutin, les lèvres rubis.

Il secoue la tête en riant de sa propre bêtise. Non, ça ne peut pas être elle...

Arrivé à la moitié de la cérémonie de commémoration, le chagrin frappe Zach de plein fouet.

Avant que le mari de Mme B. ne se mette à parler d'elle, il n'avait pas vraiment été affecté par sa mort. Comme si ça n'était qu'un mauvais rêve.

Mais, maintenant que Zach prend toute la mesure de la réalité, sa tristesse est plus lourde qu'il ne s'y attendait. Mme B. était une femme aimante, un bon professeur, et elle était encore jeune. Même pas quarante ans. Quelle que soit la cause de son décès, ça n'est pas juste. Tout comme il est injuste que Courtney soit enfermée en prison en ce moment même.

C'en est trop.

Incapable d'en supporter davantage, Zach quitte la cérémonie avant la fin. Il serait mieux n'importe où ailleurs, y compris à l'hôpital.

C'est là qu'il se dirige et entre d'un pas sûr par la porte des urgences. Toujours la même odeur qui flotte dans les couloirs, la même atmosphère sinistre que dans ses souvenirs. La dernière fois qu'il est venu ici, c'était il y a deux ans, quand il s'est cassé le bras.

Les urgences sont bien loin de ce que suggèrent les séries télévisées. Personne ne court en poussant un brancard sur lequel gît un patient ensanglanté, entre la vie et la mort. Personne ne réclame de chariot en hurlant, et personne ne dit : « Et que ça saute ! » La seule personne dans la salle d'attente est une femme âgée qui regarde une émission en tricotant.

Zach sourit en saluant la réceptionniste et se rend à la salle réservée aux patients. La réceptionniste ne dit rien, ne songe pas à l'arrêter. Normal, avec sa peau blanche et son allure de premier de la classe, Zach a ses entrées partout.

Et il a droit à toutes les issues de secours, si besoin.

Il traverse la salle, passe devant des rideaux tirés et des portes battantes, et observe partout autour de lui. Une femme lui demande si elle peut l'aider.

— Oh ! s'exclame-t-il, tout sourire. Je cherche un ami, il m'a écrit qu'il était ici.

— Allez voir le bureau des infirmières, dit-elle d'un air sévère. Elles sauront vous renseigner.

— Merci.

Nouveau sourire. Et, quand elle s'éloigne, il rebrousse chemin en repassant dans la zone des urgences. Cet endroit est petit pour une ville aussi grande. Les blessés ne sont pas nombreux.

Ça y est, il l'a enfin retrouvée.

Elle est exactement comme dans son souvenir. Les cheveux bouclés, noués en chignon lâche. Les pommettes rosies. Et le même rouge à lèvres rose. Une femme douce. Elle s'était bien occupée de lui en attendant l'arrivée de ses parents.

Et elle n'est pas enceinte, ou en tout cas ce n'est pas visible. Peut-être que les traitements contre l'infertilité ne fonctionnent pas.

— Vous êtes..., hésite-t-il en s'approchant d'elle. Vous étiez là quand je me suis cassé le bras. Je me souviens, c'est vous qui avez fait mon bandage.

Elle réfléchit un instant.

— Oh, je... Attendez. Oui, ça me revient. Zeke ?

— Zach. Zach Ward.

— J'y étais presque, sourit-elle. (Il se rappelle qu'elle souriait souvent.) Moi, c'est Allison Crutcher.

Bingo.

— Crutcher ? Attendez, vous êtes... Pardon, mais j'ai un professeur qui s'appelle Crutcher. À Belmont.

L'expression de l'infirmière change radicalement. Le sourire perdu et les yeux dans le vague. Comme s'il venait d'évoquer un mort.

— J'en suis désolée pour vous.

Elle met aussitôt une main devant sa bouche.

— Pardon, ce que je viens de dire est affreux.

— Hum…, pas très engageant, en effet, doit reconnaître Zach.

— Pardonnez-moi. En fait, votre professeur est mon ex-mari.

La surprise de Zach est telle qu'il laisse seulement échapper un :

— Ah.

— Enfin, bientôt ex-mari. J'y suis presque.

— D'accord.

Avec un petit rire, Allison s'excuse encore :

— Désolée, je vous embête avec mes histoires. Comment allez-vous ? Vous êtes malade ou…

— Non, je ne viens pas pour moi. Je viens rendre visite à un ami.

Tout en parlant, il se sent pris de vertige. Cette conversation avec Allison ne va rien arranger.

— Contente de vous avoir revu, conclut-elle. J'espère que votre ami se remettra vite.

— Merci. Moi aussi.

Il fait demi-tour et sort par une autre porte. Une seule pensée l'obsède : comment s'attirer les faveurs de Crutcher.

Il songe à l'alliance que son professeur porte toujours au doigt.

Et à hier, lorsqu'il a surpris ce qu'il disait à un autre enseignant au sujet de la cérémonie pour rendre un dernier hommage à Sonia. Il prétendait que sa femme ne pourrait pas y assister, car elle travaillait.

Voilà qu'une autre phrase fétiche de son père lui revient en mémoire.

« La connaissance n'est pas seulement puissante ; elle est précieuse. Sache quand l'utiliser et quand te taire. »

40

Lorsque Frank arrive au lycée le lendemain matin, il y a du changement. Les journalistes agglutinés à l'entrée sont plus nombreux. Beaucoup plus nombreux. Ça n'a aucun sens, le procès n'a pas encore commencé. Ils n'ont même pas sélectionné le jury. En roulant au pas, Frank franchit le portail et comprend soudain ce qui se passe.

La police. Il y a des uniformes partout. Le parking est bondé.

Il s'arrête devant l'agent de sécurité.

— C'est animé ce matin, vous avez vu ? lui fait remarquer ce dernier.

— Oui, à peine.

Tous ces policiers. Ils doivent être là pour lui.

Il ne peut s'en prendre qu'à lui-même, il l'aura cherché. Il mérite ce qui va lui arriver, il mérite d'avoir vu Sonia mourir. C'est sa punition pour avoir tué Ingrid. Rien ne se produit par hasard. C'est ainsi depuis toujours.

Dieu l'a décidé.

— Ça ne va pas, monsieur Maxwell ? s'inquiète l'agent de sécurité.

— Non, bredouille-t-il en secouant la tête.

Il ne sait pas ce qui l'attend, mais il est déjà convaincu que c'est plus qu'il ne peut en supporter.

— Je viens de m'apercevoir que j'ai oublié un truc chez moi, reprend-il.

Puis il recule dans l'allée et s'en va.

Si Teddy devait décrire l'inspecteur de police en trois mots, il dirait : vieux, fatigué et usé. Comme un canapé d'occasion.

Il s'appelle Bates, mais son prénom n'est pas Norman. C'est bien dommage, ç'aurait rendu la chose parfaite.

Les entretiens se déroulent en salle Windsor. En général, cette pièce sert aux réunions du proviseur, mais aujourd'hui la police la réquisitionne pour ses interrogatoires. Bates a un carnet et un triste crayon mâchouillé. Il a demandé à interroger tout le corps enseignant et le personnel administratif de Belmont, un par un.

Tous ceux qui ont accès au réfrigérateur de la salle des professeurs, suppose Teddy. Depuis le temps, ils sont forcément remontés jusqu'à la salade. Il n'a même pas cherché à mettre la main dessus, et à forte raison, puisqu'il voulait que la police la retrouve.

— Avez-vous vu Sonia Benjamin le jour de sa mort ? s'enquiert Bates.

— On se croisait tous les jours, en salle des professeurs ou dans les couloirs. Parfois, sur le parking.

— Mais ce jour-là, insiste l'inspecteur en soupirant comme s'il aimerait être ailleurs. Vous rappelez-vous l'avoir vue ? Lui avoir parlé ?

— Je l'ai probablement saluée en la croisant dans les couloirs du lycée. La plupart des professeurs se retrouvaient dans la salle Porter ces derniers temps, on y avait installé une télévision pour suivre le procès. Mais moi, je déjeunais à mon bureau. Je me tiens éloigné de la pression médiatique. C'est un peu trop perturbant.

Bates opine. Il a un nez bulbeux et d'épaisses lunettes de lecture.

— Vous ne l'avez donc pas vue manger ?

— Oh, je l'ai souvent vue déjeuner. Mais ce jour-là, non. J'étais seul.

L'inspecteur prend des notes.

— Considérez-vous que vous étiez proche de Sonia ?

— Nous étions collègues et travaillions ensemble depuis longtemps. Mais si votre question concerne nos rapports en dehors du lycée, il n'y en avait aucun. Nous n'étions pas proches à ce point-là.

— Vous êtes professeur de l'année, n'est-ce pas ?

— Tout à fait.

— Je suppose que cela éveille des jalousies. Parmi vos collègues, notamment.

Teddy prend une profonde inspiration.

— C'est un honneur de travailler à Belmont. C'est l'un des établissements les plus réputés de la région, pour le niveau des élèves mais également celui des enseignants. Je crois que nous sommes tous heureux de travailler ici.

Bates ricane. Teddy sent son haleine chargée de café.

— Intéressant. Je n'ai encore jamais mis les pieds dans un endroit où tout le monde est heureux de travailler.

— Eh bien, je ne peux pas parler au nom de chacun de nous, mais dans l'ensemble, les professeurs sont très contents.

— D'après vous, est-ce que quelqu'un avait des raisons d'en vouloir à Sonia ?

— Pardon ? (Teddy se penche sur sa chaise – il attendait cette question.) Vous pensez que quelqu'un a tué Sonia ? Ici, à l'école ?

— Je n'ai pas dit ça.

— Mais vous voulez savoir si quelqu'un l'avait prise en grippe.

— Exact. Je ne fais que recueillir des informations.

Ben voyons. C'est précisément pour cela que le parking grouille de policiers à la recherche de preuves.

— Je suppose que votre question concerne les personnes fréquentant l'établissement ?

Bates hausse les épaules.

— Par exemple. L'administration, les professeurs, les élèves… quiconque aurait pu avoir une dent contre elle.

— Personne ne la détestait. Pas que je sache, en tout cas. (Il feint de réfléchir.) Quand j'y pense, je crois que le gardien du lycée ne l'aimait pas beaucoup.

— Le gardien ?

— Il s'appelle Joe. Joseph Apple. Il travaille au lycée depuis au moins vingt ans… Il n'est plus tout jeune, mais il fait bien son boulot.

Bates en prend note.

— Et il n'aimait pas Sonia ?

— Eh bien, je ne sais pas ce qu'il pensait d'elle, mais Sonia ne l'appréciait pas particulièrement. (Haussant brièvement une épaule, Teddy fait mine d'hésiter à en dire plus.) Elle avait beaucoup d'argent, vous devez être au courant. Dans ces hautes sphères, les gens comme Joe sont perçus comme… le bas de l'échelle. Elle le traitait sans beaucoup d'égards.

— Je vois, dit l'inspecteur, toujours occupé à écrire. Et vous pensez que Joe appréciait moyennement cela.

— Encore une fois, je ne peux pas parler à sa place.

Mais Joe ayant surpris Teddy lorsqu'il sortait de la benne à ordures, c'est le premier qui lui vient à l'esprit. Il faut bien que quelqu'un porte le chapeau.

41

Quand Zach récupère son téléphone après le troisième cours de la matinée, il en a le vertige. Les rumeurs s'emballent, il devient impossible de démêler le vrai du faux. La seule chose dont on soit certain, c'est que Mme B. a été tuée.

Jusqu'à présent, il n'y croyait pas. Bien sûr, tout le monde évoquait cette possibilité, mais deux assassins à Belmont ? C'est impossible. Personne ne s'en serait pris à Mme B. ; tout le monde l'adorait. Elle n'aurait pas fait de mal à une mouche.

Toujours là ?

C'est Lucas qui écrit entre deux cours.

Ouais. Je ne pense pas que mes parents soient au courant.

Viens chez moi ce soir.

Depuis que les informations ont fuité autour de la mort de Sonia, certains parents ont retiré leurs enfants du lycée – désormais surnommé « Belmort » sur les réseaux sociaux.

Et les médias ne s'arrêtent pas là. Des rumeurs circulent à présent autour de la femme de M. Maxwell qui serait venue au lycée à la recherche de son mari. Elle aurait fait un scandale à la réception, quelqu'un a filmé la scène avec son téléphone.

Sur la vidéo, Zach voit une femme hystérique. Elle ne cesse de répéter : « Frank est parti travailler ce matin, il est forcément ici ! » Elle ne comprend pas pourquoi le lycée l'a appelée pour savoir où il était.

Zach demande à Lucas :

Quelqu'un a vu Maxwell ?

Du tout.

Désormais, les agents de sécurité quadrillent le secteur. Contrairement à ce matin, ils surveillent tous les lieux où ne sont pas les autres adultes. En se rendant à son cours de littérature, Zach passe devant l'un d'eux, grand et maigrichon avec un badge en plastique. La tête ailleurs, il esquive Crutcher de justesse.

Ce dernier est sur le pas de la porte comme s'il n'attendait que lui.

— Bonjour, monsieur Crutcher, le salue Zach.

— Un peu plus et vous étiez en retard.

Il s'apprête à répondre quand la dernière sonnerie retentit. Voilà, maintenant il *est* en retard. Et seulement parce que son professeur l'a empêché d'entrer dans la salle, mais il s'abstient de tout commentaire et s'assied.

Pendant le cours, Zach n'a d'yeux que pour l'alliance au doigt de son professeur. Et s'il lui demandait comment va sa femme ?

Non, cela saperait tous ses efforts.

Mais c'est amusant à imaginer.

Une fois de plus, il prend conscience que son père avait raison sur un autre point.

« La vie est injuste. Et de très loin », dit-il toujours.

Il a raison. Si la vie était juste, Mme B. serait toujours là, et Crutcher ne le serait plus.

Frank est assis sur un banc d'église, mais pas seul. Il a quitté Belmont, est passé devant l'église d'Unité et a continué de rouler en quête de quelque chose. D'un sentiment. De réconfort. De pardon. De fuite.

Au bout d'une cinquantaine de kilomètres, il s'est arrêté au Ministère de Touchpoint, une immense église – la seule de la région – dont le bâtiment imposant évoque la forme d'un stade. Frank a choisi une place à mi-hauteur des gradins. En bas, le chœur est vide, comme la plupart des sièges. Sur le mur en fond de l'autel, un écran géant diffuse des scènes bibliques. L'image change toutes les quinze secondes.

C'est envoûtant.

Frank reconnaît chaque histoire. Du plus loin qu'il se souvienne, la religion a toujours fait partie de sa vie. Ces scènes qui défilent le ramènent brusquement dans le passé. Il repense à l'église de son enfance où il a tant de bons souvenirs. Des grandes fêtes, des kermesses, des spectacles… La messe n'était qu'un prélude au divertissement.

Il reste un long moment dans cette rêverie nostalgique, repense à une époque où la vie était plus simple, où il n'avait tué personne.

Zachée a tout changé.

Frank le reconnaît tout de suite. C'était un collecteur d'impôts corrompu qui trichait, mentait et volait. Mais la culpabilité l'a rattrapé.

L'image représente Zachée au sommet d'un sycomore en attendant Jésus. Il attend la repentance pour ses péchés. Jésus n'a pas failli à son devoir.

Frank comprend enfin.

Missy et son fils ne lui pardonneront peut-être jamais, et la police non plus, c'est certain, mais Dieu lui pardonnera. Dieu pardonne toujours.

C'est le cœur un peu plus léger que Frank quitte le Ministère de Touchpoint. Il parcourt les cinquante kilomètres dans l'autre sens, vitres baissées et musique rock à fond dans les enceintes, sans ralentir jusqu'à se garer sur le parking du commissariat.

Il envoie un texto à sa femme en sortant de la voiture.

Dis à Frankie que je vous aimerai toute ma vie.

Il entre sans hésiter, sans prendre d'inspiration, sans rassembler son courage. Dire la vérité ne lui a jamais paru aussi facile.

— J'ai tué Ingrid Ross.

L'inspecteur Oliver a l'air aimable. Il a de l'embonpoint – visiblement, il ne fait pas assez de sport – mais l'allure d'un homme compétent. Presque sage. Cela dit, Frank ne comprend pas pourquoi il est encore en salle d'interrogatoire et pas derrière les barreaux.

— Répétez-moi ce qui s'est passé, demande Oliver.

Frank soupire. Ce ne sera que la quatrième fois. Confesser un meurtre n'est pas si aisé.

— J'ai vu Ingrid sur le parking de l'école. Quand elle est entrée avec les bras chargés de cartons, j'en ai profité pour rejoindre sa voiture et mettre un diurétique dans son thé vert. C'était du MaxFit 2000.

— Et vous en aviez comme par hasard dans votre voiture ?

— Eh bien, oui. Pour mes pesées.

Oliver opine en prenant des notes.

— Encore une fois, je ne voulais pas la tuer. C'était le jour d'une fête qu'elle organisait, et je... (Sa voix s'éteint un instant. Cette partie n'est pas facile à reconnaître. Encore moins pour la quatrième fois.) Je voulais qu'elle ait honte.

Je voulais qu'elle passe des heures dans les toilettes et manque toute la fête.

— Pour quelle raison ?

Il soupire et se lance dans une nouvelle explication. La soirée arrosée. La photo arrangée. Son chantage pour remonter la note de Courtney en mathématiques renforcées. À force de répéter son histoire, il a dépassé le stade de l'humiliation. Enfin, presque.

— Je ne savais même pas que je l'avais tuée. Jusqu'à ce que je me renseigne sur les diurétiques et découvre qu'ils pouvaient provoquer un infarctus. De toute évidence, c'est ma faute, alors je suis venu ici me livrer. Arrêtez-moi. Je ne me débattrai pas.

Oliver l'écoute, ses lunettes perchées sur le bout de son nez.

— Veuillez attendre une minute, je reviens tout de suite.

Il s'en va, laissant Frank persuadé qu'il réapparaîtra avec deux policiers en uniforme pour le déclarer en état d'arrestation.

Au lieu de cela, l'inspecteur revient seul, un dossier à la main.

— Monsieur Maxwell, dit-il.

— Frank.

— Si vous voulez, dit-il en ouvrant le dossier. Je comprends bien ce que vous dites. Vous pensez avoir tué Ingrid Ross par inadvertance.

— J'en suis même convaincu.

Oliver ne répond pas et feuillette les documents avant d'extraire une feuille qu'il agite sous le nez du suspect.

— Voici le rapport du téléphone d'Ingrid Ross. Il n'y a aucune… photo compromettante. D'aucune sorte.

— Elle a dû la supprimer. Ou la stocker sur le cloud, ou que sais-je. (Il y réfléchit un instant, puis claque des doigts.) Elle est riche, elle a forcément son propre serveur.

L'inspecteur sort une autre feuille de papier qu'il brandit devant lui.

— J'ai également ceci.

Frank cligne des yeux devant le papier, mais ne comprend pas un seul mot de ce charabia. Il hausse les épaules.

— Il s'agit du rapport de laboratoire détaillant le contenu retrouvé dans l'estomac d'Ingrid Ross au moment de sa mort. Elle n'a pas bu une goutte de ce thé vert.

42

Il est 16 heures, et Zach est défoncé. Totalement défoncé. Il est avec Lucas qui l'a invité dans sa salle de projection privée pour regarder un Marvel. Zach l'a peut-être déjà vu, il ne sait plus, ça n'a pas d'importance. Il le regarde quand même. Les parents de Lucas ne sont pas à la maison, et même s'ils étaient là, ils s'en ficheraient. Tant que Lucas reste bien placé pour devenir le major de sa promo à Belmont.

— Ce que j'aimerais savoir, dit Zach avant de marquer une pause pour pousser un soupir, c'est qui tu as payé pour réussir à esquiver Crutcher ? Tu ne l'as jamais eu en cours.

— On s'en fout de Crutcher. Mon frère m'avait mis en garde contre lui, alors j'ai soudoyé une nana de l'administration pour me faire changer de classe.

— Tu l'as soudoyée ? Avec de l'argent ?

— Non, avec mon charme légendaire.

— Andouille…

Lucas fronce les sourcils.

— Pourquoi ? Il t'a dans le nez ?

— Ouais.

— Désolé pour toi, vieux.

Il y a de quoi.

Ils interrompent assez longtemps leur conversation pour assister à un combat de super-héros. Zach et Lucas ont vu des dizaines de films de ce genre. Ils sont amis depuis qu'ils ont douze ans, à l'époque où Lucas se plaignait de ses crétins de parents. Zach ne pouvait que le comprendre.

Ils se font passer le pétard, alternant entre leurs téléphones et le film.

— Oh, merde! s'écrie Lucas en se redressant tant bien que mal sur son siège inclinable. T'as vu ça?

Zach plisse les yeux devant la lumière blafarde du téléphone de son ami.

— Vu quoi?

— Le hashtag #Belmort fait le buzz.

— Tu dis n'importe quoi.

— Je te jure. Bon, seulement dans le coin, pas à l'échelle nationale. Pas encore, du moins.

Zach sort son portable pour vérifier et fait défiler les messages. La plupart sont ridicules, mais il les lit quand même. Comment faire autrement? À force de scruter l'écran, sa vision se brouille.

— Ils n'ont toujours pas retrouvé M. Maxwell, rapporte Lucas. Des rumeurs affirment qu'il est mort, lui aussi.

Zach pousse un grognement en s'enfonçant dans son fauteuil pour essayer d'échapper aux nouvelles. S'il y a un cadavre de plus, c'est sûr, il sera envoyé dans le Vermont.

Une heure plus tard, Frank est toujours au poste. Il n'a pas été arrêté, et aucun policier en uniforme ne vient le chercher. Sa femme, en revanche, est bien là.

Missy est à la fois furieuse et en larmes. La pire combinaison possible, aussi peu surprenante soit-elle. Difficile de bien prendre la chose quand on apprend que son mari est un assassin.

La porte de la salle d'interrogatoire est ouverte, et Frank regarde Missy discuter avec Oliver. Elle parle à grands gestes, rejetant régulièrement ses cheveux en arrière. Ce qu'elle fait souvent quand elle est contrariée. Nerveuse, elle regarde tantôt l'inspecteur, tantôt son mari.

Frank comprend qu'elle soit furieuse. Et déçue, blessée et troublée. Rien de très glorieux en somme. Mais il n'avait pas le choix, il fallait dire la vérité. Elle qui tient toujours de grands discours contre le mensonge, ne peut-elle pas approuver son attitude ?

La voyant approcher, il se redresse, se tient prêt.

— Frank, dit-elle.

On n'entend plus la colère, mais son ton est étrange, comme si elle s'adressait à leur fils.

— Salut, répond-il.

Elle attrape la chaise qui était en face pour s'asseoir à côté de lui.

— Je ne sais pas ce qui t'arrive, mais nous trouverons de l'aide.

— De l'aide ? Je ne veux pas qu'on m'aide, je veux qu'on m'arrête.

Missy opine en souriant et lui tapote doucement la main.

— Oui, c'est ce que tu voudrais, je sais.

— Mais pourquoi tout le monde me répète ça ? Je sais ce que j'ai fait.

— Oui, bien sûr.

Il fronce les sourcils. Sa femme n'a pas l'air de le croire.

L'inspecteur entre dans la pièce en souriant comme si tout allait pour le mieux.

— Voilà ce que nous allons faire, Frank. Il est illégal de mettre un produit dans une boisson, même un simple diurétique. Alors, oui, je pourrais vous arrêter. Le problème étant que nous n'avons aucune preuve. Cette bouteille de thé a été jetée depuis longtemps.

— Vous ne gardez pas les pièces à conviction ?

— Il a été prouvé que la victime n'a pas bu dans cette bouteille, nous avons donc rayé cet objet de la liste des pièces à conviction à conserver.

— Alors… vous n'allez pas m'arrêter ?

— Non. Mais nous allons vous aider à trouver de l'aide. Car si vous avez vraiment fait ce que vous prétendez…

— Puisque je vous dis que je l'ai fait !

— D'accord. Dans ce cas, nous voulons seulement nous assurer que vous ne recommencerez pas. Vous ne recommencerez pas, n'est-ce pas ?

Frank fait signe que non et ajoute :

— Je n'ai pas besoin d'aide.

Ce à quoi l'inspecteur ne répond pas.

Missy lui lance un autre de ses sourires condescendants. Il est un peu perdu. Et dépité. Il devrait être enfermé et puni, sans quoi il ne sera jamais pardonné.

Depuis la fenêtre de sa chambre, Zach regarde ses parents remonter leur allée privée. Chacun dans sa voiture. Après le travail, ils se sont rendus directement à la grande réunion du lycée.

Zach est à son bureau et fait son devoir de maths en dégustant un plat chinois acheté sur le chemin du retour. C'est devenu un expert des restaurants asiatiques de la ville. Le problème, c'est que l'un propose le meilleur bœuf à la mongole tandis qu'un autre fait de meilleures nouilles sautées. Chaque fois qu'il faut choisir, c'est un calvaire.

Il décroche un instant de son devoir pour aller suivre le hashtag #Belmort sur les réseaux sociaux. Ce soir, le lycée a invité tous les parents à une réunion pour « dissiper les rumeurs et autres quiproquos ». Les premiers échos de la réunion affluent sur la toile, mais Zach est interrompu dans sa lecture par un message de son père.

Descends une minute, s'il te plaît.

Ils attendent au salon. Zach s'assied mais pas eux, ce qui n'est jamais bon signe. Sa mère n'a même pas retiré ses chaussures. Elle est encore en talons.

— Cette réunion était chaotique, commence papa. C'est parti dans tous les sens.

Ce n'est pas ce que Zach en a lu sur les réseaux. Il n'est pas surpris. James Ward a toujours sa vision à lui de la réalité.

— Voilà pour les faits : Sonia Benjamin a été assassinée au lycée. Je suppose que tu étais au courant.

Maman a pris sa voix d'avocate. Zach opine.

— Bien, reprend-elle. Quant à Frank Maxwell, il a disparu aujourd'hui, mais il n'est pas mort. Il semblerait qu'il ait fait une dépression nerveuse. Tout le monde pense que c'est parce qu'il a assisté au décès de Mme Benjamin, mais cela reste des suppositions. (Une pause. Elle attend une réaction de son fils qui ne vient pas.) Il prend un congé maladie.

— C'est incroyable, soupire papa en faisant les cent pas devant le canapé convertible. Tout ce que nous voulions, ta mère et moi, c'était t'offrir la meilleure scolarité possible. « Belmont », qu'ils disaient. « Envoie-le à Belmont. » Et maintenant… (il fait de grands gestes pour mimer la gravité de la situation) voilà où ça nous a menés.

Au beau milieu de sa diatribe, il s'arrête pour extirper son téléphone de sa poche et lâche un « Je dois prendre cet appel » avant de quitter la pièce.

Si Zach l'osait, il soupirerait.

Maman s'assied auprès de lui. Ses traits s'adoucissent dès qu'elle sort de son rôle d'avocate.

— On veut ce qu'il y a de mieux pour toi, c'est tout.

— Le mieux, ce n'est pas le Vermont.

— Je sais que tu veux rester ici avec tes amis. Je devine que cette histoire avec Courtney soit difficile à vivre, mais nous avons peur, tu comprends ? On ne voudrait pas qu'il t'arrive malheur. (Une pause.) Ni à toi ni à aucun de tes camarades.

—À t'entendre, on croirait qu'il y a un tueur en série à Belmont. Personne ne se balade avec une machette pour massacrer les gens.

—Non, mais quelqu'un les empoisonne.

Avant que Zach ait le temps de répliquer, papa revient dans le salon.

—Désolé, s'excuse-t-il. J'ai raté quelque chose ?

—Je disais seulement à Zach que nous nous faisions du souci pour lui, répond maman.

—Évidemment, c'est normal, renchérit son père.

—D'accord, j'ai compris, se résigne Zach. C'est bon, je peux y aller ?

Elle ne dit rien. Papa consulte son portable avant de déclarer :

—Il se fait tard, et tu dois avoir des devoirs à terminer. Nous reprendrons cette conversation dimanche. Préparons le dîner.

Il propose de manger comme on propose une réunion d'affaires.

—Au fait, à partir de maintenant tu ne consommeras plus aucun aliment provenant du lycée, décrète maman. Tu apporteras ton propre casse-croûte.

—Oui, bien sûr, acquiesce son fils sans avoir aucunement l'intention de le faire.

Et il quitte le salon sans un mot de plus.

De retour dans sa chambre, il trouve l'ordinateur toujours ouvert sur son bureau. Bizarre, il est seulement descendu vingt minutes, et voilà déjà des centaines de nouveaux messages portant le hashtag #Belmort.

Il ne met pas longtemps à découvrir pourquoi.

43

Dans un monde idéal, le système judiciaire fonctionnerait normalement. Mais, dans le monde réel, il a besoin d'un petit coup de pouce, Teddy en a bien conscience. Alors il l'a donné, ce petit coup de pouce.

À son réveil le matin, la nouvelle inonde les médias. Comme prévu.

Deux assassins pour un poison ?

D'après nos sources, la mort d'Ingrid Ross, quarante-cinq ans, et celle de Sonia Benjamin, trente-huit ans, auraient été causées par la même substance. La police et le parquet n'ont pas encore dévoilé au public le nom du poison incriminé, mais les dernières informations remettraient en question l'arrestation de Courtney Ross, toujours accusée du meurtre de sa mère.

« Ça n'a aucun sens, affirme Robby Herald, habitant du quartier et patron de Nature's Food, le traiteur du centre-ville. S'ils ont arrêté la coupable, comment a-t-elle pu commettre un deuxième meurtre ? »

Il n'est pas le seul à se poser cette question, mais les seuls à pouvoir y répondre – la police et le bureau du procureur – gardent le silence.

Teddy sourit. Il aura suffi d'un mail.

S'il n'avait pas créé tous ces faux profils sur les réseaux sociaux, il n'aurait jamais appris à envoyer des messages anonymes ni à les faire partir d'Europe de l'Est pour éviter tout traçage.

Et s'il n'avait pas pris la peine d'apprendre tout ça, il n'aurait pas su expédier un mail donnant l'impression d'avoir voulu se cacher en vain. Comme tout quidam sans connaissance informatique particulière.

C'est ainsi qu'il a envoyé son mail. Simple piste d'une source anonyme.

Et lorsque la police remontera cette piste, elle tombera sur une personne qui est au courant de tout ce qui se passe à Belmont. Une personne qui déteste les parents et les enseignants qui la prennent de haut. Comme si c'était un vulgaire objet.

Une personne du nom de Joe, le gardien.

C'est fou comme Teddy peut être doué pour ces choses-là. Il aura attendu toutes ces années pour se découvrir ce don.

Quand il arrive à l'école, la foule de journalistes agglutinée devant l'entrée est plus dense que la veille. D'autres food trucks sont venus en renfort. Teddy passe devant en voiture sans les regarder.

L'agent de sécurité au portail lui fait signe de baisser sa vitre.

— Faites attention, conseille-t-il au professeur. Certains de ces types sont prêts à tout pour vous arracher un commentaire.

Teddy réprime un sourire.

Dans le lycée, une entreprise de vidéosurveillance installe des caméras au-dessus des portes et dans les couloirs. Hier soir, le proviseur a profité de la réunion avec les parents d'élèves pour les informer de cette mesure. « Belmont, a-t-il affirmé, est en passe de devenir l'établissement le plus sécurisé de ce côté du Mississippi. » Certains parents ont même eu l'air de le croire.

Mais tout ça n'a aucune espèce d'importance. Teddy n'a pas l'intention de faire une nouvelle victime.

Ce matin, il ne va pas en salle des professeurs. Il préfère se rendre directement dans sa classe pour préparer ses cours. Hier soir, il a consacré tellement de temps à faire avancer l'enquête qu'il n'a pas trouvé une minute pour son travail.

Quand ses premiers élèves arrivent, c'est l'effervescence : ils parlent tous des dernières nouvelles. Deux heures plus tard, un groupe discute du tueur de Belmont.

— Il faut lui donner un nom.

— Le Boucher de Belmont ?

— Non, ce n'est pas un boucher, il n'y avait pas de mise en scène macabre. C'était des cadavres propres.

— Qu'est-ce qui vous fait croire que c'est un homme ?

— Le Tronçonneur de l'école ?

— Mais non, c'était avec du poison.

— L'Exterminateur ?

— Les gars, vous allez trop loin.

C'est Zach Ward. Il entre dans la salle, et cette conversation a l'air de le désespérer.

— Je vous rappelle que Courtney est toujours en prison, dit-il à ses camarades. Si quelqu'un continue de tuer librement, la police doit reconnaître son erreur et la remettre en liberté.

Tiens, pour une fois, Teddy est de son avis. Ce sale gosse arrogant et autocentré aurait-il enfin appris la leçon ?

Pendant le cours, il se surprend même à penser que Zach n'est pas un si mauvais garçon. Il a toujours ce sourire satisfait, c'est vrai, et reste l'une des pires têtes à claques du lycée, mais il est malin, il faut bien l'admettre. Et Teddy peut s'en féliciter, car c'est à lui que revient la prouesse de pousser ses élèves sur la voie de l'excellence.

À la pause-déjeuner, Teddy se rend en salle des professeurs pour écouter ce qu'en disent ses collègues. C'était en tout cas son plan, mais dès qu'il sort de sa classe, il tombe sur Mlle Marsha.

— Teddy, le salue-t-elle. Ouf! Je vous attrape au vol.

Elle paraît plus fatiguée que d'habitude. Les cernes sous ses yeux ont pris une teinte plus foncée.

— Bonjour, dit-il. Vous avez bonne mine.

— C'est gentil, mais j'ai très peu dormi cette nuit.

— Vous tenez bon malgré toutes ces histoires ?

— C'est un peu la course, comme vous pouvez l'imaginer.

Juste en face d'eux, un agent monte à une échelle et installe une caméra. En effet, la journée s'annonce chargée.

— Nous avons toutefois trouvé une remplaçante pour Sonia. Elle prendra le relais jusqu'à la fin de l'année.

— Merveilleux ! s'exclame Teddy. Vous ne manquez pas de réactivité.

Mlle Marsha esquisse presque un sourire.

— Il faut dire que nous avons eu de la chance. La candidate nous a spontanément proposé son aide.

Comme elle regarde derrière lui, il se retourne.

Et, en découvrant la remplaçante en question, son sang ne fait qu'un tour.

Les mêmes cheveux noirs soyeux, le même nez mutin. Mais ce n'est plus une jeune fille. C'est la femme qu'il a croisée à la cérémonie de commémoration de Sonia.

Fallon Knight.

Son ancienne élève. Celle qui n'a été acceptée dans aucune grande école à cause de lui. Celle qui le traite de salaud par écran interposé.

Fallon pivote vers lui et sourit.

44

L'expression de Teddy est délicieuse. Fallon la savoure une seconde avant de lui tendre la main.

— Teddy. Ravie de te revoir.

La stupeur retarde la réponse du professeur. Est-il choqué de la revoir ou de son tutoiement ? Elle ne songe plus à lui donner du « monsieur Crutcher ». Ça, c'est du passé.

— Fallon, finit-il par bredouiller. Bienvenue dans l'équipe.

— Merci.

— Venez, je vais vous montrer la classe de Sonia, l'invite Mlle Marsha en la guidant vers le couloir. Vous pourrez vous installer et voir où elle en était dans son programme. À plus tard, Teddy.

En s'éloignant, Fallon lutte contre l'envie de jeter un coup d'œil à son ancien professeur de littérature pour voir s'il s'est remis de sa surprise. Elle s'efforce de regarder droit devant elle pour ne laisser paraître aucun signe de faiblesse.

Mlle Marsha, toujours vieille comme Hérode, la conduit jusqu'à la classe de Mme B.

Enfin non, plus maintenant. Jusqu'à sa classe.

Cela fait quelques années que Fallon a passé son baccalauréat à Belmont. Hormis les agents de sécurité dans les couloirs et le grillage, le lycée n'a pas changé. Mais l'ambiance n'y est plus la même.

Tout le monde est hébété, comme si ceux qui y évoluaient avaient trop longtemps joué à un jeu vidéo et mettaient du temps à revenir dans le monde réel. Même les élèves ont l'air différents. Pas effrayés, mais pas tout à fait rassurés non plus.

— Je vous ai imprimé le programme de Sonia, dit Mlle Marsha en désignant un dossier posé sur le bureau. Je vous ferai parvenir par mail la liste de ses élèves et les notes de leurs derniers devoirs.

— Merci.

— Une vacataire assurera les cours d'aujourd'hui, vous pourrez y assister si vous le souhaitez. Vous me confirmez que vous pourrez prendre le relais dès demain ?

— Oui. Absolument.

— Parfait, acquiesce Mlle Marsha en lui tapotant l'épaule. J'ai été ravie de vous revoir, ma fille. Bien, je dois filer.

Fallon se demande si elle appelle d'autres professeurs « ma fille ». C'est peu probable. Bref, ce n'est pas cette bataille qu'elle est venue mener. D'ailleurs, lorsqu'elle a proposé son aide, le proviseur lui a annoncé un salaire bien moindre que celui d'un enseignant en début de carrière, mais là non plus, elle n'a pas fait la fine bouche.

Elle va avoir besoin de tous les alliés possibles dans cet établissement. Quand on a l'ambition d'entrer en guerre contre le professeur de l'année, il ne faut rien négliger.

La dernière fois qu'elle s'est adressée de vive voix à Teddy, c'était le jour de la remise des diplômes. À l'époque, elle venait d'essuyer des refus de la part de toutes les universités auxquelles elle avait postulé. Aucune fac de l'Ivy League ne voulait d'elle. Pas plus que Bennington, Amherst et Georgetown. Aucune n'acceptait de lui expliquer la raison de ce refus. C'était comme si une vidéo compromettante d'elle avait circulé partout sur la toile sans qu'elle ne l'ait jamais vue.

Le jour de la remise des diplômes s'est avéré pire encore. Ses amis allaient tous dans leurs facs de premier ou de deuxième choix, tandis que ses parents à elle étaient furieux. Ils se sont rendus à la cérémonie par dépit, convaincus que leur fille menait une vie parallèle qui l'empêchait d'intégrer les meilleures écoles.

Elle s'était retrouvée là, dans cet océan de robes de gala en lamé avec le sentiment profond d'être devenue une paria. Ses parents ont accepté de poser avec elle le temps d'une photo avant de débarrasser le plancher.

En les regardant partir, elle avait entendu la voix de Crutcher.

— Félicitations, Fallon.

Il s'est planté devant elle avec sa veste en tweed ridicule à empiècements aux coudes. Elle était loin de se douter que tout était sa faute. Il n'était encore qu'un professeur de littérature arrogant qu'elle n'aurait plus jamais besoin de supporter.

— Merci, monsieur Crutcher, a-t-elle répondu.

— On m'a dit que votre premier choix d'université n'avait pas été accepté.

Elle a secoué la tête en s'abstenant de préciser qu'aucun de ses choix n'avait été validé.

— Tout va s'arranger. C'est le genre d'échec qui fait grandir.

— J'en doute.

— Je vous assure que si. Vous verrez…

Sur ce, il a souri et s'en est allé féliciter un autre élève.

Fallon a souvent repensé à cette conversation par la suite, se rejouant la scène en boucle. Comment a-t-il pu être aussi cruel ?

À présent de retour à Belmont, elle assiste aux cours de l'après-midi, non pas pour écouter la remplaçante mais pour observer les élèves. Il est tellement facile de deviner leur personnalité. Quand elle était à la fac de State, ses parents refusaient de lui envoyer de l'argent. Elle avait donc dû travailler à mi-temps comme serveuse et barmaid. Une expérience qui s'était révélée utile.

À la fin du dernier cours, elle reste dans la salle et cherche ses aises en s'asseyant derrière le bureau de Sonia. La pièce paraît différente vue sous cet angle. Elle imagine tous ces regards adolescents braqués sur elle. Attendant son premier faux pas pour se moquer d'elle. Guettant le moindre signe de faiblesse.

Comme elle à leur âge.

Ce n'est pas un métier facile. Ni très enviable, d'ailleurs. Elle préférerait poursuivre ses études supérieures pour décrocher un master puis un doctorat. Depuis toujours, c'est à l'université qu'elle veut enseigner.

En fin de journée, elle passe le portail en voiture. La route est déserte, les journalistes sont partis. Fallon traverse la ville et met autant de distance que possible entre elle et Belmont sans toutefois quitter la région. Du mauvais côté de la ville, du mauvais côté de tout, comme le disaient toujours ses parents. Ils ne paient plus ses factures. Ils ne paient plus rien.

Elle habite dans un minuscule studio avec une kitchenette et une salle d'eau ; une véritable boîte à chaussures meublée seulement d'un matelas gonflable, d'une valise et d'une lampe esseulée. Comme si elle venait à peine d'emménager.

Ce n'est pourtant pas le cas.

Bien qu'elle n'ait accroché aucune photo au mur, elle en a beaucoup dans son ordinateur. La plupart sont de Teddy, et toutes sont rangées par dossier : maison, lycée, épicerie de quartier.

Oui, ça fait un petit moment qu'elle l'observe.

45

Quand un problème est réglé, il en survient toujours un autre, et Teddy est assez sage pour le savoir. Il ne s'attend pas à ce que la vie soit rose tous les jours ni à vivre seulement des choses positives.

Mais s'il pouvait récolter les fruits de ses efforts, ce serait tout de même agréable, ne serait-ce qu'une fois.

Il va bientôt réussir à faire libérer Courtney. Les médias sont dans les starting-blocks, la police et le parquet sont sous pression et, à n'en point douter, l'avocat grassement payé de la jeune fille leur réclamera quelques explications. Ils abandonneront bientôt les poursuites, il ne peut en être autrement. À peine quelques jours avant le début du procès, le vent a tourné. Les jurés perdent leur objectivité. Personne n'aime se lancer dans une affaire qu'il est sûr de perdre, or c'est exactement ce que vit le bureau du procureur.

Tout ça grâce à Teddy. Il fallait sauver Courtney, et c'est ce qu'il a fait.

Et maintenant, peut-il s'en réjouir en toute tranquillité ?

Non, pas du tout.

Ce soir, il avait prévu de boire un verre de lait en regardant les dernières nouvelles pour fêter ses bonnes actions.

Sa soirée est fichue.

Planté devant la chaîne des informations, il n'en savoure pas une miette. Il s'est servi un verre de lait, mais l'a oublié sur la table, il n'est même plus frais.

Fallon a tout gâché. Il a fallu qu'elle débarque aujourd'hui.

Une poignée d'années a suffi à la faire vieillir, mais pas en sa faveur. Parfois, on n'y peut rien, c'est dans les gènes.

La dernière fois qu'il l'a vue, c'était le lendemain de la remise des diplômes. Il se rendait à la boutique d'Hector quand il l'a aperçue en voiture, arrêtée au feu rouge. Elle conduisait un 4x4 Mercedes noir et parlait au téléphone en faisant de grands gestes sans prêter la moindre attention à ce qui l'entourait. Malgré l'air dévasté qu'elle avait affiché à la cérémonie, il n'avait pas regretté ce qu'il avait fait. Cette fille était tellement égocentrique, tellement superficielle. Et insolente, par-dessus le marché.

Aujourd'hui, elle lui en veut encore. Ses mails le prouvent, ainsi que le regard acéré et pédant qu'elle lui a jeté aujourd'hui. Fallon n'a pas changé. Elle n'a rien appris.

Si seulement les gens avaient conscience des efforts titanesques qu'il déploie pour faire de ses élèves des personnes meilleures. Il donne tout ce qu'il a. Mais, parfois, même lui ne peut plus rien pour eux.

Ce n'est pas pour si peu qu'il baissera les bras. Il n'abandonne jamais.

C'est pour leur bien.

« L'argent n'achète pas tout. »

Encore un wardisme qui tape dans le mille. Zach a beau proposer une coquette somme à Kay, la gardienne refuse de le laisser revenir voir Courtney. Elle prétend que cela attire trop l'attention. On ne parle que de cette affaire à la télévision, et les avocats défilent à la prison pour s'entretenir avec elle. Certes, Kay a besoin d'argent, mais elle a surtout besoin de conserver son travail.

Zach doit trouver une autre solution. Il existe forcément un moyen.

Encore une devise de papa : « Même les murs en pierre ont des fissures. »

— Juste un coup de fil, supplie-t-il. Je pourrais vous appeler, et vous me passeriez Courtney, qu'en dites-vous ?

Ils sont sur le parking d'une banque fermée pour la journée. Chacun reste dans son véhicule, tels des policiers en planque. La voiture de la gardienne semble tout droit sortie des années 1980. Celle de Zach a l'odeur et l'allure d'une bagnole de petit con prétentieux.

Un petit con prétentieux plein aux as.

— Je vous donnerai la même somme que la dernière fois. (Il lui montre un paquet de billets fraîchement sortis du distributeur.) Pour un seul coup de fil.

Kay reste muette. Dans sa voiture, la radio émet en sourdine un air de country. Zach s'apprête à rompre le silence pour dire qu'il adore cette chanson – et c'est la vérité –, mais elle parle la première.

— Je t'appelle à 1 heure du matin. Hank sera en pause.

— Parfait.

De crainte de manquer l'appel, Zach ne va pas se coucher. Il s'occupe en faisant ses devoirs, en regardant les informations et en surfant sur les réseaux sociaux. Les messages associés à #Belmort ne cessent de se multiplier, et tout le monde croit désormais à l'innocence de Courtney.

Sans blague.

N'empêche, qu'en penserait-il s'il ne la connaissait pas ? Il l'aurait peut-être accusée de meurtre avant de se raviser, comme tous les autres. Oui, c'est très probable, et ça le déçoit. Il pourra toujours en parler au psychologue de l'école. Ou repenser à tout ça quand il fumera un pétard.

À 1 heure tapante, son téléphone vibre.

— Allô ?

— Vous avez huit minutes, dit Kay d'une voix étouffée.

Il n'a pas le temps de répondre, elle a tendu son portable à la détenue.

— Salut, murmure Courtney d'une voix ensommeillée.

— Salut. Comment ça va ?

— Je n'arrive pas à croire que Mme B. soit morte.

Ah oui. Zach avait oublié qu'ils ne s'étaient pas parlé depuis le drame. Sa tristesse revient.

— Moi non plus. Ça craint. (Il ne quitte pas son réveil des yeux. Sept minutes.) Tu as regardé les informations récemment ?

— J'ai vu mon avocat aujourd'hui, il m'a tout raconté. D'après lui, on va me laisser sortir.

— Il y a intérêt.

— Dommage, j'aimais bien être un symbole. Maintenant, je redeviens une lycéenne lambda.

Il retrouve enfin la Courtney qu'il connaît, cela le fait sourire.

— Tu peux toujours devenir le symbole d'autre chose.

— Comme quoi ?

— Je ne sais pas. Le symbole du journal du lycée. (Quatre minutes.) J'ai repris le poste de rédacteur en chef en attendant ton retour. Je déteste ce boulot.

— T'as tout foutu en l'air, pas vrai ? T'as mis le bordel dans mon journal.

— Sûrement…

— Gros naze !

Ça fait du bien de l'entendre dire ça.

— Au fait, reprend Zach, tu vas vraiment revenir à Belmont ? Après… après ce qui est arrivé à ta mère là-bas ?

— Ben oui. Comment veux-tu que je découvre la vérité, sinon ?

Il ne leur reste plus qu'une minute et demie.

— Je peux te poser une question ? se lance-t-il. Au sujet de l'affaire.

— Vas-y.

— Tu sais ce que c'était ? Je veux dire, ce qui les a tuées ?

— Ouais. Ils ont dû le révéler à mon avocat. Mais l'info ne doit pas être rendue publique.

— C'était vraiment du poison ?

Une pause.

— Oui. Ils pensent que j'en ai mis dans son café.

46

Fallon arrive au lycée en avance, mais les journalistes sont déjà là, agglutinés devant le portail, ainsi qu'un food truck qui sert du café et des viennoiseries. Elle ne s'arrête pas pour leur parler et rejoint directement l'agent de sécurité pour se présenter à lui.

Les médias ne l'intéressent pas, pas plus que ce procès. Certes, elle est horrifiée par la mort de ces deux femmes. Surtout celle de Sonia Benjamin, c'était une bonne prof. Pas la meilleure que Fallon ait jamais eue, mais elle traitait ses élèves avec respect. Si seulement Teddy Crutcher avait pris exemple sur elle… Hélas, il était trop accaparé par son nombril.

La voiture de Fallon est aussi décrépite que son appartement. Une véritable poubelle comparée aux autres sur le parking. Mais ça non plus, elle n'en a cure. Ni de ses vêtements, qu'elle achète d'occasion dans une friperie des quartiers chics. Il n'est pas impossible que sa jupe et son chemisier y aient été déposés par des parents d'élèves de Belmont.

Elle s'en fiche.

Les employés de l'entreprise de vidéosurveillance sont toujours là, occupés à installer le système de caméras. Ce sont les seules personnes présentes à cette heure matinale. Fallon se gare, entre dans l'établissement et se rend directement en salle des professeurs.

Hier, c'était la première fois qu'elle y mettait les pieds. Quand on est gamin, on se demande toujours à quoi ressemble cet endroit. On imagine un salon flanqué d'une salle de réception privée avec des menus à la carte, des serveurs et du café servi dans des tasses en porcelaine.

Faux, archi-faux.

C'est une pièce comme les autres, quoique les meubles soient de bonne qualité, dotée d'un joli coin cuisine et d'une machine à café ; un vaste choix de capsules est à disposition. Ils ont des services en porcelaine, des couverts en argent, mais rien d'outrancièrement luxueux. Le portrait du fondateur de l'école est accroché au mur, juste à côté d'une affiche sur laquelle on peut lire : « L'éducation est la clé de la liberté ».

Fallon se verse une tasse de Corsé Prestige et retourne dans sa classe. Profitant d'un instant de calme, elle s'assied à son bureau et se prépare pour cette journée.

Elle a parcouru trois fois le programme de Sonia. Maintenant qu'elle est là, qu'elle travaille au lycée, le stress la rattrape. Comment enseigner ? Elle n'en a pas la moindre idée.

— Bonjour.

Le proviseur apparaît sur le seuil, mallette dans une main et tasse de café dans l'autre. Fallon se fige. Bien qu'elle l'ait brièvement rencontré lors de l'entretien d'embauche, ils n'ont pas vraiment eu le temps d'échanger.

— Bonjour, répond-elle en se levant de sa chaise. Quelle surprise !

Il esquisse un sourire.

— C'est rare de voir quelqu'un arriver avant moi. Je tenais à passer vous saluer. Ravi de vous savoir de retour parmi nous.

— Merci, c'est très gentil.

— J'aurais préféré vous accueillir en de meilleures circonstances… (il pousse un profond soupir et jette un regard dans le couloir) mais c'est toujours un plaisir de retrouver nos anciens élèves. Ce sont généralement les meilleurs éléments de l'équipe à Belmont.

Quand il s'en va, son stress a atteint des sommets.

Et si tout ça était une grossière erreur ?

Quand elle s'est portée volontaire pour enseigner, ce métier lui semblait facile, mais maintenant qu'elle est assise dans une vraie salle de classe, les doutes la rattrapent.

Revenir en ville est une chose. Elle n'avait nulle part où aller, n'aurait jamais obtenu de poste ailleurs. C'était le seul endroit où l'on pouvait l'accepter d'office, parce qu'elle faisait partie de la famille.

Mais, contrairement à ce qu'elle a écrit dans son mail à Teddy et à ce qu'elle a raconté au lycée, Fallon n'a pas eu sa licence.

Quatorze heures. La première info que Teddy entend à la radio en se rendant au travail, c'est l'annonce d'une conférence de presse tenue par le procureur à 14 heures aujourd'hui.

Drôle de choix, 14 heures. Entre la pause-déjeuner et le journal télévisé du soir.

Les nouvelles doivent être mauvaises, mais pas pour Courtney. Pour le parquet.

Teddy sourit tout le trajet jusqu'à Belmont et sifflote encore, quand soudain il se rappelle Fallon.

Il reste ce problème à régler.

Évitant la salle des professeurs, il se rend directement en classe. Il aura tout le temps de penser à Fallon plus tard. Pour l'instant, il doit préparer ses cours. Hier soir, malgré la contrariété causée par le retour de son ancienne élève, il a eu une idée brillante pour ses élèves.

La période est idéale pour leur faire étudier un livre au sujet d'un innocent accusé à tort d'avoir commis un crime.

Pour les classes de seconde, ce sera *Dites-leur que je suis un homme* d'Ernest J. Gaines. Mais il réserve un traitement de faveur à ses élèves de première. Il est rare qu'il leur confie la lecture d'un roman moderne, alors qu'il existe tant de grands classiques à découvrir. Et combien de ses élèves liront de la véritable littérature une fois sortis du cursus scolaire ? Très peu. Ils seront trop occupés à gagner de l'argent.

Pourtant, il s'est dit hier soir que sa classe aurait besoin d'un roman moderne. Leur prochain travail portera donc sur *Expiation*, de Ian McEwan. C'est un peu de la triche, puisque l'action se déroule au cours de la Seconde Guerre mondiale, mais c'est le premier livre écrit au XXIe siècle qu'il ait jamais confié à ses élèves.

C'est dans l'éventualité du retour de Courtney.

Il espère en tout cas qu'elle reviendra à Belmont. Cela dissiperait un peu les nuages noirs qui ternissent le ciel au-dessus de l'école.

La porte de sa salle est fermée, mais il entend les élèves qui commencent à affluer dans le couloir. Revient cette montée familière d'adrénaline. Le genre d'excitation qui le saisit lorsqu'une classe ou un travail spécifiques le captivent. Les gamins ne peuvent pas comprendre. Car, oui, il arrive que les professeurs aiment savoir leurs élèves heureux.

En tout cas, c'est le cas de Teddy. Peut-être qu'il devrait leur dire tout ça, par exemple lors de la commémoration annuelle pour laquelle il n'a toujours pas terminé d'écrire son discours. Si elle a lieu un jour.

Quoi qu'il en soit, en tant que professeur de l'année, il prendra la parole le jour de la remise des diplômes. Ce pourrait être le moment idéal pour expliquer à ses élèves ce que vit un professeur. Oui, il devrait le faire. Il n'a qu'un an pour profiter de ce statut, même s'il aura son nom inscrit sur la grande plaque dans le hall d'entrée du lycée. Professeur de l'année est un titre qui laisse des traces.

Il ne s'en va jamais vraiment, pas même après la fin de l'année en question. Ce prix fait savoir qu'il compte parmi les meilleurs.

Teddy lève les yeux de son ordinateur pour se tourner vers sa récompense accrochée au mur. Une si jolie plaque, gravée de son nom et de son titre honorifique, accompagnés d'une photo de lui en compagnie du proviseur. Il lui est arrivé de la contempler de longs moments, repensant au dur labeur qu'a réclamé cet honneur. Les heures passées aux collectes de charité et aux réceptions, à discuter avec les membres du conseil, à les convaincre qu'il était la crème de la crème de Belmont.

Mais aujourd'hui, c'est différent.

Sa plaque de professeur de l'année a disparu.

47

Il est rare que Teddy se rende dans le bureau du proviseur. Ce genre d'entretien est réservé aux promotions, licenciements ou graves altercations avec un élève. Le vol de sa plaque de professeur de l'année justifie sa présence dans le saint des saints.

Mais d'abord, il faut franchir le barrage de Mlle Marsha, pitbull officiel du proviseur.

Aujourd'hui, il doit attendre son tour. La jeune femme devant lui est une assistante qui a malencontreusement passé son badge à la machine à laver, elle a besoin d'un nouveau badge.

Il patiente en se retenant de laisser libre cours à sa colère. Ça y est, Mlle Marsha est enfin à lui.

— Teddy, dit-elle en le regardant par-dessus ses lunettes.

Quand elle ne les porte pas sur le nez, elle les garde autour du cou, retenues par un fil de perles.

— Bonjour, mademoiselle Marsha. Puis-je m'entretenir avec le proviseur ?

— Il est en réunion. Vous ne pouvez pas le voir.

— Je ne crois pas que vous saisissiez la gravité de ce qui m'arrive.

— Ce que je saisis, c'est que la première sonnerie retentira dans cinq minutes et que vous avez un cours à donner. (À ces mots, elle reporte son attention sur son ordinateur.) Revenez à la récréation. J'essaierai de vous caser entre deux.

Teddy serre les poings.

— Mademoiselle Marsha, il y a eu un *vol.* À Belmont, nom d'un chien !

Elle hausse un sourcil dessiné au crayon.

— Un vol ? Qu'a-t-on volé ?

— Ma plaque de professeur de l'année ! s'exclame-t-il, les mains tendues vers le ciel. Hier encore, elle était accrochée derrière mon bureau. Et, ce matin, elle a disparu.

La secrétaire n'a pas l'air choquée outre mesure.

— Bizarre.

— C'est abominable !

— Non, Teddy. Un meurtre est abominable. La disparition de votre plaque est insignifiante, en comparaison. (Elle se lève de son bureau et ajuste son chemisier à chevrons.) Allez voir Joe. C'est lui qui fait le ménage le soir. Il a peut-être remarqué quelque chose.

Sur ce, elle s'éloigne.

Elle lui donne congé.

Comme si elle en avait l'autorité.

La première sonnerie retentit avant qu'il n'ait le temps de trouver Joe, il va devoir attendre. De retour en classe, donc. Il vérifie le mur aussitôt entré dans la pièce.

Toujours vide.

Les élèves entrent en file indienne, déposent leurs téléphones et gagnent leur place. Teddy n'est plus d'humeur généreuse. Tout le monde est un suspect potentiel – y compris les gamins de Belmont. Ils sont bien du genre à voler pour le plaisir. Certainement pas par besoin.

Ils ne méritent aucun cadeau. Pas aujourd'hui.

— Commençons, déclare-t-il en refermant son ordinateur dans un bruit sourd. Nous allons entamer un nouveau livre. J'ai longuement réfléchi avant de faire mon choix, et puisque vous vous en êtes si bien sortis au premier trimestre, j'ai pensé que vous auriez les épaules assez larges pour une œuvre plus exigeante. (Il marque une pause et leur sourit.) C'est pourquoi je vous confie la lecture de *La Divine Comédie*, de Dante. Les trois parties.

Des grognements. Bien francs, bien sonores.

Parfait.

À la récréation du matin, Mlle Marsha n'est même pas dans son bureau. Teddy a presque envie de frapper directement à la porte du proviseur. Presque. Ce serait du jamais-vu, une entorse au protocole de Belmont. Mais, bon sang, un vol justifie une exception à la règle.

Des meurtres. On en revient toujours à cela. Comme s'ils allaient le poursuivre éternellement.

Il part à la recherche de Joe dont la loge, qui s'apparente plus à un placard, est tellement à l'écart du reste de l'établissement qu'il faut marcher un moment pour l'atteindre. Peut-être saura-t-il lui dire si les caméras sont déjà en fonctionnement. Il a peu d'espoir, sachant que les agents n'ont pas fini de les installer. Mais Teddy serait content de prendre le voleur la main dans le sac.

Il frappe à la porte du gardien. Joe est assez âgé, peut-être autant que Mlle Marsha, et n'a plus le pas aussi vif qu'il y a quelques années. Pourvu qu'il se manifeste avant la sonnerie des quatre minutes.

En attendant, Teddy regarde sur son téléphone s'il y a du nouveau concernant la conférence de presse de cet après-midi.

La porte s'ouvre avec une force étonnante. Joe se dresse devant lui, vêtu de son uniforme bleu avec le lynx de Belmont sur la poche de poitrine. Il a perdu presque tous ses cheveux, il n'en reste que des mèches disparates. Joe a l'allure d'un homme qui a travaillé de ses mains toute sa vie.

—Ah, c'est vous, dit-il.

La froideur de son salut surprend Teddy.

—Bonjour, Joe.

Ce dernier opine.

— Je viens vous poser une question au sujet du ménage d'hier soir. Seriez-vous passé dans ma salle, par hasard ? Auriez-vous vidé la poubelle, ce genre de chose ?

Signe de tête affirmatif.

— Ma plaque a disparu. Ma plaque de professeur de l'année accrochée au mur, elle n'est plus là.

Aucune réaction. Le visage du gardien n'évoque ni la surprise ni le choc, pas même la consternation. Comme s'il n'avait pas écouté.

— Auriez-vous…

— Oui, j'ai bien compris. Je n'en sais rien.

— Auriez-vous remarqué si elle était toujours là quand vous êtes venu nettoyer ?

— Non.

— Je vois. Le système de vidéosurveillance est-il déjà en service ? Le voleur a peut-être été…

— Non.

Bon, Teddy a saisi. C'est vrai, il a donné le nom de Joe à la police lorsqu'ils l'ont interrogé au sujet de Sonia. C'est vrai, il a dit que le gardien n'appréciait guère la façon dont Sonia le traitait. Et puis, il y a eu les mails trafiqués, mais il est peu probable que la police ait déjà pigé le stratagème.

Tout cela n'est pas la question. Teddy n'a jamais eu un mot plus haut que l'autre avec Joe et, pour être franc, il est scandalisé par le manque d'intérêt – et de bonne volonté – que lui témoigne le gardien.

— Auriez-vous une idée de la façon dont je pourrais enquêter sur cette affaire ? insiste-t-il. Il s'agit d'un vol, ce n'est pas rien, qui plus est dans l'enceinte du lycée…

Pour la première fois, l'expression de Joe change. Il sourit, dévoilant ses dents tachées par la caféine.

— Vous avez regardé dans la benne ? suggère le gardien. Vous qui aimez tant fouiller les poubelles.

48

Crutcher est d'une humeur massacrante aujourd'hui. Rien de nouveau sous le soleil, mais il sert à toute la classe le traitement irascible qu'il réserve habituellement à Zach.

La Divine Comédie ? C'est une punition, le jeune homme en est convaincu. Ou peut-être est-ce de la méchanceté gratuite, puisque ce prof déteste tout le monde.

— Vous avez quatre semaines pour terminer *La Divine Comédie*, annonce le professeur. Ce qui vous laisse jusqu'à la semaine prochaine pour finir *L'Enfer*. Soyez attentifs à qui finit dans quel cercle de l'enfer et pourquoi. Les hypocrites, par exemple. Ou les voleurs.

Et si c'était ça ? pense Zach. Et si Crutcher se prenait pour un dieu vengeur dont la mission consisterait à punir les gens ?

À midi, Zach mange au réfectoire avec les autres élèves. Il n'apporte pas son déjeuner. Ses camarades non plus. Pendant le repas, son téléphone vibre. Ainsi que ceux de tous les autres. C'est une notification d'alerte.

Flash info
Le procureur annule la conférence de presse prévue cet après-midi.
Plus d'informations à venir…

— Je croyais qu'ils laisseraient Courtney sortir aujourd'hui, soupire Lucas.

— Moi aussi. (Zach lit l'article dans son intégralité, mais on n'y trouve qu'un résumé de l'affaire.) C'est bizarre.

Une amie de Courtney, Daria, s'approche de leur table.

— Vous avez vu ça ? demande-t-elle en leur montrant son portable.

Zach répond par l'affirmative.

— J'ai parlé au père de Courtney hier soir, reprend-elle. Il m'a dit qu'ils abandonnaient les poursuites contre elle aujourd'hui.

— Ce n'est peut-être pas gagné.

Elle fronce les sourcils et regarde son téléphone. Daria a les cheveux blond paille et une peau d'albâtre. Sa marque de fabrique : un rouge à lèvres écarlate.

— Possible. Mais c'est bizarre.

Elle s'éloigne pour rejoindre une autre table.

Zach aussi trouve ça bizarre. Il envisage d'écrire à Kay, mais elle ne doit pas en savoir plus sur les motivations du parquet.

Tout l'après-midi, il guette les nouvelles annonces. Il n'y en a aucune. Pas de conférence de presse, ni aucune mention de Courtney. À croire que la notification d'alerte était mensongère. Ce ne serait pas la première fois.

Après son dernier cours de la journée, toujours rien. Silence total. Il reçoit un message de Lucas qui lui propose de venir chez lui. Et, donc, de fumer de l'herbe. Dans le couloir, Zach hésite : rentrer pour entamer sa lecture ou aller chez Lucas.

— Zach.

Il lève les yeux. C'est Mlle Marsha. Elle lui rappelle sa grand-mère ; chaque fois qu'elle ouvre la bouche, il est disposé à lui obéir sans broncher.

— Bonjour, mademoiselle Marsha.

— Tu veux bien me suivre ?

Elle pivote sur ses talons, visiblement convaincue qu'il s'exécutera.

Ce qu'il fait.

Elle tourne au fond du couloir, s'éloigne des salles de classe et ne s'arrête pas avant d'arriver devant la dernière porte. Qu'elle ouvre sans frapper.

La pièce est minuscule, sans fenêtre, avec juste assez de place pour une table en métal et quelques chaises. On croirait un placard aménagé en bureau. Deux hommes que Zach ne reconnaît pas sont assis de l'autre côté du meuble. Aucun n'a le profil d'un employé de Belmont.

— Je te présente les inspecteurs Tate et Oliver, dit Mlle Marsha. Ils aimeraient te poser quelques questions au sujet de Mme Benjamin.

Le regard de Zach va des policiers à la secrétaire.

— Si tu préfères avoir l'un de tes parents avec toi, je peux les contacter, propose-t-elle.

Et puis quoi encore ?

Il préfère encore être interrogé seul par cent inspecteurs plutôt que d'avoir ses parents sur le dos.

— Non, ça ira.

Elle opine et ferme la porte. Zach se présente, serre la main des deux hommes et s'assied.

— Merci d'avoir accepté de nous parler, dit Tate.

C'est le plus âgé des deux, avec cet air geignard que les inspecteurs ont tous dans les films policiers.

Ce qui lui rappelle que, dans ces films, les personnages refusent de parler en l'absence de leur avocat. Sa mère le lui a répété des centaines de fois. Chez elle, c'est quasiment un wardisme.

— Mlle Marsha a dit que vous vouliez m'interroger au sujet de Mme Benjamin ? entame Zach.

— Tout à fait, répond Oliver, qui ne paraît pas aussi vieux et geignard que Tate, mais qui en prend le chemin. Il paraît que vous êtes rédacteur en chef du club du journal dont elle était la directrice.

L'adolescent acquiesce. Il allait préciser qu'il a pris le relais après l'arrestation de Courtney, mais juge préférable de ne pas trop en dévoiler.

— Quelle était votre relation avec Mme Benjamin ? s'enquiert Tate.

— La même qu'avec tous mes professeurs.

Oliver est doté d'un carnet dans lequel il prend note de cette information.

— Que pensiez-vous de Mme Benjamin ? poursuit son collègue d'un air las.

— C'était une bonne prof. Elle m'a beaucoup appris.

— Beaucoup, c'est-à-dire ?

Intérieurement, Zach grommelle. Il en a déjà trop dit. Sa mère serait déçue.

— Comment mettre en page le journal et calibrer les articles pour que tout rentre. Ce genre de choses.

Tate opine. Son collègue griffonne.

Zach aimerait leur demander à quoi tout cela rime. Il voudrait savoir quand Courtney sera libérée, mais ce n'est pas le moment.

— L'avez-vous vue le jour de sa mort ?

— Oui, au lycée.

— Vous rappelez-vous à quel moment de la journée ?

Oui, il s'en souvient. C'était à la pause de midi dans les bureaux du *Clairon* pour discuter du prochain numéro.

— Je la croisais dans les couloirs ou dans les bureaux du *Clairon*. Parfois les deux.

— Mais, ce jour-là, vous rappelez-vous quand c'était ?

— Pas vraiment. Je la voyais tous les jours.

Ce qu'Oliver consigne.

— Y avait-il quelqu'un qui ne l'appréciait pas ? demande Tate.

La question surprend le garçon, mais après tout il s'agit d'un meurtre.

— Pas que je sache.

— Vous n'avez jamais entendu quiconque dire du mal d'elle ?

— Pas à moi, en tout cas.

Oliver écrit.

— Très bien, conclut l'autre inspecteur. Je crois que c'est tout. Merci d'avoir accepté de venir.

— Je vous en prie.

Zach se lève, échange une poignée de main avec les policiers et jette son sac à dos sur son épaule. À l'instant où il se dirige vers la porte, Tate entre dans la peau de l'inspecteur cliché des séries télévisées.

— Excusez-moi, mais j'ai une dernière question.

Zach se retourne.

— Oui ?

— Avez-vous soudoyé une fonctionnaire afin de rendre visite à Courtney Ross ?

49

Fallon n'a pas croisé Teddy de toute la journée. Pas même dans les couloirs. Il doit l'éviter.

C'est presque flatteur.

Jusqu'au moment d'intégrer l'équipe de Belmont, elle le suivait. Teddy ne fait pas grand-chose. Il ne sort jamais dans les bars ni les restaurants, ne va jamais au cinéma. Ces derniers mois, la seule activité marquante qu'il ait faite consistait à défricher son jardin. Le reste du temps, il s'enfermait dans sa maison défraîchie, cherchant sans doute de nouvelles façons de gâcher la vie de ses élèves.

Maintenant qu'il la sait en ville, il devient plus difficile de le pister. Elle doit faire preuve d'imagination.

Par chance, nous sommes au XXIe siècle. Les génies de la Silicon Valley ont conçu des technologies pour violer la vie privée des gens. Teddy ignore qu'une caméra cachée est installée juste à côté de sa boîte aux lettres. Fallon n'a qu'à passer tout près en voiture et à télécharger les données pour savoir quand il se trouve chez lui et quand il n'y est pas. Régulièrement, elle la remplace par une autre caméra dont la batterie est chargée.

L'inconvénient du dispositif : son coût. Depuis qu'elle est revenue en ville, son compte en banque est en chute libre. Espionner la vie des gens, ça coûte cher.

Elle range ses affaires avec la ferme intention de relire tous les livres étudiés par ses élèves et sort de sa classe. Bien que les cours soient terminés, des élèves et des professeurs traînent encore dans l'établissement, certains dans les couloirs. D'autres font du sport, et un groupe se forme devant l'entrée du lycée, essentiellement composé de membres de l'administration, parmi lesquels Mlle Marsha. Ils regardent tous le parking.

— Qu'est-ce qui se passe ? demande Fallon.

La secrétaire du proviseur lui répond :

— Zach Ward vient d'être arrêté.

Ce nom ne dit rien à Fallon. Dehors, un jeune garçon – un élève – est embarqué dans une voiture de police.

Mlle Marsha est au téléphone et se couvre la bouche pour garder sa conversation discrète.

— C'est horrible ! s'écrie Fallon en se donnant l'air aussi inquiète que les autres. Mais pourquoi ?

Personne ne peut la renseigner.

— J'espère que ça n'a pas de rapport avec les meurtres, lance quelqu'un à la cantonade.

La secrétaire secoue vigoureusement la tête.

— Zach ? Non. C'est impossible. Pour l'instant, nous n'avons aucune information, rappelle Mlle Marsha après avoir raccroché. Évitons donc de répandre de fausses rumeurs alors que nous ne savons rien.

Sur un dernier regard sévère à l'assemblée, elle s'éloigne.

Fallon quitte les lieux avant que les ragots ne s'emballent. Les réputations se font vite dans les lycées comme Belmont, or la dernière chose dont elle a besoin, c'est d'une étiquette de commère.

Ferme-la et souris.

Voilà ce que faisaient les gosses de Belmont pour survivre, et maintenant qu'elle est revenue, c'est devenu son mot d'ordre. Sa seule mission consiste à récupérer les informations de la caméra et planifier son prochain coup.

Elle a accompli la première étape de son plan il y a quelques mois, bien avant son retour en ville. Il s'agissait de saboter le couple de Teddy.

Un jeu d'enfant.

Zach est au commissariat, seul dans une salle d'interrogatoire. Ils l'ont arrêté, ont relevé ses empreintes, et maintenant ils ne savent plus quoi faire de lui. Ils ne peuvent pas le mettre avec Courtney, or les cellules de détention provisoire sont toutes occupées. Les journalistes sont trop nombreux, certains ont été coffrés pour violation de propriété privée. Il y a du monde au poste.

Et Zach s'en félicite. Il n'a jamais eu aussi peur.

Dix-sept ans à se voir interdire le moindre faux pas.

Dix-sept ans qu'on le lui répète à tout bout de champ.

« Une minuscule erreur de jugement et tout peut basculer », dit toujours papa. Il prend souvent pour exemple l'alcool au volant. Mais ça vaut certainement aussi pour les pots-de-vin aux gardiens de prison.

Zach a enfin commis un faux pas, et pas des moindres. Assez gros pour hypothéquer son avenir. À présent, il ne lui reste plus qu'à attendre sa mère.

Quand elle arrive, il l'entend depuis le couloir.

— Comment osez-vous parler à mon fils sans ma permission…

Sa voix gagne en volume à mesure qu'elle s'approche. La porte s'ouvre à la volée. Maman apparaît sur le seuil, et Zach perçoit sa rage, son inquiétude et son incompréhension. Ce mélange d'émotions fait irruption dans la pièce.

Et, dans le lot, une profonde déception.

Elle se précipite vers lui.

— Tout va bien ?

Tandis qu'il fait signe que oui, elle se tourne vers Tate et Oliver.

— Vous avez intérêt à m'expliquer ce qui se passe.

— Votre fils a été arrêté pour corruption d'une fonctionnaire, répond le plus âgé.

— C'est absurde.

Tate ne dit rien.

— Maman, intervient Zach.

— Tais-toi ! lâche-t-elle sans même le regarder.

Puis elle prend une profonde inspiration et, le dos bien droit, endosse son rôle d'avocate.

— Allons parler dehors, réclame-t-elle aux inspecteurs.

Une fois de plus, Zach se retrouve seul. Sans téléphone. Sans fenêtre. Sans avoir rien d'autre à faire qu'à constater l'étendue de sa propre bêtise.

Les heures suivantes s'enchaînent dans le flou. On le sort de la pièce, maman le somme à nouveau de la boucler, et il se retrouve devant un juge qui lit les accusations retenues contre lui et annonce le montant de sa caution. Zach n'écoute que d'une oreille. Il pense déjà à la suite. Comment réagira Belmont en apprenant que l'un de ses élèves est accusé de corruption ?

Ça ne sent pas bon.

Sa caution payée, la situation se corse encore lorsqu'il sort du commissariat. Papa est là, furieux.

— Qu'est-ce qui t'a pris ? gronde-t-il.

— Pas ici, les interrompt maman. Attendons d'être à la maison.

À choisir, Zach préfère monter en voiture avec sa mère. Elle passe tout le trajet au téléphone, tantôt avec un collègue du cabinet, tantôt réclamant les contacts d'avocats de la défense pénale.

Le garçon a l'estomac noué.

Maman raccroche en arrivant devant la maison.

— Tu n'as pas idée de ce que tu as fait, dit-elle.

— Je voulais juste…

— Je ne veux rien entendre.

Il ne peut pas parler. Ne peut pas s'expliquer ni donner sa version des faits. Il ne peut même pas contacter Lucas, puisqu'elle lui a confisqué son portable. Ce n'est pas toujours drôle d'avoir une mère avocate.

Papa hurle avant même d'être descendu de sa voiture, mais maman y met le holà.

— Rentrons, réplique-t-elle sèchement.

Une fois dans la maison, Zach est envoyé dans sa chambre. Sans téléphone, sans ordinateur, sans tablette. Aucun moyen de communiquer. Il ne peut même pas s'entretenir avec ses parents. Pas tant que son nouvel avocat ne sera pas arrivé.

En attendant, il est allongé sur son lit et regarde le plafond, parfaitement conscient que tout a changé. Un bref moment d'égarement, une seule erreur de jugement, et sa vie entière a basculé.

Papa avait raison. Peut-être a-t-il vu juste sur toute la ligne. Ses wardismes n'étaient peut-être pas si idiots, tout compte fait.

Zach n'a même pas passé les examens de fin d'année, et voilà qu'il aimerait déjà une seconde chance.

50

Après les cours, Teddy reste un long moment assis à son bureau en attendant que tout le monde s'en aille. Il n'a toujours pas pu voir le proviseur. Tout ce qu'il a pu faire, c'est remplir un rapport d'incident et l'envoyer à Mlle Marsha qui n'en a toujours pas accusé réception.

Teddy travaille, ou du moins fait semblant de travailler, mais la plaque volée occupe toutes ses pensées.

Et Joe. Et la benne à ordures.

Ce gardien, il ne l'a jamais senti. Il bosse là depuis trop longtemps. Il en sait trop, il en voit trop. Comme la benne. Il est encore pire que cette fouineuse de Mlle Marsha.

Teddy a bien fait de le mettre en cause. S'il ne l'avait pas surpris à fouiller dans la benne, les choses auraient peut-être été différentes.

Il se demande d'ailleurs si sa plaque n'y serait pas, dans la benne. Et si Joe l'avait jetée ? Ce serait ridicule de retourner inspecter les poubelles dehors pour s'en assurer. Pourtant, il n'a pas le choix. Quand il se décide à sortir, il neige. Le jour décline laissant place à une atmosphère grisâtre, parfaitement assortie à son humeur.

Il glisse et trébuche, pousse un juron, se redresse en époussetant les flocons et la terre de son pantalon.

Quand il soulève le couvercle de la benne, la neige qui se trouvait dessus glisse dans le mauvais sens et recouvre ses chevilles. Il la chasse d'un coup de pied en jurant de plus belle.

Autant d'insultes à l'intention de Joe.

Il approche une caisse pour grimper dessus. La puanteur est presque insoutenable, comme la dernière fois, mais ça ne suffit pas à le dissuader. Il a quelques haut-le-cœur et redescend à plusieurs reprises pour faire des pauses. Cela lui demande plus d'efforts que la dernière fois. La nuit tombe, il n'est plus éclairé que par les lumières de sécurité. Malgré les gants, il a les mains engourdies par le froid. Pourtant, il explore cette benne jusque dans ses moindres recoins.

Aucune plaque en vue.

Ezekiel T. Fisher est une armoire à glace. C'est en tout cas l'impression qu'il renvoie à Zach qui, assis sur le canapé, lève les yeux vers lui. Son nouvel avocat ressemble à un footballeur américain vêtu d'un costard.

L'adolescent n'a toujours pas prononcé un mot, mais il a l'autorisation d'écouter ce que son avocat a à lui dire.

Il fait nuit dehors, la soirée est bien entamée, et Zach n'a toujours pas dîné. Il est resté dans sa chambre jusqu'à ce qu'on l'ait invité à descendre. À présent, il a l'estomac dans les talons. Son dernier en-cas était une barre protéinée engloutie quelques heures plus tôt.

— J'ai parlé au procureur.

Ezekiel s'approche de la cheminée, une tasse de café à la main. Il est flanqué de papa et maman qui ne s'asseyent pas non plus. Zach, avachi dans le canapé, se sent comme un enfant parmi les grands.

— Une gardienne leur a tout raconté, elle leur a même montré l'historique des appels de Zach sur son téléphone, poursuit l'avocat.

Kay.

Quelqu'un a dû la dénoncer. Il ne voit pas d'autre explication. Leur arrangement fonctionnait bien. Au début, en tout cas.

— Nos soupçons se confirment, ajoute-t-il. Ça n'a rien à voir avec de la corruption.

— Évidemment, ponctue maman.

— Mais pourquoi…

Elle fait taire son fils d'un geste de la main.

— Ils veulent savoir pourquoi Zach tenait tant à rendre visite à Courtney, explique-t-elle à Ezekiel. Pourquoi il a été prêt à soudoyer une gardienne pour la voir.

— Précisément, acquiesce l'avocat. Et ça va plus loin que ça. Honnêtement, je peux les comprendre. Le moins qu'on puisse dire, c'est que les dates sont assez suspectes.

Maman approuve. Papa semble aussi perdu que son fils.

— Ils veulent conclure un marché, résume-t-elle.

— Ils veulent en tout cas négocier un marché, nuance son confrère. Rien n'est gagné, les apparences ne jouent pas en notre faveur.

Les deux avocats échangent un regard, et maman opine.

— Effectivement.

Ezekiel reprend :

— Mais ils ne peuvent pas se contenter d'un fâcheux concours de circonstances pour accuser quelqu'un de meurtre.

— De meurtre ?! s'affole Zach.

— Mon Dieu, souffle papa en regardant sa femme et Ezekiel tour à tour. Vous voulez dire qu'ils croient…

— Oui, répond maman. C'est exactement ce qu'ils croient.

Papa finit par s'asseoir, bouche bée, les yeux dans le vague.

— Zach, dit l'avocat en se tournant enfin vers son client. Est-ce que tu comprends ce qui se passe ?

Craignant que sa voix ne le trahisse, le garçon se contente de secouer la tête.

— Tu as payé une gardienne pour voir Courtney. (Il lève une main comme l'a fait sa mère plus tôt. Ce doit être un tic d'avocat.) Attends, ne dis rien.

Zach garde le silence.

— Tu as retrouvé Courtney pour discuter en privé avec elle. Sans aucun enregistrement. Deux jours plus tard, Sonia Benjamin est morte du même poison que celui qui a tué Ingrid Ross. La composition de cette substance n'a jamais été révélée au public. (Une pause pour leur laisser à tous le temps d'intégrer l'information.) Puis tu as encore payé la gardienne pour parler à Courtney au téléphone. Là encore, il n'existe aucun enregistrement.

Le puzzle se reconstitue pièce par pièce dans l'esprit de Zach, et il finit par deviner le point de vue de la police.

Ils soupçonnent les deux lycéens d'avoir échafaudé un plan pour faire sortir Courtney de prison. Elle aurait expliqué à Zach quel poison utiliser, et il aurait pris Mme B. pour cible.

Après tout, il la voyait régulièrement. Il aurait pu accéder à son déjeuner sans difficulté. Elle mangeait une salade lorsqu'ils se sont retrouvés dans les bureaux du Clairon à midi. Ça aussi, ils doivent le savoir.

La police considère que Courtney et Zach sont complices de meurtre.

C'est insensé.

Et, en même temps, parfaitement logique.

51

Fallon consulte les vidéos enregistrées aujourd'hui. La caméra est tournée vers l'allée privée de Teddy et filme ses déplacements. L'angle de vue lui permet aussi d'apercevoir un bout de trottoir. Elle sait quand passe le facteur, qui promène son chien dans le quartier et à quelle heure. Elle prend note de tout. Si elle doit débarquer chez Teddy un jour, elle saura exactement à quel moment s'y prendre.

À présent, elle doit planquer une caméra dans la salle de classe de son collègue.

Il lui a suffi d'un jour de travail à Belmont pour comprendre que ce ne sera pas chose aisée. Avant le premier cours de la journée et après le dernier, la pièce est fermée à clé. Sa seule option : pendant la pause-déjeuner. Elle doit attendre que les élèves aillent au réfectoire et Teddy en salle des professeurs.

Ça ne prendra pas longtemps. Trente secondes suffiront.

Elle enveloppe la caméra dans une écharpe et la range au fond de son sac. L'application vidéo est déjà installée sur son téléphone et facilite le transfert des données chaque jour. Voire plusieurs fois par jour. Elle a réfléchi à l'éventualité de brancher la caméra sur le Wi-Fi interne du lycée pour charger automatiquement les vidéos sur le cloud, mais a vite abandonné l'idée. Trop risqué. Seul un criminel du dimanche le tenterait.

Elle ouvre son ordinateur et regarde ses mails. Rien de nouveau, si ce n'est des rappels de factures de son ancienne université, un message échauffé de son précédent propriétaire et des publicités pour des prêts à taux zéro.

Elle se connecte ensuite au site de Belmont. En tant que remplaçante, elle a accès à un espace réservé au personnel. Ce qu'elle aimerait voir, ce sont les notes des élèves – celles attribuées par Teddy en particulier –, mais ces pages sont verrouillées. Elle ne peut consulter que les notes de ses propres classes.

Décevant. Fallon avait l'espoir d'identifier les gamins qu'il dévalorise comme il l'avait fait avec elle à l'époque.

En revanche, elle peut voir l'emploi du temps des classes. Comme ils enseignent tous les deux la littérature, elle ne s'attend pas à trouver de lien entre leurs classes. Elle cherche plutôt les élèves qui ont eu à la fois Teddy et Sonia comme enseignants ces dernières années, et dresse une liste dans un tableau.

La plupart des noms ne lui évoquent rien. Elle connaît à peine ses propres élèves, alors ceux de ses collègues... Un seul nom lui parle, c'est un élève de Teddy cette année, et il avait Sonia l'an dernier.

Zach Ward.

Ce nom lui est familier, c'est le garçon qui a été arrêté par la police cet après-midi.

Teddy est chez lui, douché et installé devant son ordinateur lorsqu'il apprend l'arrestation de Zach. Il s'est seulement connecté pour voir si les élèves parlaient de sa plaque de meilleur professeur de l'année. Au lieu de cela, il découvre que l'élève qu'il a pris en grippe depuis le début de l'année est au commissariat. Pour l'heure, on ne sait pas grand-chose. La police se contente de déclarer qu'un « élève de Belmont a été arrêté pour corruption ».

Teddy éclate de rire. Il rit si fort qu'il manque de renverser son verre d'eau.

Il n'est pas surpris une seule seconde d'apprendre que ce petit vaurien ose graisser la patte des fonctionnaires. Sa seule surprise, c'est qu'il se soit fait pincer. Les gamins comme lui ont rarement à répondre de leurs actes.

Plusieurs heures s'écoulent avant que Zach n'ait enfin l'autorisation d'ouvrir la bouche, et c'est une fois seul avec Ezekiel. Il est tard quand ses parents les laissent tous les deux dans le bureau de maman. L'avocat est assis, ce qui atténue légèrement son allure de golgoth.

— La journée a dû être longue pour toi.

— On peut dire ça, oui.

— Je vais te poser des questions auxquelles tu devras répondre clairement et brièvement sans dériver du sujet. C'est très important. Tu as compris ?

Zach fait signe que oui.

— Bien. Dans ton téléphone, risque-t-on de trouver des appels passés à une gardienne de prison ?

— Oui.

— Combien ?

Le garçon réfléchit.

— Cinq ou six.

— Et le GPS de ta voiture, révélera-t-il des trajets à la prison ?

— Oui.

— Combien ?

— Un seul.

Ezekiel ne prend aucune note. Il marque une pause, joint ses mains et l'observe un long moment.

— Y a-t-il dans ton téléphone des messages envoyés à Courtney ?

— Pas depuis son arrestation.

— Faisait-elle allusion à sa mère dans les messages que vous échangiez ?

Il fouille dans sa mémoire. Ça commence à dater.

— Sûrement, oui.

— Disait-elle parfois du mal de sa mère ?

À chaque fois.

— Oui.

— Disait-elle vouloir la mort de sa mère ?

— Oui. (Parmi les textos rendus publics, un grand nombre étaient destinés à Zach.) Mais c'était juste...

L'avocat lève la main.

— Y a-t-il des messages évoquant la disparition de sa mère ?

— Juste après les faits, je lui ai dit que j'étais désolé d'apprendre sa mort.

— Autre chose ?

— Pas que je me souvienne.

— Et ton historique de navigation, sur ton téléphone ou sur l'ordinateur, il permettrait de prouver que tu t'es renseigné sur l'enquête ?

— Oui.

— En as-tu parlé sur les réseaux sociaux ?

— Un peu.

— As-tu donné ton avis sur la culpabilité de Courtney ?

— J'ai dit qu'elle n'y était pour rien.

L'avocat fait la moue, trouvant sans doute la réponse de Zach trop étoffée.

— Oui, se corrige alors ce dernier. J'ai donné mon opinion.

— Maintenant, passons aux gardiens de la prison. T'es-tu renseigné sur eux ?

L'estomac de Zach, noué depuis le début de la soirée, se tord de plus belle.

— Oui.

— As-tu cherché des informations personnelles ?

— Oui.

— T'es-tu également renseigné sur tes professeurs, notamment Sonia Benjamin ?

Là encore, Zach doit réfléchir. Il a presque envie de répondre non, mais un souvenir lui revient. Il a effectué quelques recherches sur elle lorsqu'elle lui a demandé d'être rédacteur en chef du journal. Toute information peut être utile. Maman ne manque jamais une occasion de le rappeler.

— Oui, marmonne-t-il.

L'avocat n'a pas l'air surpris. Aucune de ses réponses ne paraît l'étonner.

— Quand était-ce ?

— Après l'arrestation de Courtney.

— Et le poison ? reprend Ezekiel. As-tu fait des recherches sur les symptômes ou les effets de divers poisons ?

Cette question le frappe de plein fouet. Évidemment qu'il s'est documenté là-dessus, mais seulement pour tenter de comprendre ce qui a pu tuer la mère de Courtney. Tout le monde l'a fait.

Et, oui, c'était après avoir rendu visite à Courtney en prison.

— Mais je voulais juste…

L'avocat lève à nouveau la main en disant :

— Je ne veux pas savoir *pourquoi*.

— Oui, acquiesce Zach. Je me suis renseigné sur les poisons.

52

Le lendemain matin, Zach retourne au lycée comme si de rien n'était. Il le faut bien, a dit maman. On ne l'a pas encore inculpé, et son nom n'est pas apparu dans le rapport remis aux médias. Mais tout le monde est au courant. Les nouvelles vont vite.

Au début, il essaie de présenter un air normal. Tête haute, sourire aux lèvres, il déambule dans les couloirs avec aisance.

Puis il remarque le regard des autres. Choqué, méfiant, accusateur. À la récréation du matin, il marche les yeux baissés.

—Ne t'inquiète pas, le rassure Lucas. Tout le monde parle de toi aujourd'hui. Demain, ils seront passés à quelqu'un d'autre.

Pourvu qu'il ait raison. Il aurait mieux fait d'accepter l'invitation de Lucas à fumer de l'herbe chez lui.

Ses camarades ne sont pas les seuls à changer de comportement avec lui. En cours de littérature, Crutcher l'accueille comme un bon vieux copain.

—Mais qui voilà ! Notre cher Zach Ward… Ravi de te revoir parmi nous.

—Hum… merci.

—Assieds-toi, je t'en prie. Nous avons beaucoup de choses à nous dire. (Crutcher s'adresse à toute la classe en souriant.) J'espère que vous avez tous commencé à lire *La Divine Comédie*, car nous allons aborder le sujet des cercles de l'enfer.

Un poster évoquant la vision de Dante est accroché au mur, juste à côté du tableau. On le verrait mieux si le professeur acceptait d'utiliser un tableau interactif.

— Mais, monsieur, vous nous avez confié cette lecture hier, objecte Siobhan en levant la main.

— Dans ce cas, considérez que c'est une fleur que je vous fais. Les cercles sont numérotés : le premier correspond au meilleur – si j'ose dire – et le neuvième au pire. En d'autres termes, Dante a créé sa propre échelle de jugement. Lorsque vous observez les péchés qu'il choisit de placer dans certains cercles, quelles conclusions en tirez-vous ?

Zach cherche le mot « corruption ».

— La violence se trouve dans le septième cercle, répond quelqu'un.

— C'est exact, confirme l'enseignant. Dans notre société, le meurtre est l'un des crimes les plus odieux. Mais, d'après Dante, il y a pire. Regardez le huitième cercle. (Il le pointe du doigt.) C'est le cercle de l'imposture. Il intègre les menteurs, les tricheurs et les hypocrites. (Il se retourne vers la classe.) Ce cercle compte également les voleurs. Dante considérait que les voleurs étaient pires que les assassins.

Hier, Zach ne se serait pas arrêté sur le terme « imposture », mais aujourd'hui est un autre jour. Ezekiel lui a expliqué que la corruption était une forme d'imposture.

— D'ailleurs, voilà où atterrissent les menteurs et les traîtres. (Crutcher désigne le neuvième cercle.) Intéressant, non ? Alors si l'un de vous a menti, a triché ou volé un objet, voilà où il finira.

Silence pesant. Il balaie la classe du regard. Quelques élèves s'agitent sur leur siège, y compris Zach, persuadé que Crutcher le vise tout particulièrement.

Génial.

Tout le monde est au courant qu'il a été arrêté hier. Ils ignorent que son arrestation a un rapport avec Courtney.

Pour l'instant, en tout cas. Mais ils savent qu'il est accusé de corruption.

Et Crutcher se démène pour le ridiculiser.

Teddy sourit à ses élèves, c'est plus fort que lui. Qu'il est bon de pouvoir bousculer un peu ces gosses de riches !

Ils sont tous décontenancés, surtout depuis l'arrestation de Zach. Ce dernier fait moins le malin aujourd'hui. Il fait enfin preuve d'humilité, à la bonne heure. Si Teddy est capable de reconnaître que ce gamin fait des progrès, c'est que tout espoir n'est pas perdu.

D'ailleurs, Zach n'est sans doute pas le seul à exceller dans l'art de l'imposture. Ils ont pu payer quelqu'un pour faire leurs devoirs ou faire sauter une contravention pour excès de vitesse. Chacun d'eux a commis au moins un acte susceptible de les entraîner tout droit dans le huitième cercle de l'enfer.

Un vol, peut-être. Quelqu'un a volé sa plaque. Pour l'instant, tout le monde est suspect.

Joe figure sur sa liste, mais Teddy soupçonne également Fallon. Cette sale morveuse lui en veut tellement, il n'est pas impossible qu'elle soit passée à l'acte. Mais ce pourrait être n'importe quel élève. Ils sont capables de tout.

Avant de rejoindre la salle des professeurs pour déjeuner, Teddy regarde les dernières informations. Il y a du mouvement au tribunal, mais personne ne sait ce qui se trame exactement. De nombreux avocats viennent d'arriver, notamment celui de Courtney.

Parfait. Ils vont peut-être enfin la libérer. Franchement, les rouages de la justice tournent si lentement qu'elle aurait le temps de mourir de vieillesse derrière les barreaux avant d'être innocentée.

Il referme son ordinateur, le range dans son placard et se dirige vers la salle des professeurs.

Trente secondes. C'est tout ce dont Fallon a besoin, une trentaine de secondes.

Elle guette au bout du couloir le moment où il quittera sa classe. Puis elle se dissimule dans les toilettes en attendant qu'il monte l'escalier.

Puis elle sort de sa cachette d'un pas assuré : la voie est libre. Voilà ce qu'apprennent les élèves de Belmont, c'est même l'une des premières leçons : où que tu ailles, fais comme si tu y étais à ta place. Les gens le croiront.

Elle entre sans hésiter dans la salle de Teddy et avance jusqu'au coin, tout au fond, et repère le meilleur endroit où placer sa caméra. Une pile d'ouvrages est posée en haut d'un placard derrière son bureau. Elle passe le doigt sur les livres. Couverts de poussière.

Parfait.

La caméra tient tout juste entre le dernier volume et le mur. Elle l'oriente vers le bureau de Teddy et consulte son téléphone pour vérifier l'angle. Un dernier ajustement, et c'est bon. Cette caméra est encore mieux que celle qu'elle a installée devant sa maison. Et plus chère, aussi. Elle est équipée d'un micro et d'un zoom.

Fallon ressort de la salle et rejoint le couloir. Personne. Pas un chat. Le nouveau système de sécurité n'est pas encore opérationnel. D'après Mlle Marsha, il ne sera pas en fonctionnement avant ce week-end.

Ce n'est pas de la chance – elle ne croit pas au hasard –, c'est le karma. Et il se trouve qu'il est du côté de Fallon.

D'abord, ça lui a permis de briser le couple de Teddy. Et maintenant, elle va s'arranger pour le faire licencier.

53

Teddy est en salle des professeurs, il mange son sandwich quand Louella entre en criant. Certes, elle crie tout le temps, mais aujourd'hui sa voix perçante est particulièrement agressive.

— Conférence de presse ! annonce-t-elle. Le procureur s'exprime en ce moment même !

Une grande partie des enseignants lui emboîte aussitôt le pas en salle Porter. Teddy prend son temps. Il termine son repas et se prépare une tasse de café avant de les rejoindre.

Pourvu que le parquet ait pris la bonne décision et que Courtney soit innocentée.

Ce serait un problème de moins à résoudre.

Il pourrait alors se concentrer sur les autres problèmes de sa liste : Fallon, et sa plaque disparue.

Au début, Joe lui paraissait le coupable idéal. Il avait accès à la salle, avait le temps d'agir et disposait même d'un mobile, étant donné les aveux que Teddy a faits à la police. Mais un vieil homme comme lui courrait-il vraiment le risque de perdre son travail en commettant ce genre de larcin ? Après toutes ces années ?

Ce serait trop bête.

Ces pensées accaparent son esprit lorsqu'il entre en salle Porter. La grosse tête de cet imbécile de procureur occupe tout l'écran de la télévision.

— Tard hier soir, nous avons déposé une motion d'urgence auprès de la cour pour l'affaire du meurtre d'Ingrid Ross.

Ce matin, le juge nous a entendus et a décidé de différer le procès d'un mois. Je ne peux pas en révéler plus pour l'instant. Tout ce que je peux vous dire, c'est qu'il semblerait que l'accusée n'ait pas agi seule. Nous avons un deuxième suspect dans cette affaire ainsi que dans celle du meurtre de Sonia Benjamin.

Zach. C'est forcément lui, ce deuxième suspect.

Le procureur semble persuadé que Zach et Courtney sont de mèche.

Voilà un nouveau problème à régler.

Si le monde n'était pas peuplé d'incompétents, Teddy aurait bien plus de temps à consacrer aux tâches vraiment importantes.

À commencer par l'enseignement.

On prend les mêmes et on recommence. Zach est assis sur le canapé, Ezekiel, près de la cheminée, et ses parents sont installés de part et d'autre.

Ils rejouent la scène d'hier soir. Zach a la sensation que sa vie tourne en boucle.

—Cette conférence de presse n'était qu'un stratagème, explique Ezekiel. Le procureur essaie de mettre la pression à Zach. Le parquet s'est certainement procuré l'historique de ses appels. Peut-être même son historique de navigation sur Internet. C'est ce qu'ils veulent nous faire savoir.

—Ont-ils déjà proposé un marché ? demande maman.

Zach essaie d'intervenir, mais il est coupé par son avocat qui s'adresse à sa mère comme s'il n'était pas là.

—Ils veulent discuter.

—Ah, ils sont à la pêche aux informations…

—On dirait bien.

Papa consulte son téléphone en poussant un grognement.

—Zach n'acceptera de parler à personne, objecte maman.

— C'est une option. Mais, dans ce cas, ils iront au bout de leur plainte pour corruption et ne lui feront pas de cadeau.

— Oui, c'est vrai.

Zach se lève du canapé dans l'espoir d'attirer l'attention.

— Expliquez-moi ce qui se passe, ordonne-t-il à Ezekiel. Vous êtes mon avocat.

— Oui, tu as raison, lui répond-il.

— En privé. Je veux vous parler seul à seul.

Ses parents échangent un regard, mais finissent par céder. Une fois de plus, Zach et son avocat se rendent dans le bureau de maman. Une fois la porte fermée, Ezekiel se lance :

— La police et le procureur veulent savoir pourquoi tu as soudoyé une gardienne afin de voir Courtney. Non pas une, mais deux fois. (Il lève la main pour l'empêcher de répondre.) Ils pensent… ou plutôt, ils *espèrent* que tu pourras confirmer la culpabilité de Courtney. Si tu as effectivement joué un rôle dans la mort de Sonia Benjamin, il y a fort à parier qu'ils aimeraient croire que Courtney t'a convaincu de le faire. Que c'est elle le cerveau de l'opération, en quelque sorte.

Zach se retient de clamer que tout ça n'est qu'un mensonge. Du début à la fin, une vaste mascarade. Mais il s'efforce de comprendre le point de vue de la police.

— Ils veulent me proposer un marché en échange de mon témoignage contre elle ?

— Exactement.

— Et si je ne suis au courant de rien ? S'ils avaient faux sur toute la ligne ?

— Ils reviendraient sur l'idée de t'accuser de corruption.

— Et Courtney ?

— Je ne sais pas. Puisque Sonia Benjamin a été tuée de la même façon… Je ne sais pas comment ils comptent procéder, reconnaît l'avocat.

Zach retourne la situation dans tous les sens. Quoi qu'il fasse, il est fichu. Et son amie aussi.

— Savez-vous quelles sont les charges retenues contre Courtney ? demande-t-il.

— Pas toutes, non, mais j'ai entendu des bruits de couloir. Ils ont retrouvé le poison chez elle, dans son jardin. Sans compter les nombreux messages dans lesquels elle disait détester sa mère.

— Savez-vous quel genre de poison a été utilisé ?

— Tu n'es pas au courant ?

À voir la surprise d'Ezekiel, il doit croire que Zach est complice.

— Non, je n'en sais rien.

L'avocat réfléchit une minute, essayant sans doute de déterminer si son client lui ment ou non, et finit par déclarer :

— Tout ce que je sais, c'est qu'il provenait d'une plante.

— Une plante ? Comme… de la ciguë ?

— Je suppose. J'ignore de quelle variété il s'agit.

Tout en hochant la tête, le garçon songe déjà à sa prochaine recherche sur Internet. Avant, il se renseignait sur tous les types de poison. Maintenant, il sait que c'est une plante. Cela devrait lui simplifier la tâche.

— Que m'arrivera-t-il s'ils maintiennent leur plainte pour corruption ? Répondez-moi franchement.

— En d'autres circonstances, compte tenu de ton jeune âge et du fait qu'il ne soit pas question de corruption politique, je plaiderais au procès en espérant requalifier tes actes en délit mineur, ce qui te vaudrait quelques heures de travaux d'intérêt général. (Il marque une pause.) Mais, avec l'histoire de Courtney, je doute que la peine soit réduite à ce point.

— Alors je risque la prison ?

— Possible. Et un casier judiciaire.

— Génial.

— Il ne faut pas oublier un élément, rappelle l'avocat. L'opinion publique pèse parfois plus lourd que la décision de justice ; ce que je veux dire, c'est que les gens comprendront vite que c'est de toi dont parle le procureur. Surtout depuis que l'on a vu la police t'arrêter au lycée. (Un détail qui semble agacer Ezekiel.) Là encore, c'était stratégique de leur part. Ils voulaient te rendre visible.

Zach n'a aucun mal à imaginer ce qu'en feront les médias. Il les a déjà vus à l'œuvre avec Courtney. Et il a constaté le nombre de personnes prêtes à la juger coupable.

On dira simplement de Zach et Courtney que ce sont deux gosses de riches qui pensaient pouvoir tuer des gens en toute impunité.

Et bon sang, si ce n'était pas lui qui était sur la sellette, il y croirait.

— Je refuse le marché, décrète-t-il. Je ne parlerai à personne.

54

À peine son avocat sorti pour rendre son rapport à ses parents, Zach s'éclipse en douce de la maison par la porte latérale. Il allume le GPS de sa voiture, retire la carte SIM de son nouveau téléphone et se rend tout droit dans un magasin d'électronique pour acheter une tablette bon marché. Payée en liquide. Et il ne la gardera pas dans sa chambre au cas où la police perquisitionnerait les lieux, il la cachera dans le cabanon à l'extérieur de la maison. Personne ne s'y rend à cette période de l'année.

Une demi-heure plus tard, il est au Starbucks pour faire des recherches qui passeront inaperçues.

En attendant son triple Venti Americano, Zach prend conscience que personne ne sait où il est, personne ne peut le retrouver. C'est bien la première fois que ça lui arrive. Étrange. Personne n'est là, derrière son épaule, à surveiller ses faits et gestes. Et ça lui plaît. Pour la première fois de sa vie, il se sent libre.

Ce qui lui rappelle un autre wardisme, une devise qu'il a toujours trouvée idiote. Le genre de phrase qu'on affiche en poster : « Ce qui compte, ce n'est pas l'argent. C'est la liberté. »

Son père n'avait pas tort, dans l'ensemble. Si seulement Zach l'avait écouté depuis le début, il ne serait pas pris en tenailles entre le crime et la trahison. À cette pensée, il se sent beaucoup moins libre. Son café servi, il s'installe et entame sa navigation sur le Net.

Plantes toxiques pouvant entraîner une mort subite.

Un complice.

Teddy n'en croit pas ses oreilles. Il a d'autant plus de mal à croire que ce complice puisse être Zach Ward.

C'est forcément lui, disent les uns.

Il a justement été arrêté l'autre jour, renchérissent les autres.

Si ce n'est pas lui, alors qui ? s'interrogent-ils tous.

Teddy est assis sous son porche donnant sur le jardin, mordu par le froid glacial malgré sa veste, son chapeau et ses gants.

Il prend une profonde inspiration et laisse échapper un nuage de vapeur. Et recommence. Encore et encore. Cela le rassure de regarder son souffle se former ainsi dans l'air. Quand il était petit, il faisait la même chose lorsqu'il attendait le bus. Un hiver, quand il avait neuf ans, le poêle de la maison a rendu l'âme, mais sa famille n'avait pas de quoi en acheter un neuf. Il exhalait de la vapeur même dans la maison et, pour s'amuser, il faisait semblant de tenir une cigarette.

Il se rappelle sa mère affirmant que le froid, c'est dans la tête. Elle l'emmitouflait sous des couvertures et lui disait de s'imaginer à la plage, baigné de soleil. Parfois, il grelottait tellement que c'en devenait douloureux.

À présent, le froid ne lui fait plus mal. Il lui fait du bien. Et, avec un peu de chance, il tuera les asticots de l'angoisse qui le dévorent de l'intérieur.

Voilà à quel point cette affaire l'affecte. À quel point il culpabilise. Tout ce qu'il voulait, c'était aider Courtney à sortir de prison. À présent, deux élèves sont accusés de meurtre.

Comment un département de police tout entier peut-il à ce point faire fausse route ?

Et, surtout, pourquoi est-ce toujours à lui de tout arranger ? C'est tout de même incroyable…

Il existe forcément une solution. Il y en a toujours une, il suffit de la trouver. Ce serait plus simple s'il était entouré de gens intelligents. Puisque de toute évidence ce n'est pas le cas, il va devoir être précis dans ce qu'il fait et dans la façon dont il s'y prend.

Clair, net et précis.

Ce sera beaucoup de travail, heureusement que Teddy n'est pas fainéant, contrairement à d'autres. Fallon, par exemple. Si elle y avait mis du sien, elle ne lui en voudrait pas autant aujourd'hui.

Son heure viendra. Pour l'instant, il a d'autres chats à fouetter. Sa priorité immédiate : sauver ses élèves. Mais, avec toutes ces nouvelles caméras au lycée, ça ne va pas être une mince affaire.

Tard le soir, Fallon est assise sur son matelas gonflable et visionne les deux derniers cours de Teddy. C'est tout ce qu'elle a filmé pour l'instant. L'inconvénient d'une caméra avec micro, c'est que Fallon doit endurer le bla-bla de son ancien professeur. L'écouter parler de Dante – Dante ! – la replonge dans ses années de lycée, quand elle était assise à l'une de ces tables.

Déjà, à l'époque, elle trouvait sa voix agaçante.

Et arrogante. C'est ce qu'elle remarque ce soir, l'arrogance de Teddy. La moindre de ses paroles est condescendante, même envers les élèves qu'il semble apprécier. Et ils ne sont pas nombreux.

La caméra étant statique, on ne voit l'enseignant que lorsqu'il est en face de la classe, et on aperçoit quelques élèves au premier rang.

Lorsqu'il s'éloigne trop, elle ne distingue que son bureau.

Et c'est là tout l'intérêt.

Elle avance en accéléré jusqu'à la fin de son dernier cours, ne supportant plus de l'entendre, et attend que les élèves s'en aillent. Quand la pièce est enfin déserte, Teddy ouvre son ordinateur.

Il entre son mot de passe.

D'où l'option du zoom.

Elle le regarde consulter ses mails, bien que la caméra soit trop éloignée pour en voir le détail. Il affiche la page du site de Belmont, que l'on reconnaît facilement au logo, mais là encore elle ne peut rien lire.

Elle referme brutalement son ordinateur et jette son unique oreiller à travers la pièce. Le coussin atterrit sur la lampe qui, dans sa chute, se débranche du mur et plonge la pièce dans le noir.

Elle est bonne pour retourner dans la salle de classe et ajuster l'angle de la caméra.

C'est peu de dire que Teddy lui tape sur le système.

55

Fallon n'aurait jamais imaginé que la solution à tous ses problèmes allait tomber du ciel. Ou frapper à sa porte.

Pas après avoir découvert la lettre de recommandation assassine que Teddy avait écrite pour elle.

Il a fallu beaucoup de supplications et tout ce qui lui restait d'argent pour mettre la main sur cette lettre grâce à une assistante du département des admissions de Columbia. Elle ne l'a pas autorisée à photocopier le courrier – ni même à le prendre en photo –, mais elle lui a accordé la possibilité d'en prendre connaissance. C'est ainsi qu'elle a su que Teddy l'accusait de tricher :

> Je suis convaincu que Fallon Knight m'a remis un devoir qu'elle n'a pas écrit. Ou, du moins, pas dans sa totalité. Bien que je n'aie pas pu le prouver, je suis persuadé qu'elle n'est pas capable de rendre un travail de ce niveau. C'est pourquoi je ne saurais recommander sa candidature auprès de votre honorable institution.

Ces mots, gravés à vie dans l'esprit de la jeune femme, expliquaient pourquoi toutes les portes s'étaient fermées.

Elle a envisagé de se plaindre à Belmont, mais il était impossible de prouver quoi que ce soit sans la photocopie de cette lettre. C'était sa parole contre la sienne, la partie était perdue d'avance.

Alors elle a baissé les bras.

Et abandonné ses études. Au bout de deux années à State, elle avait postulé pour une meilleure école. Une fac de renom qui ferait la fierté de ses parents. Mais, malgré la meilleure moyenne de sa promo et la meilleure note aux examens, elle n'a pas été acceptée. Nulle part.

À sa troisième année de licence à State, elle a été recalée. Par choix ? Peut-être. Parce qu'elle frisait la dépression ? Certainement.

Bref, elle a posé ses valises dans un appartement aussi miteux que celui qu'elle occupe actuellement et a bossé comme barmaid pour payer son loyer.

Puis, un jour, la chance a enfin tourné.

Elle travaillait au bar, servait des boissons et récoltait ses pourboires, quand l'un des professeurs de Belmont est entré.

Elle n'avait jamais eu Frank Maxwell en cours, mais elle l'avait déjà croisé et savait qu'il enseignait les mathématiques. Elle s'apprêtait à le saluer.

— Bonjour, monsieur…

— Un demi, s'il vous plaît.

Fallon l'a servi en l'observant par-dessus les tireuses à bière. Il regardait d'un air absent le miroir derrière le bar. Il ne l'avait pas reconnue. Comment lui en vouloir ? Depuis le lycée, elle s'était transformée en pimbêche : elle forçait sur le maquillage et était assez court vêtue. C'était le seul moyen d'avoir de bons pourboires.

Le bar où elle travaillait se situait au milieu de nulle part, à mi-chemin entre l'aéroport et le centre-ville. Les habitués, elle les connaissait. Les autres étaient généralement de passage. Maxwell était probablement de ceux-là.

— Qu'est-ce qui vous amène dans le coin ? a-t-elle demandé.

— Une conférence. Scolaire.

— Vous êtes prof ?

Il a opiné avant d'ajouter :

— Ils m'ont casé dans un hôtel décrépit près de l'aéroport. Cette chambre allait me rendre dingue.

Elle lui a versé un shooter de tequila.

— Tenez, vous l'avez bien mérité. Vous ne faites pas un métier facile.

Il a souri. Elle aussi. Il a bu un premier shooter, puis un autre.

Une fois son client un brin éméché, elle a susurré :

— Dites-moi ce qu'il se passe vraiment dans les coulisses d'un lycée. Je suis sûre que les profs ont plein de ragots à raconter.

Elle ne lui a pas demandé où il travaillait pour qu'il puisse parler librement.

Et il l'a fait. Son premier sujet était Dieu, et le manque de religion dans son établissement. Il s'est lancé dans une longue tirade sur les enseignants vivant dans le péché et qui donnent le mauvais exemple aux élèves.

— Dans le péché, c'est-à-dire ? a questionné Fallon.

Son job de barmaid lui avait appris une leçon : les clients aiment croire les serveuses idiotes. C'était contraire à toutes ses valeurs, mais elle a joué le jeu.

Maxwell lui a rapporté que deux collègues avaient une liaison – le prof de sciences et la prof de bio. Elle a aussitôt deviné de qui il s'agissait, ces rumeurs allaient déjà bon train quand elle était lycéenne à Belmont.

Il a ensuite évoqué une collègue s'adonnant à des rituels païens. Sans doute Louella Mason, la prof d'arts plastiques.

Au cours de la conversation, Fallon remplissait son verre en faisant comme s'il était la personne la plus fascinante qu'elle ait jamais rencontrée.

— Quelle est la pire chose que vous ayez vu un prof faire ? La pire du pire ? a-t-elle tenté, penchée sur le bar pour mettre en avant son décolleté.

Et il ne s'est pas gêné pour le reluquer.

— Bon, je vais vous le dire. (Il a baissé d'un ton.) Mais, attention, il s'agit du pire des péchés.

— Dites-moi.

— C'est un prof de littérature. Il est gentil, mais plutôt guindé.

Bingo. Il n'y avait qu'un seul homme parmi les professeurs de littérature de Belmont.

— Qu'est-ce qu'il a fait ?

— Avec son épouse, ils essaient d'avoir un enfant. Ça commence à faire un moment, maintenant. Lui n'en parle jamais, mais son épouse oui. Ma femme la connaît parce qu'elles ont travaillé ensemble à l'hôpital.

Fallon opinait sans trop savoir où la mènerait cette conversation.

— Elle a fini par tomber enceinte ?

— Non, jamais. Elle a raconté à ma femme qu'après avoir fait des tests Teddy s'est avéré être stérile. Il ne pouvait pas avoir d'enfants.

— Ah, mince.

— Ouais. (Frank a marqué une pause pour siroter sa bière. Son silence n'a pas duré. Il en avait trop dit pour ne pas terminer l'histoire.) En fait, ma femme travaille aujourd'hui pour un médecin privé. À la comptabilité.

Elle a haussé les épaules et dit :

— D'accord.

— Ce médecin privé, Tobin, est un spécialiste de l'infertilité, mais il fait aussi d'autres trucs.

— Du genre ?

Frank s'agitait sur son siège et lançait des coups d'œil nerveux autour de lui pour vérifier que personne ne les écoutait. Qu'il se rassure ; à cette heure tardive, le bar allait bientôt fermer ses portes, et les clients commençaient à partir.

— Ma femme n'aurait jamais dû me raconter ça. Elle aurait pu perdre son emploi, mais elle n'arrivait pas à le croire. En fait, ce prof de littérature est allé voir ce médecin, mais pas pour un test de fertilité.

— Pour quoi, alors ?

— Pour une vasectomie. C'est ce que révélait la facture. Une vasectomie.

— Il aurait menti à son épouse ?

— Exactement.

Avant même que Frank ait quitté le bar, le cerveau de Fallon carburait à plein régime. Il lui semblait avoir gagné à la loterie, et elle réfléchissait à présent à la meilleure façon de dépenser son gain.

Elle n'allait pas se gêner, non.

Le plus difficile n'a pas été de trouver un médecin du nom de Tobin. Le docteur Leo Tobin, gynécologue spécialiste de l'infertilité, avait son cabinet à quelques kilomètres de Belmont. Elle a contacté la secrétaire, une femme aimable prénommée Sandra.

— Bonjour, Sandra. Je m'appelle Mary. Avec mon mari, nous aimerions un rendez-vous pour une vasectomie, mais j'aimerais d'abord savoir combien prend le docteur Tobin pour ce type d'intervention.

— Tout dépend de votre couverture santé.

— Je travaille au lycée Belmont. Nous sommes assurés par l'établissement.

— Ah, très bien. Dans ce cas, veuillez patienter un instant.

De retour au bout du fil, Sandra a donné à Fallon un prix approximatif en précisant que la somme pouvait légèrement varier selon la situation du patient.

Fallon l'a remerciée, a raccroché et créé une fausse facture sur son ordinateur. Sa seule « faute » fut sur l'enveloppe.

À *Mme* Theodore Crutcher

Oups.

56

En cette matinée la plus froide depuis le début de l'année, les routes sont glissantes. Teddy roule sur une plaque de verglas, dérape sur le bas-côté et évite le fossé de justesse. Un homme en manteau à carreaux et chapeau assorti s'empresse de venir voir s'il n'a rien.

— Vous avez de la veine, vous y avez échappé de peu, dit-il en désignant le fossé.

Teddy grommelle :

— Si j'avais eu de la veine, je n'aurais pas dérapé sur une plaque de verglas.

L'homme s'éloigne sans demander son reste, et Teddy reprend sa route. Aucun journaliste en vue. Il est trop tôt, même pour eux. Le soleil n'est pas encore levé.

En sortant de sa voiture, il remarque le revers de son pantalon maculé de boue. Il a dû le salir en marchant près du fossé, tout à l'heure. La journée commence mal. S'il était venu travailler à l'heure habituelle, la couche de glace aurait peut-être fondu. Mais il n'avait pas le choix. Il devait venir à l'aube pour vérifier les caméras.

Elles sont toujours éteintes en attendant le test de ce week-end. On est vendredi, c'est sa dernière chance de repérer leurs emplacements sans être filmé.

Les couloirs sont plongés dans l'obscurité – les lumières n'ont pas encore été allumées –, et le seul bruit audible est celui de ses pas. Mais ce n'est pas angoissant. Au contraire, c'est plutôt rassurant.

Les caméras sont installées dans chaque couloir et orientées dans les deux sens. Elles veillent au-dessus de toutes les portes d'accès au bâtiment, à l'extérieur et à l'intérieur, y compris celle de la salle des professeurs, puisque c'est là que Sonia avait rangé sa salade. Mais il n'y a pas de caméra dans les salles de classe, dans la salle des professeurs ni dans les salles de réunion. Il n'y en a pas non plus devant le bureau du proviseur.

Pour finir, le réfectoire. Il pousse les portes battantes et inspecte le plafond. Rien à signaler. Il traverse la pièce, vérifie les quatre coins et ne remarque rien de suspect.

Ils n'ont sans doute pas envie de regarder les enfants en train de manger. On peut les comprendre.

Ensuite, la cuisine.

Quand il aperçoit la lumière, c'est trop tard.

Joe est dans la pièce, debout au comptoir avec une assiette d'œufs brouillés et de tartines grillées. Quand il voit Teddy, il se fige.

Pris la main dans le sac.

Quel heureux hasard…

— Vous ici ? Ça alors ! lance Teddy en observant l'assiette de nourriture et la poêle sur le feu. Bon appétit.

Joe opine en se redressant, il se remet de sa surprise.

— Teddy, bredouille-t-il. Que faites-vous ici de si bonne heure ?

— Je travaille. J'ai entendu du bruit en passant, alors je suis venu voir. Avec les récents événements, j'ai failli appeler la police.

— Ce n'est que moi, ils auraient été déçus.

— Exact, répond le professeur en regardant encore l'assiette, car vous ne faites rien de mal, pas vrai ?

Sur ce, il tourne les talons et laisse Joe à son petit déjeuner volé.

Avant de partir, il a remarqué les caméras dans la cuisine. À partir de ce week-end, la nourriture sera surveillée.

La matinée de Fallon démarre sur les chapeaux de roues. Elle est réveillée par un froid glacial, car son chauffage est tombé en panne. Incapable de se rendormir, elle passe des heures sur Internet à chercher tout ce qu'elle peut dénicher sur Teddy : ses élèves, son ex-femme.

Sa famille.

Il n'en a aucune. En tout cas, Fallon ne trouve rien à ce sujet. Ses parents sont morts depuis longtemps, l'un de cancer et l'autre d'un accident de voiture. Pas de frère et sœur ni d'enfant.

C'est fou tout ce qu'on apprend en saisissant un nom dans une barre de recherche. Elle l'a fait trop souvent avec celui de Teddy en espérant découvrir une information nouvelle, mais aujourd'hui il n'y a rien de plus. Ne sachant quoi taper d'autre, elle s'habille et part travailler. Au moins, le lycée sera chauffé.

Sur le parking, la seule voiture présente hormis celle de Joe est celle de Teddy.

Étrange… Ça ne lui ressemble pas, lui dont les journées sont réglées comme du papier à musique.

Sans surprise, les couloirs sont déserts et renvoient l'écho de ses pas tandis qu'elle gagne sa salle de classe. Après avoir installé ses affaires et allumé le radiateur, une idée lui vient. Est-ce une bonne ou une mauvaise idée ? Difficile à dire avec son esprit embrumé par le manque de sommeil.

Elle décide toutefois de la mettre en application et se dirige tout droit vers la salle de Teddy. Arrivée sur le pas de la porte, elle le regarde lever les yeux vers elle.

Sa tête sidérée en valait la peine.

— Fallon ? Bonjour.

— Bonjour, répond-elle. (Quand elle entre, la température paraît soudain chuter de dix degrés.) Je pensais être la seule à venir si tôt.

Ils échangent un regard.

Une fois de plus, une profonde colère l'étreint. Cela fait des années que cette colère ne la quitte pas. Parfois, elle reste tapie au fond d'elle, frémit à feu doux. D'autres jours, elle bouillonne d'une rage explosive. Aujourd'hui, elle se situe à mi-chemin entre les deux.

— Bien, dit Teddy en se redressant, puis il avance vers elle et s'appuie contre son bureau. Tout se passe bien à Belmont, tu prends tes marques ?

— Oh oui, jusqu'à présent ça va…

— Tant mieux. Sonia a toujours été très organisée. Je pense que tu t'y retrouveras facilement dans ses dossiers.

— Oui, tout était parfaitement en ordre, ça m'a été très utile. (Fallon s'exprime avec détachement, mais c'est une façade. Elle s'éclaircit la voix.) Je venais pour m'excuser.

Il n'a pas l'air étonné. Pas le moins du monde.

— Vraiment ?

— Dans certains mails que je t'envoyais, je… j'allais trop loin. C'était idiot, vraiment. J'en suis désolée.

Il hausse les épaules nonchalamment, comme s'il n'y avait accordé aucune importance.

— Ah, les mails… (Un petit sourire.) Tu n'as pas besoin de t'excuser. Parfois, les élèves se fâchent. Tu l'apprendras très vite à tes dépens.

Fallon ne devrait pas être surprise, pourtant elle l'est. Il semble tellement impassible.

— Il n'empêche que ces messages n'avaient pas lieu d'être. Je suis navrée.

— Excuses acceptées.

— Merci.

Ils échangent à nouveau un regard. Elle y cherche quelque chose, un indice susceptible de l'aiguiller sur ce qu'il éprouve, mais ne trouve rien.

— Bon, je ferais mieux de me mettre au boulot.

— Passe une bonne journée, Fallon.

— Toi aussi, Teddy.

Elle quitte la pièce avec le sentiment d'avoir commis une erreur. Le but était d'observer ce qu'il ferait après son départ grâce à la caméra, mais elle doute à présent qu'il ait la moindre réaction. Il va probablement se rasseoir à son bureau et se replonger dans son travail. Comme si de rien n'était.

C'est ainsi qu'il se sort de toutes les situations : en affichant un air normal.

57

Plus de lycée.

C'est ce qu'ont décrété les parents de Zach pendant qu'il était au café et que personne ne parvenait à le joindre. Ils ont pris la décision de retirer Zach de Belmont et de le scolariser à domicile jusqu'à la fin de l'année.

Il n'a pas son mot à dire, c'est comme ça.

Sa mère, avec toute l'efficacité qui la caractérise, a déjà embauché un tuteur, n'envisageant pas un seul instant de rester à la maison pour s'en charger elle-même. À la première heure, le lendemain, elle a prévenu le lycée et demandé que les cours lui soient envoyés. Une fois que sa décision est prise, elle ne recule devant rien pour la faire appliquer.

— Demain matin après le début des cours, lui a-t-elle expliqué, Mlle Marsha te retrouvera à l'entrée du lycée pour que tu vides ton casier.

Zach a obtempéré à contrecœur.

À 9 heures du matin, il a récupéré toutes ses affaires, quitté Belmont, et il lui reste du temps pour passer au Starbucks avant de rentrer ; son premier cours avec le tuteur ne commencera pas avant midi. Maman a dû payer le prix fort.

En attendant, la voie est libre.

Il reprend ses recherches sur les poisons. Il s'agit de réduire la liste des possibilités, ce n'est pas l'étape la plus difficile. Tout d'abord, il élimine tous ceux dont les symptômes décrits ne correspondent pas à ceux observés chez la mère de Courtney et Mme B. Ensuite, il raye tous ceux dont l'effet ne se fait pas sentir avant plusieurs jours. Enfin, il oublie toutes les substances qu'il faut ingérer en grande quantité pour en mourir. La dose doit pouvoir se glisser dans un plat ou une boisson en toute discrétion. Et si la police ne se trompe pas au sujet de la mère de Courtney, le poison doit être compatible avec du café.

Un grand nombre de plantes toxiques – comme la ciguë, l'asaret ou le ricin – entraînent des nausées, vomissements ou diarrhées longtemps avant de causer le décès. La belladone provoque une paralysie. Les deux femmes n'ont présenté aucun de ces symptômes.

Seuls quelques poisons peuvent s'infiltrer dans l'épiderme, le simple fait de les toucher peut être dangereux. Le laurier-rose en est un, il est irritant. Le contenu des graines d'abrus à chapelet en est un autre, il peut même être mortel, surtout s'il atteint le système sanguin.

Mais ce qui a tué Ingrid et Mme B. a été ingéré, et Ingrid a fait une crise cardiaque bien avant de mourir. Rares sont les plantes à produire cet effet.

Parmi elles, il y a le *Cerbera odollam*, également appelé « arbre du suicide ». On le trouve en Inde, en Asie du Sud-Est, en Colombie et au Costa Rica. Mais rarement en Amérique du Nord.

Il y a également l'*Actaea pachypoda*, que l'on appelle aussi « actée blanche » ou « œil de poupée ». On en trouve au Canada, au centre-ouest et à l'est des États-Unis. Les baies sont la partie la plus toxique de la plante, elles peuvent avoir un effet sédatif sur le cœur. Leur consommation peut entraîner un arrêt cardiaque.

Bingo.

Zach remballe sa tablette et envoie un message à maman.

J'ai récupéré mes affaires au lycée. J'attends l'arrivée du tuteur.

Sa réponse ne tarde pas.

Super. Je t'aime.

Dommage que ses parents n'aient pas eu l'idée des cours à domicile plus tôt. C'est presque trop facile.

Ou, en tout cas, cela le serait s'il n'était pas accusé de crime.

Il est bien décidé à découvrir où se procurer cette plante dans la région. Il se rend d'abord dans la pépinière la plus proche proposée par Internet. *Terre Promise* se situe dans les quartiers chics de la ville, c'est typiquement le genre d'endroit où maman irait acheter ses plantes, si elle en achetait.

Il gratifie la vendeuse d'un grand sourire. C'est une femme assez âgée, peut-être autant que sa grand-mère, avec une longue tresse de cheveux gris qui serpente dans son dos.

— Bonjour, le salue-t-elle. Je ne m'attendais pas à voir arriver quelqu'un par ce froid.

— Je cherche un cadeau. C'est pour ma mère. (Nouveau sourire.) Je parie que vous pouvez m'aider.

Le sourire chaleureux qu'elle lui rend plisse le coin de ses yeux.

— Je n'en doute pas.

Elle le conduit aussitôt dans la serre où Zach cherche du regard les baies de cet œil de poupée.

— Vous désirez des fleurs ? demande la vendeuse.

— Je préférerais une plante. Quelque chose que l'on peut garder à l'intérieur en attendant la fin de l'hiver et qu'on pourrait planter dans le jardin au printemps, par exemple.

— Ce n'est pas bête, approuve-t-elle en lui lançant un sourire par-dessus l'épaule. Votre mère aime jardiner ?

— Elle adore ça. Je souhaite quelque chose d'original.

— J'ai ce qu'il vous faut.

Elle lui présente différentes variétés qu'elle lui décrit en détail. Elle pourrait parler toute la journée s'il ne la coupait pas avant. Il la laisse poursuivre son monologue jusqu'à enfin repérer ce qu'il est venu chercher.

— C'est intéressant, ça, dit-il en désignant les yeux de poupée. Et atypique.

— Toxique, surtout. Ce n'est pas conseillé si vous avez des animaux ou des enfants en bas âge à la maison.

— Vraiment ? C'est si dangereux que ça ?

— Oui.

— Et ça pousse dehors ? Naturellement ?

— Absolument. Surtout ici, dans le Nord-Est. Au printemps, on en trouve près du Bosquet.

Le Bosquet se situe dans la vieille ville où se dressent de grandes demeures victoriennes sur de vastes parcelles de terre. Maman a toujours rêvé de ces belles maisons, mais papa a toujours considéré que c'était un gouffre financier. Il a remporté la bataille, et ils habitent à présent dans une villa moderne.

La pépiniériste continue de débiter tout ce qu'elle sait de la plante et confirme la plupart des informations qu'il avait recueillies. Elle précise que si les baies de cette vivace sont sorties en cette saison, c'est uniquement parce qu'elle est cultivée en serre.

Il sourit et opine à ce qu'elle dit en l'écoutant d'une oreille. Pour lui, l'œil de poupée n'est plus une plante, c'est potentiellement l'arme d'un crime.

Seules les baies sont toxiques. En théorie, il suffit d'en écraser le contenu pour en mettre une pincée dans l'assiette de la victime. Mais, pour ce faire, il faut avoir l'occasion de cuisiner pour sa cible, une occasion qui ne se présente pas tous les jours, encore moins pour deux victimes, à moins d'être très proche d'elles.

Ce qui signifie que le coupable n'a pas utilisé toute la baie. Seulement le jus qui se trouve à l'intérieur et qui, s'il est extrait, peut être ajouté à n'importe quel aliment. Même au café.

Il semblerait en tout cas que le tueur ait procédé ainsi.

58

Fallon peut télécharger n'importe quand les données de la caméra qu'elle a cachée dans la salle de Teddy sans même avoir besoin de s'en approcher. Elle profite donc de la pause du matin pour visionner la vidéo depuis sa propre classe.

Ce qui l'intéresse, c'est la réaction de Teddy après sa visite de ce matin pour s'excuser. Elle s'attendait à son indifférence, l'imaginait retournant tranquillement devant son ordinateur pour travailler. Mais non. La réaction de Teddy est bien pire que l'indifférence.

Après le départ de Fallon, il patiente un instant, ferme la porte à double tour et revient s'asseoir à son bureau.

Puis il rit.

Et ce n'est pas un ricanement contenu. Non. Il s'esclaffe d'un rire tonitruant qui manque d'assourdir la jeune femme dans ses écouteurs.

Teddy se doutait que Fallon manigançait quelque chose – quoi exactement ? Il l'ignorait, mais maintenant ça n'a plus aucune importance. Depuis sa petite visite, elle l'inquiète beaucoup moins. Avec sa façon de se tenir devant lui, ses vêtements de marque et ses chaussures usées, on aurait dit une enfant déguisée pour le carnaval.

Et quelle mauvaise menteuse, à se balancer d'un pied sur l'autre, le regard fuyant. Nerveuse, certes, mais aussi transparente. Une petite fille qui joue à des jeux de cour de récréation.

Quand il pense qu'il a failli se méfier d'elle.

Qu'il a failli la soupçonner d'avoir volé sa plaque. Elle n'en est même pas capable.

Après sa sortie de route à l'aube, il n'avait pas grand espoir de passer une bonne journée. Mais finalement tout s'est arrangé, à commencer par Joe qu'il a pris la main dans le sac dans la cuisine. Ensuite, son entrevue avec Fallon a continué d'améliorer son humeur. Et, ce matin, il a reçu un mail de l'administration au sujet de Zach :

> Nous vous informons que Zach Ward a été retiré de Belmont, une décision effective dès aujourd'hui. Il sera scolarisé à domicile jusqu'à la fin de l'année. Merci de bien vouloir transmettre votre programme en cours à l'administration dans les plus brefs délais.

Depuis le début, Teddy se doutait que Zach était cette autre personne à laquelle le procureur faisait référence lors de la conférence de presse. Pourtant, d'apprendre qu'il a quitté le lycée le ravit encore plus que d'avoir vu Joe voler son petit déjeuner dans la cuisine de Belmont, c'est même encore plus jouissif que la visite de Fallon. C'est la meilleure nouvelle de la journée.

La seconde meilleure nouvelle arrive à midi, lorsqu'il ouvre une fenêtre et passe la tête dehors. Rien. Il n'y a aucune caméra donnant sur l'extérieur de sa salle de classe. Il referme la fenêtre, celle tout au fond dans le coin, en prenant soin de ne pas la verrouiller.

À midi sonnant, Zach est chez lui, et son tuteur arrive. Il s'appelle Titus.

— Bon, mettons les choses au point : oui, je m'appelle vraiment Titus, commence ce grand gaillard à lunettes et pull-over aux couleurs de l'université de Dartmouth. Et, non, ma famille n'est pas religieuse.

Zach réfléchit un instant.

— Alors c'est une référence à Shakespeare ?

— Oui, soupire l'intéressé en levant les yeux au ciel. Mes parents se sont rencontrés lors d'un festival dédié à Shakespeare, pendant une représentation de *Titus Andronicus*.

— Cliché.

— Ouais, comme tu dis.

Il sent qu'il va bien s'entendre avec son tuteur. Ils nourrissent la même aigreur à l'égard de leurs parents, Zach est conquis. Ils s'installent dans la cuisine où le jeune homme sort un paquet de chips et deux verres d'eau.

— Pardon pour l'indiscrétion, mais qu'est-ce qui s'est passé pour que tu arrêtes le lycée ? demande Titus. Tu t'es attiré des ennuis ?

Pendant quelques heures, Zach avait réussi à oublier tout ce qui lui est arrivé récemment. La plainte pour corruption, les meurtres, Courtney. Et voilà que tout lui revient comme une claque.

— On peut dire ça, oui.

Sur un signe de tête, le grand gaillard s'assied à la table et ouvre son sac à dos pour en extraire un ordinateur, cinq livres et une tablette.

— T'as déjà pris des cours à domicile ?

— Non.

— Voilà comment ça marche. Je te donne des devoirs, tu me les envoies par mail, et on se voit une fois par semaine pour en parler. Lors des examens, je resterai dans la pièce. (Il marque une pause pour regarder son élève qui ne bronche pas.) Que ce soit bien clair : je suis payé par tes parents, ce qui implique que si tu bâcles ton boulot ou si tu fais le malin, je leur dis tout. Pas de discussion.

Impressionnant. Ce type est droit et juste, c'est plutôt appréciable. Zach trouve qu'il est plus facile de gérer une situation lorsqu'on connaît les règles d'entrée de jeu.

—Compris, acquiesce-t-il.

Ils se mettent au travail pendant presque deux heures. Maman envoie un texto à son fils pour vérifier que le tuteur est arrivé à l'heure. Et deux à Titus pour s'assurer que Zach écoute ce qu'on lui dit. C'est le cas. Le niveau imposé est aussi élevé, voire plus, que celui de Belmont, mais ça lui est égal, c'est une façon comme une autre de se changer les idées.

À la pause, ils mangent les plats préparés que maman commande chaque semaine. L'occasion pour Zach d'en apprendre un peu plus sur son tuteur, qui vient d'entamer ses études supérieures et donne des cours particuliers pour arrondir ses fins de mois.

—Mes parents trouvent que c'est une bonne idée, ajoute Titus en levant encore les yeux au ciel.

Ses années lycée, il les a passées à Belmont.

—Désolé pour toi, dit Zach.

—Ouais, c'était nul. D'ailleurs, j'ai appris pour les meurtres. C'est quand même dingue…

Zach hoche le menton en appliquant les conseils de sa mère et d'Ezekiel : pas un mot, à personne et sous aucun prétexte.

—Tu connaissais Mme B. ? préfère-t-il demander.

—Ouais, elle était sympa.

—Très.

—Il paraît que Fallon est revenue pour la remplacer, ajoute Titus.

—Fallon ?

—Fallon Knight. On était de la même promo en terminale.

—Ah oui, j'ai dû la croiser. J'ai Crutcher cette année. Enfin, *j'avais*.

— Crutcher, soupire Titus en secouant la tête. Fallon le détestait. Je suis surpris qu'elle ait voulu retourner à Belmont, même pour bosser.

— Il l'avait prise en grippe ?

— Apparemment, répond le tuteur.

— Pareil pour moi.

— Désolé, mon gars.

Il y a de quoi être désolé, en effet. Mais Zach s'en fiche désormais, il n'est plus à Belmont. L'école à domicile a ses avantages.

— Qu'est-ce qu'elle a fait pour se le mettre à dos ?

— Je ne sais pas trop. Je me souviens seulement des commentaires rageurs qu'elle écrivait sur lui sur les réseaux sociaux. C'était après le bac. Une histoire de lettre de recommandation.

— Elle lui a demandé d'en écrire une ? Je n'aurais jamais fait un truc pareil.

— C'est bien le problème avec les profs, déplore Titus. Parfois, quand tu te rends compte qu'ils t'ont dans le nez, c'est déjà trop tard.

59

Quand Teddy entre dans le lycée en ce lundi matin, il se sent bien. Le calme est revenu : les journalistes se sont lassés d'attendre dans le froid des nouvelles qui tardent à arriver. Le procureur ne s'est toujours pas exprimé, pas plus que la police. Aucune fuite, aucune rumeur. Toutes les informations sont verrouillées.

La seule nouveauté, c'est le panneau planté devant le lycée :

> Information de sécurité
>
> Le système de vidéosurveillance a été mis en service sur le campus

Les caméras ont été allumées. Ce n'est pas trop tôt.

Il se demande si les élèves se comporteront différemment. S'ils auront l'impression de devoir surveiller ce qu'ils font, ce qu'ils disent. Ce ne serait pas plus mal.

Il n'est pas le seul à s'interroger sur l'effet de ce dispositif sur les gamins. En salle des professeurs, Louella tripote ses pierres précieuses en grommelant sa frustration envers Big Brother.

— Les petits ne méritent pas de grandir dans un environnement aussi contrôlé, proteste-t-elle en manquant de renverser son thé. Ils devraient se sentir aimés, choyés, et pas comme des prisonniers dont on épie les moindres faits et gestes.

— C'est triste, mais c'est la dure réalité, argumente quelqu'un qui n'a pas tort.

Teddy se prépare un café, puis emporte ses affaires pour rejoindre sa classe. La porte est fermée, telle qu'il l'a laissée. Son réflexe, comme d'habitude, est de regarder le mur.

Sa plaque de professeur de l'année est réapparue comme par magie.

Il croit d'abord qu'on la lui a rendue. Que le voleur s'est glissé furtivement dans la pièce pour la remettre en place vendredi, avant que les caméras du couloir ne soient fonctionnelles. Mais, en y regardant de plus près, il remarque une étiquette sur le côté du cadre.

Une nouvelle plaque.

Au lieu de mener une enquête pour retrouver celle qui a été dérobée, le proviseur – ou plutôt Mlle Marsha – en a fait faire une autre pour court-circuiter la procédure. Or, Teddy déteste les raccourcis.

Il se sent tout de même apaisé maintenant qu'il a récupéré sa plaque. Les choses rentrent dans l'ordre.

Ce sera une bonne journée. Il l'a senti dès son réveil en voyant le soleil briller. La température est remontée, et la glace commence à fondre. C'est encore l'hiver, mais la fin est proche.

Et maintenant que son cours a démarré, il va pouvoir reparler de Dante et des cercles de l'enfer. Tout va pour le mieux dans le meilleur des mondes. Il n'a même pas envie de s'arracher les cuticules.

Tout se passe à merveille. Aucune vague, aucun incident, aucune nouvelle annonce aux informations. Une journée d'enseignement normale.

Jusqu'à 13 heures environ.

Il commence à avoir le tournis. Il est en plein cours et énumère les cercles de l'enfer quand il sent qu'il doit s'asseoir.

— Ça va, monsieur Crutcher ?

Il hoche le menton et répond à l'élève :

— Oui, ça va.

Au loin, il entend un cri. Enfin, il lui semble avoir entendu crier. Tout ce qu'il veut, c'est reposer sa tête contre son bureau pour mettre un terme à ses vertiges.

60

Fallon ouvre les yeux, elle cligne plusieurs fois. Se demande où elle est.

Une chambre blanche, des draps blancs. Normalement, les siens sont bleus. Et elle est plus haute, alors que son matelas gonflable est à même le sol. Les rideaux de la fenêtre sont fermés, elle ne saurait dire s'il fait jour ou nuit.

Un tube sort de son bras.

Une perfusion. Elle est à l'hôpital.

Son premier réflexe est de bouger les jambes, puis les bras. Tout fonctionne. Ouf!

Elle essaie de se remémorer les événements de la journée. Dans son souvenir, elle donne un cours au lycée quand soudain elle entend un cri. Elle va dans le couloir pour voir ce qui se passe.

Puis plus rien.

Fallon appuie sur le bouton à côté du lit. Une minute plus tard, une femme apparaît, jeune et souriante, comme si elle entrait dans un salon de coiffure et non une chambre d'hôpital.

— Eh, bonjour! la salue « Tammy », d'après son badge. Comment vous sentez-vous?

— Qu'est-ce que…

Comme la voix de Fallon reste coincée dans sa gorge, l'infirmière s'empresse de lui servir un verre d'eau. Elle retente:

— Qu'est-ce que je fais ici?

— Vous vous êtes évanouie au lycée.

— Évanouie ?

L'infirmière acquiesce en faisant la moue, l'air moins gaie.

— Je suis malade ? Et pourquoi ai-je la gorge en feu ?

— Nous avons dû vous faire un lavage d'estomac, et l'aspiration gastrique peut provoquer des irritations, mais les effets devraient se dissiper rapidement.

— Un lavage, mais pour quoi faire ? (Secouant la tête, Fallon essaie de se rappeler ce qu'elle a mangé.) Une intoxication alimentaire ?

Tammy s'assied sur le bord du lit. Elle porte des lunettes – énormes, vert clair – qui paraissent agrandir ses yeux.

— Un nouvel incident s'est produit à Belmont. Plusieurs personnes sont tombées malades.

La patiente met un long moment à comprendre.

— J'aurais été… empoisonnée ?

— Nous n'avons pas encore les résultats des analyses, mais cette piste semble privilégiée.

Fallon tire les couvertures sous son menton.

— Mon Dieu…

— Vous êtes hors de danger, à présent. Vous avez faim ?

— Là, tout de suite ? Pas du tout.

— Désolée, c'était une question bête. Nous vous gardons en observation pour la nuit, vous pourrez rentrer chez vous demain. (Elle lui tapote la jambe avec bienveillance, se relève et ajuste les couvertures.) N'hésitez pas à appeler si vous avez besoin de quoi que ce soit.

Tammy s'en va, laissant la patiente encore sous le choc de la nouvelle. Elle s'attendait à vivre toutes sortes de choses en revenant ici, mais certainement pas à être la cible d'un empoisonnement. En revenant à Belmont, elle courait le risque que l'on découvre qu'elle n'a aucun diplôme d'études supérieures. Elle risquait de se faire licencier, voire arrêter si elle allait trop loin pour faire virer Teddy.

Mais elle était à mille lieues de penser qu'elle était en péril. Elle était convaincue que Sonia serait la dernière victime.

Tammy a parlé de *plusieurs* personnes malades. Fallon s'empare de la télécommande et allume la télévision. En découvrant le bandeau du flash info qui défile en bas de l'écran, elle se redresse si vite dans son lit qu'elle manque d'arracher sa perfusion.

Nouvelle vague d'empoisonnements à l'académie de Belmont : un mort, six victimes hospitalisées

La journaliste est une jeune femme blonde cachée sous une épaisse couche de maquillage. Elle débite les informations à toute allure, comme survoltée. Elle ne fait que paraphraser la bannière. À aucun moment elle ne révèle le nom de la victime.

Fallon appuie sur le bouton d'appel.

À peine Tammy entre-t-elle dans la chambre avec son sourire jovial qu'elle lui demande :

— Qui est mort ?

— Je vous demande pardon ? bredouille l'infirmière.

Fallon montre l'écran.

— Ils disent que quelqu'un est mort.

— Oh. (Tammy prend un air grave. Ça n'est pas bon signe.) Je l'ignore, désolée. Tous ceux qui sont arrivés aux urgences s'en sortiront.

Son accès de colère est immédiat. Elle est habituée, à la longue. Cela a commencé à cause de ses parents qui mettaient la barre trop haut. À cause de ses amies, toujours plus intelligentes et plus jolies, qui valaient toujours mieux qu'elle. À cause de ses professeurs qui en exigeaient toujours plus.

Et à cause de Teddy, qui a foutu sa vie en l'air.

Et puis, à côté de ces épreuves, il y a eu les petites contrariétés. Quand elle attend quelqu'un qui est en retard, qu'elle découvre une tache sur son chemisier, ou encore quand un goujat lui fait une queue de poisson. Cela la met systématiquement hors d'elle.

Et voilà que la colère revient de plus belle.

En serrant la télécommande de toutes ses forces, son pouce augmente le volume au point que la journaliste beugle dans les enceintes.

— Vous ne comprenez pas, grommelle Teddy en se retenant d'envoyer paître son infirmière. Ma *femme* travaille dans cet hôpital. Al-li-son Cru-tcher. C'est son nom. Vous voulez bien la prévenir que je suis ici ?

L'infirmière, très âgée, quitte la chambre sans mot dire.

Teddy pousse un soupir. Pourquoi faut-il que les choses soient toujours aussi compliquées ?

Sa télévision est allumée depuis une heure. La journaliste à l'écran est si maigre qu'on dirait ces petits jouets de voiture dont la tête dodeline. Ça n'a rien de charmant. Sa voix n'est pas désagréable, c'est déjà ça.

Allison est forcément au courant de sa présence. Elle lui en veut peut-être encore, mais tout de même… il est à l'hôpital. Ils sont mariés depuis plus de dix ans, cela mérite bien une petite visite.

Il regarde son téléphone. Devrait-il se renseigner auprès des urgences ? Dommage qu'il ait été inconscient à son arrivée. Il ne saura jamais si Allison l'a vu, ni même si elle lui a porté secours. Encore moins si elle est venue à son chevet.

Non, il ne demandera pas aux urgences. Pendant des mois, il n'a pas cherché à la joindre. Pour lui, elle avait besoin de temps. Après une trahison, on passe souvent par plusieurs états : le choc, la colère, puis l'acceptation. Il se disait que, le temps faisant son œuvre, elle finirait par lui donner des nouvelles quand sa colère retomberait. Et c'est ce qu'elle a fait : elle lui a envoyé les papiers du divorce.

Quelle reine du mélodrame ! Pourtant, ça n'a jamais été son genre. Heureusement, sans quoi Teddy ne l'aurait jamais supportée.

D'accord, il le reconnaît, il a accepté le projet de fonder un jour une famille lorsqu'ils ont décidé de se marier. En même temps, elle n'était pas prête à transiger sur sa volonté d'être mère, c'était donc le seul moyen de l'épouser. Il n'avait pas le choix.

— Bien sûr que je veux des enfants, lui a-t-il dit. Qui n'en veut pas ?

Quand on passe ses journées en compagnie d'adolescents nombrilistes, la dernière chose dont on a envie, c'est bien de devenir parent – même avec Allison. Alors il a menti. Il ne pensait pas devoir tenir cette promesse. Il pensait pouvoir la dissuader avec le temps.

Mais ça n'a pas marché.

— Je ne vois pas pourquoi on aurait des enfants maintenant, lui a dit Teddy. Tu n'es pas heureuse comme ça ?

— Bien sûr que si.

Ils venaient de terminer leur dîner. Teddy était toujours assis dans la cuisine, mais pas Allison. Elle s'était levée pour faire la vaisselle.

— Je ne suis pas sûr que ce soit une bonne idée de se lancer dans un projet de grossesse maintenant, vu notre situation actuelle. Nous n'avons même pas fini de payer la maison.

— Ce n'est pas la question, a-t-elle objecté. Moi, j'en ai envie. Moi, je veux des enfants. (Le dos raide, elle a commencé à rincer les assiettes.) Je croyais que tu en voulais, toi aussi.

— J'en veux, évidemment. Mais je ne peux pas faire abstraction de l'état de nos finances.

— Si on attend d'être riches, on n'en aura jamais.

Ce à quoi il n'a rien répondu, car elle n'avait pas tort. Les mots se sont attardés un instant dans l'air comme une mauvaise odeur.

— Patientons encore un peu, a-t-il fini par dire. Au moins jusqu'à la fin des vacances.

Elle s'est retournée vers lui, le regard plein d'espoir.

— Au Nouvel An ? Promets-moi qu'on essaiera au Nouvel An.

— Je te le promets.

Allison a veillé à ce qu'il tienne sa promesse. À l'approche des congés, elle avait abordé l'idée d'arrêter tout moyen de contraception.

La vasectomie commençait à devenir nécessaire. C'était son dernier recours après avoir pris conscience qu'il ne pourrait pas glisser de pilule contraceptive dans son café sans qu'elle ou son gynécologue ne s'en aperçoive. Il allait devoir en passer par l'opération. Il n'avait pas d'autre solution.

Lorsqu'il lui a annoncé sa stérilité, elle a répondu qu'il n'y était pour rien. Pendant quelques mois, tout est rentré dans l'ordre.

Jusqu'à ce qu'une secrétaire incompétente envoie cette facture à la maison.

61

À peine Fallon est-elle réveillée le lendemain matin qu'une infirmière entre dans la chambre. Ce n'est pas Tammy. Celle-ci est beaucoup plus âgée et bien moins guillerette. Ses cheveux gris sont rasés presque à la militaire, et sa blouse est froissée.

— Vous devez être bien reposée, dit-elle. Il est presque 10 heures.

La patiente s'empare à grand-peine du verre d'eau posé sur sa table de chevet.

— Vous me mettez dehors ?

Sous le regard noir de l'infirmière, Fallon toussote d'un air gêné. La vieille femme reprend :

— Le docteur viendra vous voir avant votre sortie.

Sur ces mots, elle remplit le verre d'eau et tourne les talons.

À nouveau seule, Fallon allume la télévision.

Jeu télévisé. Débat. Série. Elle passe d'une chaîne à l'autre, surprise que personne ne parle des informations à cette heure. Et il n'est question que de politique sur les chaînes nationales.

Le médecin interrompt son zapping. Il est jeune avec de grands yeux et arbore un joli sourire.

— Comment vous sentez-vous ?

— Beaucoup mieux. J'ai moins mal à la gorge.

— Tant mieux.

Il regarde son dossier et écoute son pouls.

— Alors on n'en sait toujours pas plus ? Et si c'était vraiment du poison ?

Le médecin perd son sourire et répond par la négative.

— Je n'en sais pas plus.

— Vous ne savez pas qui est mort ? Il paraît que quelqu'un est mort.

— Non, je l'ignore. (Il signe au bas du document.) Je vais pouvoir vous libérer, mais si vous avez le moindre souci, le moindre vertige, revenez aux urgences.

Et il quitte la pièce. Quand elle veut se lever, Fallon s'aperçoit qu'elle est toujours perfusée.

Elle soupire avant de rappeler l'infirmière.

Une fois débranchée, dépêtrée et rhabillée, elle ouvre la porte et se prépare à la prochaine étape avant de quitter l'hôpital : régler la facture.

Mais, dans le couloir, elle est coupée dans son élan par deux personnes plantées devant sa porte. Elles portent toutes les deux une veste estampillée du logo du FBI.

Teddy est toujours dans son lit d'hôpital et attend Allison, quand les agents du FBI se présentent à sa chambre. Il n'est pas surpris. Un empoisonnement collectif de cette ampleur attire forcément l'attention sinon des fédéraux, du moins de la brigade des stups. Empoisonner une ou deux personnes est une chose, mais sept d'un coup, et avec un mort ! Il est temps pour les autorités de réagir.

L'homme et la femme sont vêtus tous les deux de la veste caractéristique. Ils ont l'air professionnels, c'est appréciable. Il n'y a rien de pire qu'un représentant de l'ordre incompétent.

L'homme chauve est l'agent Roland, un nom si terriblement banal qu'on le croirait faux. La priorité de l'agent Roland, c'est de recenser l'intégralité des aliments ingérés la veille par Teddy.

— Eh bien, j'ai bu un café chez moi. Noir, une seule tasse. À Belmont, j'en ai repris un avant mon premier cours…

— Celui-ci, où l'avez-vous pris ? demande Roland.

Teddy l'observe un long moment.

— Du calme, j'y viens. Donc, j'ai repris un café en salle des professeurs avant le début des cours. Un Corsé Prestige, mon préféré. Ensuite, je n'ai rien avalé jusqu'au déjeuner que je prépare toujours à la maison : un sandwich au saucisson de Bologne avec une pomme en dessert. Le même menu tous les jours. (Il marque une pause dans l'attente d'une réaction. Ils n'en ont aucune.) Hier, je suis toutefois allé au réfectoire pour prendre une petite brique de lait. Je l'ai bue en mangeant mon déjeuner dans ma classe.

— C'est une habitude pour vous ? De boire du lait ?

— Parfois, oui. Sinon, j'apporte une bouteille d'eau de chez moi.

— Mais, hier, vous êtes certain d'avoir pris une brique de lait du réfectoire ?

— Absolument, affirme Teddy en se demandant si l'agent Roland ne serait pas un peu long à la détente.

— Et votre sandwich, c'est vous qui l'avez préparé ?

— Oui.

— Une autre personne a-t-elle pu y avoir accès ?

— Non, dit-il après avoir fait mine d'y réfléchir. Je garde toujours mon repas dans un sac isotherme dans ma salle.

— Et chez vous ?

La question le surprend.

— Chez moi ?

— Vivez-vous avec quelqu'un ?

— Je ne vois pas en quoi cela concerne notre affaire.

— Détrompez-vous, le corrige Roland. Nous devons connaître quiconque a pu avoir accès à ce que vous avez mangé ou bu hier.

— Je vis seul, maugrée Teddy en espérant que son interlocuteur change de sujet.

En vain.

— Qui d'autre a accès à votre maison ?

— Je viens de vous dire que je vivais seul.

— Personne n'a de double des clés ?

Teddy reste impassible et contient ses émotions. Sans quoi l'aversion que lui inspire cet agent du FBI risquerait d'être visible.

— Ma femme a la clé.

Le type semble étonné.

— Vous disiez vivre seul.

— Oui, nous sommes… séparés.

Roland échange un regard avec sa collègue, une dénommée Pruitt.

— Bon, écoutez, reprend l'enseignant. Belmont traverse une période inédite, particulièrement sombre. En tant que professeur de l'année, je suis très impliqué dans la réussite de nos chers élèves, et ce qui vient d'arriver m'horrifie. Restons concentrés sur ce qui nous intéresse vraiment : qui a osé faire cela à notre école et à nos élèves. Ma femme n'a rien à voir là-dedans.

— Nous ne pouvons exclure aucune piste, rappelle Roland.

Teddy prend conscience que l'entretien risque de durer plus longtemps que prévu.

— Puis-je vous poser une question ?

Ils opinent d'un geste synchrone.

— J'ai cru comprendre qu'une victime était décédée hier, mais personne n'a précisé de qui il s'agissait. En sait-on davantage ?

Roland marque une hésitation avant de répondre :

— Oui, ils l'ont annoncé tout à l'heure. C'est le proviseur.

Teddy fait semblant d'être choqué.

62

Le lendemain du #Massacreaulycée, Zach est de retour dans le salon avec ses parents et son avocat. La même pièce, la même place pour chacun, mais le ton change. Ezekiel déclare :

— C'est une chance, Zach n'avait pas mis un pied au lycée depuis plusieurs jours quand c'est arrivé.

— Je savais que c'était une bonne idée de le retirer de l'école, renchérit maman.

— Oui, tu as eu raison, approuve papa.

Une chance ?

Six personnes empoisonnées ont été hospitalisées, et le proviseur y a laissé sa peau. Et l'on considère que c'est « une chance » ?

Zach est furieux, il a envie de hurler.

N'exprime pas toutes les émotions que tu ressens. Tu passerais pour quelqu'un d'instable.

Personne ne veut avoir l'air instable. Il suffit de voir le prof de maths. M. Maxwell n'est toujours pas revenu à Belmont.

— Ça, c'était pour les bonnes nouvelles, reprend Ezekiel, visiblement fier de lui. Toutefois, il y a un hic.

Face au silence, il poursuit :

— Vous l'avez peut-être entendu aux informations, le FBI a débarqué en ville. Ils reprennent toute l'affaire depuis la condamnation de Courtney. (Il se tourne vers Zach pour la première fois de la soirée.) Et ils veulent interroger votre fils.

— Non, tranche maman.

— Hors de question, ajoute papa.

En remontant ses lunettes sur son nez, l'avocat esquisse un sourire.

— C'est ce que je leur ai dit, bien entendu. Mais la situation se corse maintenant que les fédéraux s'en mêlent. On peut difficilement leur refuser quoi que ce soit.

— Et que se passera-t-il s'il refuse de leur parler ? demande maman.

— Eh bien, le procureur ira au bout de sa plainte pour corruption, et ce sera le début de la fin. Maintenant que le FBI est ici…

Il hausse les épaules, impuissant, l'air de dire : « Qui sait jusqu'où ça peut aller ? »

— Entrave à la justice ? en déduit maman.

— Possible. Ils sont capables de truquer toutes les charges qu'ils veulent. Ils peuvent même requalifier l'infraction en crime fédéral. Et s'ils font ça…

La discussion s'éternise entre les deux avocats, à grand renfort de jargon juridique, comme s'ils répétaient pour le procès. Ils évoquent Zach comme s'il n'était qu'un personnage de jeu vidéo évoluant selon le joueur qui prend la manette.

Cette sensation d'être un pantin manipulé l'habite depuis trop longtemps.

En général, il s'en accommode, c'est toujours plus simple. Et puis il est jeune. Ses parents et son avocat sont censés savoir quels sont les meilleurs choix pour lui. Ils le savent peut-être même vraiment. Après tout, ils agissent dans son intérêt. Mais ces choix ne sont pas nécessairement les plus justes.

Si le père de Zach était à sa place, il ne tolérerait pas cette situation. Or, Zach est bien le fils de son père.

— J'irai leur parler, dit-il en se levant du canapé. Organisez un rendez-vous.

Il reste sourd aux protestations des trois adultes, et quitte la pièce pour s'éloigner d'eux.

Et ça fait un bien fou.

Au cœur de la nuit, Fallon se rend en voiture au lycée. Elle est seule sur la route. Il n'y a pas un chat. Le seul mouvement est celui des feux tricolores, c'est un peu angoissant. Elle n'a de cesse de regarder dans le rétroviseur au cas où on la suivrait.

Le lycée est condamné par des barrières de rubalise, le FBI a bouclé tout le périmètre, mais elle n'a pas l'intention d'entrer. Il lui suffit de s'approcher de la caméra. Si elle se gare suffisamment près du bâtiment, elle peut télécharger les données puis les effacer à distance.

En supposant que le FBI n'ait pas déjà mis la main dessus.

À son sens, c'est peu probable. La caméra est cachée derrière un livre, loin de toute nourriture, toute boisson et tout poison. À moins qu'ils n'aient l'intention de fouiller tout le lycée de fond en comble, celle-ci devrait toujours être en place. C'est en tout cas ce qu'elle espère. Filmer illégalement un cours dans un établissement privé peut lui coûter très cher si son stratagème est découvert.

Elle est quasiment certaine qu'il restera une trace des données quelque part dans la mémoire de l'appareil, et s'il y a des gens capables de les retrouver malgré leur suppression, c'est bien le FBI. Tant pis, elle doit tenter sa chance.

La classe de Teddy se situe du côté est et, pour l'instant, elle est seule sur le parking. À 2 heures du matin, ce n'est guère étonnant.

Elle se gare le long du trottoir et sort son téléphone. Au début, l'application refuse de se connecter. Au bout de trois tentatives, ça fonctionne enfin. Il ne lui faut pas longtemps pour récupérer les données. Là encore, pas de surprise. La caméra se déclenche avec un capteur de mouvement, or le lycée est fermé depuis les empoisonnements de lundi. La dernière fois qu'elle a téléchargé les vidéos, c'était à la pause-déjeuner de vendredi.

Sur le trajet du retour, l'atmosphère lui paraît déjà moins pesante. Peut-être parce que personne ne s'est arrêté pour lui demander ce qu'elle faisait là.

Mais plus elle s'approche de chez elle, plus sa colère grandit.

Vendredi, Teddy est resté dans sa classe à la pause de midi. Fallon n'a pas pu ajuster l'angle de la caméra, ce qui signifie qu'elle ne verra pas clairement l'écran de son ordinateur. Elle n'aura sans doute rien de plus. Absolument rien. Difficile de gâcher la vie de quelqu'un sans la moindre information.

Elle monte d'un pas lourd les marches de son immeuble et entre dans son petit appartement étouffant. Pas question de dormir. Pas encore. Elle transfère d'abord les données sur son PC et regarde les vidéos.

Teddy mange son sandwich. Teddy travaille sur son ordinateur. Teddy donne ses cours de l'après-midi. Teddy rassemble ses affaires et quitte la salle dès la fin de son dernier cours.

Là, la caméra s'éteint.

En attendant le lundi matin, la seule personne qui devrait apparaître à l'écran est Joe, qui fait le ménage dans les salles tous les soirs.

En effet, le gardien est filmé.

Mais, ensuite, il se produit autre chose.

63

Deux agents du FBI entrent dans la salle d'interrogatoire où attendent Zach et son avocat. Un homme et une femme, tous les deux la cinquantaine et en costume. L'homme est chauve avec de petits yeux et les lèvres fines. La femme n'est pas maquillée et est coiffée sans fantaisie. Une coupe sérieuse, dirait maman. Le genre de coupe qu'elle déteste.

Zach arbore un pantalon beige repassé, une chemise blanche flambant neuve et des cheveux soigneusement peignés. Il sourit, comme il le fait toujours lorsqu'il rencontre de nouvelles personnes, y compris des agents du FBI enquêtant sur lui.

Son père et sa mère ont clairement fait comprendre qu'ils s'opposaient à cet interrogatoire. Et Zach a clairement fait comprendre qu'il s'en moquait. À ce stade des investigations, il peut parler au FBI sans être sous la supervision de ses parents.

— Merci d'avoir accepté cet entretien, dit la femme. Je suis l'agent Pruitt, et voici l'agent Roland.

Ce dernier prend place en face d'Ezekiel tandis qu'elle s'assied devant Zach.

C'est donc elle qui mènera la danse. Bon à savoir.

— Ce doit être un peu intimidant pour vous.

— On peut dire ça, oui.

Zach n'a pas besoin de faire semblant d'être nerveux, il l'est vraiment.

— Votre avocat a dû vous l'expliquer : nous venons enquêter sur les récents événements survenus à l'académie de Belmont. Votre nom sort du lot.

— Je comprends.

— Bien. Et si vous commenciez par nous parler de Courtney Ross ?

— Je la connais depuis le CM1.

Il s'arrête là et n'en dira pas plus tant qu'on ne lui posera pas de question.

L'agent Pruitt attend une seconde avant d'enchaîner :

— Peut-on raisonnablement dire que vous êtes proches, tous les deux ?

— Oui.

— Assez proches pour soudoyer une gardienne afin de lui rendre visite en prison ?

Ezekiel intervient aussitôt, en bon avocat.

— Ça n'a pas été prouvé. Ces charges sont…

— Je sais, l'interrompt Pruitt en levant une main sans même le regarder, n'ayant d'yeux que pour Zach.

Cette pièce mal éclairée met en valeur ses iris gris-vert, une couleur changeante en fonction de la lumière. Et elle a les pommettes saillantes. Cette femme n'a rien de quelconque, mais cherche à faire croire le contraire.

— Rien de ce que vous direz dans cette pièce ne sera utilisé contre vous dans cette affaire, précise-t-elle. Cette conversation n'est pas enregistrée.

Zach analyse les mots qu'elle choisit et cherche une faille. Dans *cette* affaire, a-t-elle dit. Mais ils peuvent utiliser ses aveux pour leur enquête. Une enquête qu'ils se gardent bien de lui exposer.

Mais, bon sang, il n'a empoisonné personne.

— Oui, je suis allé la voir en prison. Et j'ai effectivement payé une gardienne.

L'homme de loi se redresse d'un bond.

— J'aimerais discuter seul à seul avec mon client.

Zach a mûrement réfléchi à ce qu'il dirait au FBI et il se doutait que son propos ne plairait pas à son avocat. C'est pourquoi il ne l'a pas prévenu.

L'agent Pruitt ne le quitte toujours pas des yeux.

— Souhaitez-vous parler en privé avec Me Fisher ?

— Non, ça va.

— Zach, je te conseille de mettre immédiatement un terme à cet entretien, gronde Ezekiel.

— Je ne vois pas ce qu'il y a de mal à dire la vérité.

Les agents conservent le silence. Ils attendent que l'avocat ait retrouvé son siège, croise les mains et se taise.

— Vous êtes donc allé voir Courtney en prison ? reprend l'agent Pruitt.

— Oui. Je l'ai vue une fois et lui ai parlé une autre fois au téléphone.

— De quoi avez-vous parlé, tous les deux ?

— Elle était bouleversée. D'abord parce que sa mère venait d'être assassinée. Ensuite parce qu'elle était accusée de meurtre. J'ai fait de mon mieux pour la réconforter, lui dire que tout ça n'était qu'un malentendu et que tout finirait par s'arranger.

Ce n'est pas vraiment un mensonge, mais il extrapole un peu. Courtney n'était pas aussi bouleversée qu'il le prétend, elle était plutôt déprimée.

— Avez-vous évoqué les circonstances du décès de sa mère ? s'enquiert-elle.

— Je ne lui ai jamais demandé si elle était vraiment coupable de l'avoir tuée, si c'est ce que vous sous-entendez. Mais elle a pris les devants. Elle m'a dit qu'elle n'y était pour rien et tenait à ce que je le sache.

— Vous l'avez crue ?

— Absolument.

— À part ça, de quoi avez-vous parlé ?

— Je lui ai raconté ce qui se passait au lycée, j'ai essayé de lui changer les idées. On a parlé de trucs idiots, de ragots. Elle a dit qu'elle n'avait personne à qui se confier, hormis son avocat et son père, et qu'elle se sentait seule. C'est d'ailleurs probablement toujours le cas.

— Rien d'autre ?

— Non. Je ne l'ai pas vue longtemps. Dix ou quinze minutes maximum.

— Et au téléphone ? De quoi avez-vous parlé ?

Zach prend une profonde inspiration.

— C'était après la mort de Mme Benjamin, je savais que Courtney serait très triste d'apprendre la nouvelle. Elles travaillaient ensemble pour *Le Clairon*, le journal du lycée.

L'agent Pruitt opine.

— Je voulais savoir comment elle allait, conclut Zach.

— Et comment allait-elle ?

— Pas très bien. C'était tellement… hallucinant. On a encore du mal à le croire.

— Avez-vous parlé de la façon dont Sonia Benjamin est morte ?

— Oui, répond Zach en baissant les yeux sur la table, secouant à peine la tête – il joue la comédie. J'espérais qu'ils libéreraient Courtney. Après la mort de Mme Benjamin, je pensais que la police se rendrait à l'évidence : si le tueur sévissait encore, c'est qu'ils n'avaient pas arrêté le coupable. C'est ce que je lui ai dit au téléphone.

Pruitt ne répond rien. Le garçon garde les yeux baissés et attend qu'elle réagisse.

— Zach, finit-elle par dire. Vous vous êtes donné beaucoup de mal pour voir Courtney, quitte à vous mettre personnellement en danger rien que pour lui parler.

Elle se tait. Zach ne bronche pas, il guette la question suivante. Il s'y est préparé.

— Pourquoi avoir fait tout ça ? demande-t-elle.

À présent, il lève les yeux.

— Parce que je l'aime. Je devenais fou sans elle.

L'agent Roland a gardé le silence tout le temps de l'interrogatoire. Il hoche la tête. C'est discret, mais ça suffit.

Il a compris. Et surtout, il y croit.

Zach s'avachit un peu sur sa chaise en prenant un air triste. En incarnant l'amoureux transi qui ne supporte pas d'être séparé de Courtney Ross.

— Je sais que ça paraît idiot, mais c'est la vérité. Elle n'est même pas au courant... Bref, voilà pourquoi. Je l'aime vraiment.

L'agent Pruitt se tourne vers son collègue qui hausse à peine les épaules, puis reporte son attention sur le garçon.

— Merci à vous d'être venus. Ce sera tout pour le moment.

Zach s'efforce de ne pas sourire tant qu'il n'est pas sorti du bâtiment. Son avocat est tellement furieux qu'il refuse de lui parler. Tant mieux. Le jeune homme a dit tout ce qu'il avait à dire.

Quelques mois plus tôt, il n'aurait jamais menti au FBI. Il n'aurait même jamais accepté de leur parler. Il aurait docilement fait ce que ses parents et son avocat lui auraient dicté. Ou, en tout cas, il aurait fait semblant de les écouter, il est du genre obéissant.

Du moins était-il ainsi avant. Tout compte fait, ses parents ne savent peut-être pas toujours ce qui serait bon pour lui.

64

Lissa. La journaliste maigrichonne s'appelle Lissa. Teddy aurait presque pu le deviner.

Ils sont assis dans les studios de la chaîne de télévision locale où travaille Lissa, et quelqu'un se charge d'attacher un micro à la chemise du professeur.

— Parlez normalement, lui indique la journaliste. Pas besoin de hurler.

— Compris.

— Et n'oubliez pas, nous serons en direct. Si vous butez sur un mot, poursuivez votre phrase. Ne vous arrêtez pas. Si vous paniquez, je prendrai le relais.

— Très bien.

En d'autres circonstances, il ne serait jamais passé à la télévision, ne se serait jamais exposé de la sorte. Mais la situation est exceptionnelle ; personne n'a voulu s'exprimer au nom de Belmont.

Entre la mort du proviseur et le conseil d'administration qui préfère pour l'instant se murer dans le silence, seule cette déclaration écrite a été publiée par l'établissement :

> Suite aux tragiques événements survenus lundi à l'académie de Belmont, l'école restera fermée jusqu'à nouvel ordre, en attendant la fin de l'enquête menée par la police et le FBI. Ensuite, les locaux seront nettoyés et désinfectés, et nous pourrons tenter de tourner cette page difficile.

Un autre bulletin d'information privé a été adressé à tous les élèves, leur offrant le soutien du lycée dans le cas où ils souhaiteraient s'inscrire temporairement dans un autre établissement. Le conseil n'a donné aucune indication sur la date de réouverture de Belmont, mais tout le monde espère que cela arrivera bientôt.

Et c'est tout.

Teddy a beaucoup plus de choses à dire. Au sujet de l'hôpital, dont le personnel soignant a merveilleusement pris soin de lui. Au sujet des élèves, qui se sont montrés forts et courageux au milieu du chaos. Au sujet de l'école elle-même et de sa résistance décidément historique.

Quelqu'un devait se dévouer.

Il se regarde dans l'écran, ajuste sa position, se tourne un peu sur la gauche pour se mettre de trois quarts face à la caméra. La lumière ne fait pas de cadeau, et l'angle de face n'est jamais flatteur. Sa barbe de trois jours n'est plus. Il est rasé de frais et porte une cravate.

Il contemple ses mains. Ses cuticules ont cicatrisé depuis qu'il a cessé de les arracher.

Allison ne manquera pas de le remarquer. Elle trouvera peut-être même qu'il a bonne mine.

— Je vais commencer l'interview avec ce qui vous est arrivé lundi, le prévient Lissa. Vous êtes prêt ?

— Je suis prêt.

Si seulement les élèves mesuraient tout le mal qu'il se donne pour eux.

Fallon est au café lorsqu'elle voit l'interview de Teddy en direct. Elle ne supportait plus de rester dans son appartement.

Et elle ne supporte pas davantage de regarder Teddy. Chacune de ses phrases est un simulacre : cet homme ment comme il respire.

Et elle a une vidéo qui en atteste.

Quand elle a visionné pour la première fois le film capturé par la caméra placée dans la salle de classe de son collègue, elle n'était pas certaine de bien comprendre. Tout s'est déroulé après la fin des cours. À 18 heures le vendredi, la caméra a été déclenchée par Joe qui a passé la serpillière et vidé la poubelle. À 18 h 30, il est reparti, et la caméra s'est mise en veille.

Elle s'est rallumée samedi, à 1 heure du matin.

Teddy est entré dans la pièce, mais pas par la porte sur la gauche. Il est arrivé de la droite. Au début, elle a eu du mal à le reconnaître. Il portait un manteau, un bonnet et des gants. Son visage n'a été visible qu'au moment où il est passé devant le bureau. Mais il ne s'y est pas arrêté pour récupérer des affaires et ne s'est pas assis. Il a traversé la pièce pour sortir par la porte. Et c'est tout.

Pendant quatorze minutes.

Ensuite, il est reparu par la porte sur la gauche, est à nouveau passé devant son bureau sans s'arrêter et a disparu du côté droit de la salle. L'enregistrement s'interrompt là.

Elle a dû regarder la vidéo deux fois avant de comprendre qu'il s'était introduit par la fenêtre. De ce côté de la classe, c'est la seule possibilité.

Par la fenêtre.

Voilà comment il s'y est pris. S'il avait emprunté la porte d'entrée, il aurait dû scanner son badge de sécurité.

Elle a ensuite visionné le film de sa caméra postée près de la boîte aux lettres. On le voit sortir de son domicile environ un quart d'heure avant de se faufiler par la fenêtre de sa classe. Il rentre chez lui peu de temps après avoir quitté Belmont.

Fallon n'a pas dormi de la nuit. Elle n'a mangé qu'un muffin avec une tasse de café noir – le moins cher –, et c'est peut-être ce qui la fait divaguer. Pourtant, elle n'est pas folle : tout porte à croire que Teddy est à l'origine des empoisonnements.

Dans un premier temps, elle trouve cette idée ridicule. C'est un salaud arrogant, mais pas un tueur psychopathe.

Mais, réflexion faite, elle se demande comment elle a pu ne pas y penser plus tôt.

Elle lève les yeux vers l'écran de télévision suspendu au-dessus de sa tête. Son collègue continue de parler. Il est environ 8 heures du matin, les habitués venus boire un café avant d'embaucher sont arrivés, et tout le monde regarde l'interview.

« Notre proviseur était un homme dévoué et très investi dans sa mission. Sa principale préoccupation était le bien-être de ses élèves. Sa mort est une tragédie pour Belmont, du personnel aux lycéens, nous sommes en deuil. »

Son discours est aussi huilé que s'il avait été écrit par un secrétaire des relations publiques.

Mais ça ne suffit pas à prouver sa culpabilité.

« Je ne peux pas dire que mon malaise m'ait vraiment effrayé sur le coup ; je n'étais pas conscient de ce qui m'arrivait. Ce n'est que plus tard, à l'hôpital, que j'ai compris ce que l'on m'avait peut-être fait. Pour l'instant, la police ne l'a pas encore confirmé, mais il semblerait qu'on m'ait empoisonné. Qu'on nous ait tous empoisonnés. »

La caféine fait son effet, le cerveau de Fallon reprend du service. Elle réexamine toute la situation sous l'angle de la déduction, en partant du résultat pour remonter tout le cheminement adopté depuis le départ.

C'est ce qu'on lui a appris à Belmont.

Comment empoisonner des gens – voire en tuer quelques-uns – et s'en tirer impuni ?

Il faut utiliser un poison qui agit rapidement. Le faire dans un lieu où l'on a parfaitement le droit de se trouver, afin de n'éveiller aucun soupçon. Il ne faut pas tuer trop de gens d'un coup, ça attirerait trop l'attention.

D'abord une victime. Puis une autre.

Et ensuite, tout un groupe.

Fallon se redresse soudain sur son siège, comme elle le faisait à l'école quand elle connaissait la bonne réponse. Quand les pièces du puzzle s'emboîtent, la solution paraît évidente.

Empoisonner tout un groupe de personnes simultanément, y compris soi-même, afin de dissimuler sa véritable cible : le proviseur.

65

Le Bosquet fait la fête. RDV à 13 heures.

Zach reçoit le texto de Lucas une demi-heure avant le début des festivités.

Il n'est pas retourné au Bosquet depuis qu'il a quitté Belmont. Lucas le convie à ces réjouissances quotidiennes depuis que le lycée a fermé, mais c'est la première fois que Zach accepte l'invitation. D'abord parce qu'il en a marre de ne voir personne. Et puis pour célébrer la bonne nouvelle: Courtney sort de prison.

Il l'a appris de M. Ross qui a téléphoné à Zach à la première heure ce matin pour l'en informer. L'adolescent était encore couché – un autre avantage à ne plus avoir cours à 8 heures du matin – et a mis un moment à comprendre ce que le père de Courtney venait de lui dire.

— Ils l'ont annoncé? a demandé Zach.

— Non, ils m'ont appelé directement. Mais ça n'a pas d'importance. Elle rentre à la maison.

Zach s'est redressé dans son lit. Était-ce un piège du FBI?

— Ils abandonnent les poursuites?

— Oui. Techniquement, elle n'est pas à l'abri d'une nouvelle accusation, mais d'après son avocat, le procureur cherche à sauver la face.

— Parce qu'il sait désormais qu'elle n'est pas coupable.

— Oui.

Il reconnaît donc son erreur sans l'admettre publiquement. Ils sont tous pareils.

Aujourd'hui, Zach est arrivé parmi les premiers à la fête. Puis tous les lycéens de Belmont qui n'ont pas été transférés dans un autre établissement ont débarqué au compte-gouttes. Le concept : une auberge espagnole sur le thème de l'alcool. Le Bosquet est déjà rempli de bouteilles, de canettes et de gobelets en plastique, le tout baignant dans un nuage de beuh. À une époque, le Bosquet était un verger. Depuis qu'il est en friche, c'est devenu le quartier général des adolescents.

Zach boit et fume, un mélange qui lui fait toujours du bien, en particulier vu le contexte. Ainsi que cette fille qui lui jette des regards en coin.

Lana. Non, Lena. Oui, voilà. Lena est arrivée à Belmont au début du trimestre quand sa famille a quitté la Californie pour emménager ici. La pauvre, elle est mal tombée…

Quand leurs regards se croisent, elle lui sourit.

C'est une fille vraiment canon. Puisque Zach n'a pas de « type » de fille précis, il s'accommode volontiers d'une nana « canon ». Le sourire aux lèvres, il tente une approche.

— Salut, lance-t-il.

— Tu es Zach Ward, pas vrai ?

— C'est ça. Et toi, tu es Lena.

— Tu connais aussi mon nom de famille ?

Elle semble un peu gênée et triture nerveusement sa bouteille de bière.

— Si je répondais non, tu me détesterais ?

Elle y réfléchit.

— Sûrement.

— Ah. Heureusement que je sais que tu t'appelles Holliday.

Surprise.

Comment aurait-il pu oublier un nom pareil ? Est-elle vraiment impressionnée ou fait-elle seulement semblant ?

Peu importe. Ils finissent tous les deux dans un coin, assis côte à côte sur un vieux banc en pierre.

Elle vient du sud de la Californie où il ne neige jamais, et c'est la première fois de sa vie qu'elle doit se procurer un manteau.

— Parle-moi des plages.

Elle accepte, et son récit fait presque oublier à Zach qu'ils sont assis dehors par une température proche de zéro. Il oublie également les semaines qui viennent de s'écouler. Il croirait même apercevoir la lumière au bout du tunnel.

Soudain, Lena lui demande :

— Alors, qu'est-ce que ça fait d'être arrêté ?

— Pardon ?

— Tu t'es fait arrêter, non ? C'est ce qu'on raconte, en tout cas.

Lena lui paraît soudain moins charmante, maintenant qu'il apprend la réputation qui le précède.

— Ouais, acquiesce-t-il. C'est moi, le gros naze.

— Ce n'est pas ce que je voulais dire, le corrige-t-elle en touchant son bras. Je ne voulais pas…

— T'inquiète, ce n'est pas grave. De toute manière, j'allais partir. On se gèle par ici.

En se levant du banc, il regarde autour de lui et s'aperçoit que la fête a pris de l'ampleur. Un peu trop, même. Il ne faudra pas longtemps avant que quelqu'un vienne la gâcher.

— C'était sympa de discuter avec toi, lance-t-il à Lena avant de s'éloigner sans l'ombre d'un regret.

De toute façon, il n'a rien à faire ici alors que Courtney sort de prison aujourd'hui. Il ferait mieux d'aller la voir.

Teddy est dans son salon avec un verre de lait vide et un paquet de gâteaux éventré. D'habitude, il ne mange jamais autant de sucre, mais aujourd'hui il a fait une entorse à la règle.

Des extraits de son interview ont été diffusés aux informations tout au long de l'après-midi. Il n'en a pas manqué un seul, a analysé sa tenue, sa posture, et jaugé son interlocutrice. Lissa a peut-être l'air d'une potiche, mais ce n'est pas une si mauvaise journaliste.

« Je tiens particulièrement à saluer le professionnalisme du personnel soignant qui m'a pris en charge. Nous avons beaucoup de chance d'avoir un hôpital de cette qualité dans notre ville. »

C'est l'une de ses citations préférées. Il a un peu forcé le trait, certes, mais il n'a pas été si mal soigné que ça, tout compte fait. En dépit du fait qu'Allison ne lui ait pas rendu visite.

Elle verra certainement cette interview. Il faut vraiment le vouloir pour la manquer.

En fin d'après-midi, le site Internet de Belmont affiche le lien vers l'interview, ainsi qu'une page rendant hommage à la mémoire du proviseur, accompagnée de vœux de prompt rétablissement pour toutes les autres victimes. Quatre lycéens et deux professeurs, Fallon Knight et Teddy.

Fallon. C'était un coup de bol, pas une cible.

Qui aurait pu deviner qu'elle buvait du lait ? Certainement pas Teddy. Il n'a jamais prêté attention aux habitudes alimentaires de son ancienne élève. Pas plus qu'il ne savait quels gamins seraient victimes du lait qu'il a trafiqué. Sa seule certitude, c'est qu'aucun n'en mourrait.

En théorie.

La dose de poison n'était létale que si l'un d'eux avait des problèmes cardiaques. Et il ne s'est pas trompé.

L'an dernier, le proviseur a fait un infarctus. Le pauvre.

Rares étaient les personnes au courant de ce malaise, mais Teddy l'a appris grâce à Allison qui n'a outrepassé le secret médical que pour son mari. N'est-ce pas ce que font les couples mariés ? Ils discutent des événements intéressants qui ont marqué leur journée. Par exemple, l'hospitalisation en urgence du proviseur de Belmont.

Pour ne rien gâcher, Teddy le savait amateur de lait. Tous les midis, le proviseur arrivait le premier au réfectoire. Et, tous les midis, il prenait une briquette de lait avec son repas qu'il mangeait parmi les élèves.

C'est pourquoi Teddy était persuadé que, de toutes les personnes qui boiraient du lait, le proviseur serait le seul susceptible d'en mourir. Ce n'était pas forcément le but, mais il ne pouvait pas exclure cette possibilité.

Bref, tout ça n'était pas la question. Son véritable objectif, évidemment, était de sauver ses élèves. Ils méritent un meilleur dirigeant, un chef prêt à prendre des risques pour eux. Même des sales gosses pourris gâtés comme Zach.

Un flash info l'informe qu'il a réussi.

La fille libérée après la mort de sa mère.
Le procureur abandonne les poursuites.

Il était temps.

Teddy se lève pour aller à la cuisine où il se sert un autre verre de lait – chose exceptionnelle compte tenu de son intolérance au lactose. Il se demande dans combien de temps apparaîtra le prochain flash info. Il faudra bien trouver un autre coupable.

Heureusement que Teddy leur a simplifié la tâche.

66

Fallon devrait prévenir la police. Elle n'a de cesse de se le répéter.

Pourtant, elle ne l'a toujours pas fait et reste chez elle à contempler le plafond. Elle pense aux risques auxquels elle s'exposerait si elle portait plainte contre Teddy.

C'est un salopard arrogant, certes, mais il est malin. Si elle remettait la vidéo aux flics, il serait capable de retourner cette preuve contre elle.

Cette vidéo a été truquée. Et puis, regardez qui vous l'a transmise. Fallon Knight me déteste depuis cette histoire de lettre de recommandation. Tenez, voyez tous ces mails qu'elle m'a envoyés. Elle me traite de « sac à merde ».

Les motivations de Fallon paraîtraient suspectes, on s'interrogerait sur sa santé mentale.

Si elle était à la place de Teddy, elle se défendrait de la même façon : par l'attaque.

Et si elle se trompait ? Et si Teddy s'était infiltré dans le lycée pour une tout autre raison ? Et s'il avait besoin de récupérer quelque chose et oublié de prendre son badge, préférant passer par la fenêtre pour ne pas faire l'aller-retour chez lui ?

Elle se sentirait bête.

Et la police la prendrait pour une idiote.

Autre solution : poster la vidéo sur les réseaux sociaux et laisser l'opinion publique faire son œuvre. Mais les gens reconnaîtraient-ils Teddy sur les images ? L'identifieraient-ils tout court ?

Après cette interview télévisée, oui. Et puis, les médias adorent pointer du doigt un suspect potentiel avant même qu'il ne soit arrêté.

Seulement, plus elle y réfléchit, plus elle se convainc qu'on finira par remonter jusqu'à l'origine de la vidéo : elle, en l'occurrence. Fallon se retrouverait alors précisément dans la position qu'elle veut éviter, et l'on s'interrogerait sur ses motivations. Elle n'est pas informaticienne. S'il existe un moyen de brouiller les pistes, elle ne le connaît pas.

Tout ça la ramène au point de départ.

Elle met un long moment à sortir de son lit. Une fois qu'elle y parvient, elle a la sensation d'être en pilote automatique. Douche, maquillage, coiffure, et vêtements seyants – la seule tenue décente héritée de son ancienne vie, celle qu'elle menait avant d'être recalée par toutes les universités, avant d'abandonner ses études.

Dernier regard au miroir avant de partir. Vont-ils la reconnaître ? Ou croiront-ils à une imposture ?

Il fait nuit, la soirée est bien avancée, et le trajet lui paraît long. Canary Lane, la grande maison tout au bout. Les gens l'appelaient ainsi, « la grande maison au bout de Canary Lane ».

Celle de ses parents.

Ils ne savent pas qu'elle est de retour en ville. Elle ne les a pas prévenus, n'est pas passée leur rendre visite. Ils la croient toujours en études à State. Ça non plus, elle ne leur en a pas parlé. La presse n'a pas publié son nom, l'identité des victimes n'a pas été révélée, exception faite du proviseur. Au lycée, tout le monde sait qui a été empoisonné, mais pas les journalistes.

Enfin si, ils savent pour Teddy, mais seulement parce qu'il s'est exprimé aux informations.

Arrivée dans l'allée privée, Fallon s'arrête. Elle se revoit enfant, condamnée à rester enfermée dans sa chambre tant que ses devoirs ne seraient pas terminés. Elle demeure assise à son bureau, les joues baignées de larmes, la vue brouillée, et essaie de tout terminer avant l'heure du dîner. Au début, elle échoue. Et, peu à peu, elle s'améliore. Elle affûte son intelligence, trouve des biais, des techniques pour faire plaisir à ses parents.

Dans sa voiture, Fallon s'imagine leur expliquer pourquoi elle est revenue, pourquoi elle enseigne à Belmont. Pourquoi elle a placé une caméra dans la classe de Teddy, sans parler de celle devant sa maison.

Elle visualise sa mère. Élégante, raffinée et déçue. Éternellement déçue. Et son père. Grand, d'une autorité suprême, presque divine. Quand il secoue la tête d'un air grave, c'est comme s'il lui jetait une malédiction. Elle sait d'avance ce qu'il répondra : « Tu reproches encore aux autres tes échecs ? » Fallon enclenche la marche arrière et reprend la route.

Courtney est emmitouflée dans une robe de chambre molletonnée et avale des sushis et des bonbons Long Fizz, ses deux aliments préférés. Zach les lui a apportés en rentrant du Bosquet. Les effets de son pétard se sont dissipés depuis longtemps, en partie parce qu'il a mangé.

— Je suis restée une heure dans le bain, dit-elle. En prison, tu n'arrives jamais à te sentir propre.

— Ouais, j'ai remarqué ça quand je suis venu te voir… Bonjour l'odeur.

Il esquive de justesse le Long Fizz qu'elle lui jette à la figure.

— J'ai reçu un message de Siobhan, reprend Courtney. Elle a été transférée à Pellier.

— Oui, il paraît. Connor aussi.

— Et toi, tu as été transféré ?

— Non. Mais j'aime bien les cours à domicile.

— Je suis fichue. J'ai manqué la fin du premier trimestre et tout le deuxième.

Elle hausse les épaules comme si ça lui importait peu, mais Zach sait que c'est faux. S'il était à sa place, il le vivrait mal.

— Le bon côté des choses, dit-il en la regardant engloutir un maki, c'est que la dissertation de ton dossier de candidature à la fac sera en béton armé.

— Oui, c'est déjà ça, marmonne-t-elle.

La télévision est allumée. Le programme en cours touche à sa fin, suivi par les informations. On y parle d'abord de la libération de Courtney, puis soudain Crutcher apparaît.

« Et maintenant, voici un extrait de notre interview exclusive avec l'une des victimes de Belmont. »

Courtney soupire.

— J'en ai marre de me voir.

— Et moi, j'en ai marre de voir Crutcher, réplique Zach.

— Au moins, ce n'est plus ton prof.

Il pique un Long Fizz dans son paquet.

— Tu savais que la nouvelle qui remplace Mme B. était une ancienne élève de Belmont ?

— Ah bon ?

— Oui, c'est mon tuteur qui m'en a parlé. Apparemment, elle déteste Crutcher.

— Pourquoi ?

— Il l'avait prise en grippe. C'est bizarre qu'elle ait été empoisonnée. Et, surtout, que Crutcher l'ait été en même temps.

— Oui, c'est bizarre, acquiesce Courtney en terminant le dernier sushi avant de faire passer le tout avec du Coca. Tu crois qu'ils m'ont libérée parce qu'ils ont un autre suspect en vue ?

— Peut-être. À moins que le FBI n'ait enfin compris que la police de cette ville était débile.

— J'espère qu'ils ont trouvé le coupable, dit-elle en se tournant vers la télévision. Et j'espère qu'ils l'arrêteront bientôt.

— Oui, tant que ce n'est ni toi ni moi.

— D'après toi, qui ça peut être ? Tu soupçonnes quelqu'un ?

Zach y a beaucoup réfléchi. Peut-être même trop. Quand il pense aux victimes décédées – une mère trop exigeante, une prof appréciée de tous, un proviseur –, ça n'a aucun sens. Personne ne tire aucun bénéfice de ces trois morts. Pas qu'il sache, en tout cas.

Ce doit être le hasard. Quelqu'un veut semer la panique de façon aléatoire, sans chercher à cibler ses victimes. C'est ça, le plus effrayant.

— Je n'en ai aucune idée, finit-il par répondre. Mais je sais quel poison le meurtrier utilise.

— Impossible. Ils n'ont jamais divulgué cette info.

Il sourit.

— Non, je l'ai découvert tout seul.

— D'accord, monsieur Wikipédia. Alors c'est quoi ?

— Une plante. Ou plutôt une baie.

Elle acquiesce. Cela confirme ce que lui a dit son avocat.

Mais Zach ne s'arrête pas là. Il explique ce qu'il sait de l'œil de poupée et quels effets cette substance peut avoir sur l'organisme. Plus il parle, plus Courtney semble pétrifiée. Il se tait soudain, prenant conscience qu'il est en train de décrire en détail la façon dont sa mère est morte. Il s'est passé tant de choses depuis. Il avait presque oublié.

Tout comme il a failli oublier le jour où il a fouillé le bureau de Crutcher et y a trouvé un livre sur les plantes.

67

Il est 20 heures passées quand Teddy entre dans l'hôtel *Fairlane*. L'établissement est chic, typiquement le genre d'adresse appréciée par ses élèves et leurs parents, dont certains pourraient même en être les propriétaires.

C'est au *Fairlane* que Belmont organise certaines de ses collectes de fonds, ainsi que la fête de Noël du lycée, la soirée d'accueil du proviseur et le bal de promo. Et maintenant que Belmont est fermé, c'est à l'hôtel que le conseil d'administration tient ses réunions.

Teddy rejoint ses collègues sur la mezzanine, une pièce dotée d'un tapis affreux et de rideaux ridicules, en dehors de quoi l'endroit est correct. Le président est assis en bout de table. Il est petit, rond et peu charismatique. Mais très, très riche.

— Merci d'être venu, dit-il à Teddy.

Ce dernier s'installe sur la seule chaise libre.

— C'est normal, si je peux faire quoi que ce soit…

— C'est gentil.

Le président présente un nouveau visage parmi la tablée : Grady Lewis. Il est jeune, les cheveux gominés, et un mouchoir à pois dépasse de la poche de son veston.

— Grady travaille pour une entreprise de relations publiques à New York. Nos avocats nous ont suggéré de faire appel à lui pour nous aider à gérer cette… situation.

Grady se lève pour rejoindre le paper board tourné vers la table. Ce type est un crétin, Teddy le sent déjà, mais il devra faire avec.

Pour l'instant.

— Nous ne saurions ignorer l'ampleur de la tragédie, commence le blanc-bec. Tout le monde s'affole, depuis le personnel jusqu'aux parents d'élèves. Il semblerait à présent que les enfants eux-mêmes soient pris pour cibles. Le taux de fréquentation de votre établissement risque de chuter, c'est un fait. (Il marque une pause pour sonder la salle.) Nous estimons qu'à la réouverture du lycée vous aurez perdu au moins cinquante pour cent de vos effectifs.

Personne ne répond, mais les regards s'assombrissent.

— À ce stade, les possibilités se réduisent. L'enquête vous échappe – que dis-je ? Le lycée tout entier vous échappe. Mais il vous reste une option : tenir les gens informés des mesures que vous mettez en place pour rectifier le tir. Votre système de vidéosurveillance, par exemple. Et l'instauration de contrôles sur la nourriture. Tous ces éléments doivent être communiqués aux parents. Car, comme vous le savez, ajoute Grady en souriant presque, ce sont eux qui décident de tout.

Une façon détournée de rappeler que ce sont eux qui paient les factures.

— Sachant que vous avez perdu votre proviseur dans des circonstances tragiques, nous vous recommandons avant tout de désigner quelqu'un qui s'exprimera au nom de l'école. Donnez aux médias un visage, pas seulement une déclaration écrite. Vous pourriez même élire un proviseur intérimaire.

Tout le monde pivote vers Teddy, y compris Grady.

S'il était écrivain, c'est exactement la tournure des événements qu'il aurait donnée à son histoire.

Savant fou

Zach relit le message de Lucas à plusieurs reprises sans comprendre de quoi il parle. Est-ce un film, un dessin animé, un jeu vidéo ? Peut-être un super-héros, ou un méchant. À cette heure tardive, son copain peut être parti très loin.

Il est presque minuit, et Zach est dans sa chambre à plancher sur un autre devoir pour Titus. Il répond à Lucas :

C'est ton nouvel objectif de vie ?

Mais non, crétin. Va voir en ligne. C'est comme ça qu'on l'appelle : le SAVANT FOU.

Zach n'a pas besoin de se connecter pour deviner qu'il s'agit de la personne qui sévit à Belmont.

Il pense aussitôt à Courtney. Dès qu'elle se connectera, elle découvrira comment les internautes ont surnommé le type qui a tué sa mère. En prison, elle ne suivait pas ce qui se passait en ligne. Elle n'était pas au courant pour le hashtag #Belmort et s'épargnait tous les commentaires des gens. Ce n'était pas plus mal. Il écrit à Lucas :

Ils sont tous tordus.

Pas plus que celui qui empoisonne des gens.

Là-dessus, il n'a pas tort. Encore une fois, il songe à Crutcher. À ce livre trouvé dans son bureau et à son interview aux informations. Ça lui rappelle les émissions sur les affaires criminelles. Parfois, les meurtriers ne peuvent s'empêcher de se mettre sous le feu des projecteurs. Ça leur fait revivre leur crime.

Mais qu'en est-il de Crutcher ?

Toutes ces pensées occupent l'esprit de Zach qui s'entête à chercher une réponse, sans succès. Ça ne le mène à rien, si ce n'est à détourner son attention de ses devoirs.

Pour lui, ça n'a jamais été difficile de faire le mur, il s'absente en douce depuis ses quatorze ans. La maison est bien assez grande pour sortir sans réveiller personne.

Une fois dans sa voiture, il ne sait pas où aller. N'a aucune idée en tête, aucune destination. Ou, en tout cas, c'est ce qu'il se dit. Mais une fois de l'autre côté de la ville, près du Bosquet, il sait qu'au fond il avait l'intention de venir ici.

La maison de Crutcher est située à l'écart de la route comme toutes les vieilles demeures de ce quartier. La plupart ont été rénovées, mais la sienne tombe en ruine. Pas au point de ressembler à un manoir hanté, mais de l'extérieur, elle paraît abandonnée.

Sauf le jardin. Inexistant.

Même en hiver, les jardins du quartier sont verdoyants, il n'y a ni fleur ni fruit, mais les plantes hibernent en attendant le printemps.

Celui de Crutcher est vide. C'est comme si le jardinet donnant sur la rue avait été rasé.

Zach se gare devant et coupe le moteur. L'environnement est calme, et toutes les lumières sont éteintes. Il s'y attendait. Son prof a le profil d'un couche-tôt doublé d'un lève-tôt.

Du coin de l'œil, il perçoit du mouvement et se retourne. De l'autre côté de la rue, une voiture est stationnée, parallèle à la sienne. C'est une vieille guimbarde. Elle n'est pas vide, une femme est au volant, apparemment aussi surprise que lui de croiser quelqu'un ici.

Il la salue, comme s'il était parfaitement normal de trouver la remplaçante de Mme B. devant la maison de Crutcher.

68

Fallon regarde Zach Ward s'éloigner, toute son attention dirigée non plus sur le téléchargement de la vidéo de la caméra placée près de la boîte aux lettres, mais sur les phares de la voiture de ce lycéen.

Son premier réflexe est de penser qu'elle s'est fait prendre en flagrant délit. Jusqu'à présent, elle n'avait jamais croisé personne de sa connaissance dans la rue de Teddy. Mais, maintenant, quelqu'un l'a vue. Et en pleine nuit de surcroît. Elle en vient à se demander si Zach l'a déjà aperçue ici auparavant. Peut-être qu'il savait quelle voiture elle conduisait.

Elle cherche des informations sur Internet, notamment son adresse.

Mais Zach n'habite pas dans le quartier de Teddy, loin de là.

Il est peut-être venu rejoindre des amis. Comment le savoir, elle le connaît à peine. Elle ne lui a même jamais adressé la parole.

Elle achève de télécharger les données, relance la caméra et rentre chez elle. Pour l'instant, elle ne sait pas si cette vidéo lui sera d'une quelconque utilité. On y voit seulement les allées et venues de Teddy. Personne ne lui rend jamais visite. Personne n'approche le seuil de sa baraque hormis les livreurs.

Il serait tellement plus facile de lui gâcher la vie s'il recevait régulièrement la visite de travailleuses du sexe ou de trafiquants de drogue.

Cela dit, il les ferait plutôt passer par la porte de service.

À Belmont, les mecs décrivaient les filles ainsi : elles étaient soit des chats domestiques, soit des chats de gouttière. Certaines étaient présentées aux parents, d'autres non.

Fallon était un chat de gouttière.

Son premier petit ami s'appelait Jeremy Locke, un gosse de riche, comme elle. Avec des parents tout aussi exigeants. Ils en parlaient beaucoup, discutaient souvent de la pression qu'on leur mettait pour intégrer une grande école. Le culte de l'excellence. À Belmont, c'est une philosophie de vie.

Elle aimait Jeremy autant qu'une lycéenne peut s'enticher d'un garçon. Tout était parfait, jusqu'au jour où les parents de Fallon ont découvert le pot aux roses.

— Il t'empêche de te concentrer sur tes études, a déclaré son père.

— Non, s'est-elle défendue. C'est faux, je te le jure.

Ils ne l'ont pas crue. Un seul coup de fil de sa mère à celle de Jeremy a suffi pour mettre un terme à leur relation.

— Tu auras tout le temps de fréquenter des garçons plus tard, s'est-elle justifiée.

Si elle savait comme elle se trompait… Aujourd'hui, aucun mec ne veut d'une ratée comme elle.

Fallon arrive en bas de chez elle, pensant tantôt à Jeremy, tantôt à Teddy. Trois personnes sont mortes, Belmont est toujours fermé, et pourtant elle n'a pas l'impression d'être sur la bonne voie pour le faire licencier. Loin de là… Il est presque devenu la coqueluche des médias.

Avec un soupir, elle se gare. Une voiture passe derrière elle, dont les phares arrière ressemblent à ceux de Zach.

Le lendemain matin, Titus est là à 9 heures précises. Il est tellement ponctuel que Zach le soupçonne d'avoir attendu quelques minutes sur le seuil avant de frapper.

— Bon, je t'ai lâché un peu la bride la semaine dernière, dit-il à son élève en passant devant lui pour se rendre directement dans la cuisine. C'était uniquement à cause de ces histoires à Belmont. Ça ne se reproduira pas.

Zach sourit, le visage tourné pour se cacher de Titus. Ça ne se reproduira pas ? Ben voyons… Ce n'est pas la première fois qu'il entend ce discours.

— Merci, répond-il. C'est gentil de m'avoir un peu préservé.

Sans sarcasme. Il préfère garder Titus de son côté.

— Bon. Parlons un peu de la guerre du Péloponnèse.

Zach a déjà terminé ses devoirs. Il pourrait disserter sur cette guerre toute la journée s'il le fallait.

Une heure et demie plus tard, ils font une pause. Zach profite de l'occasion pour discuter des récents événements à Belmont et en venir au sujet qui l'intéresse vraiment : Fallon Knight.

Il en sait déjà plus à son propos, à commencer par l'appartement insalubre qu'elle habite. Et la luxueuse demeure de ses parents. Tout le monde connaît la grande maison sur Canary Lane.

Comment a-t-elle atterri dans ce vieil immeuble ?

Et comment une lycéenne de Belmont peut-elle se retrouver à State ?

Il n'a eu aucun mal à reconstituer son parcours sur Internet, mais c'est la suite qui est difficile à retracer. Elle a déménagé, est partie à la fac, puis a disparu de la circulation jusqu'à réapparaître aujourd'hui en tant que remplaçante de Mme B.

Il y a anguille sous roche.

Zach a l'impression d'avoir des tonnes de loisir. Surtout depuis qu'il prend ses cours à domicile. Il a énormément de temps libre. Certes, avoir suivi Fallon jusqu'à son domicile en pleine nuit lui a donné le vague sentiment d'être un harceleur, mais il était curieux de savoir ce qu'elle fabriquait devant la maison de Crutcher. C'était bizarre. Comme si c'était elle qui pistait Zach.

— Tu savais que Fallon Knight était l'une des victimes de Belmont ?

— Ah bon ? s'étonne Titus. Non, je l'ignorais.

— Ah, je pensais que tu avais gardé contact avec elle.

— Non. Au début, notre promo continuait de se donner des nouvelles sur un tchat privé, et puis nos routes se sont séparées. Je ne lui ai plus parlé depuis deux ou trois ans. Elle est partie étudier à State.

— State ? Après une scolarité à Belmont, il est rare de se retrouver dans une fac publique.

— Ouais, tout le monde était surpris. Aucune des universités auprès desquelles elle a postulé n'a retenu sa candidature. Elle l'a appris un peu avant la remise des diplômes. Plus tard, elle l'a reproché à Crutcher.

Zach opine sans faire de commentaire en espérant que son tuteur en dira davantage. Parfois, il suffit de se taire pour faire parler quelqu'un. Une leçon qu'il a apprise de maman, pas de papa. Elle utilise généralement cette technique lorsqu'elle interroge des témoins.

— Je n'ai jamais compris, reprend Titus en croquant une chips. Ça avait un rapport avec son dossier de candidature, mais je n'ai jamais eu le fin mot de l'histoire.

Là encore, Zach attend. Mais Titus mange des chips en haussant les épaules, silencieux.

— C'est chelou. Les facs demandent au moins trois lettres de recommandation, non ? l'encourage-t-il.

— C'est ça, acquiesce le tuteur.

— Il doit y avoir une explication. (Zach grignote une chips en affectant un air détaché.) Quand tu la connaissais, elle était comment ? En classe, je veux dire.

— Toujours tendue. Et elle avait les dents qui rayaient le parquet.

— Comme tout le monde à Belmont, quoi.

— En gros, oui. (Titus s'apprête à prendre une autre chips, puis change d'avis.) Je me souviens que certains racontaient qu'elle avait roarké, mais je n'en sais pas plus.

Pour les élèves de prépa, « roarker » signifie « s'effondrer sous la pression ». Zach connaissait ce terme, comme tous les gamins de Belmont.

C'était peut-être ça. Elle a craqué, ce qui l'a menée devant la maison de Crutcher en pleine nuit.

69

Parfois, Teddy se demande pourquoi il se fatigue. Sa vie entière tourne autour de ses élèves – pour lesquels il a été jusqu'à tuer. Si c'était à refaire, il n'hésiterait pas une seule seconde. Pourtant, ils trouvent encore le moyen de lui en faire voir de toutes les couleurs !

Il est devant les informations du soir. Toute la journée, il a attendu que la chaîne locale diffuse l'annonce de l'affectation d'un nouveau proviseur. Ne mériterait-elle pas un flash spécial ? Ce n'est pas rien, tout de même ; son prédécesseur est mort lors des empoisonnements en série à Belmont.

Teddy devrait-il avoir la conscience tourmentée ? Oui, certainement, pour avoir assassiné quelqu'un. Par principe, c'est mal. Mais quand c'est pour le bien de ses élèves, pour épargner le pire à Courtney et Zach, ce n'est peut-être pas si « mal » que ça, si ?

Et est-ce vraiment une mauvaise chose de savoir ce que l'on veut ? Ce n'est pas comme s'il pouvait parler à quiconque de son plan ; il ne peut pas en récolter les louanges. Teddy n'a jamais eu l'ambition de devenir proviseur. À Belmont, seul un ancien élève pouvait accéder au poste. Ce Graal, qui était pour lui inaccessible, est désormais à portée de main.

C'est de ça dont il devrait être question : le nouveau proviseur de Belmont est le premier à ne pas avoir fréquenté l'établissement étant plus jeune, car son seul talent lui suffit à mériter ce poste.

Mais non, au lieu de relayer l'information, c'est une interview de Veronica qui est diffusée.

Une chic fille. Il l'a eue en classe lorsqu'elle était en seconde. Une bonne élève ; pas la meilleure, mais studieuse. À présent, elle est en terminale et fait partie des élèves populaires de Belmont. Certains diraient même que c'est la plus jolie fille du lycée, mais pas Teddy.

Veronica est l'une des victimes d'empoisonnement de Belmont. Aujourd'hui, elle raconte son histoire à la télévision.

« En début d'après-midi, j'ai été prise de vertiges, comme si je n'avais rien dans l'estomac alors que j'étais sortie de table une heure plus tôt.

— Qu'aviez-vous mangé à midi ?

— Un taco accompagné d'une briquette de lait. Du lait demi-écrémé. Le tout était servi par le lycée. Quand je me suis levée à la fin de mon premier cours de l'après-midi, j'ai eu la tête qui tournait. C'était comme si… Comme si j'entrais dans un tunnel où tout devenait de plus en plus petit. C'est la dernière chose dont je me souvienne. »

Teddy lève les yeux au ciel. Un tunnel, ben voyons. Si elle avait été plus attentive en classe, elle aurait trouvé une métaphore plus pertinente.

L'interview n'en finit plus, comme s'ils n'avaient rien d'autre à dire aux informations. Aucun communiqué du conseil d'administration concernant le nouveau proviseur, ni au sujet de sa conférence de presse ou de son annonce pour le mémorial.

Cette dernière idée lui est venue d'un coup, comme une sirène qui se déclencherait soudain dans sa tête. Suite à la mort d'Ingrid Ross et à l'arrestation de Courtney, la soirée de commémoration annuelle pour le précédent proviseur décédé d'un suicide n'a jamais eu lieu. La statue n'a jamais été inaugurée, et Teddy n'a pas eu l'occasion de faire son discours.

Or, quoi de mieux qu'une cérémonie de commémoration pour rendre hommage à toutes les victimes de Belmont et ouvrir un nouveau chapitre avec un nouveau proviseur ?

L'événement se tiendra devant l'établissement – ils ne peuvent toujours pas pénétrer dans le lycée, mais l'accès aux marches de l'entrée et au parking leur a été accordé. Teddy a tout prévu. Le haut de l'escalier fera office d'estrade, et la façade du lycée sera leur toile de fond.

Ce sera parfait.

Sauf que personne n'y fait allusion. Tout le monde écoute Veronica.

Il éteint la télévision et monte dans son bureau. Cela fait plusieurs jours qu'il n'est pas retourné voir ce que disaient les élèves sur les réseaux sociaux. Il aimerait qu'ils parlent tous du futur proviseur – en bien ou en mal, pourvu qu'on parle de lui –, mais se doute qu'ils n'en auront certainement que pour la lycéenne.

Il ne s'est pas trompé.

Si la plupart sont désolés d'apprendre qu'elle a été empoisonnée, ça n'empêche pas certains de la traiter de prostituée des médias. Et Teddy ne leur donne pas tort.

Par ailleurs, ils décortiquent l'interview sous toutes les coutures ; ce qu'elle dit, ce qu'elle porte, aussi bien en vêtements qu'en maquillage. Teddy se surprend à être fasciné par leur analyse. Avec un brin de mise en page, on pourrait en faire une dissertation de fin de trimestre. Et plutôt solide, de surcroît.

Par le biais de son alter ego Natasha, il glisse quelques remarques de son cru. Pas très sympathiques, mais honnêtes.

Quand le sujet le lasse, il cherche ce qu'en disent certains gamins en particulier. À commencer par Courtney. Elle est sortie de prison depuis vingt-quatre heures, elle a forcément eu le temps de se connecter.

Mais non, l'adolescente n'a fait aucun commentaire et n'a publié aucun post depuis le jour de son arrestation.

Encore une preuve de son intelligence. Elle a toujours été une excellente élève.

À présent, il cherche Zach. Lui, en revanche, s'est connecté plusieurs fois, mais il ne parle pas de Veronica. Rien non plus sur le futur proviseur du lycée, sans grande surprise puisqu'il a été déscolarisé de Belmont.

Teddy revient à la conversation autour de Veronica. Elle a de la chance d'être en terminale. Sans quoi il se serait vu dans l'obligation de la descendre de son piédestal.

Il s'est garé.

Fallon ne s'en est souvenue que bien plus tard, trop troublée d'avoir vu Zach Ward la suivre. Le lendemain, elle a été dépitée en apprenant que Teddy serait nommé proviseur intérimaire du lycée.

Il fallait s'y attendre.

Peu à peu, tout s'éclaire. Fallon pourrait presque dérouler tout le stratagème. En grande partie, en tout cas. Certaines zones d'ombre persistent, notamment la mort d'Ingrid Ross. Fallon ne comprend pas la raison de cet assassinat, mais il y en a forcément une.

C'est en retraçant l'histoire qu'elle se rappelle que Zach s'est fait arrêter.

Il s'est approché de la maison de Teddy, s'est rangé le long du trottoir et a éteint ses phares. En d'autres termes, il s'est garé. Comme s'il s'apprêtait à rendre visite à son professeur en pleine nuit.

En la voyant, il lui a adressé un petit signe et est reparti. Enfin, il a fait comme s'il s'éloignait alors qu'en réalité il la prenait en filature.

Alors pourquoi cette réaction lorsqu'il l'a aperçue ? S'il était vraiment là pour parler à Teddy, en quoi la présence de Fallon aurait-elle changé ses projets ?

Sur Internet, elle se renseigne sur le garçon et sa famille. C'est l'élève typique de Belmont avec deux parents aux carrières prestigieuses et une maison dans les beaux quartiers. Sur les réseaux sociaux, il est loin d'être provocateur. Au contraire, il est même barbant. Zach Ward passait pour un gamin normal jusqu'au jour où il a été arrêté puis déscolarisé.

Toutes ces données mettent Fallon sur de nouvelles pistes.

L'idée qu'il puisse débarquer en pleine nuit avec sa propre voiture sans chercher à se camoufler pour s'en prendre à Teddy est parfaitement ridicule.

Ce qui l'est beaucoup moins, c'est l'éventualité que Teddy puisse avoir un complice.

Troisième partie

70

À midi, Courtney allume la télévision. Zach aimerait l'en empêcher, mais ne peut s'y résoudre. Les journalistes beuglent leurs informations et l'empêchent de réviser.

« Flash de dernière minute, un accident vient d'impliquer trois véhicules sur l'autoroute. Nous retrouvons Trevor Harmon sur place pour plus de… »

Courtney change de chaîne.

« Aujourd'hui, le conseil municipal tiendra une réunion qui s'annonce houleuse pour statuer sur le budget annuel alloué… »

Clic.

« Nous n'avons toujours pas de nouvelles de l'état des victimes du carambolage, mais la police devrait nous transmettre son rapport d'une minute à l'autre. »

Clic.

« Toujours aucune arrestation suite à l'empoisonnement collectif à l'académie de Belmont. Mais le nouveau proviseur intérimaire, Theodore Crutcher, a dévoilé l'intitulé de la cérémonie de commémoration : "Mémoire et guérison : un nouveau départ". Comme nous vous l'annoncions la semaine dernière, l'événement était initialement prévu pour rendre hommage aux précédents proviseurs ainsi qu'aux récentes victimes de Belmont. À présent, il s'agira également de proposer une visite de l'établissement actuellement en rénovation pour l'installation d'un système de sécurité très performant. »

« Passons à la météo. Tom, quel temps est prévu pour notre pause-déjeuner ? »

— C'est tout ? s'exclame Courtney. Ils n'ont rien d'autre à dire à propos de Belmont ?

Zach s'empare de la télécommande pour éteindre le poste.

— C'est à cause du FBI. À mon avis, ils ne laisseront fuiter aucune info.

— À moins qu'il ne se passe rien du tout, suggère Courtney.

— Non, ils s'accrocheront à l'affaire. C'est comme une fusillade dans une école, mais en moins violent.

Son amie grogne.

Elle gère moins bien que Zach les cours à domicile, mais ça irait sans doute mieux si elle gardait ses distances avec son téléphone et la télévision.

— Tu en sais plus au sujet de Fallon ? demande-t-elle.

Encore une erreur de Zach. Il n'aurait jamais dû lui parler du livre sur les plantes, trouvé dans le bureau de Crutcher, ni de Fallon Knight qu'il a repérée en train de rôder devant la maison du professeur. S'il avait su qu'une autre semaine s'écoulerait sans aucune nouvelle arrestation, il ne s'en serait pas ouvert à Courtney.

— Non. Tout ce que je sais, c'est qu'elle déteste Crutcher.

Courtney l'observe si longuement qu'il s'en trouve mal à l'aise.

— Je te jure, insiste-t-il. Je n'ai rien découvert de plus.

Sur un soupir, elle retourne à son ordinateur, et Zach reprend ses devoirs, la tête rentrée dans les épaules.

D'habitude, mentir ne lui pose aucun problème. Aujourd'hui, c'est différent. Il ne cache jamais rien à Courtney – enfin, ça, c'était avant. À l'époque où sa mère était vivante et où sa connaissance du milieu carcéral se limitait à la série *Orange is the New Black*.

Depuis qu'elle est dehors, les reportages sur les prisons l'obsèdent. Elle note les émissions selon leur degré de réalisme.

Et, quand elle ne regarde pas la télévision, elle fouille le Net en quête d'informations sur les meurtres de Belmont, épluche chaque article, chaque forum, chaque conversation sur le sujet. C'est à la fois parfaitement compréhensible et totalement flippant.

Les parents de Zach diraient qu'elle n'a pas fait le deuil de sa mère. Et, cette fois, il leur donnerait raison.

Il évite donc le sujet de Fallon. Et de Crutcher. Il ne lui raconte pas qu'il a suivi Fallon à plusieurs reprises et qu'elle passe tous les jours devant la maison de Crutcher. Mais elle ne sort jamais de sa voiture. Elle approche, s'arrête le temps de pianoter sur son téléphone, puis reprend la route.

Pour lui, ça n'a aucun sens, mais ça en a forcément pour Fallon puisqu'elle continue de le faire.

Et elle aussi s'est mise à le pister. Il a reconnu sa vieille guimbarde plusieurs fois. Un jour, elle était garée dans une rue voisine. Un autre, alors qu'il attendait à un feu rouge, il a aperçu sa voiture une dizaine de mètres derrière lui.

Il ignore pourquoi Fallon l'épie, mais ça l'amuse. La première fois qu'il l'a repérée, il est allé dans une boutique de matériel pour bébé. La fois suivante, il s'est rendu dans un parc canin. Sans chien.

Mais tout ça, il n'en parle pas à Courtney.

Il préfère lui mentir. C'est pour son bien.

La salle de conférences est située au onzième étage avec une magnifique vue sur la ville. Au loin, Teddy aperçoit Belmont.

— Nous allons devoir choisir un porte-parole, dit Winnie.

En se tournant vers elle, il lui sourit. Elle est mignonne quand elle utilise le pronom « nous ». En tant que nouvelle présidente du collaboratif des parents d'élèves, elle s'enorgueillit du pouvoir qu'elle considère comme intrinsèque à ce poste. Winnie ne fait pas encore partie du conseil administratif, ces choses-là prennent beaucoup de temps. Et de léchage de bottes.

Il se rassied en bout de table. Mlle Marsha est à sa gauche, Winnie à sa droite. Toutes les autres personnes présentes sont accessoires.

— Reprenez la liste, dit-il à Winnie.

Elle récite les noms de potentiels intervenants lors de la cérémonie « Mémoire et guérison ». Une tâche futile puisqu'il sait déjà qui s'exprimera, mais comme il ne donne plus de cours, ces réunions lui font passer le temps.

Derrière les murs de la salle de conférences, des gens s'affairent à leur travail, ils tapent au clavier, saisissent des données, téléchargent des fichiers, froissent du papier. Bref, ce que font des gens en open space. L'entreprise est gérée par un parent de Belmont qui leur offre l'accès à cette pièce en attendant la réouverture du lycée. Teddy n'a pas hésité à saisir l'occasion, ajoutant qu'il préférait travailler dans un espace disposant de nombreuses fenêtres.

Ses désirs sont des ordres.

Son énumération terminée, Winnie lève les yeux vers lui en guettant sa réaction. Elle n'est pas aussi déterminée ni aussi arrêtée dans ses idées qu'Ingrid pouvait l'être, ce qui devrait faciliter la tâche à Teddy.

— Toutes les victimes devront monter sur scène pour être présentées, dit-il. Tout le monde ne pourra pas prendre la parole, hélas, car nombreux sont ceux qui ont subi un empoisonnement.

— Oui, quel malheur ! ponctue Winnie.

— Nous pourrions laisser parler l'un des élèves touchés, suggère Mlle Marsha. Au nom de tous.

— Vous m'ôtez les mots de la bouche. J'allais justement le proposer.

Winnie opine avec un enthousiasme manifeste. C'en est agaçant.

— Excellente idée. Qui choisit-on ?

Teddy passe les noms en revue avant de désigner la meilleure porte-parole.

— Ce doit être Veronica, vous ne croyez pas ?

— Si, absolument, acquiesce Winnie.

— À moins qu'elle n'ait déjà reçu trop d'attention, nuance-t-il. Elle risque d'être trop associée à cette tragédie, non ? (D'un regard à Mlle Marsha, il tente de savoir de quel côté elle penche. Mais elle ne laisse rien paraître, et c'est encore plus crispant que l'enthousiasme de Winnie.) Je pensais aussi à Damien. Il serait un bon orateur.

Damien Harcourt est en première, et ses parents comptent parmi les dix couples les plus fortunés de la région.

Maintenant que Teddy est proviseur, il doit considérer les parents comme des donateurs.

Au début, il résistait. Il mettait l'accent sur la mission de l'école, la qualité des programmes, l'importance de ce qui était enseigné aux gamins. Il ne s'intéressait pas aux parents, sauf lorsque ceux-ci se mettaient en travers de son chemin.

Jusqu'au jour où Mlle Marsha lui a montré les comptes et les procès en cours. Plusieurs familles ont porté plainte contre l'école pour empoisonnement. Comme si c'était la faute de l'établissement.

Ce sera donc Damien Harcourt qui parlera lors de la cérémonie. Il s'en veut d'opter pour l'élève le plus riche, mais ces privilégiés serviront l'intérêt général, pour une fois.

Il jette un regard à l'horloge.

— Qu'avons-nous d'autre à aborder ? demande-t-il. J'ai un rendez-vous à 15 heures.

Il ne précise pas que le rendez-vous en question est une convocation des agents du FBI.

71

Chaque jour, Fallon se sent un peu plus à l'étroit dans son appartement. Chaque jour, son matelas gonflable perd un peu plus d'air. Chaque jour, ses voisins bruyants deviennent plus insupportables. Elle n'aurait jamais cru devoir rester dans ce taudis aussi longtemps. Elle met plus de temps que prévu à en finir avec Teddy.

Profonde inspiration. Expiration.

Encore.

Encore.

Elle allume son ordinateur portable et regarde les dernières informations. Elle fait un tour sur les réseaux sociaux. Revient aux informations. Passe en revue la vidéo de la caméra postée près de la boîte aux lettres de Teddy. Pour la troisième fois.

Toujours rien.

Si elle avait l'assurance de ne pas se faire prendre, elle installerait une caméra devant la maison de Zach. Mais elle a vécu dans ce genre de villa, elle est bien placée pour savoir qu'elles sont sous vidéosurveillance. Elle ne pourra pas s'en approcher sans éveiller les soupçons.

Mais elle est convaincue qu'il est le complice de Teddy. C'est forcément lui.

Elle a regardé les vidéos de ses cours avant que Zach ne quitte Belmont, et ça saute aux yeux dans la façon dont le professeur s'adresse à son élève, entre mépris et admiration, comme s'il faisait semblant de ne pas aimer le jeune garçon.

C'est tellement évident…

Comme tout ce qu'elle a trouvé en ligne. Il n'a pas fallu longtemps au grand public pour deviner le type de poison utilisé. Sur un forum du groupe #Massacreaulycée, ils ont cherché partout sur la toile jusqu'à remonter à cette plante étrange appelée « œil de poupée », qui pousserait dans la région.

Elle a aussitôt visionné toutes les anciennes vidéos de la maison de Teddy. Il s'est lancé dans le défrichage de son jardin à peine quelques jours après la mort d'Ingrid Ross, quelle drôle de coïncidence ! Mais a-t-elle filmé la plante elle-même ? Non. L'angle de la caméra n'a pas permis de saisir ce genre de détail.

Rien de ce qu'elle a filmé ne convaincra la police ni le FBI que Teddy est impliqué dans les récents événements. Et encore moins si c'est elle qui leur fournit ces preuves.

Elle n'aurait jamais dû envoyer ces mails haineux à Teddy, le traiter de salaud et de sac à merde. À plusieurs reprises. Tout le monde sera persuadé qu'elle cherche à se venger de lui.

Ce qui est vrai.

Non, la vidéo de la boîte aux lettres ne lui apportera rien de plus, pas plus que Teddy lui-même, dont la vie est d'une monotonie glaçante. Elle n'obtiendra rien non plus de Zach. Elle n'arrive même pas à les avoir tous les deux sur le même plan, encore moins à les surprendre à discuter ensemble.

Retour à la case départ, dans son taudis miteux.

Aujourd'hui, elle aura peut-être plus de chance. Elle récoltera peut-être des indices. Fallon prend son sac et quitte son appart. Au pire, elle pistera Zach. Il n'est pas difficile à localiser. S'il n'est pas chez lui, il sera au Bosquet. Ou chez Courtney.

C'est là qu'elle le trouve aujourd'hui, il sort de chez son amie. Ou est-ce sa petite copine ? Peut-être qu'ils se tournent autour. En tout cas, ils passent beaucoup de temps ensemble. Une autre coïncidence intéressante.

Ces bribes d'information sont partout, et pourtant toujours aucune preuve tangible, aucun couteau taché de sang. Pas l'ombre d'une fiole de poison.

Alors Fallon continue, elle suit Zach dans sa voiture de gosse de riche. Il sort du quartier de Courtney et gagne le centre-ville. Tant mieux. C'est plus facile pour elle de passer inaperçue au milieu d'autres véhicules. Sur la route, elle roule trois ou quatre voitures derrière lui, et un peu plus quand c'est possible.

Il tourne à gauche, s'éloigne des artères commerciales, rejoint la zone industrielle avec ses bureaux qui ressemblent à de gigantesques clapiers. Des immeubles affreux, situés à bonne distance des demeures luxueuses du quartier des Ross.

Fallon reste en retrait, fait un tour dans un parking sans lâcher du regard la voiture de Zach. Il se gare sur une place devant un petit bâtiment de plain-pied aux fenêtres rares. Il reste dans sa bagnole. Il attend peut-être quelqu'un, à moins qu'il ne soit sur son téléphone.

Le panneau à l'entrée est trop loin pour qu'elle puisse le lire, elle contourne le bâtiment en voiture. Une dame d'une cinquantaine d'années tout de noir vêtue descend de son véhicule, Fallon se range à côté d'elle.

— Excusez-moi, lance-t-elle par la vitre ouverte. Je crois que je me suis perdue. Pourriez-vous m'indiquer où je suis ?

La femme semble agacée, comme si Fallon l'importunait et que le moment était mal choisi.

— Vous êtes à la banque du sperme.

La banque du sperme, évidemment.

Zach l'a encore repérée et s'amuse avec elle. Ce n'est pas la première fois.

D'accord, elle a compris, c'est un gamin rusé. Mais elle n'a pas dit son dernier mot.

Ça ne sert plus à rien de lui coller aux basques, elle va trouver autre chose.

Avec un soupir, elle quitte la zone industrielle et rejoint le Starbucks. Ferait-elle mieux de suivre plutôt Teddy ? Non, il reconnaîtrait sa voiture, il l'a vue au lycée. Il risquerait de changer de trajectoire et le ferait plus discrètement que Zach. Non pas qu'il soit plus intelligent, mais il n'a plus dix-sept ans.

Teddy n'est pas une proie facile.

Contrairement au proviseur qui s'est suicidé.

72

Teddy a hésité à prendre un avocat pour se rendre à la convocation du FBI. Mais, après réflexion, il a préféré éviter de se comporter comme un suspect : ce serait la pire stratégie possible. Plusieurs membres du corps enseignant affirment avoir été interrogés, il semblerait donc que le FBI s'intéresse à tout le monde. Sans compter qu'il a été empoisonné ; les fédéraux souhaitent sans doute le questionner à ce propos.

Ils se sont installés non loin des bureaux du shérif. Teddy entre dans une pièce très animée où les vestes du FBI côtoient les uniformes de la police. L'homme à la réception paraît agacé. Teddy ne peut que le comprendre.

— Je suis Teddy Crutcher, se présente-t-il.

Le type le regarde bêtement.

— Le FBI a demandé à me voir, précise Teddy.

L'autre soupire et pointe une direction.

— C'est là-bas.

À mi-chemin vers « là-bas », l'agent chauve de l'hôpital vient à sa rencontre, l'agent Roland si sa mémoire est bonne. Avec lui, sa collègue de la dernière fois.

— Merci d'être venu, dit Roland en lui montrant une chaise.

— Je vous en prie, répond Teddy en prenant place – il n'a pas encore souri et n'a pas l'intention de le faire. Nous traversons tous une période éprouvante. Je ferai mon possible pour vous aider à retrouver le coupable.

— Je n'en doute pas.

C'est l'autre agent qui vient d'intervenir, Pruitt. Elle a l'air d'avoir la tête sur les épaules, autant par son allure que par son discours.

— Je suppose que je dois vous féliciter, reprend Roland. Vous êtes à présent proviseur.

Humble hochement de menton avant de répondre :

— J'aurais aimé ne pas en arriver là. Et pourtant, nous y sommes.

— Oui, acquiesce Pruitt. Nous y sommes.

Décidément, il n'apprécie pas cette bonne femme.

— Je souhaiterais revenir au jour de la mort d'Ingrid Ross, dit son collègue. Que vous rappelez-vous de cette journée ?

Teddy évoque la fête d'anniversaire de Sonia, il insiste sur le fait que ce genre d'événement est toujours célébré à Belmont.

— Ce lycée est un peu comme une grande famille. On fonctionne comme ça. C'est pourquoi ce drame nous laisse sans voix.

Il dresse la liste de toutes les personnes présentes dans son souvenir : le proviseur, Mlle Marsha, Frank, Louella, Nari, plusieurs parents d'élèves du collaboratif ainsi que quelques lycéens. L'agent Pruitt prend tout en note.

— Et le jour où Sonia Benjamin est morte ? Vous rappelez-vous l'avoir vue ou lui avoir parlé ?

— Probablement, comme tous les jours, ne serait-ce qu'en salle des professeurs. J'imagine qu'on a dû se saluer. Mais non, pardonnez-moi, je ne me souviens plus exactement de ce qui s'est passé ce jour-là.

L'agent Pruitt ouvre un dossier dont elle feuillette les pages.

— Quand la police vous a interrogé, vous avez déclaré que Sonia Benjamin ne traitait pas correctement Joe, le gardien.

— Tout à fait. Sonia était parfois... Hum, je n'aime pas dire du mal des morts, mais elle avait un côté élitiste.

— Et le proviseur, quelle était sa relation avec Joe ?

— C'est une excellente question. J'aimerais pouvoir y répondre. Mais, pour être honnête, j'ai rarement adressé la parole au proviseur. Vous le savez peut-être, mais toutes nos communications passaient généralement par Mlle Marsha. (Il marque une pause et baisse les yeux.) Vraiment, je ne lui ai presque jamais parlé.

— Il déjeunait au réfectoire tous les midis, objecte Pruitt.

— Oui, c'est exact. Mais c'était son moment d'échange avec les élèves, pas les professeurs.

Elle en prend note.

— Après la découverte de Sonia par Frank Maxwell, reprend son collègue, de quoi vous souvenez-vous ?

— On était sous le choc... Tout le monde s'inquiétait pour elle. Au départ, je crois que personne ne faisait le lien entre Sonia et Ingrid.

— Revenons un instant à ce qui s'est produit il y a quelques semaines. Je sais que nous en avons déjà discuté lorsque vous étiez à l'hôpital, mais il arrive que certains souvenirs vous reviennent en mémoire après coup.

— Je vous en prie.

Teddy rapporte ce qu'il a mangé, à quel endroit, et comment il se sentait juste avant son malaise. Sa version des faits n'est pas la même au mot près, mais dans l'ensemble elle n'a pas changé.

— N'y a-t-il rien d'autre qui vous revienne à l'esprit ? Un détail qui vous aurait paru étrange ?

— Maintenant que vous le dites... (Teddy se penche vers les fédéraux, son premier mouvement depuis qu'il s'est assis.) C'était la semaine précédente, mais j'ai trouvé cela très étrange. Ma plaque de professeur de l'année était accrochée au mur dans ma classe. Et, un matin, elle a disparu.

— Disparu ?

— Oui. Du jour au lendemain, elle s'est volatilisée. (Il claque des doigts.) J'en ai parlé à Joe, qui nettoie les salles tous les soirs, mais il n'a rien remarqué. J'ai également souhaité m'entretenir avec le proviseur puisque techniquement il s'agit d'un vol, mais Mlle Marsha m'a expliqué qu'il était trop occupé. Entre la mort de Sonia et l'installation du système de vidéosurveillance, vous comprenez… Ce n'était pas leur priorité.

— Vous n'avez jamais retrouvé cette plaque ?

— Non. Une nouvelle plaque est apparue vendredi. C'était le dernier vendredi où le lycée était ouvert, avant la mise en service des caméras. Et juste avant… le fameux lundi.

L'agent Pruitt écrit.

— Avez-vous découvert l'identité du voleur ?

— Non, mais j'ai plusieurs hypothèses. Au début, je pensais qu'un élève me faisait une blague. Ça n'aurait pas été surprenant. (Il prend une profonde inspiration.) Mais ça pouvait aussi être quelqu'un qui m'enviait cette récompense. Ou qui estimait que je ne la méritais pas. Mais je ne saurais vous dire qui. Tout ce que je sais, c'est qu'on me l'a volée en dehors des horaires d'ouverture du lycée. Et, outre le proviseur, seules deux personnes avaient un accès illimité à l'établissement. D'abord Joe, qui reste toujours là très tard, sa présence n'aurait surpris personne.

— Et la deuxième personne ?

Teddy a préparé sa réponse à cette question avant même de s'asseoir sur cette chaise. Hors de question d'accuser directement quelqu'un. Mais il lui paraît assez raisonnable de rappeler au FBI qui serait susceptible d'aller et venir sans éveiller les soupçons.

— Mlle Marsha, dit-il. Elle distribue tous les badges et tient le registre des employés qui pointent. (Une pause, comme s'il réfléchissait.) D'ailleurs, elle pourrait même s'introduire dans le lycée sans que personne ne le remarque.

Les agents fédéraux le savaient sans doute déjà, mais Teddy part du principe qu'en dehors de lui nul ne fait son travail correctement.

Il doute que les policiers aient déjà fouillé le bureau de Mlle Marsha.

Maintenant, ils vont le faire.

73

Quand Zach n'est ni avec Courtney ni avec Titus, et qu'il ne s'amuse pas à faire tourner Fallon en rond, il se réfugie au Starbucks avec sa tablette pour y poursuivre ses recherches. Depuis son arrestation, il fait très attention à son activité en ligne.

Ce soir, il s'y rend de bonne heure, avant que ses parents ne soient rentrés, et roule en ville comme d'habitude. Il attend à un feu rouge quand il aperçoit la voiture de Crutcher.

On peut difficilement manquer la vieille Saab. D'abord parce que Zach l'a souvent vue sur le parking du lycée, ensuite parce qu'il repère aussitôt l'autocollant de Belmont sur le pare-brise. Mais le plus surprenant, c'est la boutique devant laquelle elle est garée.

Un magasin de vins et spiritueux.

Il était loin d'imaginer son professeur amateur d'alcool. Zach en connaît beaucoup – à commencer par la plupart des parents de ses copains –, mais Crutcher n'en porte aucun signe. Il n'a pas le teint couperosé ou le visage enflé, ni les yeux rouges et boursouflés.

Il s'est peut-être mis récemment à la boisson. Cette information pourrait lui être précieuse.

Zach s'arrête dans une contre-allée et surveille la voiture dans son rétroviseur. Quelques minutes plus tard, Crutcher sort du magasin, un sac en papier kraft à la main.

Intéressant.

Le garçon attend qu'il s'éloigne avant d'entrer à son tour dans la boutique. La clochette tinte, et il se retrouve parmi des rayonnages remplis de bouteilles. Les bières sont au fond dans des réfrigérateurs, et les alcools forts exposés le long des murs.

En caisse, un homme dans la fleur de l'âge regarde la télévision et un autre écran, sans doute celui de sa caméra de surveillance. Zach lui sourit et s'approche d'un frigo dont il extrait une bouteille d'eau. Il parcourt le rayon des apéritifs et se choisit un paquet de chips.

En caisse, nouveau sourire.

— Ça va ? tente-t-il.

Le vendeur lui rend son sourire. Avec sincérité.

— Oh oui, la belle vie.

— Cool. Dites, vous pourriez peut-être me renseigner.

— Demande toujours.

— Je suis au lycée Belmont. Il m'a semblé voir l'un de mes profs sortir d'ici. Enfin, ce n'est plus vraiment mon prof, puisque le lycée est fermé jusqu'à nouvel ordre.

L'homme opine d'un air grave. Tout le monde est au courant pour Belmont.

— Ce n'était pas Teddy Crutcher ? Notre nouveau proviseur ?

— En personne, répond l'autre sans en dire plus.

— C'est bizarre. Je n'aurais jamais pensé qu'il picolait. (Il se penche à peine, comme pour une confidence.) On a quelques profs qui lèvent le coude, je ne vous apprends rien.

Le vendeur éclate de rire.

— Je ne suis pas du genre à dénoncer mes clients, mais Teddy n'est pas venu chercher de l'alcool. Il boit du lait.

— Du lait ? Il vient ici pour acheter du lait ?

— Absolument. Je suis le seul à vendre sa marque préférée.

Zach n'en revient pas.

— Il a une marque préférée ?

— Oui, au fond du magasin. Je la commande rien que pour lui, parce qu'il ne boit son lait que dans des bouteilles en verre. D'après lui, le carton et le plastique en altèrent le goût.

Il lève les yeux au ciel comme si c'était ridicule. Effectivement, ça l'est.

En plus d'être ridicule, c'est très bizarre. Pas seulement d'avoir ce toc pour les récipients en verre. Ce qui est bizarre, c'est que Belmont ne sert pas de lait conditionné en bouteilles. Seulement en briquettes. Comme celles qui contenaient le poison.

L'endroit le moins cher en ville pour boire un verre, capter le WiFi et ne pas être dérangé, c'est un établissement appelé Le Trou. C'est là que Fallon sirote son gin tonic – infect, au demeurant – tout en réfléchissant à son projet qui piétine. Elle se déçoit. Et ce n'est pas la première fois.

Il est temps de se ressaisir, de trouver le moyen d'entrer par la fenêtre quand on lui claque la porte au nez.

Une métaphore qu'utilisait Teddy en classe, à l'époque où elle l'appelait M. Crutcher. Lorsqu'ils étudiaient un texte particulièrement difficile, comme un livre russe, il disait : « Analysez chaque terme, chaque phrase jusqu'à saisir son sens profond. Ne regardez pas les mots bêtement. Soyez acteurs de votre lecture. »

D'abord, un autre gin tonic. Le premier lui a ramolli le cerveau ; le second provoque un regain d'énergie. Et puis, il a meilleur goût maintenant qu'elle est moins sobre.

Soyez acteurs.

Jusqu'à présent, Fallon n'a pas été actrice de grand-chose, hormis sa surveillance de chaque instant de Teddy et Zach. Elle termine son deuxième verre, ouvre son ordinateur et se met à écrire.

Trois mails à trois personnes différentes. Elle ne signe de son vrai nom que pour l'un d'entre eux.

Elle n'en est pas à son coup d'essai. Parfois, il faut savoir donner un coup de pouce au destin. Aussi petit soit-il. Sinon, on se retrouve avec des cadavres sur les bras.

Ce n'était pas la faute de Fallon. Quand le proviseur s'est pendu, il était seul dans son bureau.

C'était un petit homme modeste. Personne n'aurait soupçonné qu'il puisse avoir un penchant pour les jeux d'argent, et pourtant. Fallon était en seconde lorsqu'elle a découvert son addiction.

Il l'avait convoquée dans son bureau pour lui proposer de représenter ses camarades auprès du conseil d'administration. Il avait besoin de choisir un élève par niveau et envisageait de faire d'elle la porte-parole des classes de seconde. Au cours de leur entretien, Mlle Marsha a demandé à lui parler, il a donc laissé Fallon seule un instant dans la pièce. Juste assez longtemps pour jeter un coup d'œil à son écran d'ordinateur.

Parmi les nombreux onglets ouverts, il y avait un site de poker en ligne. Fallon en a pris rapidement une photo avec son téléphone : les jeux d'argent étaient évidemment une entorse au règlement de Belmont. Ce n'est que plus tard, après s'être renseignée, qu'elle a découvert que les paris en ligne étaient tout simplement illégaux.

S'y adonner dans l'enceinte du lycée était forcément passible de licenciement.

Ce qui signifiait qu'elle détenait une information précieuse. Or, à quoi bon disposer d'une telle info si l'on ne peut pas s'en servir ?

Lorsqu'elle a évoqué le sujet avec lui, il n'a pas cherché à discuter. Il savait de quoi elle était capable. Et c'est tout ce dont elle avait besoin.

Représenter les élèves de seconde auprès du conseil ? Accordé. Obtenir un délai supplémentaire pour un devoir ? Accordé. Une meilleure place sur les listes de candidats au séminaire d'été ? Accordé.

C'était parfait. Jusqu'au jour où le proviseur s'est suicidé.

Et où Teddy l'a accusée de tricher.

Elle ne trichait pas – enfin, pas vraiment. Elle ne faisait que glaner des informations et les utiliser à son avantage.

Elle a procédé avec le proviseur tout comme elle l'a fait avec Teddy pour nuire à son couple.

C'est son truc.

74

Les parents de Zach l'ont convoqué à un dîner en famille. En sortant de la boutique de spiritueux, il a reçu une notification de rendez-vous de son père. Entre Courtney, Fallon, le lait de Crutcher et ses parents qui essaient de jouer leur rôle, Zach commence à fatiguer. Gérer tous les acteurs de sa vie, ce n'est pas évident.

— Nous aimerions parler de ta situation actuelle, commence papa.

Ils sont dans la salle à manger, tous les trois en bout de cette table qui peut accueillir douze convives. Il y a à nouveau du saumon au menu, car maman est convaincue que c'est l'aliment sain par excellence. Mais pas de lait. Jamais.

Zach déglutit sa bouchée et se racle la gorge.

— Ma situation ?

— Titus nous a dit que tu t'en sortais bien avec les cours à domicile, enchaîne maman.

— Tant mieux, répond Zach.

Papa boit une gorgée d'eau pétillante avant de reprendre :

— Pourvu que ça dure. Mais nous sommes toutefois inquiets par ton manque d'activités extrascolaires.

— Quand tu étais à Belmont, tu en avais beaucoup, rappelle maman.

— Et maintenant, plus rien.

Si seulement ils savaient à quoi il occupe ses journées. Il a tellement d'« activités extrascolaires » qu'il arrive à peine à tenir le rythme.

— Oui, je comprends, acquiesce-t-il.

Papa approuve d'un hochement de tête :

— Je n'en espérais pas moins de ta part.

Son fils ne dit rien. Ils ont déjà tout prévu. Il n'a plus qu'à attendre les ordres.

— Nous avions dans l'idée de te faire faire du bénévolat, annonce maman.

— C'est important de s'impliquer dans la collectivité. On te l'a toujours dit, renchérit papa.

Elle poursuit :

— Au cabinet, nous avons des contacts dans plusieurs associations. Je t'ai préparé une liste pour que tu détermines laquelle t'intéresserait. Je te l'ai envoyée par mail.

Il opine, sourit, joue le jeu, comme si l'idée était brillante et qu'il se réjouissait qu'ils y aient songé.

Une fois enfin libre de reprendre le cours de sa vie, il monte dans sa chambre et allume son ordinateur. La première chose qu'il regarde, c'est un mail provenant d'une adresse inconnue. En objet, il lit : LE SAVANT FOU.

En sortant de son interrogatoire, Teddy passe sa soirée à bouquiner. Pas de télévision ni d'Internet, seulement un moment de calme avec Henry Miller et son *Tropique du Cancer*, un verre de lait à la main. Il ne s'était pas accordé ce plaisir depuis longtemps. Avant, quand Allison était encore là, il le faisait tout le temps.

Elle s'insinue sournoisement dans ses pensées comme ces asticots de l'angoisse qui lui rongent les entrailles.

Il la voit encore, recroquevillée dans son fauteuil préféré, absorbée par sa lecture. Tantôt un roman sentimental, tantôt un thriller – elle avait des goûts variés. Ils le faisaient ensemble, chacun lisait en silence, c'était un moment douillet.

Leur couple était si parfait. Certes, c'est ce que tout le monde dit, mais dans son cas, c'était la vérité. Ils menaient une vie idéale avant qu'elle ne se mette en tête d'avoir des enfants.

Et maintenant, il se retrouve à lire seul. Ça n'a pas la même saveur.

Au bout d'une vingtaine de pages à peine, il abandonne. Internet l'appelle, avec les dernières nouvelles de la journée et les forums remplis de théories folles autour du Savant fou. Il ne sait pas encore quoi penser de ce surnom, mais c'est celui que les gens ont choisi, surtout parce qu'il s'agit d'un archétype, il peut donc correspondre aussi bien à un homme qu'à une femme.

Comme les médias s'obstinent à le répéter, la majorité des meurtres par empoisonnement sont commis par des femmes.

Teddy le savait.

Il monte dans son bureau en sachant qu'il devrait lire ses mails. Depuis qu'il a été nommé proviseur, sa boîte de réception explose. Parmi les messages, un grand nombre de félicitations pour son nouveau poste, des vœux de réussite et aussi quelques suggestions. Les parents, les professeurs et parfois même les élèves semblent croire qu'ils sont en position de lui dicter sa conduite.

C'est épuisant.

Aujourd'hui, il a reçu pas moins de cent messages. Certains sont des spams, mais d'autres requièrent une réponse. Il ne peut pas ignorer les parents qui paient les factures, encore moins depuis que les classes sont en voie de désertification. Maintenant, il doit se montrer gentil avec eux.

Tandis qu'il parcourt les mails, l'objet de l'un d'eux attire son attention : LE SAVANT FOU.

Il l'ouvre.

Je sais que c'est vous.

Son regard reste figé sur ces mots. Son cœur s'emballe, tambourine si fort que Teddy ferme les yeux et reprend son souffle.

C'est impossible. Ce doit être une plaisanterie. Un spam. Un message groupé de harcèlement expédié à tout le monde, pas seulement à lui.

Mais non, il n'y a pas d'autres destinataires à part lui. Et l'adresse vient d'un compte lambda, une adresse semblable à celle qu'il a créée pour s'inscrire sous un faux nom sur les réseaux sociaux. Si le contenu du message n'était pas aussi affolant, il savourerait à sa juste valeur l'ironie de la situation.

Ce qui retient particulièrement son intérêt, c'est l'adresse mail. En particulier la première partie.

LittleBirdie

Un homme choisirait-il vraiment un pseudo pareil ?

Fallon. Évidemment, c'est à elle qu'il pense aussitôt. Ce ne serait pas le premier mail qu'elle lui envoie, à ceci près qu'elle lui écrit généralement sous son vrai nom.

Pourquoi prendrait-elle la peine de se cacher maintenant ?

Et puis, comment peut-elle savoir ? C'est impossible. Elle n'était même pas dans les parages quand Ingrid Ross est morte.

Alors qu'il envisage d'autres suspects, on frappe à sa porte.

Teddy se fige, raide sur sa chaise. Ce n'était peut-être pas la porte. Seulement le battement de son cœur.

La sonnette retentit. Non, ce n'était pas son cœur.

Il sort du bureau, se dirige vers l'entrée et se prépare à toutes sortes de visiteurs. La police. Le FBI. Les deux.

Profonde inspiration. Il s'en sortira.

Il ne cherche pas à regarder par la vitre. Il veut que sa réaction soit spontanée. Naturelle. Comme s'il ne s'y attendait pas. Il ouvre la porte sans hésiter. La surprise est immédiate et d'une sincérité réelle.

Car ce n'est pas la police. Ni le FBI.

C'est Frank.

75

— Frank, le salue Teddy en sentant son rythme cardiaque ralentir. Quelle surprise !

Frank sourit à peine, l'air gêné.

— Je sais, ce n'est pas banal de me voir débarquer à l'improviste. J'aurais dû appeler.

— Non, non, c'est une excellente surprise.

Il lui ouvre grand la porte. Il n'a pas revu son collègue depuis que celui-ci est parti en congé maladie, il y a de cela une éternité. Il s'est passé tant de choses depuis.

— Entre. Assieds-toi.

Il conduit Frank dans la salle à manger, la pièce la plus propre de la maison. L'invité s'installe au bord du canapé tandis que Teddy prend place dans un fauteuil près de lui et l'observe longuement.

Il a maigri, mais il semble en forme. Les valises sous ses yeux ont disparu, et il dégage un certain charisme. Et il paraît plus calme. Avant, Frank était toujours très tendu. À présent, il reste assis tranquillement, comme une statue.

C'est alors que Teddy remarque sa tenue. Sous sa veste, Frank porte une chemise noire à col blanc.

Un col romain.

Frank comprend qu'il l'a remarqué et sourit.

— Tu… tu as rejoint le séminaire ?

— Tout à fait, répond Frank en sortant de sa poche une enveloppe qu'il lui tend. Je suis devenu pasteur ordonné.

Teddy parcourt un certificat qui atteste ses dires, signé par le Ministère de Touchpoint.

— Félicitations. Je… je suis impressionné. Ce choix n'a pas dû être facile.

— Pour être franc, c'est la décision la plus évidente que j'aie jamais prise. (Son sourire ne le quitte pas.) Et félicitations à toi, te voilà devenu proviseur de Belmont.

— Merci. Malheureusement, c'est arrivé dans des circonstances tragiques.

Les pensées de Teddy reviennent sur ce mail. Frank a peut-être changé de vie, mais il a toujours l'art de tomber au mauvais moment. Certaines choses ne changent jamais.

— Oui, approuve celui-ci. Les événements à Belmont ont été… un enfer. Et je n'emploie pas ce mot à la légère.

Teddy acquiesce avec un frisson.

— J'en déduis que ta nouvelle vocation te fera quitter tes fonctions d'enseignant ?

— En effet. Et je tenais à te l'annoncer de vive voix.

— Je t'en remercie.

— Je venais également te parler d'autre chose.

— Oh, ne t'inquiète pas pour tes cotisations à la retraite, l'interrompt Teddy avec un geste minorant le sujet. Belmont n'a que 401K sur ses comptes, tu pourras transférer tes cotisations sur un plan d'épargne retraite, si tu veux.

— Non, ce n'est pas ça. Je voulais prendre des nouvelles de la cérémonie de commémoration. (Il se penche à peine vers Teddy. C'est le premier mouvement qu'il esquisse depuis qu'il s'est assis.) Si tu souhaites la présence du clergé, j'espère que tu penseras à moi. Ce n'est pas parce que je ne travaille plus à Belmont que je ne me préoccupe pas de son avenir.

Cette conversation devient fatigante, et Frank aussi. Teddy aimerait retourner à son mail.

— Nous serons enchantés de t'y faire une place, Frank. Où que tu ailles, tu feras toujours partie de la famille

Belmont. (Il se lève, indiquant que les bavardages ont assez duré.) Quel rustre, je ne t'ai même pas proposé à boire. Excuse-moi. Ma femme n'est pas là, elle aurait été bien meilleure hôte que moi.

— Comment va Allison ? Ça fait longtemps que je ne l'ai pas vue.

— Très bien. Elle travaille beaucoup, comme d'habitude, mais elle va bien.

— Tu m'en vois ravi. (Frank se lève à son tour.) Je dois y aller. Je t'ai assez monopolisé comme ça. (Une pause.) À moins que tu ne veuilles que je reste pour qu'on prie ensemble.

— Ce ne sera pas nécessaire.

Il l'accompagne jusqu'à la porte, puis jusqu'à sa voiture en prenant des nouvelles de son épouse et de son fils.

— Missy et Frankie sont partis chez sa mère pour l'instant. C'est mieux ainsi, compte tenu de mon changement de parcours.

Elle l'a donc quitté. Pas étonnant…

— Oui, c'est une bonne idée, ne serait-ce que temporairement, dit Teddy.

— Merci encore, reprend Frank en déverrouillant sa portière. Je tiens à rester impliqué dans la vie de Belmont.

— C'est bien normal.

Teddy attend qu'il soit monté dans son véhicule, se force à rester poli et le salue tandis qu'il s'éloigne.

Calme. Détendu. Zen.

Jusqu'à ce qu'il rentre dans sa maison, l'esprit préoccupé par le mail, et s'empare d'un saladier en verre. Un cadeau de mariage, parmi les préférés d'Allison. Il le projette si fort contre le mur qu'un éclat traverse la pièce et lui entaille le bras.

Il passe le restant de sa soirée à nettoyer les dégâts.

Je sais que tu l'as aidé.

Zach regarde longuement le message. D'abord, il a cru à une plaisanterie de Lucas. Mais il ne lui enverrait pas un mail, plutôt un texto. Et il n'utiliserait certainement pas un pseudo comme LittleBirdie.

Il pense alors à quelqu'un d'autre : Fallon Knight.

Après tout, elle l'a suivi partout et se rend tous les jours chez Crutcher. Ainsi, elle le croit… complice du Savant fou ? Sous prétexte qu'elle l'a croisé une fois devant la maison de son professeur ?

C'est absurde.

En revanche, elle a peut-être raison pour Crutcher. Elle n'est pas la seule à soupçonner le professeur de littérature d'avoir tué tous ces gens. Zach le croit toujours coupable, surtout depuis qu'il a été nommé proviseur. Et plus encore depuis qu'il connaît son penchant pour le lait en bouteille.

Il s'enfonce dans son siège et relit le mail en cherchant ce qui a bien pu passer par la tête de Fallon. Pourquoi envoyer ce message ? Si elle le croit vraiment complice de meurtre, pourquoi ne pas le dénoncer à la police ? Que cherche-t-elle à faire, du chantage ?

Il aimerait aller la voir et lui poser directement la question.

Mais, d'un autre côté, il en revient toujours à la même conclusion : cette femme est folle.

76

Frank. *Frank Maxwell.*

Fallon n'en revient pas. Tous ces mois à surveiller Teddy, elle n'a jamais vu personne lui rendre visite. Pas une seule fois. Et, le soir où elle lui envoie le mail, Frank débarque à sa porte.

Elle remet la vidéo au début.

Il est tôt le matin, elle est garée plus bas dans la rue de Zach. Cela fait une demi-heure qu'elle est là, sur son téléphone, à regarder l'enregistrement de la veille au soir.

Frank Maxwell.

La dernière fois qu'elle a entendu parler de lui, il était en congé maladie. Et voilà qu'il apparaît de nulle part. Fallon cherchait à provoquer une réaction avec son mail, elle a obtenu satisfaction. Mais ce n'est pas la réaction à laquelle elle s'attendait.

Peut-être qu'elle est garée devant la mauvaise maison.

Elle vérifie l'adresse de Frank ; il n'habite pas dans ce quartier cossu. Une fois dans la bonne rue, elle s'arrête quelques maisons plus loin, mais ne pourra pas s'attarder très longtemps. C'est le quartier des Saules, un lotissement de classe moyenne où les pavillons s'agglutinent, de part et d'autre de la route. Il y a forcément un voisin qui passe ses journées posté à la fenêtre pour surveiller les étrangers qui s'aventurent dans son quartier.

Fallon reste juste assez longtemps pour voir Frank sortir de l'un des logements.

Un coup de chance. Aujourd'hui, elle a de la veine. Cinq minutes de plus, et elle aurait été forcée de partir.

Elle le suit jusqu'à l'autoroute qu'il emprunte pendant une vingtaine de minutes avant d'emprunter une bretelle que Fallon ne prend jamais, puis traverse un quartier où elle n'a jamais mis les pieds. Frank s'arrête enfin sur le parking du Ministère de Touchpoint.

Une église. Il n'est même pas 9 heures du matin, et Frank se rend déjà à l'église.

Peut-être qu'il a commis un acte si affreux qu'il a besoin de prier pour sauver son âme.

Zach commence à se demander s'il ne serait pas débile.

Qu'est-ce qu'il vient faire là, dans sa voiture garée au bas de l'immeuble de Fallon ? Il a l'impression de la harceler. En plus, cette femme est probablement folle.

À moins qu'elle ait simplement roarké. Ce ne serait pas la première à Belmont, d'autres sont passés par là, même si Zach ne les connaît pas personnellement.

L'expression est née d'un gamin qui s'appelait Roarke. Son nom de famille change en fonction de la personne qui raconte cette histoire, mais son prénom reste toujours Roarke. Major de sa promotion, impliqué dans des activités extrascolaires exemplaires (club de mathématiques, bénévolat), il consacrait son temps libre à mettre au point des inventions dignes d'un génie en herbe. Mais il dormait peu. Et supportait mal les échecs.

La pression était si forte qu'il a craqué. Il a mis le feu à son casier, brûlant ses livres, son ordinateur et même son téléphone.

Et il est parti, s'est déscolarisé, et n'a plus jamais donné de nouvelles.

Est-ce une légende ? Personne ne saurait dire. Mais Roarke reste un exemple à ne pas suivre pour Zach et tous ses copains. Ailleurs, on mettrait les enfants en garde contre la drogue, les fréquentations douteuses et les mauvaises notes, on les pousserait vers des études supérieures. À Belmont, on les incite à ne pas finir comme Roarke.

C'est peut-être ce qui est arrivé à Fallon. Elle s'est peut-être effondrée sous la pression et a préféré partir, puis a rejeté la faute sur Crutcher. Et, aujourd'hui, elle revient pour se venger.

À moins que Zach ne perde la tête, lui aussi. À ce stade, il n'est plus sûr de rien.

Tout ce qu'il sait, c'est qu'il n'a été le complice de personne et a bien l'intention d'en informer Fallon de façon calme et posée, en espérant qu'elle n'aura pas de hache cachée dans son placard.

Mais, pour ça, il faut attendre qu'elle rentre chez elle. Il incline son dossier et se prépare à patienter aussi longtemps qu'il le faudra. Dommage qu'elle ne l'ait pas suivi aujourd'hui. Il ferme les yeux quelques minutes. Et les rouvre en entendant le claquement d'une portière.

Quelqu'un s'est garé au bout du parking, sur sa droite. Il se redresse pour lancer un coup d'œil.

Ce n'est pas Fallon.

C'est Crutcher.

77

Dix-huit minutes. C'est le temps que Crutcher passe dans l'immeuble de Fallon avant de retourner dans sa voiture pour s'en aller.

Zach sait qu'elle n'est pas chez elle. Il a déjà vérifié, et à ce qu'il sache, elle n'est pas revenue entre-temps. Depuis son poste d'observation, il voit la porte d'entrée de son immeuble.

À moins que… Un autre accès. Il existe forcément un autre accès.

Zach est nul pour pister les gens.

Il sort de son véhicule et se dirige vers la porte. Aucune sonnette en bas. Seulement une porte ouverte comme dans un hôtel. C'est d'ailleurs ce à quoi ressemble ce bâtiment : un ancien hôtel transformé en appartements. Dans le hall d'entrée, il ne manquerait plus qu'un vieux comptoir de réception.

D'après ses recherches sur Internet, elle habite l'appartement 104, ce doit être au premier étage. Il ne lui faut pas longtemps pour le trouver. Et, en effet, son logement donne sur l'arrière de l'immeuble.

Zach raye « détective privé » de sa liste de choix de carrière. Ainsi que « tueur à gages », il serait tout aussi mauvais.

Il frappe. Aucune réponse.

Il toque encore. Toujours rien.

En pressant son oreille contre le battant, il guette le moindre bruit.

Silence.

Crutcher serait-il resté planté sur ce paillasson pendant dix-huit minutes ? Aurait-il écrit un mot qu'il aurait ensuite glissé sous sa porte ? Qui fait encore ce genre de choses ? Et puis, ils sont collègues à Belmont, il a forcément son numéro de téléphone. Pourquoi ne pas simplement lui envoyer un mail ou un texto ?

En même temps, ce prof refuse bien d'utiliser un tableau interactif en classe…

Zach tourne les talons pour partir, mais se ravise. Il revient sur ses pas et cherche un autre accès à ce bâtiment. À l'arrière, il repère des places de parking, mais la voiture de Fallon ne s'y trouve pas.

Ouf. L'espace d'un instant, il a eu peur que Crutcher n'ait fait du mal à la jeune femme.

N'ayant rien de prévu aujourd'hui hormis des devoirs pour Titus, Zach décide de l'attendre. Elle est peut-être folle, mais elle ne mérite pas de mourir.

Trois heures. Frank est dans cette église depuis trois heures. Personne n'aurait l'idée de prier aussi longtemps. Pas sans s'endormir. Elle-même a failli piquer du nez, or elle n'attend pas de réponse divine.

Son objectif était de le suivre à distance, pas de lui parler. Jusqu'à présent, elle n'a pas progressé d'un iota. Elle vérifie sa coiffure et son rouge à lèvres, s'assurant d'être présentable pour la maison du Seigneur, puis sort de sa voiture et entre dans le Ministère de Touchpoint.

L'extérieur du monument est trompeur. Certes, il paraît grand, mais l'intérieur est massif. On se croirait plus dans une arène que dans une église.

— Puis-je vous aider ?

La femme parle tout bas, chuchote presque. Elle doit avoir quarante ou cinquante ans et porte un tailleur turquoise. Elle arbore un joli sourire et un peu trop de maquillage.

— Ça ne vous dérange pas si je m'assieds simplement un instant ? lui demande Fallon.

— Non, je vous en prie.

Elle lui fait signe d'avancer. La scène est vide, et seules deux personnes sont assises dans les tribunes, la tête penchée en prière.

Aucune n'est Frank.

Elle s'assied et patiente. Une vingtaine de minutes plus tard, il se passe enfin quelque chose.

Un homme monte sur l'estrade. Assez âgé, il a les cheveux gris, porte un costume blanc, une chemise noire et un col romain immaculé. Il se dirige vers le pupitre et s'empare d'une tablette pour la montrer à un homme plus jeune qui lui emboîte le pas.

Frank. Qui porte également un col romain.

Oh.

Oh.

Il n'est pas venu prier. Il est venu… travailler ?

Fallon observe les deux hommes, fascinée par ce nouveau Frank, et les regarde quitter l'estrade avant de disparaître. Ce n'est plus la peine de l'attendre.

Sur le trajet du retour, elle a encore du mal à y croire. Mais alors, que venait faire Frank chez Teddy hier soir ? Teddy ne lui avait tout de même pas demandé l'absolution, si ?

Le sujet continue de la préoccuper tandis qu'elle se gare en bas de chez elle.

La voiture de Zach l'arrache à ses réflexions. Élégante, noire et luxueuse, on la remarque vite.

Il n'est pas très discret, ce gamin.

On dirait qu'il n'est pas à l'intérieur. En s'approchant, elle le voit allongé derrière le volant, le siège incliné. Assoupi.

Vraiment pas discret du tout.

Elle envisage de le laisser dormir, d'attendre qu'il se réveille et vienne frapper à sa porte. Mais ce serait trop risqué, elle se retrouverait coincée avec lui à son domicile. Il a probablement plus de force qu'elle.

En envoyant ce mail, elle cherchait à provoquer une réaction, pas vrai ? Eh bien, la voilà, sa réaction.

Pendant une seconde, elle hésite, rassemble ses esprits et se prépare à la confrontation. Quand elle se sent prête, elle ferme le poing et cogne contre la vitre.

Un bon coup sec.

Zach se réveille en sursaut. Il la regarde, cligne des yeux et se redresse.

Elle recule pour le laisser ouvrir la portière. L'odeur du cuir neuf chatouille ses narines, ça lui rappelle l'époque où elle possédait ce genre de bolide. Qu'elle ne peut plus se permettre aujourd'hui.

À cause de Crutcher.

— Bonjour, dit-il en époussetant sa chemise froissée. Mademoiselle Knight, je ne crois pas m'être présenté. Je m'appelle Zach Ward.

C'est drôle d'être aussi poli alors qu'il faisait le pied de grue devant son immeuble.

— Je te connais, j'ai vu la police t'arrêter l'autre jour à Belmont.

Ce qui le glace. Le sourire effacé, il contemple ses pieds.

— Ouais, c'était bien moi.

— Tu peux m'expliquer pourquoi tu roupilles en bas de chez moi ? demande-t-elle en bombant le torse pour se donner l'air d'une professeure en exercice.

Il relève les yeux et rétorque :

— Et vous, vous pouvez me dire pourquoi vous me suivez ?

Elle s'attendait à cette question.

— Parce que tu mijotes quelque chose.

Il sourit, ce petit con, et lâche :

— Je savais que c'était vous. LittleBirdie.

78

Zach lit le choc dans le regard de Fallon. Elle n'est pas assez bonne actrice.

— C'est donc bien vous qui avez envoyé ce mail.

Il se détend. Quand elle a frappé à sa vitre, il a eu un peu peur, ne sachant pas de quoi elle était capable.

Mais, maintenant, les rôles s'inversent.

— Je m'en doutais. Vous êtes la seule à m'avoir suivi.

Elle se ressaisit, le menton haut.

— Pour que tu fasses le déplacement, c'est que j'ai touché un point sensible.

En effet, mais le point sensible de Zach n'est pas celui qu'elle croit.

La conversation part mal. Fallon est sur la défensive, et lui aussi. Ce n'est pas la meilleure approche, se faire la guerre ne les mènera nulle part. Ils devraient plutôt s'allier.

Comme papa le répète inlassablement : « Mieux vaut se faire des amis que des ennemis. »

— Je comprends que vous pensiez ça, dit-il. À votre place, j'aurais le même réflexe. (Elle l'écoute d'un air sceptique.) Vous et moi, on pense la même chose de Crutcher. On est sur la même longueur d'onde.

— Pourquoi devrais-je te croire ? Si tu étais son complice, tu essaierais de me mener en bateau.

— C'est vrai, admet-il.

— À ta place, je tiendrais le même discours, ajoute-t-elle.

Elle a raison, il n'a aucun moyen de prouver ce qu'il avance.

—Nous sommes donc échec et mat, conclut-il.

—On dirait bien.

S'il avait le moindre élément incriminant Crutcher, il le lui donnerait. Mais tout ce qu'il a, c'est un fort pressentiment, le livre sur les plantes découvert dans son bureau et ses goûts en matière de lait.

Et puis, il n'a rien à perdre.

—Bon, d'accord, soupire-t-il. Je crois que Crutcher est coupable. Je crois qu'il a tué tous ces gens à Belmont, à commencer par la mère de Courtney, parce que c'est un psychopathe qui lorgnait sur le poste de proviseur. (Elle écarquille les yeux, mais à peine.) Je n'ai aucune preuve, mais au fond de moi j'en suis convaincu. Si vous pensez la même chose, on doit coopérer. Je ne crois pas que le FBI soit sur la bonne piste.

Fallon ne lui rit pas au nez, c'est bon signe. Elle n'a en fait aucune réaction et se contente de le dévisager.

—Si vous acceptez de travailler avec moi, tant mieux, poursuit Zach. Si vous pensez que je vous mens, tant pis. Mais sachez que c'est la vérité. (Il se retourne pour monter en voiture, puis la regarde à nouveau.) Et vous pouvez arrêter de me suivre. Vous perdez votre temps.

Il referme la portière, allume le moteur et lui laisse le temps de le retenir. De dire quelque chose.

En vain.

—Un dernier truc, dit Zach. Crutcher est venu ici.

—Quoi ?

—Quand je suis arrivé tout à l'heure, Crutcher s'introduisait dans votre immeuble et n'en est ressorti que dix-huit minutes plus tard.

Elle croise les bras.

—Tu mens.

— Croyez ce que vous voulez, mais à votre place je ne mangerais ni ne boirais rien de ce qui se trouve là-haut.

Fallon regarde la voiture de Zach disparaître au coin de la rue, puis prend le chemin de son studio. Inutile de le pister maintenant, il va probablement rentrer chez lui.

Elle approche de sa porte à pas de loup, au cas où l'adolescent n'aurait pas menti. D'abord, elle teste la poignée.

Toujours verrouillée.

Elle insère la clé dans la serrure et la tourne, puis observe le sol de son logement. Teddy aurait pu laisser un mot… ou autre chose.

Mais non. Rien.

L'appartement est tel qu'elle l'a quitté : le lit défait, la lampe par terre, son minuscule placard plein à craquer dont la porte est légèrement bombée. Aucune trace d'intrusion.

Elle laisse tomber son sac par terre et se dirige tout droit vers la kitchenette. C'est ainsi que le propriétaire l'appelle : une kitchenette. Un bien joli nom pour désigner un vieil évier, un micro-ondes et un frigo dans lequel elle range absolument tous ses aliments pour éviter les insectes. Dedans, rien n'a bougé : une boîte de gâteaux, des condiments et une brique de jus d'orange.

On dirait que personne n'est venu, mais Teddy n'est pas assez bête pour déplacer ses affaires. Il les remettrait exactement à leur place.

Elle referme le réfrigérateur sans rien toucher.

Sur son ordinateur, elle cherche des laboratoires d'analyses pour vérifier que la nourriture n'est pas empoisonnée. Rares sont les entreprises à proposer ce service pour des particuliers, les seules à le faire pratiquent des tarifs exorbitants. Elle serait prête à payer le prix fort pour prouver que Teddy essaie de l'empoisonner, mais ça donnerait raison à Zach.

N'empêche, il avait l'air sincère.

Elle ne s'attend pas forcément à ce qu'il lui mente, mais si c'est le cas, il joue drôlement bien la comédie.

Et s'il est sincère, il n'a pas tort : ils feraient bien de coopérer.

Ce serait génial d'avoir un allié comme lui, et même d'avoir un allié tout court avec qui échanger des idées, résoudre l'enquête, reconstituer les événements et convaincre la police.

En parlant des flics, Zach doit avoir encore pire réputation qu'elle auprès d'eux, malgré les mails qu'elle a envoyés à Teddy.

Après mûre réflexion, elle décide de tester l'adolescent, comme à l'époque des cours de sciences à Belmont, où elle apprenait à formuler une hypothèse puis à la soumettre à l'épreuve des faits pour la valider. La méthode scientifique pourrait s'appliquer à Zach.

Son hypothèse : si Zach dit vrai, il fera un bon coéquipier.

Mais, pour le vérifier, elle ne peut utiliser ni bec Bunsen ni tube à essai. Retour sur Internet pour se rafraîchir la mémoire sur la démarche expérimentale.

Les hypothèses doivent être testées, et les résultats doivent être interprétés.

Ce n'est peut-être pas la bonne méthode. Il reste toujours la technique de l'avocate : poser des questions dont elle connaît déjà la réponse.

Elle pourrait interroger Zach sur ce qu'elle sait déjà.

Ça impliquerait de lui révéler les informations qu'elle est parvenue à glaner, mais à ce stade elle n'a plus rien à perdre. Toujours aucune réaction de Teddy, si ce n'est sa visite chez elle. Aucune réponse non plus au troisième mail qu'elle a envoyé.

Assise devant son ordinateur, elle tape un message à Zach en lui expliquant qu'elle est au courant pour Crutcher. En pièce jointe, la vidéo où l'on voit le professeur s'infiltrer dans l'école par la fenêtre – sans préciser comment elle s'est procuré cet enregistrement, il n'a pas besoin de le savoir.

Son mail est à moitié écrit quand la fatigue s'installe. Il est tard, elle n'a plus les idées claires.

Elle terminera demain et l'enverra à Zach. Peut-être saura-t-elle ensuite s'il dit la vérité.

79

Ingrid Ross manque à Teddy.

Il est de retour dans la salle de conférences au onzième étage. Winnie lui remet la liste définitive des intervenants lors de la cérémonie de commémoration. La date approche, et l'ajout de Frank Maxwell les oblige à convier des représentants de toutes les religions.

Ingrid aurait su qui inviter. Elle connaissait tout le monde.

Mlle Marsha également, mais elle n'est pas là ce matin.

— Je l'ai appelée deux fois, précise Winnie. Elle n'a toujours pas rappelé.

Teddy jette un regard à l'horloge. Il est 9 h 20, Mlle Marsha a donc vingt minutes de retard, ce qui n'arrive jamais. Cette femme est aussi ponctuelle qu'une montre suisse.

Il faut probablement s'attendre à une défection.

— Il nous reste peu de temps pour nous décider, dit-il à Winnie. Dressez une liste de religieux éventuels, et travaillons là-dessus.

Elle acquiesce et prend des notes sur son ordinateur.

Teddy parcourt la liste des invités. Le nom d'Allison Crutcher n'y figure pas. Peut-être que sa présence va de soi, étant donné qu'elle est son épouse. Il espère qu'elle aura la décence de venir; cela dit, elle n'a même pas encore pris la peine de le féliciter pour sa nomination. Pas même un mail qui aurait dit :

Désolée pour ce qui est arrivé à Belmont. Tu feras un excellent proviseur.

Rien. Pas un mot.

Elle a été d'un silence exaspérant. Se sentir aimé est une chose, se sentir détesté en est une autre, mais il n'y a rien de pire que l'indifférence. C'est pourquoi il n'a toujours pas signé les papiers du divorce, ni répondu aux appels de l'avocat.

Winnie se redresse et quitte la salle de conférences. C'est une femme vive et efficace, quoique pas particulièrement intelligente. Peut-être l'assistante idéale pour lui : quelqu'un qui fait ce qu'il demande sans trop chercher à réfléchir.

Mais ce n'est pas encore le moment d'embaucher une nouvelle assistante.

Zach et Courtney révisent au Starbucks quand elle jette soudain son stylo.

— Je n'aime pas ma tutrice.

— Je sais, soupire-t-il.

— Pourquoi mon père n'a pas recruté le tien ? Je ne comprends pas.

Zach ne lève pas les yeux de son travail. Ils en ont déjà parlé.

— Parce que Titus est jeune. Ton père est persuadé qu'il essaiera de te draguer.

Voilà pourquoi la tutrice de Courtney est une ancienne professeure à la retraite.

— Je ne suis plus une petite fille… J'ai été en prison, je te rappelle.

— Et je suppose que cet argument n'a pas convaincu ton père.

— Non.

Il est 10 h 30, le creux de la vague entre l'afflux de clients du matin et celui de midi. Le café est désert. Hormis les employés, ils ont la salle rien que pour eux. Ce qui ne les empêche pas de discuter à voix basse. Courtney évite de crier sur tous les toits qu'elle est la fameuse lycéenne incarcérée puis libérée. Elle s'est même coupé les cheveux et les a teints en brun. Zach trouve ça bizarre, mais se garde bien d'émettre le moindre commentaire.

Il ne parle pas non plus de Fallon. Hors de question de tenir son amie au courant de leur conversation d'hier. Mais il y pense beaucoup et se demande si la professeure finira par le croire ou non.

Courtney pivote sur sa chaise pour regarder la télévision. Encore.

— Il ne se passe rien de nouveau, fait remarquer Zach. Ils diffusent une émission préenregistrée.

— Je sais. Il ne se passe jamais rien.

— Il y aura quand même la cérémonie de commémoration. Tu vas y aller ?

— Il faut bien. Pour ma mère.

Cette perspective n'a pas l'air de la réjouir.

— Je t'accompagnerai, même si je ne suis plus au bahut.

— Gros naze.

Elle sourit. Il allait la traiter de taularde quand la bannière d'une nouvelle information se met à défiler en bas de l'écran. Au son du flash spécial, Courtney tourne brusquement la tête.

Ils diffusent une photo de Mlle Marsha. Une photo anthropométrique.

Et ce n'est pas tout. Un autre portrait apparaît à ses côtés. Joe.

L'assistante du proviseur et le gardien de Belmont ont été arrêtés.

Il était temps.

Teddy regarde les informations dans la salle de conférences en compagnie de Winnie et de quelques administrateurs. Quelqu'un a branché son ordinateur sur l'écran interactif pour retransmettre le reportage dans toute sa glorieuse haute définition.

Mlle Marsha a une tout autre allure sans rouge à lèvres et les cheveux mal coiffés. Quant à Joe… Eh bien, il n'a pas changé : toujours son air maussade.

— Mon Dieu, souffle Teddy. C'est à peine croyable.

— Mais pourquoi, bon sang ? s'interroge Winnie.

La journaliste à la tête dodelinante est déjà sur le coup.

« Marsha Fowler et Joseph Apple travaillent à Belmont depuis plus de vingt ans. Ils sont accusés d'avoir empoisonné neuf personnes, notamment des élèves, et d'avoir entraîné la mort de trois de leurs victimes. S'ils sont vraiment coupables, la question demeure. Pourquoi ? Qu'est-ce qui a pu motiver un tel acte ? »

Quel soulagement ! Teddy s'efforce de n'en rien laisser paraître devant ses collègues. Le FBI a enfin mordu à l'hameçon, ça tient du miracle.

— Nous avons déjà des coups de fil de journalistes, dit Winnie.

— Il va falloir envoyer un mail aux professeurs et aux membres du personnel, décrète Teddy. Redirigez toutes les demandes vers le bureau du proviseur.

Il sonde la salle autour de lui, bien conscient que c'est Mlle Marsha qui aurait écrit ce mail. Son regard se pose sur Daphné, la secrétaire du bureau des admissions. C'est une jeune femme un peu gauche, le genre de personne que l'on prend facilement en pitié.

— Daphné, l'appelle-t-il. Vous voulez bien vous en occuper ?

Elle écarquille les yeux, mais fait signe que oui.

— Bien sûr.

— Parfait.

Les deux prochains jours s'annoncent chargés – entretien avec les avocats, réunion du conseil, convocation des enseignants –, mais chaque chose en son temps.

— Il va également falloir publier un communiqué pour exprimer combien nous sommes affligés d'apprendre ces arrestations.

Comme il regarde Daphné, elle s'installe aussitôt à l'ordinateur et se met à taper ce que lui dicte Teddy.

Winnie garde les yeux rivés sur le grand écran, des larmes roulent sur ses joues. C'est la deuxième fois aujourd'hui qu'Ingrid manque à Teddy. On pouvait lui faire beaucoup de reproches, mais certainement pas celui d'être une chouineuse.

Enfin bon, sa mort était une erreur. Une erreur qu'il vient de passer des mois à corriger, en commençant par Sonia, puis en empoisonnant le lait et en semant des pièces à conviction ; une facture pour l'achat de seringues, enfouie dans le bureau de Mlle Marsha, et les vestiges d'un brin d'œil de poupée dans la loge de Joe. Après tout, il s'introduit dans la cuisine du lycée pour y prendre son petit déjeuner. Seul.

Et puis, qui d'autre aurait pu en avoir assez de s'occuper de gosses de riches, si ce n'est les deux employés qui travaillent à Belmont depuis le plus longtemps ? Sans compter qu'ils postaient tous les deux anonymement sur un blog pour s'en plaindre. En définitive, toutes les recherches effectuées par Teddy pour créer ses faux profils auront porté leurs fruits, il aura appris à configurer une redirection d'IP vers le serveur du lycée. Il a utilisé des adresses mail à peine voilées et des informations confidentielles qu'eux seuls pouvaient connaître – deux pistes remontant à des gens qui ne maîtrisent pas ce qu'ils font. Comme Mlle Marsha et Joe.

Finalement, ça a marché. Courtney a été libérée, Zach est hors de tout soupçon. Belmont peut se consacrer de nouveau à l'excellence de ses élèves.

80

— C'est parfaitement cohérent, quand on y songe. Bon, au début c'était bizarre, on avait tellement parlé de Crutcher. Mais quand on repense à Mlle Marsha et Joe, à tout ce qu'ils ont subi à cause de gamins comme nous, c'est logique. Tu imagines, toi, nettoyer derrière nous, année après année ? Ou supporter tous ces coups de fil de parents en pétard ? Je ne dis pas que ça me fait plaisir, je dis seulement que je comprends leurs motivations...

— Complètement d'accord, répond Zach qui se réjouit de voir Courtney retrouver le sourire.

Elle n'est plus obsédée par les informations, ne retourne pas toutes les cinq minutes sur les réseaux sociaux. Elle est heureuse, tout simplement.

Il émet tout de même des réserves sur ces arrestations.

Ils sont dans sa voiture, il la reconduit chez elle, et la radio diffuse les dernières nouvelles. Courtney se tait pour écouter, puis reprend la conversation, puis se tait à nouveau, et reprend. Zach ne la coupera pas, ne lui fera pas remarquer que le FBI pourrait commettre une erreur.

Et si c'était lui qui se trompait ? Si Crutcher n'y était pour rien ?

Mais bon sang, et ce livre de plantes ?

Et le lait ?

Et Fallon ?

C'est peut-être elle, la folle de l'histoire...

Le père de Courtney téléphone à sa fille, c'est reparti pour un tour ; elle répète tout ce qu'elle vient de dire. Son raisonnement s'étoffe. Et se renforce.

— C'est évident, tu ne trouves pas… ? Exactement, pourquoi personne… ? Mais oui, c'est ce que je te dis ! Comment a-t-on pu passer à côté d'un truc pareil ? Heureusement que le FBI est là, hein ?

Quand elle raccroche, elle se tourne vers Zach. Rayonnante. Elle est littéralement rayonnante.

— Génial, non ?

— Carrément.

— Je vais manger avec mon père pour fêter ça. Tu veux venir ?

Il secoue la tête.

— Je ne peux pas. Je dois voir Titus.

— Quelle plaie !

— Yep.

Il n'a pas rendez-vous avec Titus, mais Courtney le croit parce qu'il ne lui ment jamais. Il n'a aucune raison de le faire. Enfin, ça, c'était avant. Depuis quelque temps, il s'est mis au mensonge, ne serait-ce que par omission.

Après l'avoir déposée chez elle, il reste garé le long du trottoir pour réfléchir à la suite. Où aller, au Bosquet ? Tout le monde y sera, d'après le message de Lucas.

DEUX savants fous ? ! Ramène-toi au Bosquet pour en débattre, tout de suite !

Dans la langue de Lucas, « débattre » signifie « fumer et refaire le monde ». Ça ne lui dit trop rien. Son ami n'est au courant de rien au sujet de Crutcher et de Fallon, or Zach n'a aucune envie de lâcher le morceau. S'il boit ou fume, il risque de déraper.

Pour le Bosquet, ce sera non.

Il pourrait sinon aller voir Fallon et retenter une approche. Ce n'est ni la meilleure idée du siècle ni la pire. Mais la jeune femme ne l'a toujours pas contacté ; or, s'il retourne la relancer, il risque de passer pour un pervers.

Rentrer à la maison. Il réviserait en regardant les informations. C'est triste à mourir, mais c'est sans doute sa meilleure option. Il ne travaille pas pour le FBI, n'a pas accès aux preuves, aux interviews et au reste, alors pourquoi se fatiguer avec ces histoires ? Ça ne le concerne pas.

Pourtant, ça le tracasse. Il déteste avoir le sentiment de ne rien faire. Dommage que papa n'ait pas de wardisme adapté aux circonstances.

Teddy arrive chez lui et regarde les informations. De temps en temps, tout rentre dans l'ordre. C'est le cas aujourd'hui.

Sauf qu'Allison n'est pas là pour le voir.

S'il y a une chose à laquelle il ne peut rien, c'est bien celle-ci. Il ne peut pas retirer son mensonge et n'a aucune explication digne de ce nom à lui donner. Pourtant, il a essayé. Dieu sait qu'il a essayé. Et il n'est même pas sûr de croire en Dieu.

Rien de tout ça ne serait arrivé s'il avait accepté de lui faire un enfant. Juste un. Tout le monde serait encore vivant, et Allison serait toujours à ses côtés.

Ces pensées font revenir les asticots qui lui triturent l'estomac.

Il monte le son de la télévision et s'efforce de savourer sa réussite. Et il y parvient, jusqu'à ce qu'on sonne à la porte.

81

Frank. Encore.

Teddy réprime tout signe de sa frustration, la gardant rangée bien au fond de lui pour ne rien montrer à son ancien collègue.

— Deux fois dans la même semaine ! s'exclame Teddy en ouvrant la porte pour l'inviter à entrer. Quel plaisir de te revoir.

Frank sourit sans dévoiler ses dents, c'est bizarre.

— Désolé de débarquer encore à l'improviste. J'ai voulu t'appeler, mais tu dois être très occupé.

Teddy se frappe le front.

— Ah oui, désolé ! Je m'étais promis de te rappeler, mais il y a eu les dernières informations et… Tu es au courant, je suppose.

— En effet, opine Frank, perdant totalement son sourire pour prendre un air solennel. C'est bouleversant. Tout bonnement bouleversant.

Ils se dirigent vers le salon, où le pasteur retrouve sa place sur le canapé.

— Tu veux boire quelque chose ? Du thé ?

— Non, non, ce ne sera pas nécessaire. Je voulais simplement parcourir le programme de la cérémonie avec toi, si tu le veux bien. (Il sort de sa poche le dépliant remis à tous les intervenants.) Ça ne te dérange pas ?

— Non, non. Bien sûr.

Teddy s'assied.

Pendant une demi-heure, Frank s'arrête sur chaque point de la cérémonie avec l'intention d'intégrer une prière partout où c'est possible. Après chaque discours, dans l'idéal. Teddy doit lui répéter plusieurs fois que d'autres représentants de différentes confessions seront là et inviteront également au recueillement.

Ils entament une négociation.

— Je tiens à ce que la prière finale soit pour moi, insiste Frank. Après tout, je fais partie de la famille.

La famille.

Celle de Belmont est du genre exclusive. En sa qualité de proviseur, Teddy en fait désormais partie. Mais plus Frank.

— Le programme officiel a déjà été imprimé. (Cela a coûté une fortune. Hors de question de le réimprimer.) J'annoncerai en introduction que des prières ponctueront la journée de commémoration. La liste sera à disposition au pied de l'estrade. Et c'est d'accord, tu passeras en dernier.

— Merci, Teddy, se réjouit le pasteur avec un sourire sincère, toutes dents dehors. Bon, avant que j'y aille, j'aimerais vraiment que tu pries avec moi.

— Que je fasse quoi ?

— Que tu pries avec moi. Après ces terribles épreuves, je pense que nous devrions prier pour Belmont. Et pour toi.

— Pour moi ?

— Évidemment.

En tant que proviseur, Teddy a conscience qu'il doit choisir ses batailles, il ne peut pas toutes les livrer. Mais en voilà une qu'il peut remporter sans coup férir. Après avoir cédé à tout ce que Frank lui a réclamé, il est temps de dire non.

— Je respecte tes croyances et te soutiens dans ta démarche, dit-il. Mais je ne partage pas nécessairement ta foi.

Son ancien collègue pose une paume sur son épaule.

— Je comprends. Mais je pense que nous devrions tous les deux prier pour que Dieu pardonne tes péchés. Ensemble. Alors seulement nous pourrons tourner la page pour entamer un nouveau chapitre.

En s'écartant, Teddy fait tomber la main de Frank.

— Et moi, je pense qu'il vaudrait mieux que tu pries avec tes coreligionnaires.

Il se lève pour mettre un terme à cette visite.

Frank soupire et le suit jusqu'à la porte, que Teddy est ravi de lui ouvrir. Avant de sortir, le pasteur se tourne vers lui.

— Je prierai pour toi.

— Merci, c'est sympa.

À peine est-il parti que Teddy monte dans son bureau. Il a sans doute une centaine de mails en retard, sans parler du dernier rapport sur la situation financière de l'école.

Mais d'abord, les informations. Le site du journal local est déjà affiché sur son ordinateur, il le rafraîchit. Il attend d'y trouver de nouveaux développements au sujet de Fallon.

Zach a la migraine. Non pas qu'il soit malade, mais il a trop réfléchi à Crutcher. Ce doit être ça. Ce type lui donne mal au crâne depuis le premier jour.

Quel con.

Mais le FBI serait-il prêt à croire Zach ? Après être passé pour un amoureux transi prêt à transgresser la loi pour voir Courtney ? Non, sûrement pas. Ils le prennent déjà pour un demeuré. Sur le coup, ça ressemblait à une bonne stratégie. Plus maintenant.

Qui sait, il aurait peut-être mieux fait de suivre les conseils de ses parents et de son avocat, et de se taire.

Épuisé. Il est épuisé à force de chercher des solutions à longueur de journée. Il a presque envie de renoncer.

C'est peut-être la meilleure option : abandonner l'idée de faire coffrer Crutcher, de faire une bonne action. Il ferait mieux de reprendre sa vie d'adolescent, fumer de l'herbe, manger gras et s'affaler sur le canapé.

Voilà, il fait ça.

Et allume la télévision. Les chaînes d'information locales n'en ont que pour Mlle Marsha et Joe. On questionne des voisins, des amis, on diffuse des photos personnelles dans une trame bien ficelée pour mener au meurtre.

Clic.

Un film d'action, c'est mieux.

Il tient dix minutes avant de revenir aux informations.

Il zappe d'une chaîne à une autre en espérant trouver un peu d'espoir, le signe que le FBI a compris son erreur. Mais ils en ont fini avec Belmont, et l'on passe à la météo, puis aux résultats sportifs…

Mais voilà qu'ils diffusent une photo de l'immeuble de Fallon.

« Une jeune femme de vingt-trois ans a été retrouvée morte asphyxiée au monoxyde de carbone dans son appartement du quartier de Hidden Palms. D'après la police, le chauffe-eau serait en cause. Ce soir à 22 heures, vous saurez tout sur… »

Fallon.

Zach est convaincu de savoir qui est mort et qui est responsable de ce décès. Quand il a vu Crutcher entrer chez elle, il aurait dû s'en douter.

Et il s'en doutait. Il a vu Fallon, l'a prévenue. Elle allait très bien.

Mais il aurait pu faire mieux. Il aurait pu arrêter Crutcher, lui parler, ou ne serait-ce que le prendre en photo quand il sortait du bâtiment, tout sauf le regarder bêtement sans réagir.

Il se sent presque complice.

Fallon connaissait la vérité. Depuis le début. Sinon, Crutcher ne l'aurait pas tuée.

Zach fait les cent pas dans sa chambre, téléphone en main, et cherche plus de précisions sur les circonstances de sa mort. On ne sait pas grand-chose pour le moment. Intoxication au monoxyde de carbone, un vieux chauffe-eau, un terrible accident.

Retour à la télévision. Un reportage sur Belmont, les assassins, les arrestations et l'élection du nouveau proviseur. Une photo de Crutcher apparaît à l'écran. Zach a la nausée.

Ce type va s'en tirer, personne ne va l'arrêter.

82

Il fait beau et frais, presque trop beau pour un enterrement. Mais Teddy ne se plaint pas. La dernière chose dont il a envie, c'est de rester dehors sous la pluie.

Il a pris part aux funérailles sans l'ombre d'une hésitation. Non seulement Fallon était une ancienne élève de Belmont, mais elle était une de ses collègues quand elle est morte… pardon, décédée. On dit « décédé » quand la cause n'est ni le meurtre ni le suicide. Or, la mort de Fallon n'est qu'un tragique accident domestique.

Même les flics le pensent. Au début, les médias se focalisaient sur le fait qu'elle travaillait à Belmont juste avant que le lycée ne ferme. Mais, quand la police a vu le chauffe-eau et quand le propriétaire a déclaré que tous les autres appareils de l'immeuble seraient remplacés, l'affaire a été brutalement classée. Parfois, des gens meurent. Même Lissa le dit, la journaliste à la tête qui dodeline. Alors c'est forcément vrai.

La cérémonie se déroule entièrement au cimetière. Les parents de Fallon sont là, ce qui est surprenant sachant qu'ils ne soutenaient pas leur fille financièrement. Ils sont au premier rang, vêtus de luxueuses tenues de deuil. La mère est en larmes, le père maussade. Le tableau est parfait.

Plusieurs professeurs de Belmont sont également présents, ainsi que d'anciens camarades de classe de Fallon. Teddy en reconnaît quelques-uns, et tous ont l'air de s'en être mieux sortis qu'elle. En tout cas, leurs parents ne leur ont pas coupé les vivres.

Frank est là, lui aussi, juste à côté de Teddy, ce qui le contrarie un peu ; on risquerait de croire qu'il a trouvé la foi, ou je-ne-sais-quoi. Mais allez interdire à un homme portant le col blanc de se rendre à un enterrement.

Le pasteur qui dirige la cérémonie porte également le col. Il est âgé et distingué, sa voix de baryton déclame des inepties au sujet de la défunte.

— Fallon Meredith Knight, enfant chérie de David et Olivia Knight, ne manquait jamais une occasion d'aider son prochain. Il y a peu, elle est retournée à l'académie de Belmont afin de proposer ses services pour reprendre les classes de l'une des victimes des récents empoisonnements. Son amour pour le lycée et ses élèves était sincère, au point de mettre de côté ses ambitions personnelles pour leur venir en aide.

Teddy se racle la gorge. Réflexe mal maîtrisé. Le pauvre bigot est loin d'imaginer que la mort de Fallon n'aurait jamais eu lieu si elle n'avait pas envoyé son dernier mail.

Et si elle avait vécu ailleurs qu'au premier étage d'un ancien hôtel, ça aurait été plus complexe. Là, c'était presque trop facile. Dans ce motel miteux aux équipements vétustes et aux portes vermoulues, on s'introduit presque aussi aisément qu'au lycée.

Sans parler du vieux chauffe-eau. Une simple fuite a suffi à provoquer une intoxication au gaz dans son petit appartement.

Tout s'est passé comme prévu, presque comme un coup du destin.

Bien sûr, Teddy avait un plan B. Un autre poison, un produit censé tuer les rongeurs. Une marque que l'on trouverait sans surprise dans ce genre de bâtiment décrépit. Par chance, il n'en a pas eu besoin.

Tout ce qui reste de sa vie est là, autour de son cercueil. Une poignée de dernières louanges, quelques larmes, et l'on n'en parle plus.

Non pas qu'il en soit fier, loin de là. Fallon était avant tout une ancienne élève de Belmont. Et l'une des siennes, de surcroît. Il était du devoir de Teddy de l'aider et, malgré tous ses efforts, il a échoué. Voilà ce qui pèse sur ses épaules aujourd'hui, à son enterrement. Il en a l'estomac noué, comme si les asticots se réveillaient.

Mais il se remémore qu'il aura beau donner de sa personne, il ne peut pas sauver tout le monde. Certaines personnes refusent de se racheter.

Le père de Fallon prend la parole. Il est directeur financier d'une banque et en a l'allure.

— Ma fille avait une bonne âme. Une âme pure. Peut-être trop pure pour ce monde. (Une pause. Regard vers le ciel.) Quand elle avait cinq ans, nous étions dans le jardin lorsqu'elle a trouvé sa première coccinelle. L'insecte errait dans l'herbe, et Fallon voulait l'aider à retrouver ses amis…

Teddy n'écoute plus et s'évertue à calculer la valeur nette de ce cortège de funérailles en bijoux et accessoires. Cette assemblée suffirait à assurer la pérennité de Belmont pour les cent prochaines années. Ce qui lui rappelle qu'il devra renvoyer un courrier d'appel aux dons.

Ces pensées l'occupent jusqu'au moment où l'on descend enfin le cercueil dans son trou et que l'on jette la première pelletée de terre par-dessus. Teddy s'approche aussitôt des parents de Fallon pour leur présenter ses condoléances.

— Votre fille était une jeune femme charmante et un atout majeur pour Belmont, dit-il. Je suis sincèrement désolé.

En serrant la main de M. Knight, quelqu'un attire son attention. Il se retourne.

Zach Ward.

Vêtu d'un costume gris foncé, il paraît plus que ses dix-sept ans. Les cheveux fraîchement coupés, les chaussures cirées, c'est son père tout craché.

Et il regarde Teddy droit dans les yeux.

Zach se doutait que Crutcher viendrait à l'enterrement. Comment y échapper quand on est proviseur ?

Et puis, c'est l'occasion pour lui d'exulter.

Il le dévisage avec insistance pour qu'il n'ait d'autre choix que de venir vers lui. À l'instant où il s'apprête à lui parler, Frank Maxwell les interrompt.

— Quel plaisir de te voir, Zach, malgré ces tristes circonstances.

Le jeune garçon opine, choqué de revoir son professeur de maths après tout ce temps. Et choqué de constater le col romain autour de son cou.

— Bonjour, monsieur Maxwell. Ravi de vous revoir également. J'espère que vous allez bien.

— Très bien, je te remercie, répond-il avec un sourire si serein qu'on le croirait sous l'emprise d'un joint – ce qui expliquerait beaucoup de choses. J'espère que tu viendras à la cérémonie de commémoration de Belmont.

— Je ne la manquerais pour rien au monde.

M. Maxwell hoche la tête et s'éloigne, laissant la place libre pour Crutcher.

— J'ignorais que tu connaissais Fallon Knight, dit ce dernier.

— Eh oui, lâche simplement l'adolescent, les mains dans les poches pour cacher leurs tremblements.

Il est très nerveux.

— Vraiment ? (Crutcher prend un air circonspect.) C'est affreux, ce qui lui est arrivé. Cela nous rappellera à tous l'importance d'installer un détecteur de monoxyde de carbone.

— Mes parents en ont acheté huit. Et ils ont changé le chauffe-eau.

— Ils ont raison. Mieux vaut prévenir que guérir.

— C'est drôle, c'est justement ce que je disais à Fallon l'autre jour, poursuit Zach pour mettre le sujet sur le tapis. Elle n'habitait pas dans les beaux quartiers.

Crutcher paraît surpris.

— Oh, vous étiez donc vraiment proches.

— Elle m'aidait avec mes cours à domicile.

— Tiens donc…

Zach opine. Sous sa veste de costume, son cœur bat si fort qu'il se demande si c'est visible. Crutcher est un homme dangereux. Mortel. Il trouvait que c'était une bonne idée d'aller à sa rencontre en profitant du fait qu'il est entouré. Maintenant, il n'en est plus si sûr. Tout ça n'est pas son problème, rien ne l'oblige à le résoudre.

Mais s'il ne le fait pas, qui s'en chargera ? Il ne reste que lui.

— Je vous ai vu, là-bas, glisse-t-il tout bas à Crutcher, l'air impassible.

— Où ça ?

— Chez Fallon.

Le professeur le regarde avec des yeux ronds comme des soucoupes, comme si ce qu'il avançait était grotesque.

— Tu dois faire erreur.

— J'étais là le jour de sa mort. Nous avions rendez-vous pour qu'elle m'aide sur un devoir. (Le mensonge jaillit aussi naturellement que si c'était la vérité.) Quand je suis arrivé en voiture, je vous ai vu sortir de son immeuble. Vous avez rejoint directement votre voiture, celle avec laquelle vous venez à Belmont tous les jours.

— J'ai rendu visite à tous les enseignants depuis la fermeture du lycée, explique Crutcher en balayant d'un revers de la main les paroles du garçon. Tu peux vérifier, si tu veux.

— Vous venez d'affirmer que vous n'y étiez pas. Et maintenant, vous dites le contraire.

Le professeur lui lance le même regard chargé de mépris que celui qu'il lui réservait en classe. Avant, Zach en était troublé, et ça lui donnait envie de se faire apprécier de lui. Plus maintenant.

La bouche de Crutcher se tord en un sourire, le changement est si soudain qu'il prend Zach par surprise.

— Nous sommes tous bouleversés, aujourd'hui. Je te prie de m'excuser si je me suis trompé.

— À quel sujet ?

— Je ne comprends pas.

— Vous vous seriez trompé à quel sujet ? Vous étiez chez elle, oui ou non ?

La bouche de Crutcher sourit toujours, mais pas ses yeux. Un voile les assombrit. C'est un regard que Zach ne lui connaissait pas, et il est terrifiant.

— J'ai été ravi de te revoir, Zach.

Et il s'éloigne.

Le garçon reprend son souffle.

Tout ce qu'il a, c'est une hypothèse. Mais aucun élément concret pour la valider. Fallon en avait peut-être, elle. Sur son ordinateur. Un ordinateur que personne ne vérifiera jamais, puisque sa mort a été déclarée accidentelle. Quelqu'un devrait y jeter un coup d'œil.

— Encore une chose, lance-t-il à Crutcher en s'approchant de lui.

Ce dernier peine à masquer sa colère et se retourne brusquement :

— Dis-moi.

— Le lait. Vous l'avez bu au lycée, pas vrai ?

— Oui. Et alors ?

— C'est bizarre, vous qui n'en buvez d'habitude que dans des bouteilles en verre.

Le professeur crispe les mâchoires, sa peau se fripe jusque sous ses yeux. Il a les poings serrés, et Zach s'attend presque à recevoir un coup en pleine face.

Mais il n'a plus peur. Ça y est, il a la preuve dont il avait besoin.

— Au revoir, Zach.

Crutcher pivote sur ses talons et se dirige vers le parking, loin de l'enterrement. Zach le regarde disparaître au loin.

Ferme-la et souris.

Non, pas cette fois.

Il sort son téléphone et compose le numéro appris par cœur.

— Bonjour. C'est Zach Ward, dit-il. Vous vous souvenez de moi ?

— Bien sûr, répond Pruitt.

L'agent du FBI a bonne mémoire.

— J'ai des informations qui pourraient vous intéresser. Je peux venir vous voir ?

83

Glorieux. C'est tout bonnement glorieux.

Voilà deux semaines que Mlle Marsha et Joe ont été arrêtés. L'onde de choc est passée, et la phase de guérison peut débuter.

Teddy se tient en haut de l'escalier, devant l'entrée de Belmont. Devant lui, la foule commence à s'étoffer. Parents, élèves, journalistes… Tout le monde est là. *Tout le monde.*

Derrière lui, une bannière est suspendue d'un mur à l'autre.

Mémoire et guérison
Belmont pour toujours

L'estrade est dressée en haut des marches, devant les chaises prévues pour les membres du clergé.

Et le rocher. On peut enfin dévoiler le rocher mémorial. Compte tenu de son poids, il est déjà installé à sa place définitive, bien que recouvert d'un drap de velours rouge à pompons d'or. Winnie a veillé aux détails. Elle a le sens de la décoration, on ne peut pas le lui enlever. Les fleurs sont somptueuses : des asters bleus et d'énormes tournesols dorés, assortis aux couleurs de l'école. Ils sont plantés dans des jardinières en pierre, offrant ainsi une allée florale depuis le parking jusqu'à l'entrée du lycée.

La cérémonie étant prévue pour occuper toute la matinée, un buffet est à disposition. Un symbole lourd de sens, compte tenu des récents événements. Teddy et son équipe ont passé des heures à décider quels plats et quelles boissons servir, les gens auront-ils assez confiance pour manger, ou ne serait-ce que boire un café, pendant la cérémonie ?

La camionnette de Calisto Traiteur est garée juste à côté des rangées de chaises, bien en vue. C'est le traiteur premier choix pour qui en a les moyens. Ici, Calisto fournit les buffets et les repas de tous les événements : mariages, galas de charité, soirées du club de golf. Si les gens boudent *cette* nourriture, ils ne mangeront rien du tout.

Teddy constate qu'ils se laissent appâter. À la bonne heure. Ça lui a coûté une fortune.

Winnie apparaît à côté de lui, Daphné sur ses talons. Ensemble, elles ont repris les responsabilités de Mlle Marsha. Pour l'instant, le duo fonctionne, mais à l'automne il devra recruter une nouvelle assistante.

Porte-bloc en main, Winnie raye les derniers préparatifs.

— Tous les intervenants sont là. Le maire a appelé pour prévenir qu'il arriverait cinq minutes avant le lancement. Mais nous devrons installer d'autres chaises, car… (elle se tourne vers la foule) je crois qu'il en manque.

Teddy relève la tête. Depuis tout à l'heure, il contemplait ses cuticules en piteux état. Depuis l'enterrement de Fallon, il s'est remis à les arracher.

— Bonjour, Teddy.

C'est Frank qui le regarde avec ce même sourire étrange.

— Frank, ravi de te voir.

— Tu as bonne mine. (Il observe autour de lui.) Où est Allison ? J'aimerais lui dire bonjour.

Teddy doit lutter pour ne pas laisser paraître son agacement.

— Elle est encore au travail. Elle essaie de se libérer, mais ne garantit rien. Les hôpitaux ont besoin de leurs infirmières.

— Allison doit crouler sous le boulot en ce moment. Apparemment, ça fait longtemps que Missy ne lui a pas parlé.

— Oui, elle est très occupée.

Teddy se détourne pour dire à Winnie :

— Il faudra plus de chaises, en effet.

Sur ce, il descend les trois marches menant aux rangées de sièges.

— Plus que vingt minutes ! le prévient Winnie.

Mais il s'éloigne pour rejoindre un groupe de parents qui se tient près du premier rang. Il les salue, échange des poignées de main, sourit et espère qu'ils feront des dons généreux. Avant sa malheureuse arrestation, Mlle Marsha expliquait que cela faisait partie du métier. Les relations publiques.

— Vous êtes le visage de l'école, disait-elle.

Il incarne ce rôle à merveille, prépare le terrain.

S'il était encore professeur, il n'aurait pas à faire tout ça. En tant que professeur de l'année, il peaufinerait son discours. Et, s'il n'avait pas reçu cette récompense, il dégusterait un petit canapé ou n'arriverait que cinq minutes avant le début de la cérémonie.

Telle est la croix du proviseur.

Il ne s'attendait pas à ça. Mais bon, c'est toujours mieux que d'être relégué au rang d'enseignant à jamais exclu de la famille Belmont.

Le pire, c'est de devoir gérer les familles des victimes. Elles sont assises au premier rang, à droite de l'allée centrale. Ainsi agglutinées, elles forment une mer de vêtements noirs, et il en émane un parfum de mort. Si Teddy avait su, il aurait demandé à Winnie de les installer au fond.

D'abord, il doit les saluer. Il commence par l'épouse de son prédécesseur. Avant le décès de son mari, c'était une femme austère et pragmatique. À présent, elle semble presque fragile, le dos courbé et le visage dissimulé derrière une voilette. Elle esquisse un hochement de tête en réponse à ses vœux.

Ensuite, le docteur Benjamin. Le mari de Sonia est en costume gris, et ses cheveux sont un peu trop longs pour que sa coupe paraisse professionnelle. Les professeurs à l'université peuvent se le permettre, cela dit. Il a également pris quelques kilos depuis la dernière fois que Teddy l'a vu, or c'était à l'enterrement de Sonia. Le veuvage lui a peut-être creusé l'appétit.

— Merci infiniment d'être venu, dit Teddy en lui serrant la main. J'ai conscience que c'est un maigre réconfort, mais nous ferons notre possible pour honorer dignement la mémoire de votre épouse.

— C'est gentil, répond le docteur.

Par chance, Sonia n'avait pas d'enfants, c'est déjà ça. Teddy déteste gérer les gosses.

Les derniers endeuillés sont Courtney et son père. Il se prépare, se donne une allure humble et gracieuse. Il est encore possible pour l'adolescente de revenir à Belmont à l'automne, son père en a les moyens.

— Monsieur Ross, l'accueille-t-il. Ravi de vous revoir, malgré ces tristes circonstances.

— Bonjour.

Le proviseur se tourne vers Courtney.

— Et je tenais à te dire combien je suis rassuré que le FBI ait enfin éclairci l'affaire et t'ait lavée de tout soupçon.

Elle opine et répond avec un sourire forcé :

— Merci.

Derrière eux, Teddy remarque quelqu'un.

Zach Ward. Ce petit sac à merde.

— Bonjour, monsieur Crutcher.

— Merci d'être venu, est-il contraint de répondre. D'autant plus que tu n'es plus scolarisé à Belmont.

Zach ne sourcille pas.

— Je n'aurais manqué ça pour rien au monde.

Teddy se détourne pour revenir à M. Ross.

— N'hésitez pas à me solliciter si vous avez besoin de quoi que ce soit.

— Entendu, encore merci.

Sur ce, le proviseur rejoint l'estrade. Il ne laissera personne gâcher sa journée. Encore moins Zach.

Le spectacle peut commencer.

84

Quand Crutcher s'éloigne, Zach regarde autour de lui. Le FBI ne devrait plus tarder.

Quand il a discuté avec les agents Pruitt et Roland, ils l'ont écouté attentivement. Ils ont posé des questions, beaucoup de questions. Comme lors de l'entretien précédent, Pruitt a mené l'interrogatoire. Zach leur a parlé du lait, du livre sur les plantes et de Fallon.

— Elle était au courant de quelque chose. Elle avait peut-être des informations sur son ordinateur, mais je n'en suis pas sûr. Je n'ai pas eu le temps d'en avoir le cœur net, elle est morte trop vite. Mais je vous en supplie, vérifiez.

— Bien entendu, nous ferons le nécessaire, a promis Pruitt.

— La cérémonie approche. Ce sera un grand événement, et il est désormais proviseur… Je ne sais pas s'il prévoit de tuer quelqu'un d'autre, mais ce serait le moment idéal. Il y aura beaucoup de monde. Si ça se trouve, il s'en prendra à moi.

Elle a tendu la main vers la sienne, sans toutefois la toucher, et lui a demandé :

— Craignez-vous pour votre vie ?

En effet, il avait un peu peur, mais s'est donné du courage en haussant une épaule.

— Une chose est sûre, je ne mangerai rien de ce qui sera servi.

— Vous êtes certain de vouloir y aller ?

— Je n'ai pas le choix. Pour Courtney.

Elle a hoché la tête avant de regarder l'agent Roland qui prenait des notes. Ce dernier a dit :

— Vous nous avez fourni des pistes solides. Nous vous remercions d'être venu.

— Est-ce que je peux aider ? a demandé Zach.

— Non, nous prenons le relais, a-t-elle répondu. Mais je vous conseille de garder vos distances avec Teddy Crutcher, désormais.

Jusqu'à aujourd'hui, c'est ce qu'il a fait. Et il n'en a rien dit à Courtney.

Comme ils sont assis au premier rang, il ne cesse de se retourner pour guetter l'arrivée du FBI.

— Tu cherches quelqu'un ? s'enquiert son amie.

— Non, je regarde, c'est tout. (Il se redresse bien droit sur sa chaise.) Et toi, ça va ?

Elle hausse les épaules, secoue la tête de biais. Ça veut dire non. Et Zach se sent coupable.

Sur l'estrade, Crutcher accueille tous les intervenants assis sur scène. Winnie brasse de l'air pour paraître à la hauteur de son rôle de présidente du collaboratif.

Mais ce qui attire l'attention du jeune homme, c'est l'homme qui arrange les chaises, derrière l'estrade.

— Ce n'est pas M. Maxwell, là-bas ?

— Si, on dirait, opine Courtney en se penchant en avant. Attends… Il porte un col blanc ?

— Hum… oui.

— Il est devenu curé ?

Zach ne répond pas. Il a croisé Frank Maxwell à l'enterrement de Fallon, mais n'en a pas parlé à Courtney. Elle ne sait même pas qu'il y est allé.

Les deux adolescents l'observent tandis qu'il finit d'installer les chaises avant de s'approcher du drap de velours jeté sur le rocher mémorial. Il tend l'étoffe, l'époussette, s'assure qu'il est bien symétrique.

— C'est bizarre, commente Courtney en faisant la moue.

— Ouais.

Leur conversation est interrompue par Winnie qui tapote le micro. Un bruit sourd se propage au-dessus de l'assemblée.

— Veuillez vous installer, nous allons commencer.

Elle marque une courte pause, puis précise :

— Nous sommes pile à l'heure !

À l'ouverture de la cérémonie, Teddy ajuste sa veste et adresse un sourire triste à la foule. Un sourire de circonstance.

— Merci à tous d'être là, dit-il. Comme vous le savez, plusieurs événements tragiques ont frappé Belmont ces derniers mois. Nous avons choisi d'organiser cet événement pour honorer la mémoire de nos chers disparus.

Un silence. Il sonde son public du regard le plus grave dont il soit capable. Ils sont très nombreux, bien plus que prévu, ce qui ne fait qu'ajouter au poids de cette journée. Mais il n'a pas le trac pour autant, bien au contraire.

— Nous souhaitons également nous tourner vers l'avenir, réfléchir à la suite pour Belmont. Pour survivre, il faut aller de l'avant, et je vous remercie d'être venus nous aider à y parvenir.

Les applaudissements retentissent, mais restent assourdis, comme l'on pourrait s'y attendre de ce genre d'événement. Ce n'est pas un concert de rock.

Il présente le premier intervenant : le mari de Sonia. Le professeur Benjamin s'égare légèrement comme le font souvent les personnes en deuil, mais il s'en sort bien. Ensuite vient le tour de M. Ross. Il sera le seul à parler d'Ingrid, Courtney a décliné l'invitation.

Teddy est en retrait pour laisser parler les proches, mais il reste debout et garde un œil sur le public. Courtney pleure pendant le discours de son père, et Zach lui tend un mouchoir. Pourvu que celui-ci soit propre, pense Teddy.

L'épouse du précédent proviseur a également refusé de s'exprimer, ce qui n'est pas plus mal. Elle n'est pas en état. À l'origine, il prévoyait de faire intervenir Mlle Marsha au nom de l'ancien proviseur, mais de toute évidence, il a fallu changer de plan. Ils ne pouvaient pas lui demander d'enregistrer son hommage depuis sa cellule de prison.

L'ancien proviseur sera donc représenté par Nari Tam, la professeure d'histoire. Un peu de diversité ne fait de mal à personne.

Son discours n'en finit pas, d'un tel ennui que Teddy laisse son esprit vagabonder. Il vagabonde encore quand elle cède le micro au premier membre du clergé. Il s'agit d'une femme pasteur d'une Église non confessionnelle. Elle propose une prière à qui veut participer. Toujours dans la bien-pensance.

Teddy revient sur l'estrade pour présenter la suite du programme – les témoignages des victimes d'empoisonnement qui ont survécu. Damien Harcourt grimpe les marches, le proviseur lui serre la main. Ses parents très fortunés sont assis au premier rang, mais de l'autre côté de l'allée centrale, à l'opposé des familles endeuillées.

Teddy recule à nouveau et se réjouit que cet étalage de tristesse soit bientôt terminé ; c'est ce qu'il appelle la première partie de la cérémonie. C'est désagréable, mais il faut en passer par là. Il lui tarde d'entamer la seconde partie, celle de la guérison : l'inauguration du rocher mémorial, suivie de la visite du lycée.

L'établissement a été récuré de fond en comble, dispose d'une cuisine flambant neuve avec des cadenas sur tous les réfrigérateurs, congélateurs et portes de garde-manger. Et certaines machines ne sont plus accessibles qu'aux détenteurs de badges.

Oui, Belmont a pris le sujet de la sécurité au sérieux. Très au sérieux. Le réfectoire devait être le plus sécurisé de tous les établissements scolaires du pays, quitte à y mettre le prix.

Quand Damien a fini de raconter pour la énième fois son expérience dramatique de mort pas si imminente que cela, Teddy annonce une pause de vingt minutes avant le début de la seconde partie.

Jusqu'à présent, c'était presque parfait. Tout s'est déroulé comme prévu. Rien ne dépasse.

Et aucun agent du FBI en vue.

Évidemment qu'il est au courant. Il sait que Zach leur a tout raconté. Les deux agents, Pruitt et Roland, sont venus chez Teddy pour l'assaillir de questions, notamment sur ses préférences pour le lait en bouteille. C'est ainsi qu'il a deviné. Il leur a même directement posé la question :

— Cette information sur mes goûts alimentaires vous vient-elle d'un élève appelé Zach Ward ?

— Nous avons l'interdiction de divulguer nos sources, a rétorqué Roland.

— Bien sûr, je comprends. Mais je le soupçonne de vous en avoir parlé. Je vais vous dire ce que je sais de ce garçon. (Il s'est lancé dans une longue explication concernant son jeune élève.) Je crois que je l'obsède. Depuis le premier trimestre où je lui ai donné une note qui ne lui a pas plu, il est furieux. Ses parents ont même fait pression sur moi pour m'inciter à changer sa note. Bien entendu, j'ai refusé.

Ce seul souvenir le faisait frissonner. Il n'a pas eu à jouer la comédie.

Ou peut-être juste un peu.

— Après cela, le comportement de Zach est devenu étrange. Il m'a suivi, vous devriez pouvoir le vérifier sur son GPS. D'habitude, je ne me laisse pas intimider par des élèves, nous sommes à Belmont, après tout. Mais Zach… Ce jeune homme a un sérieux problème. D'ailleurs, vous devez savoir qu'il a été arrêté pour corruption. (Il s'est tu, secouant doucement la tête.) Pour moi, c'est un échec personnel que de voir l'un de nos lycéens s'écarter du droit chemin. Et celui qu'a emprunté Zach m'est particulièrement douloureux, surtout depuis que j'ai été nommé proviseur. J'ai le sentiment que tous les élèves de Belmont sont sous ma responsabilité.

Les agents l'ont remercié – avec profusion – de leur avoir accordé de son temps.

Courtney avait déjà été accusée à tort pour ce crime. Avaient-ils vraiment envie de reconnaître une seconde fois leur erreur en libérant Mlle Marsha et Joe ?

Certainement pas. Teddy leur a fourni ce qu'ils sont venus chercher : une issue de secours. Ils l'ont saisie volontiers, dans l'espoir d'éviter toute mauvaise publicité.

Teddy a retiré cette épine fédérale de son pied sans grand effort.

Il observe à présent Zach, assis au premier rang. Il porte le même costume qu'à l'enterrement de Fallon, sauf qu'il ne ressemble plus à son père. Il a plutôt l'air d'un petit garçon.

Zach lève les yeux et croise son regard. Et lui sourit. Ou plutôt non, un rictus s'affiche sur son visage. Quel sombre crétin.

Teddy fait signe que non. Un geste imperceptible pour quiconque n'y prêterait pas attention.

Aussitôt, Zach se rembrunit et paraît sous le choc. Puis la colère arrive. Enfin, il détourne le regard pour le poser sur le sol.

C'est bien, Zach.

Teddy l'emporte. Une fois de plus.

85

Depuis cette place, Frank a vue sur toute l'assemblée. Il occupe le dernier siège de la rangée installée sur l'estrade, ce qui lui permet d'observer tout le public et le profil de Teddy sur la scène. Entre les deux hommes, le rocher est toujours caché sous son voile.

À l'ouverture de la seconde partie, Teddy évoque la naissance du projet du mémorial. Il aura fallu plusieurs années de travail et beaucoup de réflexion autour de la forme à lui donner, mais il en parle comme si tout était arrivé la veille. Comme s'il était la seule personne décisionnaire.

— Quel mémorial serait à la hauteur ? dit-il. Quel genre de statue serait de circonstance pour rendre hommage à toutes les victimes de Belmont ? Je voulais que cette sculpture permette d'honorer leur mémoire tout en servant de symbole pour notre lycée.

Le cœur de Frank palpite. Plus Teddy parle, plus son sentiment se renforce.

Est-il nerveux ? Oui.

A-t-il le moindre remords ? Non.

Il est au courant pour Teddy depuis quelque temps. Le fait qu'il ait menti à sa femme, ait procédé à une vasectomie sans lui en parler et lui ait fait croire qu'il était stérile. Plus Frank s'est rapproché du Seigneur, plus il a pris conscience de l'immoralité dans laquelle baigne son ancien collègue.

Pourtant, il a essayé. Dieu sait qu'il a essayé. Il est allé chez Teddy par deux fois, lui a demandé de prier, l'a presque supplié.

Et Teddy a refusé.

— Le collaboratif a joué un rôle prépondérant pour Belmont et pour cette cérémonie, poursuit le proviseur en souriant. Je vous invite donc à vous joindre à moi pour un tonnerre d'applaudissements.

Frank se joint à l'ovation générale. Mais ce n'est pas l'assistance qui l'intéresse. Ce sont les mains de Teddy.

Ses cuticules, pour être précis. Il a remarqué cette manie à l'époque où il travaillait encore au lycée. Avant, les mains de son collègue n'étaient pas dans cet état, jusqu'au jour où il s'est mis à mentir à sa femme. C'est là que Frank a noté le changement. Il s'arrachait les peaux, parfois jusqu'au sang.

Comme aujourd'hui. Un signe de sa décrépitude morale.

La culpabilité ne s'en va jamais. Elle reste en nous, s'immisce au fond de notre âme pour y planter ses racines. Un peu comme l'amour, à la différence qu'elle nous procure du mal-être, et non du bien-être.

Frank était prêt à laisser tomber. À se montrer patient, à attendre que Teddy soit enfin disposé à demander pardon au Seigneur. On ne peut pas forcer ce genre de repentir.

Et puis, Missy a appelé.

Quand Frank a résolu de devenir pasteur, elle est retournée vivre chez ses parents. Il comprenait ce choix, avait conscience que c'était un changement bouleversant.

Bouleversant, mais nécessaire. Missy avait besoin de temps pour se faire à cette nouvelle vie. Il ne lui en voulait pas.

Ils se donnent des nouvelles plusieurs fois par semaine, généralement quand Frank demande à parler à son fils. Il y a quelques jours, elle l'a appelé tard le soir. Contrairement à ce qu'il a raconté à Teddy, Missy a eu des nouvelles d'Allison récemment. Il a menti à son ancien collègue, mais c'était pour la bonne cause.

— Je viens d'avoir Allison au téléphone, lui a annoncé Missy.

— Comment va-t-elle ?

— Pas très bien. Elle dit avoir reçu un étrange mail de la part d'une certaine Fallon Knight, qui prétend être une ancienne élève de Belmont et accuse Teddy d'être l'empoisonneur du lycée.

— Je ne comprends pas. Fallon Knight est…

— Morte, l'a coupé sa femme. Je suis au courant, Allison me l'a dit. Au début, elle ne voulait pas croire ce message, puis elle a appris le décès de Fallon. Elle a décidé de quitter la ville.

Il a secoué la tête, refusant d'en croire ses oreilles.

— Frank. Allison a peur que Teddy cherche à lui faire du mal.

Frank était sous le choc. Après avoir raccroché, il est resté pétrifié dans son canapé. Pas de télévision, pas de radio, le seul bruit était le brouhaha de ses pensées.

Il savait que Teddy était un menteur, un homme impie qui refusait de prier et d'implorer la miséricorde divine. Mais il était loin de le croire capable de blesser quiconque. De tuer. C'était invraisemblable.

Alors Frank a prié. Il a demandé de l'aide, un conseil, un signe. N'importe quoi. Toute la nuit, il est resté dans son canapé, incapable de bouger jusqu'au lever du jour.

Il fallait agir. Et c'était à lui de le faire.

Cette information ne lui est pas venue par hasard. Il était destiné à la recevoir. Pour régler le problème. Personne ne faisait rien contre Teddy Crutcher, il allait devoir se sacrifier.

Teddy est un monstre. Assez dangereux pour qu'Allison craigne pour sa vie. Un monstre qui a menti sans relâche, et sans jamais demander l'absolution.

Un monstre qui est à la tête de l'académie de Belmont.

Ce n'est pas tolérable.

Il s'agit de Belmont, un lycée réputé pour envoyer ses élèves dans les meilleures universités du pays. Un lycée qui a éduqué un vice-président, nombre de dirigeants en affaires, dans le domaine de la philanthropie et même des dignitaires de l'Église.

Il prend une profonde inspiration et lutte contre l'affolement de son cœur.

C'était la bonne décision. La plus juste.

— Et maintenant, le moment que vous attendez tous, exulte Teddy. Il est temps de lever le voile sur notre avenir. Notre devise, notre credo, notre rocher. Mesdames et messieurs, je vous présente le mémorial officiel de l'académie de Belmont.

Frank regarde Teddy s'emparer d'un coin du drap de velours. Tout le monde applaudit quand le monument est révélé. Sous la lumière du jour, il faut admettre que le rocher est joli, le bronze scintille comme un flambeau. Face à ce spectacle, Frank se dit que cette sculpture mériterait une bénédiction.

Il reporte son attention sur Teddy, qui tient toujours le tissu. Quand il le lâche enfin, il s'essuie la main comme pour en chasser quelque chose.

De fait, il y a quelque chose.

Frank le voit. Une légère poudre d'un brun rougeâtre sur sa paume et ses doigts. Une substance invisible sur l'étoffe rouge.

Teddy continue de palabrer sans toutefois cesser de se frotter la main. Il doit croire qu'il s'agit d'un peu de terre, peut-être du pollen, et continue de gratter, de l'étaler sur sa peau.

La baie d'abrus à chapelet écrasée sera absorbée par l'épiderme de Teddy.

L'idée d'utiliser une plante lui est venue des Savants fous – Mlle Marsha et Joe, soi-disant –, et il n'a pas été difficile d'en trouver une qui soit létale par contact. Il en existe peu, et le fait que l'une d'elles porte le nom de chapelet était un signe supplémentaire pour Frank : il ne faisait qu'accomplir son devoir.

Il a réussi à se procurer les informations aussi aisément que la plante en question. La fiole désormais vide est dans la poche de Frank. Il lui a suffi d'aider à installer la scène et d'en saupoudrer sur le tissu de velours quand il l'ajustait sur la statue.

Et maintenant, le poison recouvre la main de Teddy.

Il survivra peut-être un jour. Voire deux. Difficile à dire, c'est la première fois qu'il s'essaie à cette science maléfique. Mais une chose est sûre : Teddy va mourir.

C'est dommage, mais il fallait en passer par là.

S'il y a une leçon que sa nouvelle carrière de pasteur lui a apprise, c'est qu'on ne peut pas sauver tout le monde.

Épilogue

L'internat des prépas de Granite Hill est encore plus sympa que Zach ne l'avait imaginé : d'immenses chambres avec deux lits, deux bureaux et un mur rempli d'étagères. Il fait environ vingt et un degrés dans le Vermont, les fenêtres sont ouvertes, et la chambre est baignée de lumière.

Ce n'est pas trop mal, ici, bien qu'ils aient cours le samedi. C'est l'un des inconvénients, quand on est en pensionnat.

Ses parents sont repartis, et son nouveau camarade de chambre n'est pas encore arrivé. Zach choisit le lit le plus proche du radiateur – on est quand même dans le Vermont – et défait ses bagages. Ça ne lui prend pas longtemps. Il n'a pas emporté grand-chose, hormis ses vêtements, son ordinateur et quelques bibelots. Avant la fin de l'année, il devra rentrer pour récupérer ses habits d'hiver.

Une fois ses sacs vidés, il s'assied à son nouveau bureau et regarde autour de lui. Rien n'est gris. Rien n'est sinistre.

Quatre mois se sont écoulés depuis la cérémonie de commémoration. Quatre mois depuis qu'il a posé un dernier regard sur Belmont. Il s'est passé tant de choses depuis.

Deux jours après l'inauguration du mémorial, Teddy a manqué une réunion. La nouvelle présidente du collaboratif est allée chez lui pour le trouver.

Mort.

Mort depuis un jour entier.

Au début, des rumeurs de suicide se sont propagées. Puis d'infarctus. Et, enfin, de meurtre.

Tout le monde est reparti sur les chapeaux de roues. Finalement, Mlle Marsha et Joe n'étaient peut-être pas les Savants fous. Le véritable assassin était peut-être encore en liberté, et l'incompétence de la police et du FBI n'était plus discutable. Toutes les pires théories ont circulé, mais Zach n'y prêtait plus attention. Hors de question de retomber là-dedans. Et puis, il avait d'autres chats à fouetter avec ses deux cents heures de travaux d'intérêt général. Voilà sur quoi les deux parties se sont mises d'accord pour l'accusation de corruption – par chance, cela n'a pas été catégorisé en crime. Avoir un avocat hors de prix à son service aura eu au moins cet avantage.

En revanche, pour le poison, le mode opératoire a changé. Il s'agissait cette fois de baies d'abrus à chapelet écrasées, saupoudrées sur le voile de velours rouge. La mort de Crutcher n'aurait pas été aussi fulgurante sans ses cuticules arrachées. Les plaies ont permis au poison de se propager plus vite dans son organisme.

Quand Frank Maxwell a été arrêté pour meurtre, la nouvelle a scandalisé tout le monde, et des bruits ont commencé à se répandre, disant que tout était la faute de Belmont. Comme si l'établissement était maudit. M. Maxwell n'était-il pas parti en dépression à l'époque où il y était professeur ? Il est tout de même passé par un hôpital psychiatrique avant d'être libéré et de rejoindre l'Église.

Il savait comment tuer Crutcher, mais ignorait comment s'y prendre en toute discrétion. À la cérémonie commémorative, tout le monde avait une caméra, et l'événement a même été filmé par un professionnel. On y voit notamment M. Maxwell sortir une fiole de sa poche et tripoter le voile du rocher mémorial. Des résidus d'abrus à chapelet ont été retrouvés dans son broyeur à déchets.

Le jour de son arrestation, Zach a vu M. Maxwell à la télévision, escorté au commissariat, les mains menottées. Et il souriait. Ce même sourire qu'il arborait à l'enterrement de Fallon et qui avait poussé Zach à se demander s'il n'était pas drogué.

— Mon Dieu, a soupiré maman.

— On a bien fait de te retirer de ce lycée, a dit papa.

Zach n'a pas relevé.

Il aurait dû être surpris, mais ce n'était pas le cas. Il n'a rien ressenti. L'année passée avait épuisé toutes ses réserves en la matière. Il ne lui restait rien.

Il n'était même plus choqué d'apprendre que le FBI avait envoyé ses agents pour enquêter sur Crutcher. Zach n'y croyait pas une seconde. Il était prêt à parier qu'ils ne s'étaient vraiment intéressés à lui qu'après sa mort.

Quoi qu'il en soit, ils ont divulgué certaines des preuves récoltées. Crutcher étant décédé, il n'y aurait jamais de procès, ils pouvaient donc diffuser les vidéos des caméras installées devant sa maison et dans sa classe par Fallon. Tous les efforts de la jeune professeure étaient enfin reconnus.

Mais les preuves les plus accablantes étaient dans l'ordinateur de Crutcher. Des mails frauduleux pour inculper Mlle Marsha et Joe, sans parler des faux profils sur les réseaux sociaux. Uniquement des filles, et toujours jeunes. Crutcher se faisait passer pour une adolescente en ligne, et cela a suffi à convaincre tout le monde de sa culpabilité. Aucun homme normal ne fait ça.

— Un pervers, un malade mental, a conclu Courtney.

Zach n'a rien répondu.

Et maintenant, il se retrouve ici, dans le Vermont, loin de tout ça. Enfin, presque tout.

Son téléphone vibre. Courtney.

— Salut, mon chéri, minaude-t-elle.

Il sourit.

— Coucou.

— Alors, ta chambre ?

— Géniale. Et la tienne ? demande-t-il.

— Fantastique. Tu as rencontré ton coloc ?

— Non, il n'est pas encore arrivé. J'espère qu'il sera cool.

— Ouais. La mienne a l'air sympa. (Il l'entend presque sourire.) On part explorer le campus ?

— Évidemment. Dans dix minutes ?

— Rendez-vous devant mon bâtiment, répond Courtney.

Il sourit encore à l'idée de la rejoindre. Ils sont ensemble, avec Courtney. Pour de vrai. Ça paraît tellement évident aujourd'hui qu'il s'étonne d'avoir pu passer à côté pendant si longtemps.

Parfois, il se demande s'ils devraient remercier Crutcher. Si toutes ces horreurs n'avaient pas frappé Belmont, Courtney et Zach ne seraient peut-être pas en couple.

Il se dirige vers son armoire pour enfiler une chemise propre et jette un coup d'œil dans le miroir à l'intérieur de la porte. À côté de la glace, dans le coin en haut à droite, il a déjà accroché la plaque de professeur de l'année.

La récompense de Crutcher.

Un jour, après les cours, Zach l'a glissée dans son sac juste avant de sortir de classe. Cet après-midi-là, il était furieux. Furieux que Courtney soit encore en prison, que tant de personnes la croient coupable, que Mme B. soit morte et pas Crutcher. Il n'avait pas prévu de garder la plaque, mais quand ses parents l'ont retiré de Belmont, il a perdu l'occasion de la rapporter. Aujourd'hui, il ne le regrette pas.

Grâce à Crutcher, Zach a changé d'avis sur son avenir. Il ne veut plus travailler dans la finance, ni devenir avocat.

Zach sera professeur. Et quand il aura son diplôme, il retournera à Belmont.

Quelqu'un doit se dévouer pour sauver ces gamins. C'est pour leur bien.

Au fil de l'écriture, *Ça t'apprendra* est devenu le plus personnel de mes romans. Bien que je n'aie jamais été inscrite en école privée et ne vienne pas d'une famille aisée, mes expériences d'adolescente ont inspiré certains éléments décrits dans ce livre (les moins meurtriers). Par exemple, le comportement des enseignants et l'amitié de Zach et Courtney. Vous vous doutez que je ne nommerai pas les personnes qui m'ont inspirée, mais je vous remercie tous de votre contribution.

Les gens grâce à qui ce roman a pu voir le jour sont nombreux. Je vais faire de mon mieux pour n'oublier personne...

Un simple merci ne suffirait pas pour mon agent d'élite, Barbara Poelle ; mon incroyable éditrice, Jen Monroe, ainsi que le duo de publicitaires acharnés, Lauren Burnstein et Dache Rogers ; l'imparable équipe marketing de Jin Yu, Jessica Mangicaro et Fareeda Bullert ; et ma correctrice à l'œil de lynx, Elizabeth Johnson. Sans eux et sans toute l'équipe de Berkley, vous ne tiendriez pas ce livre entre vos mains.

Et sur l'autre rive, la dream team du Royaume-Uni, merci pour tout votre travail ! Joel Richardson, Grace Long, Ellie Hughes, Katie Williams, Ruth Atkins et toute l'équipe de Michael Joseph.

Je remercie particulièrement les graphistes pour la merveilleuse couverture !

Ces dernières années, j'ai eu l'occasion de me rendre à des réunions de clubs de lecture un peu partout dans le pays. C'est une chose qui me plaît beaucoup, et ce fut un régal de vous rencontrer ! Merci aux clubs de lecture de Fresno et de Gresham, à Books & Brunch, à Celeste Fox et Sara Henry, pour ces lectures et pour m'avoir permis de participer à vos réunions.

Mes critiques m'ont été d'une aide précieuse dans l'écriture de ce roman, comme toujours. Je pense notamment à Marti Dumas, qui n'est pas seulement critique mais aussi ancienne professeure. Elle m'a permis de relever les plus subtils défauts de mon texte.

Plusieurs auteurs ont eu la gentillesse et la générosité de lire les premières épreuves de ce livre, et leurs retours m'ont été d'une aide inestimable. Merci à Megan Miranda, J.P. Delaney, Lisa Unger, Sarah Pekkanen, B.A. Paris, Chandler Baker, Gilly Macmillan et Hannah Mary McKinnon !

Je ne saurais trouver les mots pour remercier les libraires à la hauteur du temps qu'ils m'ont consacré, que ce soit pour m'inviter à des événements ou pour recommander mes romans. Mary O'Malley, Pamela Klinger-Horn, Barbara Peters, Maxwell Gregory et Alex George, pour n'en citer que quelques-uns. Et merci à toutes les incroyables librairies que j'ai pu visiter en ligne ou en personne : Garden District Book Shop, Gresham Bookshop, Skylark Bookshop, Murder by the Book, An Unlikely Story, Poisoned Pen, Mystery Lovers Bookshop, Book Passage, Parnassus Books, The Novel Neighbor, Lake Forest Book Store, Books & Books, Magic City Books... et bien d'autres encore. Sans vous tous, je n'aurais pas de troisième roman.

À tous les mordus de livres sur Instagram ou autres blogs, à vous qui rédigez des critiques, vous occupez une place de choix dans mon cœur. Merci pour votre passion littéraire sans limites, pour votre enthousiasme et votre soutien. Vous êtes les meilleurs, tout simplement !

Je n'oublierai pas tous les merveilleux bibliothécaires. Mon amour pour la lecture m'est venu de visites régulières à la bibliothèque quand j'étais petite, et cet amour m'a menée sur la route de l'écriture. Merci à vous de faire ce métier.

Enfin, le meilleur pour la fin, à mes amis et à ma famille : merci pour tout.

On a tous quelque chose à cacher...

De temps en temps, on a comme une envie de meurtre...

Quand il rencontre Millicent à bord d'un avion, c'est le coup de foudre. Quinze ans plus tard, le voilà marié, avec deux enfants, dans un quartier cossu de Woodview, sous le radieux soleil de Floride. Il donne des cours de tennis aux résidents fortunés du country club, tandis que sa ravissante épouse est agent immobilier. C'est le couple idéal, et tout le monde les envie. Seulement voilà, sous des dehors respectables, ils ne sont pas exactement ce qu'ils ont l'air d'être. Pour échapper à leur quotidien asphyxiant, ils jouent à des jeux dangereux, de plus en plus dangereux. Dans ce monde trop parfait où on peut mentir et tricher à volonté, il y a des femmes qui disparaissent et qu'on ne revoit jamais.

Un thriller addictif, à mi-chemin entre *Dexter* et *Mr. and Mrs. Smith.*

« Ce livre est génial – des rebondissements inattendus, des personnages plus vrais que nature et un suspense insoutenable. » Harlan Coben

« Une exploration profondément troublante de la famille, du mariage, et de nos envies de de meurtre. » *The Washington Post*

Achevé d'imprimer en février 2023
Par CPI Brodard & Taupin à La Flèche
N° d'impression : 3051114
Dépôt légal : mars 2023
Imprimé en France
38122455-1